괴상하고 무섭고
슬픈 존재들

근현대 한국 괴기공포
서사의 흐름

괴상하고 무섭고 슬픈 존재들

근현대 한국 괴기공포 서사의 흐름

한국근현대생활사큰사전

초판 1쇄 인쇄 2022년 11월 10일
초판 1쇄 발행 2022년 11월 20일

지은이　　김지영
펴낸이　　이영선
책임편집　김종훈

편집　　　이일규 김선정 김문정 김종훈 이민재 김영아 차소영 이현정
디자인　　김회량 위수연
독자본부　김일신 정혜영 김연수 김민수 박정래 손미경 김동욱

펴낸곳 서해문집 | 출판등록 1989년 3월 16일(제406-2005-000047호)
주소 경기도 파주시 광인사길 217(파주출판도시)
전화 (031)955-7470 | 팩스 (031)955-7469
홈페이지 www.booksea.co.kr | 이메일 shmj21@hanmail.net

ISBN 979-11-92085-76-0 93800

괴상하고 무섭고 슬픈 존재들

근현대 한국 괴기공포 서사의 흐름

김지영 지음

서해문집

머리말
:

2010년대 중반에 기획했던 책을 이제야 완성한다. 일제강점기부터 1980년대라는 긴 역사적 시간을 하나의 코드로 꿰뚫어보는 작업은 생각처럼 쉽지 않았다. 역사책에서 배웠던 시간의 흐름은 대중문화나 대중서사의 역동성과 잘 맞아떨어지지 않았다. 한 시대 안에서도 너무나 다양한 사고와 작품이 얽혀 있었고, '괴기'라는 하나의 코드에 집중하더라도 역사적 시간을 규정하고 설명하는 일은 조심스러울 수밖에 없었다. 그럼에도 그간에 있었던 탐구의 결과를 형태화하고 객관화하는 일을 미룰 수만은 없기에 섣부르고 부족하지만 하나의 결과물을 엮어낸다. 여기에서 다룬 내용이 다른 지면에서는 그리 조명하지 않는 특수한 관심사의 집적이라는 것이 자그마한 위안이다.

'괴기'는 크게 인기 있는 영역이 아니다. 용어 자체가 거의 사장되었다는 점에서도 그러하고, 그것으로부터 연상되는 세계가 유쾌한 것

5

이 아니라는 점에서도 그러하다. 그러나 필자가 어릴 적 '괴기'는 내포가 불확실한 그 용어에 대한 의구심에서부터 이미 어쩐지 매력적이고 미지의 세계에 대한 탐구심을 촉발하는, 지금보다는 훨씬 지명도 있는 영역이었다. 〈구미호〉, 〈드라큘라〉, 〈미녀와 야수〉 등의 이야기를 듣고 보고 자란 나에게 괴기 이야기에 등장하는 괴물은 늘 두려우면서도 왠지 모르게 슬픈 존재였다. 설명할 수 없어서 신비하고, 괴상하면서도 슬픈 존재의 이야기에 대한 그 끌림의 이유와 맥락을 알아가는 일은 흥미로운 작업이었다. 어린 날의 호기심과 기억을 되살리며 옛 자료를 뒤적이는 일은 그래서 즐거웠다.

그러나 부족한 역량 탓에 '한국근현대생활사큰사전'이라는 이름에 값할 만큼 괴기한 이야기의 모든 것을 충실하게 담지는 못했다. 특히 1960년대 김기영 감독이 연출한 일련의 지명도 높은 악녀 시리즈와 괴수영화 등은 기왕에 우수한 연구가 많이 집적되어 있다는 평계로 별도로 다루지 않았다. 1960년대 김기영의 유명한 영화들을 대신해서는 잡지《명랑》의 악인 시리즈를, 괴수영화를 대신해서는 이용민 감독의 SF 괴기와《명랑》의 〈에로틱 SF〉 괴기를 다루어 시대의 흐름을 일별할 수 있도록 했다. 미흡하나마 우선은 괴기 코드에 초점을 맞추어 근현대 한국 대중서사의 시대적 흐름을 최초로 꿰어보았다는 데 의의를 두어야 할 것 같다. 여기서 다루지 못한 부분은 동시대 장르와 함께 더 탐구하고 성찰해야 할 것이다.

이 책에는 기존에 필자가 논문으로 발표한 내용을 책 구성에 맞추어 일관된 구조로 수정하고 재구성한 장들이 포함되어 있다. 부족한 장들은 새로 써서 보충했고, 전체 책의 구도에 맞게 내용을 보태고 개고했다. 기왕에 발표한 내용 중에 지나치게 전문적인 것들은 삭제했고, 기존 내용에서 많이 바뀌지 않은 부분도 독자가 이해하기 쉽게 고쳐 쓰려고 노력했다. 친근한 일상의 언어로 글을 쓰는 일은 어려운 작업이었다. 자신의 한계를 만나는 느낌이 없지 않다. 나는 유명한 논객도 인기 있는 저술가도 아니다. 남들도 좋아하고 세간의 주목을 받았으며 센세이션한 것에 보통 사람만큼 관심이 있다. 그런데 대중적인 기호의 맥락과 숨은 의미를 풀어 나가는 작업은 이상하게도 어렵게만 이루어진다. 지나치게 꼬아서 사고하는 버릇은 학문을 직업으로 하게 되면서 만들어진 나쁜 습관이다. 물론 그런 언어로 생각해야만 열리는 새로운 사고의 문도 있겠지만, 진정 그 사고가 제대로 익은 사람은 일상의 언어로 쉽게 풀어 말할 수 있다고 나는 믿는다. 조금씩 생각이 더 익어갈수록 좀 더 쉬운 언어로 더 잘 풀어낼 수 있게 되기를 바란다. 공부하고 가르치는 일을 병행할 수 있는 조건에 있다는 것은 그런 점에서 참 고마운 일이다.

이 책을 완성하기까지 도움을 주신 분이 많다. '한국근현대생활사큰사전'을 기획하신 최규진 선생님, '대중 감성'이라는 주제로 수년간 부담을 나누어 지며 소통해온 이영미, 정은경, 소영현, 이주라 선생님, 세미나를 같이 해주신 최애순 선생님, 먼 거리에 있는 자료를 마다 않고 구해주신 송효정 선생님께 감사드린다. 글 쓸 힘을 기르는 기초를 가르쳐주신 송하춘, 김인환, 이남호 선생님, 늘 마음의 힘이 되어주시는 정혜경, 함성민 언니, 단조로운 생활에 늘 윤기를 주시는 혜, 화, 분, 경, 규 선생님, 오랜 친구 은에게도 감사를 전한다. 남편과 양가 부모님의 사랑과 배려에 입은 든든함은 말로는 부족하다. 그리고 너무나 좋은 환경에서 집필에 몰두할 수 있도록 도와주신 고미경, 나이절 콕스(Nigel Cox) 부부께 특별한 감사의 마음을 전한다. 꼭꼭 채워져 가는 중년의 한 자락에서 향긋한 풀냄새 나는 기억과 함께 자신의 연구 결과를 출판물로 접할 수 있게 된 것은 이분들의 덕이 크다. 마지막으로, 좋은 책이 나오도록 편집에 애써주신 서해문집에 감사의 말씀을 드린다.

경북 경산 하양에서
김지영

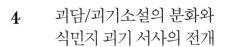

한국적 괴기 이야기의
문화론적 접근

1:

괴기: 타자 혹은 인간 조건의 한계 성찰하기

공포: '억압된 것의 귀환'과 두려움을 마주하는 쾌락

환상: 무서운 이야기의 비밀과 거짓말

귀신/괴물과 이야기로 소통하기

괴기 서사에 녹아 있는 집단적 의식과 감성의 역사적 자취 읽기

괴기:
타자 혹은 인간 조건의
한계 성찰하기

'괴기'라고 하면 요괴, 귀신, 유령, 괴물 등이 떠오른다. 어둡고 야수적인 본성과 마술적인 공포가 지배하는 세계, 논리적으로 파악할 수도, 이성적으로 제어할 수도 없는 잔혹하고 초자연적이며 음울하고 신비한 세계가 오늘날 괴기가 표상하는 세계다. 괴기는 또한 아직 과학적 문명의 세례를 받지 못한 전근대와 야만의 세계를 표상하는 어휘이기도 하다. 합리적 이성과 윤리의 여과를 거치지 못한 잔인하고 충동적인 본성, 자아와 타자, 주체와 세계 간의 차이를 인지하지 못하는 미분화되고 애니미즘적인 사고, 점액·타액·오물과 같이 미끈거리고 혐오스러운 액체를 뒤집어쓴 미성숙한 존재, 사무치는 원한이나 욕망에 사로잡혀 초자연적 힘으로 산 자에게 위해를 가하는 요괴와 귀신이 지배하는 전설의 세계 등등 괴기가 연상케 하는 것은 근대의 과학과 합리적 이성으로 사물의 질서를 파악하지 못하는 미분화, 미발달, 미성숙한 존재와 사고 그리고 그들의 세계를 지배하는 마술적 힘이다. 합리와 비합리, 의식과 무의식, 자아와 타자, 인간과 자연, 삶과 죽음 등 다양한 이분법의 경계를 위반하고 넘나드는 괴기는 신화·전설의 영역과 같은 근대의 타자를 지칭하는 동시에 이 타자를 쾌와 연결 짓는 흥미로운 개념이다.

　그러나 한국에서 괴기라는 말이 지금과 같은 의미를 지니게 된 것은 그리 오래된 일이 아니다. 괴기가 전근대와 야만의 시대를 연상시키고, 근대적 합리성의 저편에서 마술적이면서도 잔혹하고 비윤리적인 세계를 지칭하게 된 것은 적어도 일제강점기 중반이 지나면서부터였다. 어둡고 음울한 욕망과 충동적 쾌락 욕구를 긍정하고, 야만적·초자연적·비윤리적·전근대적 세계를 재현하고 엿보는 것으로부터 감각적 만족을 느끼는 문화적 기호의 발생은 근대 도시의 발달과 소비문화에 긴밀히 연관된다. 신문·잡지 등 미디어 매체의 등장으로 대중적 정보 소통이 가능해지고, 극장·책방·카페·백화점 등에서 문화 상품을 소비할 수 있는 대중 계층이 성립하면서 발생한 새로운 문화적 기호의 하나로서, 괴기를 즐기는 감성은 '모던'이라는 신문명의 감각 위에서 탄생했다. 이 책에서 나는 한국에서 이 같은 괴기 이야기를 즐기는 대중 감성이 형성되고 변화해온 과정을 살피고자 한다.

　'괴기'를 규정하는 것은 지난한 일이다. 애초에 상(常), 즉 이성의 세계가 정상이라고 간주하는 범주를 벗어난 것을 정의하는 일 자체가 난센스에 가깝다. 대중 서사에 관한 연구에서 괴기는 흔히 공포, 환상이라는 용어로 대체되거나 이들과 짝지어서 언급된다. 한국에서 괴기로 불렸던 장르가 서양에서는 호러 혹은 판타스틱으로 일컬어지기 때문이다. 정상을 벗어난 것과 공포, 판타지가 어울리는 것은 자연스러운 일이다. 그러나 셋이 서로 구분되지 않는 것은 아니다. '괴' 혹은 '괴기'가 상(常)을 벗어난 '대상'을 직접 지칭한다면, '공포'는 그로부터 발생하는 '감정'을, '환상'은 그러한 대상이 만들어지는 '통로(형식)'를 가리키는 데 더 가깝기 때문이다. 그러므로 괴기 취미, 즉 괴기한 이야기를 즐기는 대중 감성이 형성되고 전개되어온 역사적 과정을 구체적으로 논의하기에 앞서, 괴기, 즉 상(常)을 벗어난 대상과 그로부터 빚어지는 감성으로서의 공포 그리고 환상이라는 형상화의 방식에 대해 각각 살펴보는 작업은 이 책에서 논의하는 내용에 접근하는 데 도움이 될 것이다.

먼저 괴기라는 대상의 경우를 살펴보자.

'괴기'는 원론적으로 상(常)을 벗어난 모든 것을 가리키지만, 그중에서도 특히 어둡고 부정적인 것을 우선 지칭한다. 한자 '기(奇)'를 앞세웠던 '기괴'가 원리 내적인 비상(非常)을 가리켰다면, '괴기'는 원리 외적인 비상을 가리켰던 한자 '괴(怪)'를 앞세우면서 일제강점기 중반에 독립어가 된 어휘였다. 일상의 경계를 넘는 것 중에서도 경이로운 것보다는 음울하고 무서운 것을 가리키며 독립했던 단어 '괴기'는 문자 그대로 합리적이고 이성적인 사유의 내부로 귀속되지 않는 이질적인 요소들을 통괄한다. '괴기'는 관습적인 삶과 사유의 경계를 위반하는 것, 일상의 사고와 언어로는 포획되지 않는 것, 그래서 괴물스럽고 비정상적이며 추하고 끔찍해 보이는 것, 부도덕하고 음란하며 일그러지고 모순적인 것을 가리켰다. 한마디로 괴기는 부정적인 의미를 지닌 '모든 종류의 타자'를 지칭했던 셈이다.

세상에 괴기한 타자가 있다는 것은 우리가 정상으로 사유하는 사회의 심연에 모종의 한계와 균열이 있음을 방증한다. 우리의 이성이 해명할 수 없고 수용하기도 어려운 것, 그래서 무섭고 두려운 것을 마주할 때 우리는 '괴기'하다고 말한다. 거꾸로 보면 '괴기'란 말이 존재한다는 것은 우리 이성이 세상의 모든 것을 설명해낼 수 없고 모든 것을 비추어주지도 못한다는 것을 뜻하는 셈이다.

그렇다면 존재하지만 잘 설명되지 않는 이 이성의 '타자'를 마주할 때 사람들은 어떻게 반응해왔을까?

리처드 커니는 저서《이방인, 신, 괴물》에서, 외지인을 붙잡아 사회에 만연한 악에 대한 책임을 지워 공동체를 하나로 묶는 정체성의 기준을 확립하고 유지해온 희생양의 신화에 주목했다.¹ 그에 따르면 인류의 역사 속에서 타자의 형상은 많은 경우 인간이 스스로의 정체성을 확립하도록 도와주는 대립항으로 기능했다. 타자의 존재가 주체 내부에 있는 무의식적 두려움을 투사하여 주체 대신 희생됨으로써 주체의 동질성을 유지하는 수단이 되어왔다는 것이다.

대부분의 이방인, 신, 괴물(다양한 유령과 도깨비, 분신들을 포함하는)은 인간 심리의 심연에 존재하는 균열의 증거들이다. 그들은 우리가 의식과 무의식, 친숙한 것과 낯선 것, 같은 것과 다른 것 사이에서 어떻게 분열되는지 말해준다. 그리고 그들은 우리가 선택권을 가지고 있음을 알려준다. (1)

인류의 역사는 다양한 이질적 존재의 기록을
지닌다. 리처드 커니는 인류 역사의 수많은 흔적이
이방인의 희생으로 사회 통합을 도모한 서사적
제의를 보여준다고 말한다.

낯선 것에 대한 우리의 경험을 이해하고 그에 적응하든가, (2) 그것들을 배타적으로 배제하여 아웃사이더로 치부하면서 거부하는 것이다. 대개의 경우 인간들은 후자를 선택해왔다.[2]

　인간은 흔히 자신이 가지는 본능적이고 무의식적인 두려움을 다른 것에 투사한다. 인간은 주체 내부에서 스스로를 괴롭히는 이질적인 측면, 즉 폭력성, 호전성, 죄의식 등의 온갖 부정적 요소를 타자에게 투사하여 그(것)를 미워하고 몰아냄으로써 안전한 자아의 일체감을 회복해온 것이다. 스스로의 이질성을 타자에게 투사하는 메커니즘은 개인의 내적인 심리뿐만 아니라 사회적 공동체 속에서도 이루어진다. 하나의 공동체는 그 공동체의 내적 이념과 체제에 어울리지 않는 타자를 구성하고 박해함으로써 통합성을 유지한다. 이때 공격의 타깃이 되는 타자는 그 공동체의 내적 분열과 투쟁을 일소하고 공동체 외부로 증오의 초점을 돌리게 하는 편리한 방편이 된다. 타자/이방인의 희생이 공동체 구성원의 연대와 재통합에 이용되는 것이다.[3]

　커니는 인류 역사의 수많은 흔적이 이방인의 희생으로 사회 통합을 도모한 서사적 제의를 보여준다고 말한다. 그에 따르면 오이디푸스와 스핑크스(《오디세이》), 테세우스와 미노타우로스, 욥과 리바이어던, 루시와 흡혈귀(《드라큘라》), 리플리와 에일리언(《에일리언》) 등 대부분의 이방인/괴물 서사가 괴물의 희생을 통해 스스로를 구원하고 동질성을 회복하는 자아/공동체의 이야기를 구사해왔다.

　그렇다면 이 '괴물스러운' 타자들의 이야기를 뒤집어보면 어떨까?

우리가 괴물의 박해와 희생을 통해 우리의 안전과 동질성을 지키려 한다면, 역으로 괴물 이야기는 우리가 스스로를 속이고 타자를 배제하며 만들어낸 세계상의 속임수를 드러내는 것이 아닐까? 우리 내부의 이질성을 몰아내고 낯섦을 근절하기 위해 만들어낸 괴기한 타자의 이야기는 거꾸로 우리가 우리 스스로를 기만하고 '정상성'을 유지해온 가장의 경로를 노출해주는 것이 아닐까?

괴기한 이야기 속의 타자는 확립된 세계상을 뒤엎고 세계를 다른 눈으로 바라보도록 유도하는 매개자가 될 수 있다. 비정상적이고 괴기한 타자는 제어할 수 없는 극한적 경험을 통해 이성의 불완전성을 깨닫게 하기도 하고, 경험 세계의 한계 너머를 바라보게 함으로써 너무나 익숙해서 당연하다고 생각해온 통념의 모순을 들추어내기도 한다. 이때 괴기한 대상은 단순히 무섭고 끔찍한 것만이 아니라, 관습적 사고의 견고한 틀을 깨고 다른 관점과 시각에서 세계를 재인식하는 매개자로 작동한다. 그런 점에서 보면 괴기 이야기는 단순한 공포의 소재나 오락거리에 머무르지 않고 인간이 만들어낸 상징질서의 한계를 성찰하는 계기를 마련하는 흥미로운 영역이다. '지금-나-우리'를 구성하는 이념과 체제의 견고한 틀, 즉 공동체의 정상성을 구성하는 인간 조건의 한계야말로 괴물 같고 무섭고 끔찍하고 괴기한 것의 그림자가 비추어주는, 존재하지만 보이지 않았던 진실이 되기 때문이다.

이처럼 비정상적이고 무서운 것의 이야기를 새로운 진실을 파악하는 통로로 읽어내기 위해서는 결코 완전히 통제되거나 정화되지 않는 것, 부정하고 무섭고 끔찍한 것을 반성적 이해의 지평으로 되돌려

내는 작업이 무엇보다도 필요하다. 차이를 두려워하고 증오하기보다
는 정직하게 대면하고 성찰하는 태도는 우리가 우리 내부의 낯섦과 함
께 살아가는 새로운 소통의 가능성을 개방하는 일이기도 하다.

공포:
'억압된 것의 귀환'과 두려움을
마주하는 쾌락

괴기 가운데서도 이 책이 다루고자 하는 것은 대중적인 이야기에 등장하는 괴기다. 괴기가 가리키는 너무나 다양한 타자의 형식을 모두 포괄하는 일은 불가능하다. 그러나 대중이 즐겼던 이야기가 괴기의 여러 범주 중에서도 우리 사회가 '괴물스러운' 타자를 사유해온 보편적 역사를 잘 보여주는 자료일 수 있음은 누구나 긍정할 수 있을 듯하다. 괴기 서사는 혼탁한 현실 속에서 상식적으로 불쾌한 것을 사회에서 허용되는 쾌락으로 즐기게 하는 대중문화의 양식이자 상품화의 한 방식으로 기능했다. 이 길들임의 과정을 살펴보는 일은 근대가 불쾌로 주변화했던 것을 어떻게 근대 내부로 재수용하고자 노력했으며 또 그에 실패하기도 했는가를 조사하는 일이다.

그러나 구체적인 논의에 앞서 먼저 짚고 가야 할 것의 하나는 이 '괴물스러운' 이야기가 대중적인 오락의 대상이 될 수 있었던 까닭이다. 낯설고 괴물 같은 타자가 불러일으키는 일차적인 감정은 공포다. 그렇기 때문에 흡혈귀, 유령, 늑대인간, 귀신, 살인마, 저주 등을 다루는 영화는 호러 장르로 일컬어진다. 한국에서 공포영화가 부흥했던 1960년대와 1970년대에 이 장르를 가리켰던 말은 '괴기'였다. '괴기영화'가 '공포영화'로 이름이 바뀐 것은 장르의 활성화에 따라 서구의 용어가 1990년대 이후 서서히 보편화됐기 때문으로 보인다.

한국에서 괴기영화와 호러영화는 거의 같은 것을 가리켰지만, '괴기'와 '호러'가 같은 뜻을 지닌 것은 아니다. 앞에서 언급했듯 '괴기'가 대상을 가리킨다면, '호러'는 그로부터 발생하는 감성을 가리킨다. 낯설고 '괴물스러운' 대상을 통해 공포의 감성을 일으키는 장르가 괴기/호러 장르인데, 한국에서는 영화의 소재가, 해외에서는 이야기가 불러일으키는 목표 감성이 장르를 명명하는 핵심어가 된 것이다. '괴기'나 '공포'를 단독으로 쓰기보다는 '괴기공포'라는 말로 두 어휘를 묶어 썼던 1970~1980년대 한국의 명명법은 장르의 정체성을 가장 직설적으로 표현한 예라고 할 수 있다.

문제는 어째서 공포를 일으키는 이야기가 오락의 대상이 될 수 있는가 하는 것인데, 여기에 대해서는 서구의 연구자들이 내놓은 해석의 두 방향을 안내하는 것이 유용할 듯하다. 공포영화의 즐거움을 설명하는 서구의 이론은 크게 두 줄기로 구분할 수 있는데, 첫째는 인간 무의식의 억압 구조를 통해 원인을 찾는 정신분석적 접근이고, 둘째는 여기에 덧붙여 이야기의 '구성'에서 즐거움의 원인을 찾는 구조론적 접근이다.

먼저 정신분석적 접근을 살펴보자. 정신분석의 창시자라고 할 수 있는 프로이트에 따르면 인간은 사회의 일원이 되기 위해 일정하게 본능을 억압하고 살아간다. 이드의 쾌락 원칙을 따라서는 존재를 유지할 수 없는 인간은 본능을 억압하고 승화해 문명을 건설했다. 문명의 현실 원칙을 따라 에고를 형성하는 인간의 무의식 속에는 사회화를 위해 억눌러온 모든 것이 잠재되어 있다. 정신분석의 관점에서 공포 장르에 접근하는 연구자가 주목하는 것은 이 지점이다. 정신분석에 기초한 서구의 공포영화 연구자가 기본적으로 공감하는 토대는 공포영화가 무의식 속에 잠재된 충동을 들추어낸다는 사실이다. 그러나 이 충동이 그대로 드러나는 일은 자아가 감당할 수 없기 때문에 인간의 의식은 감춰진 충동을 반영하는 대상을 추하고 끔찍하고 역겨운 악몽으로 표상한다. 이 대상과 충동은 원래 부정되고 억압되어야 했던 것이기 때문에 의식이 그런 것을 무서운 것으로 인지해서 그리로 이끌리는 욕망을 자발적으로 억제하고 잠재우려는 것이다.

점액, 타액, 오물과 같이 미끈거리고 혐오스러운 액체를 뒤집어쓴 미성숙한 존재, 어둡고 야수적인 본성을 지닌 음울하고 초자연적인 공포영화의 괴물들은 종종 이와 같이 억압된 욕구와 충동을 표상하는 존재가 된다. 그러나 그것들은 인간이 버리고 억눌렀던 충동을 대변하기 때문에 끔찍하면서도 매혹적이다. 정상성의 규범과 경계에 억눌려 있는 무의식의 압박감을 떨쳐주고, 정상성의 세계가 용인하지 않는 욕망과 욕구를 전시하기 때문에 괴물은 두려우면서도 어쩐지 끌리는 대상이 될 수 있는 것이다. 공포가 매혹의 감각을 동반하는 것은 이 때문이다.

현실 원칙의 억압이 마련해놓은 경계를 넘어서는 이 위반의 감각에 대한 두려움과 은밀한 매혹, 그것이 정신분석가가 말하는 공포 서사가 창출하는 이중적 감각이다. 억압된 것이 회귀할 때 발생하는 이 감각을 프로이트는 '두려운 낯섦'이라고 일컬었다. 친밀한 것(heim-lich)과 낯설고 두려운 것(unheimlich)이 실은 어원적으로 동일한 의미를 지니고 있음을 밝혀낸 프로이트의 '두려운 낯섦'이라는 개념은 자아의 일부를 이루었던 친밀했던 것이 '억압'을 통해 두려운 것으로 바뀐다는 사실을 효과적으로 설명해준다. 그에 따르면 '하임리히(heim-lich, 친밀한)'의 대립어이면서 동시에 같은 의미를 함축하는 '운하임리히(unheimlich, 낯선/친밀한)'의 '운(un)'은 억압을 표현하는 표식에 다름 아니다.

그러나 공포물이 누구나 공유하는 공통의 무의식과 존재론적 불안만을 자극하는 것은 아니다. 공포물은 특정 사회의 구조와 맥락에 따라 서로 다른 특성을 드러내고 시대적으로 일정한 트렌드를 형성하며 변화하기도 한다. 이 같은 공포물의 사회성을 설명해낸 것이 로빈 우드의 기본 억압과 과잉 억압 모델이다.[4] 로빈 우드의 기본 억압과 과잉 억압 개념은 마르크스주의 정신분석학자 허버트 마르쿠제가《에로스와 문명》에서 설명했던 모델에서 차용되었다. 마르쿠제에 따르면 기본 억압이 인간이 스스로를 통제하고 사회적 존재로 살아가기 위해 반드시 필요로 하는 억압이라면, 과잉 억압은 문화의 특성에 의해 기본 이상으로 부과되는 잉여의 억압이다. 기본 억압이 다른 사람과 공존하기 위해 필요불가결한 억압이라면, 과잉 억압은 사회와 문화의 특성이 그런 쪽으로 정향됐기 때문에 부과되는 부가적 억압이다. 마르쿠제의 모델을 수용하면서 우드는 일부일처, 이성애주의, 부르주아 가부장제의 자본주의자를 표준으로 삼는 20세기 주류 문화의 성향을 과잉 억압이라고 보았다. 실제로 20세기까지 다수의 근대 사회는 한 사람의 이성과만 결혼해야 하고 가능하면 돈을 많이 벌어야 하며, 아버지가 중심이 되는 가족을 이루고 사는 것을 욕망하도록 유도해왔다. 따라서 동성애나 양성애, 가난한 삶, 노동자라는 신분, 유색인종이라는 인종적 정체성, 여성 젠더의 성적 욕망 따위는 그리 격려되거나 지지받지 못하는 자질이 되어왔다. 백인-남성-부르주아가 중심을 이루는 주류 문화의 세계에서 이런 자질은 과잉 억압의 대상으로서 '타자'화된다. 이 타자적 자질은 그 문화권 내에서 억압되지만 소멸되지는 않는데, 이성애적 일부일처제의 부르주아 가부장제 가정을 지향하는 사회의 정향성(주류 이데올로기)은 그와 같은 속성을 혐오하고 천대시한다. 로빈 우드는 이런 억압된 것이 괴물의 형상을 통해 구현된다고 본다. 쉽게 말하면 동성애적 욕망이나 여성인데 리더이고자 하는 태도, 프롤레타리아의 위치와 같은 것이 타자화되어, 주류 이데올로기가 거부하고 밀쳐내며 경멸하는 대상으로서, 공포영화의 괴물 형상을 통해 구현되는 것이다.

결국 기본 억압과 과잉 억압의 모델로 따질 때에도 공포가 쾌락과 연동되는 것은 같은 논리 구조를 이룬다. 개체적 차원이든 사회문화적 차원이든 공포 서사의 괴물은 억압된 타자가 형상으로 구현된 결과물이고, 이 괴물이 무섭고 끔찍한 이유는 그것이 인간과 사회가 그와 같은 자질을 억압하고 천대시해왔기 때문이다. 그렇게 보면 공포 서사의 괴물은 개체로서의 인간이 피할 수 없는 존재론적 억압의 요소 혹은 그 서사를 탄생시킨 사회와 문화가 억누르고 있는 사회문화적 자질을 함축한다. 공포가 쾌락과 연동되는 것은 이 때문이다. 금기를 어기고 경계를 침범하는 것이 주는 위반의 감각은 무서우면서도 유혹적이다. 공포 서사가 만들어내는 감각이 이중적인 것은 이 '억압에 대한 반동' 때문인 셈이다.

정신분석적 관점과 달리 구조론적 관점에서는 공포물의 서사적 '형식'에 주목한다. 노엘 캐럴은 그의 저서《공포의 철학(The Philosophy of Horror)》[5]에서 괴물이 표상하는 것, 즉 상징화되기 어려운 것을 표상하는 데서 발생하는 매혹과 더불어, 이를 이야기로 구현하는 서사적 형식에 의해 쾌락이 발생한다고 보았다. 괴물이 매혹적이면서도 무섭고 불쾌하며 '모호한' 대상이라면, '괴물 자체'가 아니라 '괴물 이야기'는 '모호함을 넘어서는 쾌락'의 요인이 된다.

이때 이야기의 즐거움은 괴물에게 공포를 느끼는 주인공에게 동화하면서도 그로부터 일정하게 거리를 유지할 수 있는 관객의 거리감을 전제로 한다. 관객은 인식론적으로 자신이 감상하는 이야기가 허구임을 자각하고 있다. 허구임을 알면서도 이를 접어두는 불신의 정지는 관객이 느끼는 이중적인 감각의 근간이 된다. 캐럴은 공포물의 관객이 주인공과 함께 괴물에 접근하는 공포의 여행을 경험하면서도 인물에게 직접 동화하는 것이 아니라 인물이 처한 상황에 동화한다는 것을 강조한다. 그리고 관객은 인물이 경험하는 상황 외부의 의식도 함께 가지고 있기 때문에 인물의 감정에 완전히 사로잡히지 않은 채로 인물이 느끼는 흥분과 공포를 공유하고 즐길 수 있다는 것이 캐럴의 관점이다.

캐럴은 이 즐거움에 '복합적인 발견의 플롯'이 동반된다고 말한다. 그는 이를 발단, 전개, 확증, 대립의 플롯으로 설명한다. '발단'에서 괴물의 존재가 암시적으로 나타난다면, '전개'는 괴물의 존재가 확인되고 놀람과 수사가 시작되는 단계다. '확증'에서는 괴물에 대한 하나의(종종 주인공의) 주장이 제기되는 동시에 여러 가지 가설과 추론이 일어나고, '대립'에서는 이들 가설이 최고조의 갈등에 이르면서 문제 해결, 즉 괴물의 퇴치로 나아간다. 각 단계는 하부에서 추가나 생략, 반복, 뒤바꿈 등이 이루어질 수 있으며, 단계 내부와 상호간에도 다양한 변주가 일어날 수 있다. 중요한 것은 이러한 단계의 틀이 얼마나 적확한지가 아니라, 이와 같은 서사적 구성의 효과를 통해 추측 불가능한 대상에 대한 서사적 호기심의 만족과 대리 경험이라는 쾌락이 작동한다는 사실이다.

정신분석과 구조론적 관점은 공포물이 조장하는 공포라는 감각이 어떻게 쾌락과 연동될 수 있는지를 설득력 있게 설명해준다. 서로 다른 경로로 논의되지만 양자는 모두 공포물의 괴물이 상징화되기 어려운 것을 표상함으로써 매혹적인 서사를 구축한다는 데는 의견을 같이한다. 결국 대중문화에서 괴기가 불쾌한 것에서 쾌락의 대상으로 바뀌어 대중이 즐기는 상품화의 방식으로 사용될 수 있는 것은, 괴기가 억

31

압과 금지를 통해 구성되어 있는 주체와 사회의 은밀한 이면을 노출하고 자극하며 서사가 이를 쾌락으로 이끌어갈 수 있는 틀을 마련하기 때문이다. 중요한 것은 이 모순적인 매혹의 서사를 통해서 우리가 무엇을 발견할 것인가에 있다. 괴기가 조장하는 공포는 보이지 않고 말해지지 않았지만 존재하는 것, 설명하기 어렵고 불합리해 보이지만 인정하지 않을 수 없는 것을 대면할 수 있는 하나의 길이 될 수 있다. 기존의 상식으로 설명되지 않는 존재나 현상의 대두를 통해 일상의 감각을 교란함으로써 괴기는 억압과 금지를 통해 구성되어 있는 자아의 다른 일면을 자극하여 일깨우고, 사회 속에 숨어 있는 불안을 반영하며, 그 사회의 틈과 균열을 대면하게 하는 것이다.

환상:
무서운 이야기의 비밀과
거짓말

환상이란 비사실적인 구상을 가리킨다. 진지한 것을 추구하는 사회에서 환상은 황당무계한 장난, 기괴한 백일몽, 비현실적 유희 등 가볍고 의미 없는 상상으로 치부되곤 했다. 그러나 불가능한 것, 비사실적인 것을 창조적인 구상을 통해 설득력 있게 발전시키는 환상은 즐거움을 추구하는 대중 서사에서는 매우 중요한 양식의 하나다. 환상 양식의 능동적이고 적극적인 상상력의 표현은 제도화된 이념이나 익숙하고 관습적인 세계에 의문을 제기하고 낯설고 경이로운 세계를 제안하며, 새로운 것을 요구하는 대중의 욕구에 적극적으로 호응한다. 넓은 의미에서 환상은 문학의 근원적 충동에 육박하는 포괄적 의미를 지니며,[6] 좁은 의미에서는 리얼리티의 위반을 끝까지 관철하는 양식으로서 동화, SF, 포르노그래피, 공포물을 포괄하는 광범위한 스펙트럼을 지닌다.

범주를 어디까지로 보든, 환상은 결과로서의 대상 이전에 '리얼리티로부터의 일탈'로 향하는 '길'을 먼저 상기시킨다. 특히 우리의 관심사인 괴기공포 서사의 관점에서는 더욱 그러하다. 환상은 결과물로 만들어진 괴물 이전에 기이한 타자를 그려내는 방법적 통로로 먼저 작동한다. '두려운 낯섦'을 유발하는 이질적이고 억압된 존재는 환상적인 형태를 입어 표현되고 배출된다. 문화의 필요에 의해 억압된 결과, 정상적인 의식의 통로를 통해서는 제대로 표출될 수 없었던 타자가 그 존재를 표현하는 방식이 환상이다.

로즈메리 잭슨에 따르면 환상적인 것은 본원적으로 전복적인 성격을 갖는다. 이는 환상이 "문화의 말해지지 않은 부분, 보이지 않는 것, 즉 지금까지 침묵당하고 가려져왔으며 은폐되고 '부재하는' 것으로 취급되어온 것들을 추적"하는 방법론이기 때문이다. 그에 따르면 환상은 잠시 동안이나마 무질서와 무법을 향해, 법과 지배적 가치 체계의 바깥에 놓여 있는 것을 향해 열려 있다.[7] 환상이 역사 사회적으로 굳어지고 관습화된 금기와 도덕률을 되짚어볼 수 있는 힘으로 작동할 수 있는 것은 이 때문이다. 익숙한 경험 세계의 관습에 의문을 제기하고 인식의 경계를 전복하는 환상은 "현실의 질서를 반성하게 하는 반(反)문화적 힘"[8]으로 기능하기도 한다.

괴기 서사에서 환상의 이 같은 전복적 힘은 특히 강력하게 발휘된다. 괴기 서사가 환상적 경로를 통해 시각화하는 귀신, 에일리언, 흡혈귀, 괴물 등은 요정이나 천사와 같이 현실과 조응하고 현실에 조력하는 긍정적 존재가 아니라 현실과 불화하는 적대적 타자이기 때문이다.

자아 내부의 이질성, 분열의 예감, 죽음 충동 등 우리가 현실을 살아가기 위해 억압해둔 타자가 시각화되고 의식의 표면으로 진입할 때 공포는 발생한다. 현존에 적대적인 타자가 돌진해올 때 그에 대한 거부감이 불안을 야기하고, 세계의 확실성을 해체하는 이 낯선 힘에 대한 자각이 두려움과 공포를 일으키는 것이다.

그러나 공포물을 그려내는 환상이라는 형식은 자아나 사회가 억압한 이 타자를 직접적으로 재현하지 않는다. 프랑코 모레티는 공포 서사의 괴물이 억압된 것을 '가장'한 메타포라고 말한다.[9] 그에 따르면 공포 서사에서, 억압된 것은 회귀하지만 환상이라는 형식을 통해 괴물로 '가장'하고 돌아온다. 메타포는 의식이 받아들일 수 없다고 판단함으로써 어쩔 수 없이 억압해온 것, 따라서 그 존재조차 알려지지 않은 욕망과 두려움을 여과하고 견딜 수 있는 것으로 만든다. 즉 공포물은 괴물의 형상으로 억압된 것을 표현하지만, 메타포적 형상을 통해 억압된 것을 가장하고 변형하여 보여주는 것이다. 이 변형과 가장이야말로 괴기 서사에서 '환상'이 하는 주요 기능이다. 이때 메타포적 변형, 즉 서사적 형상과 수사적 장식은 이중적인 기능을 수행한다. 무의식적인 내용을 표현하는 동시에 은폐하는 기능이 그것이다. 억압된 것은 메타포를 통해 '표현'되지만, '메타포적으로' 표현되기 때문에 실제로는 은폐되는 것이다.

괴기 서사가 수행하는 이러한 변형, 즉 환상이라는 형식은 우리의 의식을 보호하는 데 기여한다. 억압된 것은 메스껍고 끔찍하며 부정적인 것으로 형상화되고, 이야기는 대체로 이와 같은 괴물을 선악의 대

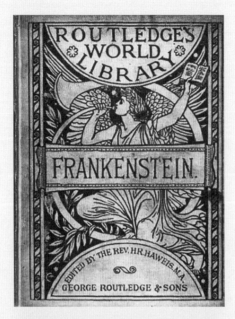

프랑코 모레티는 메리 셸리의 《프랑켄슈타인》과 브램 스토커의
《드라큘라》를 예로 들어 사회적 갈등을 메타포로 치환하여 위장하는
공포 문학의 변증법을 설명했다. 사진은 《프랑켄슈타인》의 영국판
중간본(1886)과 《드라큘라》의 미국판 초간본(1899).

결 구도 속에서 물리치고 막아내는 구도로 전개됨으로써, 상징계를 살아가는 우리의 기존 의식을 지켜가는 데 도움을 준다. 실제로 괴기를 다루는 환상적 내러티브는 무의식 속의 공포를 자극하고 이끌어냄으로써 흥미를 촉발하지만, 많은 경우(특히 고전적인 서사일수록) 현실의 원칙을 지지하고 옹호하는 선악의 대립 구도 속에 전개된다.[10] 이를 통해 괴물을 물리치고 기존 세계의 안정성을 회복하려는 전개 구도를 형성함으로써 안정과 확신을 추구하는 대중의 보수적 욕구를 충족하는 것이다.

그리하여 메타포적 변형과 선악 구도의 서사 전개를 통해 무서운 이야기는 우리가 가리고 있는 진정한 공포와의 직접적인 대면을 피할 수 있게 해준다. 불쾌한 것을 소재로 쾌락을 추구하는 메커니즘은 그렇게 완성된다. "무서울수록 교화적이며, 더 많이 은폐할수록 그대로 드러낸다"[11]라는 착각을 일으키는 공포의 변증법은 그렇게 가능해진다. 무의식이 언어처럼 구조화되고 꿈이 무의식을 왜곡해서 표현하듯, 공포 서사를 구성하는 환상은 타자의 모습을 왜곡하고 변형하는 비밀과 거짓말로 가득하다.

귀신/괴물과 이야기로
소통하기

괴기 서사는 복잡한 비밀과 거짓말로 이루어져 있기 때문에 표면적인
이야기의 흐름만 따라가서는 이야기 속에서 읽어낼 수 있는 가치를 충
분히 파악하기 어려운 경우가 많다. 많은 전문 연구자들이 괴기 서사
의 숨은 의미를 풀어내는 방법을 제안했다. 프랑코 모레티는 메타포가
감추고 있는 은폐된 진실을, 로빈 우드는 괴물과 정상성 그리고 양자
의 관계를 눈여겨보기를 강조했다. 로즈메리 잭슨은 이야기가 감추고
있는 억눌린 것의 저항성과 전복적 의미의 발견에, 바바라 크리드는
일그러진 젠더 무의식의 폭력성을 읽어내는 일에 주력하기도 했다.

　　현대로 올수록 괴기 서사의 전개 방식은 다채롭고 극단적으로 진
화하고 있기 때문에 어떤 독법이 특히 적확하다고 말하기는 어렵다.
그러나 어떤 해법을 시도하든, 먼저 확인할 것은 괴물을 '통해서' 듣고
사고하는 일이 필요하다는 점이다. 괴물, 타자 혹은 비체(abject)에게

말할 권리를 주고, 그들의 목소리에 귀 기울이는 일은 우리가 잊고 있었던 것을 되돌아보게 한다.

어떤 것이 정상으로 간주되는가? 정상과 비정상의 구분은 어디에서 기원하는가? 차이는 왜 악으로 간주되는가? 이런 질문을 통해 비정상으로 내몰려진 것과 그것을 '악' 혹은 비정상으로 내몰아간 힘/사유/질서/체제를 사고하는 일이야말로 괴기 서사가 우리에게 의미를 갖는 지점이다. 우리는 흔히 구별과 배제를 통해 정상적인 것의 한계를 정하고 정상성의 질서를 만들어낸다. 그렇게 보면 괴물과 악마는 선과 질서, 정상적이고 신성한 것을 변별해내는 바로미터에 다름 아니다.

괴기한 타자는 우리가 너무나 당연해서 잊어왔던 것, 너무 많이 보이기 때문에 보지 않았던 것들을 마주 보게 한다. 너무나 당연한 현재의 세계를 낯설게 해주는 반성적 힘, 성찰의 힘이야말로 괴기 서사가 가지는 의의다.

괴기 서사의 숨은 가치를 찾아내기 위해서는 표면적인 대립 구도나 폭력성에 속지 말아야 한다. 물론 모든 괴기한 이야기가 가치 있는 것은 아니며, 최근의 공포물은 해석의 여지 이전에 너무나 극단적으로 폭력적인 것이 사실이다. 이런 이야기 속에서 폭력을 학습하거나 정당화하는 일은 무엇보다도 경계해야 할 일이다.

그러나 대중적으로 성공하고 역사적으로 주목받았던 어떤 무서운 이야기들은 표면적인 자극을 넘어 우리 자신과 사회를 성찰하는 데 도움을 준다. 괴물과 타자의 이야기는 우리가 우리 자신을 유지하기 위해 무엇을 내쳐왔는지를 보여주기 때문이다.

우리는 경계를 만들면서 살아온 존재이자 그 자체로 경계적 존재다. 자신의 일부를 분할하고 경계 지으며 금지와 가림막을 통해 스스로를 유지하는 존재인 인간에게 자아의 투명한 핵심에 접근하는 일은 어쩌면 불가능한 일인지도 모른다. 진정한 나와 내가 살아가는 세계를 이해하기 위해서는 나와 문화의 주변을 탐구하고 관계를 탐구하는 지난한 우회로를 통과해야만 한다. 그러므로 타자의 이야기를 보고 듣고 말하려고 하는 것은 매우 중요한 일이다. 이야기야말로 실체 없는 유령, 보이지 않았던 타자가 형상을 입고 말할 수 있게 하는 통로이기 때문이다.

괴물과 친구가 되고 타자를 포용하는 일은 나 자신과 내가 살아가는 세계를 더 많이 알아가는 방법의 하나다. 우리가 자기 유지를 위해 배척해온 타자의 목소리는 우리 자신이 무엇으로 구성됐는지를 되짚어보는 풍부한 매개가 된다.

타자와 이방인의 목소리에 귀 기울이는 일은 부조리하고 예기치 않은 것, 낯설고 새로운 것에 자신을 개방하는 일이다. 이는 물론 추하고 악하고 끔찍한 모든 것을 무조건 받아들이는 것과는 다른 일이어야 한다. 타자를 환대하고 그들의 이야기를 듣고 소통하는 일은 관습화된 자아를 탈중심화하고 무엇이 옳은지 더욱 정당하게 판단할 수 있는 가능성을 확장하는 일이어야 할 것이다. 그러기 위해서는 자아의 다른 가능성에 스스로를 개방하는 일이 먼저 이루어져야 한다. 자기 자신의 다른 얼굴, 내부 속의 숨은 외부와 이질성을 대면하고, 이야기 속의 괴물이 실은 자신의 다른 일부일 수 있음을 인정할 때, 타자의 이야기는 우리 자신에 대한 이해를 확장하고 다른 윤리와 실천으로 우리를 이끄는 매개가 될 수 있을 것이다.

괴기 서사에 녹아 있는
집단적 의식과 감성의
역사적 자취 읽기

한국 사회가 타자화하고 괴물화해온 것과 소통하는 방법의 하나로서 이 책은 무서운 이야기의 역사적 흐름에 주목한다. 귀신, 괴물과 같은 소재를 통해 공포와 불안의 감성을 자극함으로써 쾌락을 추구하는 서사가 대중이 즐기는 이야기 양식으로 구축되고 변화해온 과정 속에는 정상과 비정상, 선과 악, 미와 추 등을 구분하는 데 동원되어온 역사적이고 사회적인 다양한 사고와 관계, 정서가 개입되어 있다.

예컨대 일제강점기 조선에서 괴기 취미가 형성되는 과정에는 근대적 합리성과 모던이 요구하는 감각의 대립에서 오는 의식의 착종, 귀신이나 도깨비와 같은 불합리한 존재와 계몽적 합리성의 모순에서 발생하는 낭패감, 서구와 한국 전통을 위계적으로 바라보는 사고에서 비롯되는 열등감과 이에 대한 반동으로서 자국민과 스스로를 구별 짓는 엘리트적 우월감 등이 다종하게 교차하고 접합한다. 해방과 전쟁을 겪고 나서는 근대화의 부작용에 대한 비판 의식과 낙오에 대한 불안감, 위계적 젠더 의식을 뚫고 올라오는 불공정한 현실에 대한 불편함 등이 더 강하게 융기되기도 한다. 그리고 이 같은 감각과 느낌의 배후에는 근대와 전근대, 제국과 식민지, 남성과 여성, 자본가와 노동자, 도시와 시골, 엘리트와 기층 민중 등 다양한 이항대립의 관계가 복합적으로 관여하고 있다. 괴기한 이야기를 즐기는 취미가 만들어지고 이야기가 변화해온 역사 속에는 문화의 구심점을 형성하는 이데올로기와 사회 체제를 배후로 발생하는 다양한 이해와 갈등의 관계가 복합되어 얽혀 있던 대중의 정서와 감각의 편린이 숨어 있는 것이다.

이 복합적인 관계와 구조 속에서 발생하는 집합적인 감각과 느낌을 대중 감성이라고 할 수 있을 것이다. 대중 감성이란 한 사회의 구성원으로서 대중이 공유하는 집단적인 느낌과 감각의 총체를 가리킨다. 구성원이 공유하는 대중적이고 집단적인 감성 속에는 그 사회의 구조와 체제가 육화되어 있다. 우리가 느끼는 감각과 감성의 배후에는 그러한 감성의 조성을 가능하게 하는 물질적 삶의 체제와 사회 문화적 권력 관계가 작동하는 것이다. 이 체제와 관계의 작동에 부딪히며 우리는 세계에 대한 이해와 행위의 동기를 마련한다. 우리는 때로 권력이 만들어낸 이데올로기의 결을 그대로 수용하고 사고하며 감각하기도 하고, 때로는 그에 역행하고 저항하는 내밀한 욕망의 작동에 따라 느끼고 움직이기도 한다. 따라서 대중적이고 집단적인 감성은 개인이 세계에 대한 스스로의 태도를 구성하고 생활 속의 사고와 실천을 매개하는 주요한 고리의 하나이며, 시대와 사회의 영향을 받고 또 역으로 시대와 상황의 움직임에 거대한 저변을 형성하는 유동하는 실재라고 할 수 있다.

괴기한 이야기 속에 얽혀 있는 이 집단적 감각과 감성의 움직임을 살펴보는 일은 식민지적이고 기형적인 근대화 과정에서 배제되어온 타자의 목소리를 억누르고 배제하는 감각 및 욕망의 조직과 더불어 살피는 일이다. 괴물화된 타자의 모습을 들추어내는 가운데 괴기 서사는 근대화라는 집단적 목표를 위해 매진하면서 대중이 겪었던 내적 불안과 동요의 요소를 노출하기 때문이다.

다른 한편, 괴기 서사 속에 숨은 대중 감성을 살피는 일은 배제된 타자를 사회에서 허용되는 쾌락으로 길들이고 즐기게 만드는 대중문화의 메커니즘이 숨긴 진실을 확인하는 일이기도 하다. 괴물화된 타자의 모습을 쾌락적 서사로 환치하는 이야기의 구조와 관습 속에는 타자의 형상이 노출하는 체제와 이념의 모순을 봉합하고 길들이는 대중의 의식/무의식적인 감각의 움직임이 숨어 있다.

이 감각과 감성에 대한 접근은 '괴기'라는 코드를 중심으로 이루어진다. '공포(호러)'나 '환상(판타지)'보다 '괴기'를 기본적인 접근 코드로 삼은 것은, 그것이 발생기부터 1980년대까지 한국에서 오락적 공포 양식을 지칭하는 데 실제로 사용됐던 현장의 어휘였다는 데 일차적인 이유가 있다.

일제강점기 중반, '그로테스크'의 번역어가 되면서 '기괴'로부터 독립하여 독자적인 어휘로 자립했던 '괴기'는 '괴담'과 서로 경쟁하며 오락적 공포물을 지시하는 유력한 어휘로 성장했다. '괴기'는 귀신, 도깨비 등의 이물담이나 미스터리, 스릴러와 같은 서구적 서사 양식을 포괄하며, 기괴하고 비현실적인 사건, 사고, 존재를 지칭하는 코드로 자리 잡은 어휘였다.[12]

공포영화가 새로운 영화 양식으로 본격적으로 도입됐던 1960년 대에 이 양식이 '괴기영화'로 일컬어졌던 것은 이와 같은 한국적 특수성에 말미암는다. 그러나 '괴'라는 언표 자체가 명확한 인식을 부정하는 본질을 지닌 탓에 '괴기'의 의미가 선명하게 구획되기는 어려웠다. '괴담'과 '괴기'는 각각 '재래의 이야기'와 '근대성을 배후로 한 현대적 이야기'로서 시대적 구분성을 어렴풋이 내포하기도 했으나, 구분점이 명확한 것은 아니었다.

'괴기'가 상대적으로 근대성과 밀착해 있었다는 점은 그것이 근대 예술과 밀착하여 독립된 단어로 성립했다는 사실에서 분명해진다. '괴기'는 그로테스크의 번역어가 됐던 1930년 전후부터 용례가 급증했는데, 그로테스크는 낯설고 해괴한 서양 예술과 취향의 일종을 안내하면서 처음 등장한 용어였다. 그렇지만 일제강점기에 발행된 조선어 사전류에는 '괴기'라는 어휘를 표제어로 실은 예가 거의 발견되지 않는다.[13] 필자가 조사해본 바로는 국어사전에 '괴기'가 공식 '표제어'로 등재된 것은 1960년대였는데, 이때 '괴기'는 '괴기소설', '괴기파', '괴기환상문학' 등의 관련 표제어와 나란히 병기되어 등재됐다.[14] 괴기가 소설, 문학, 예술 유파와 더불어 사전에 표제어로 등재됐다는 사실은 이 어휘가 근대적인 대중예술 양식과의 관련성 속에서 보편화되어갔음을 확인해준다. '괴기'는 그것을 재현하는 예술 양식에 의해 의미가 확정되

45

어간 단어인 것이다.

일제강점기 중반 비로소 독립된 단어가 된 '괴기'라는 말이 다시 활성화된 것은 1960년대 공포영화가 유행하면서였다. 공포영화가 대중영화의 한 양식으로 일반화되기 시작한 이 시기, '괴기'는 '괴기·공포'라는 방식으로 '공포'와 짝지어져 사용되곤 했다. 괴기와 공포를 묶어 쓰는 언어 관습은 이후 점차 공고해져, 1980년대에 이르면 '괴기영화'라는 양식명은 '괴기공포영화'라는 명칭에 주도권을 내준다. 그리고 1980년대 후반, 여귀나 괴물 대신 연쇄 살인마를 등장시킨 서구 슬래셔 영화가 유행하면서 호러물을 지칭하는 어휘의 주도권은 '공포영화'로 서서히 변주된다.

이 책에서 쓰는 '괴기'는 우리 사회에서 공포물이 지칭됐던 이 같은 역사적 경험을 바탕으로 한다. 따라서 이질적 타자성을 소재로 하는 대중 서사물을 논의하는 중심 코드는 '괴기'로 유지하되, 영화 서사를 논하는 경우에는 꼭 필요한 경우가 아니면 오늘날 익숙해진 장르 용어인 '공포영화'로 당대에 쓰인 '괴기영화'라는 용어를 대신하기로 한다. 이는 이 책이 과거의 문화를 논의하고 있지만 어디까지나 오늘날의 이해의 지평 위에서 이를 수용하고 성찰하는 데 목적을 두기 때문이다.

한국 귀신 이야기의
근대적 전환

2:

조선시대의
귀신관과
귀신 형상

'괴기물' 하면 귀신 이야기를 떠올린다. 귀신 이야기는 서양 이야기보다 동양 이야기가 더 무섭다고들 한다. 우리의 산 경험이 녹아들어 있어서일까? 공포영화의 기원은 〈프랑켄슈타인〉, 〈드라큘라〉 혹은 그 전신인 〈노르페라투〉와 같은 작품에서 찾지만, 진짜 무서운 영화는 〈월하의 공동묘지〉, 〈여고괴담〉, 〈링〉과 같은 한국 작품이라고 말하는 사람이 많다. 넷플릭스에서 제작된 〈킹덤〉이나 〈스위트홈〉, 〈지금 우리 학교는〉 등의 인기는 세계적이다.

　　한국 귀신 이야기의 대명사가 된 TV 시리즈 〈전설의 고향〉은 〈수사반장〉, 〈전원일기〉 등과 더불어 1970~1980년대 한국인이 가장 즐겨 보았던 TV 시리즈이기도 했다. 〈전설의 고향〉의 압권은 단연 구미호였다. 새하얀 얼굴에 빨간 입술을 하고 미소 띤 얼굴로 "간 좀 줄래? 잠깐이면 돼"라고 말하는 구미호의 대사는 아직도 많은 사람에게 기억되고 있다.

그리고 이 시리즈에서 우리가 주로 봤던 귀신의 형상은 새하얀 얼굴에 소복을 입고 머리를 풀어 헤치고 입술에 피 칠을 한 채 어떻게 걷는지 알 수 없게 스르르 움직이는 모습이다. 한국의 귀신 하면 처녀귀신이고, 소복에 산발이 기본이라는 생각은 지금도 변함이 없다. 대부분의 한국인이 이와 같은 귀신의 형상을 고유의 귀신 모습으로 생각한다. 그런데 소복 입고 머리 풀고 발 없이 스르르 움직이는 귀신의 모습은 정말로 전통적인 한국 귀신의 형상인 것일까?

우리는 귀신 하면 옛이야기를 먼저 떠올린다. 장화, 홍련의 귀신이라든지, 구미호, 뿔 달린 도깨비가 그것이다. 그러면 조선시대 사람들은 귀신에 대해서 어떻게 생각했을까?

성리학적 이념이 지배했던 조선 사회에서는 공식적으로 귀신의 존재를 믿지 않았다. 일찍이 공자는 "괴력난신에 대해서는 말하지 않았다"라고 한다. 귀신과 같은 존재에 대해서는 말할 가치가 없다고 본 것이다. 공자가 그렇게 한 것은 유교에서는 근본적으로 비현실적인 것, 초현실적인 것을 인정하지 않았기 때문이다. 유교는 불교나 무속신앙을 혹세무민의 교설이라고 비판하면서 조선의 건국 철학이 됐다. 조선의 유학자들은 대단히 현세적이고 고유한 방식의 합리주의 철학을 펼쳐 나갔다.

성리학을 숭상하는 조선의 유학자들은 이(理)와 기(氣)라고 하는 이치와 기운의 모이고 흩어지는 완급에 따라 우주만물의 운행을 설명했다. 세상에는 모든 것을 타고 흐르는 이치(理)가 있고 이 이치가 기운

(氣)에 따라 모이고 흩어지면서 만물의 운행이 일어난다고 본 것이다. 성리학자는 영혼의 존재도 믿지 않았다. 사람이 죽으면 그 기운이 흩어져서 자연으로 돌아갈 뿐, 그를 구성했던 영혼이 별도로 남아서 영원히 존재한다고 생각하지 않은 것이다. 기독교가 처음 도래했을 때 그 영혼관과 영생의 개념을 성리학자가 결코 받아들일 수 없었던 것은 이 때문이다.

사후(死後)에 존속하는 영혼을 믿지 않는 이들에게 귀신, 도깨비와 같은 것의 존재는 근본적으로 인정되지 않았다. 존재가 인정되지 않았기 때문에 조선시대에는 귀신과 도깨비라는 존재가 별개로 구별되어 인식되지도 않았다. 그러나 성리학자는 민간에 전해지는 귀신 혹은 이물(異物, 도깨비)의 이야기에 대해서는 그 나름의 합리적인 설명을 제공했다.

논자에 따라 여러 가지 방식으로 다르게 말하기는 했지만, 귀신이란 대체로 '기(氣)', 즉 사물의 기운이 집산하는 완급에 의해 어쩌다가 발생하는 예외적인 현상으로 설명됐다.' 즉 귀신의 등장과 같은 것은 인간의 현실에서 올바른 정도(正道)가 이루어지지 않을 때 일어나는 한시적이고 예외적인 현상이라는 것이다.

그래서 최초의 한문소설로 일컬어지는《금오신화》의 유명한 저자 김시습은 귀신과의 만남을 다룬 이야기를 진지하게 전개했음에도 그와 같은 일은 "지극한 다스림이 이루어지는 세상이나 지극히 온전한 인간의 분수에서는 일어날 수 없는 일이다"²라는 별도의 설명을 남기기도 했다. 즉《금오신화》라는 이야기 세계 내부에서는 귀신과 사랑

김시습 초상, 불교중앙박물관 소장.
김시습(1435~1493)의 《금오신화》는 오늘날의 관점에서 보면 판타지
소설이다. 귀신과의 사랑 이야기, 용궁이나 저승을 방문한 모험담이 포함된
이 이야기를 쓴 저자는 그러나 귀신과의 만남과 같은 것은 "지극한 다스림이
이루어지는 세상에서나 지극히 온전한 인간의 분수에서는 일어날 수 없는
일이다"라고 말하기도 했다. 성리학적 이념이 지배했던 조선 사회에서
유학자는 귀신의 존재를 공식적으로 인정하지 않았다.

하고 결혼하여 살았던 선비의 일화나, 용궁과 저승을 방문하고 귀인을 만났던 선비의 일화를 썼지만, 이야기 바깥에서는 이런 일은 바람직한 다스림이 이루어지는 정상 사회에서는 일어나지 않는다고 밝힌 것이다. 유학자가 귀신에 대한 견문을 기록할 때는 경(經)이나 서(書), 시(詩)와 같은 고급한 양식이 아니라 필기류와 같이 말단에 해당하는 지면을 이용했던 것도 이 때문이다. 이치 밖의 세계를 금기시했던 성리학자에게 귀신 이야기 같은 기록은 결코 중요하고 의미 있는 작업이될 수 없었던 것이다. 유학자들은 말단의 지면을 이용하면서도, 글의말미에 "있을 수 없는 일인데 사람의 기운이 온전치 못해서 사기에 빠진 경우"[3]라는 단서를 달아두곤 했다.[4]

이처럼 고유의 합리주의를 바탕으로 민간의 귀신, 도깨비 이야기를 기록했기 때문에 조선의 귀신이나 도깨비는 사악하고 무섭기만 한대상으로 성격화되지 않았다. 귀신은 때로는 인간에게 음덕을 베풀기도 하는 친숙한 외경의 대상이었다. 특히 조선 후기에는 유교적 가족질서를 가르치는 조령, 즉 할아버지, 아버지와 같은 조상귀신 이야기가 귀신 이야기의 대부분을 이루게 된다. 그러니까 조선 후기로 갈수록 귀신은 유교의 가르침을 수행하는 착하고 선한 역할을 하는 경우가중심을 이루는 것이다. 도깨비 역시 이와 다르지 않았는데, 인간에게장난을 걸기도 하고 우연하게 도움을 주기도 하는 친구와 같은 존재인경우가 많았다. 이런 경향은 성리학적 이념이 조선 후기로 갈수록 안정화된 결과였다.

불투명하고
소략했던 귀신의
묘사

그러면 귀신, 도깨비의 형상은 어땠을까? 조선시대 기록 문헌 자료에는 기본적으로 귀신 이야기가 많은 편이 아니지만, 귀신 이야기를 기록하더라도 그 형상이 구체적으로 기술되는 예는 드물었다. 귀신은 그저 '나타났다', '곡소리가 들렸다', '기운이 느껴졌다' 등으로 간략하게 기록되는 경우가 많았다. 그 모습이 어땠다는 설명은 자세하지 않았다. 장화홍련 이야기의 원전으로 알려진 《청구야담》의 일화에서 귀신의 등장은 다음과 같이 기록돼 있다.

김 상공 모가 어릴 적에 친구 셋과 함께 백령봉 아래 영월암에서 책을 읽었다. 하루는 친구들이 모두 집에 돌아가고 밤에 홀로 앉아 밝은 촛불로 책을 읽는데, 홀연히 여인의 곡성이 들렸다. 원망하는 듯 호소하는 듯하던 소리는 영월암 뒤에서부터 차츰 가까워지더니 창문 밖에서 멈췄다. 공이 이상히 여기며 단정히 앉아 꿈쩍도 하지 않은 채로 "귀신이냐, 사람이냐" 물었다. 여인이 길게 한숨을 쉬며 "귀신입니다" 했다. 공이 "그러면 저승과 이승이 다르거늘 어찌 감히 넘나드느냐" 물으니, 여인이 대답하기를 "제가 전생에 원한이 있는데 공이 아니면 풀어줄 수 없어 원통함을 호소하려고 이렇게 왔나이다" 했다. 공이 문을 열어보았으나 있는 곳이 보이지 않았다. 공중에서 소리가 나며 "형상을 보이면 공께서 놀랄 것입니다" 하니, 공이 "모습을 보여라" 했다. 말이 끝나자 젊은 여인이 산발하고 피를 흘리며 앞에 섰다. 공이 그 원한이 무엇이냐 물으니 답하기를 "저는 조선 관원의 딸로 모씨 댁으로 시집을 갔으나 신혼이 끝나기도 전에 남편이 음란한 여자에게 유혹되어 저를 욕하고 때리더니, 마침내는 그 여자의 참소를 믿고 제가 음탕한 행위를 했다고 하며 밤중에 저를 찔러 영월암 절벽 사이에 버렸습니다. 이를 아는 사람이 아무도 없으니, 남편은 제 부모님께 제가 바람이 나 집을 나갔다고 알렸습니다. 비명횡사한 것도 억울한데 불결한 이름까지 얻으니 천고의 저승에서도 이 원통함을 씻을 수가 없습니다." 김공이 묻기를 "원한이 측은하기는 하다만 일개 서생인 내가 그것을 어떻게 풀겠는가."[5]

조선시대 문헌으로는 눈에 띌 만큼 귀신의 등장을 매우 드라마틱하게 기술하고 있는 이 이야기는 이 같은 극적인 등장 탓인지 장화홍련전 이야기로 변주되어 한국인이면 누구나 알고 있는 무서운 이야기로 계승되었다. 우는 소리를 내며 멀리서부터 다가온 이 귀신의 등장은 자못 섬뜩하다. 머리를 풀고 피를 흘리는 모습 또한 범상치 않다. 그러나 그것이 장화홍련의 이야기에서와 같이 사람을 혼절시켜 죽일 만큼 끔찍한 것은 아니다. 귀신과 대면한 선비의 자세 또한 담대하기 짝이 없다. 단정히 앉아 꿈쩍도 하지 않은 채 귀신과 대면하는 이 선비의 침착한 태도는 초현실을 인정하지 않았던 저 유학자들의 꼿꼿한 신념을 반영하고 있다. 귀신이 억울함을 호소할 수 있었던 것도 우주의 근원적인 바른 도리를 믿는 선비의 신념에 공감하기 때문이다. 귀신은 선비가 잘못을 바로잡아 줄 수 있을 것으로 믿고, 선비는 실제로 그렇게 행한다. 귀신은 올바른 도리가 지켜지지 않은 인간사의 잘못에 의해 일시적으로 등장한 예외적 현상인 것이다.

등장만으로 사람을 죽였다는 무서운 이야기로 계승되었던 이 유명한 이야기의 원전에서 귀신의 형상은 오늘날 알려진 귀신 이미지의 일면을 엿보게 해준다. 그러나 산발하고 피 흘린다는 것 이외에 귀신의 형상에 대한 더 자세한 정보는 찾아보기 어렵다. 귀신을 대면한 인물의 태도도 오늘날 알려진 이야기의 그것과는 사뭇 다른 전개다. 사람을 혼절시켜 죽이는 무서운 귀신의 모습이란 후대에 첨가된 상상력인 것이다. 실제로 조선의 문헌에서 귀신의 모습은 그리 자세히 그려진 것도 그 모습이 일반화된 것도 아니었다.

조선시대 민간의 귀신과 도깨비 이야기가 비교적 많이 담겨 있는 대표적 서적 중 하나가 성현의 《용재총화》다. 이 책은 비교적 귀신, 도깨비 이야기를 많이 담고 있지만, 역시 그 형상에 대한 묘사는 매우 소략한 편이다.

여종에게 빙의한 귀신이 낮이면 공중에 떠 있고, 밤이면 대들보 위에 깃들어 있었다.
-《용재총화》권3

어떤 괴물이 높은 관에 큰 얼굴로 나무에 의지하여 서 있다가, 안 선비가 뚫어지게 바라보니 점점 사라져버렸다.
-《용재총화》권3

수저를 잡고 밥을 떠올리는 것은 볼 수 없으나 반찬과 밥은 자연히 없어졌다. 허리 위는 보이지 않으나 허리 아래는 종이로 치마를 삼았으며, 두 다리는 여위어 마치 검은 옻나무와 같아 살은 없고 뼈뿐이었다.
-《용재총화》권4

귀신에 대한 묘사가 매우 간소함을 보여주는 지문이다.《용재총화》에서 귀신과 도깨비는 명확한 형상을 통해 구체적으로 그려지기보다는 느낌으로 그려지는 존재에 가까웠다. 달리 말하면 귀신은 '형상'이라기보다는 '기운'에 의해 느껴지는 존재에 더 근접했던 것이다. 시각적 감각에만 치우치지 않고 오감을 통해 느껴지는 기운에 가깝게 묘사된 것도 조선 유학자가 가진 성리학적 사유의 영향이 크다고 할 것이다.

《용재총화》보다 100년 정도 늦은 조선 중기에 저술된 유몽인의 《어우야담》에서는 귀신, 도깨비의 형상이 상대적으로 조금 더 또렷한

편이지만, 역시 자세하게 묘사되지는 않는다.

① 홀연히 한 물체가 와서 집 귀퉁이에 섰다. 몸에는 감색 옷을 입었는데 그 길이가 발꿈치까지 이르고 풀어 내린 머리가 땅에까지 닿았는데 바람을 따라 엉클어졌다. 어지러운 머리 사이로 고리 같은 두 눈이 번득여 두려워할 만했다. (…) 누린내가 코를 찔렀다.

-《어우야담》137화

② 한밤중에 친구와 함께 성균관에 가는데 길 가운데 한 물체가 입을 벌리고 길을 막고 있었다. 윗입술은 하늘에 붙었고 아랫입술은 땅에 붙어 있었다. 동행하던 친구는 겁을 먹고 놀라서 뒷걸음을 쳐 다른 길로 갔으나 신숙주는 곧장 양 입술 속으로 들어갔다.

-《어우야담》139화[6]

①에서 이물(異物)은 《용재총화》의 경우보다 비교적 또렷하게 형상화되어 있다. 그러나 여전히 시각적 느낌보다는 후각의 감각이 이물의 이질감을 더 분명히 전달한다. ②의 경우에는 이물의 형상을 쉽게 짐작하기가 어렵다. 윗입술은 하늘에 붙고 아랫입술은 땅에 붙은 괴물은 대체 어떻게 그려낼 수 있을지 상상하기 쉽지 않다. 시각적으로 묘사했지만 시각적으로 구현된다기보다는 막연한 느낌상의 이질성과 공포에 더 많이 호소하는 셈이다.

도깨비의
얼굴[7]

《어우야담》의 다음 일화는 도깨비의 얼굴에 대한 전래의 상상력을 구체화한 예로 주목할 만하다.

> 늦은 밤인데 갑자기 커다란 한 물체가 나와 책상 앞에 엎드렸는데 고약한 냄새가 코에 역겨웠다. 정백창이 자세히 보니 그 물건은 눈이 튀어나오고 코는 오그라졌으며 입 가장자리가 귀에까지 닿고 귀가 늘어지고 머리털은 솟구쳐 마치 두 날개로 나누어진 듯하였고 몸의 색깔은 푸르고 붉었으나 형상이 없어 무슨 물체인지 살필 수가 없었다.
>
> −《어우야담》138화

이 일화에서도 갑자기 나타난 이물을 설명하는데, 고약한 냄새가 동원되고 전신의 형상이 없는 것은 앞의 경우와 유사하다. 그런데 여기서는 괴이한 얼굴이 좀 더 또렷이 묘사된다. 튀어나온 눈, 오므라진 코, 늘어진 귀, 귀까지 찢어진 입, 날개처럼 솟구친 머리털, 이런 묘사는 어디서 많이 본 것 같은 익숙한 형상이지 않은가. 이 이물의 형상은 삼국시대부터 전해 내려온 '귀면와', 즉 귀신 얼굴의 기와 문양과 흡사하다.

고구려나 통일신라의 귀면와는 대체로 부리부리한 눈에 입을 귀까지 찢어 벌리고 날카로운 이를 드러내며 크고 동그란 콧구멍을 가지고 있다. 한문학 연구자 김정숙은 이런 얼굴이 기와라는 한정된 공간에 최대한 위협적인 형상을 갖추기 위해 강조된 형상이라고 설명한다. 그에 따르면 벽사(辟邪), 즉 사악한 것을 물리치고자 하는 의미를 담고 있는 이런 얼굴의 모습은 기와뿐만 아니라 대문 문고리나 벼루, 방울 등의 생활 소품에도 새겨졌다. 이와 같은 형상이 과거로부터 전해 내려와, 전통적인 한국의 이물(도깨비)은 주로 얼굴에 집중해 묘사됐다는 것이다. 커다란 얼굴이나 두 눈을 과장되게 묘사하고 신체 전체의 형상은 모호하게 처리하는 방식이다.

> 머리가 두 개에 눈이 네 개이고 높은 뿔은 우뚝 솟고 입술은 처지고 코는 오그라지고 눈동자는 모두 붉어 그 모습을 차마 볼 수가 없었다.
> -《어우야담》149화

《어우야담》속 또 다른 도깨비의 일화를 묘사한 앞의 인용문 역시 얼굴을 중심으로 이물을 묘사하는 우리의 전통을 잘 보여준다.

국립중앙박물관과 국립경주박물관에 소장된
고구려, 신라, 통일신라의 귀면와.

김정숙에 따르면, 그 밖에도 조선시대 이물에 대한 상상력은 고대 중국의 지리서《산해경》에 등장하는 기상천외한 요괴의 영향도 받았다. 여덟 개의 사람 머리와 여덟 개의 다리와 꼬리로 이루어진 '천오(天吳)'나 사람의 얼굴에 팔과 다리를 가지고 있는데 몸은 물고기의 형태로 이루어진 '능어(陵魚)', 얼굴은 사람인데 몸은 뱀의 모습인 '촉음(燭陰)', 눈이 여섯 개고 날개가 네 개, 발이 세 개인 '산여(酸與)' 등등《산해경》에는 기발하고 재미있는 상상의 동물이 수없이 등장한다. 다만 조선시대의 문헌 중에도 그 영향을 받은 사례가 없지는 않았지만, 우리 문화에서 이와 같이 기발한 이물이 등장하는 예가 많았던 것은 아니다. 오히려 앞에서 본 것과 같이, 조선 후기로 갈수록 무서운 존재에 대한 상상력은 점차 더 단순화되고 정화되어갔다.

　　결국 조선의 귀신은 형상이 자세하게 묘사된 경우가 많지 않으며, 상대적으로 자세하게 묘사됐다 해도 귀면와의 얼굴 형상 정도를 제외하면 그 형태가 일정하지는 않았다고 할 수 있다. 하얀 얼굴에 소복 입고 산발한 귀신의 유형은 일반적인 게 아닌 것이다. 우리 전통 사회에서 귀신의 성격이나 형상은 조선 후기로 갈수록 더욱 안정화, 인간화된 것으로 정리되어갔다. 제사의 음덕을 베푸는 조령의 이야기가 늘어난 데서 알 수 있듯, 이는 조선 후기로 갈수록 성리학적 이념이 더욱 정제되고 그 장악력이 확장된 결과였다.

유형화된
귀신의 등장

그러면 우리가 알고 있는 귀신, 〈전설의 고향〉 같은 데서 흔히 등장하는, 발 없이 스르르 미끄러지듯 움직이고 소복 입고 산발한 귀신이 일반화되기 시작한 것은 언제부터일까?

이런 귀신이 관습화된 것은 조선이 서양 문명의 충격을 받아 강제로 개화하고 국권을 상실한 이후, 즉 일제강점기였다. 구체적으로 한국 문헌에서 이런 형태의 귀신이 등장하여 집단적으로 유형화된 것은 조선총독부 기관지였던 《매일신보》에 〈괴담〉과 〈괴기행각〉(이하 '괴담란'으로 통칭)이라는 기획 코너가 생기면서부터였다.

《매일신보》는 대중적이고 통속적인 기사를 통해 유흥적 취미 문화를 선도했던 신문이다. 《매일신보》의 괴담란은 조선의 귀신, 도깨비 이야기와 같은 섬뜩한 이야기를 모아서 하나의 흥미로운 오락물로 창출해낸 최초의 공식 코너라고 할 수 있다. 1926년 《시대일보》에 게재

① 목매단 귀신(《선왕당
소나무》,《매일신보》1930년
11월 19~22일)

② 처녀귀신(《수동이의
죽엄》,《매일신보》1930년
11월 26일~12월 3일)

③ 토신(《흉가》,《매일신보》
1930년 12월 19일)

됐던 〈기문괴담〉 또한 짧지만 기괴한 이야기를 담은 시리즈였으나, 사건 보도에 가깝다는 점에서 서사적 허구성을 바탕으로 한 순수한 오락물로 출발했던《매일신보》의 괴담란과는 차이가 있다.

1927년 14편의 괴담을 연재했던《매일신보》의 〈괴담〉은 1930년 〈괴기행각〉으로 코너명을 수정하여 또 한 번 20여 편의 괴기한 이야기를 담으면서, 일제강점기 조선에 오락적인 괴기 양식의 출발점을 형성했다. 오락적 이야기 양식으로서 괴기물을 본격적으로 특화한 이 시리즈는 이후《조선일보》나《조광》과 같은 민족 신문과 잡지에도 계승되면서, 한국에 괴담이라는 근대적 양식이 확립되는 기원을 이룬다.

《매일신보》괴담란은 항간에 유행하는 무서운 이야기를 수집하여 이야기로 구성하면서, 이야기의 일부를 시각적으로 그려낸 삽화를 한 편씩 삽입했다. 이 삽화에 등장하는 귀신·도깨비는 이제 과거의 그것과 달리, 일정하게 유형화된 모습으로 나타나기 시작한다.

그림 ①은 마을 서낭당 앞 소나무에 목매단 귀신을 형상화했고, ②는 수동이라는 동네 청년을 몰래 연모하다가 죽은 마을 처녀의 귀신을, ③은 흉가에 깃든 토신을 형상화한 삽화다. ③의 토신은 원래 땅을 지키는 신령나무였는데, 베어져서 집의 대들보가 되고는 집에 드나드는 사람 앞에 팔다리가 따로따로 떨어져 내리는 사람의 모습으로 나타난다. 하지만 삽화에서는 앞의 두 경우와 비슷하게 길쭉하게 세로로 늘여져 다리 부분이 보이지 않는 무각유령의 형상을 하고 있다. 귀신에 대한 상상력이 유사한 형태로 동질화되고 있음을 알려주는 부분이다. 세로로 길쭉하게 하늘을 날아다니는 기체의 형상으로 표현된 이 귀신들의 모습에는 높은 도약과 유영 그리고 형체 변화의 신비한 능력이 함축되어 있다. 인간에게는 불가능한 초월적 힘을 두드러지게 표현한 것이다.

요컨대 우리가 〈전설의 고향〉과 같은 TV 시리즈를 통해 일반적으로 상기하는 귀신의 형상은 한국 고유의 귀신에 대한 상상력을 시각화했다기보다는 일제강점기에 그 모습이 유형화되고 일반화된 것이라고 할 수 있다. 그렇다면 조선시대에는 모습이 일정하지도 성격이 사악하지도 않았던 귀신이 엇비슷하게 모습이 유형화되고 성격이 요사하게 바뀌게 되는 것은 어떤 이유 때문일까? 이제 다음 장에서 본격적인 답을 찾아보기로 하자.

괴기 취미의 형성과
근대 지(知)의 갈등

3:

괴기 양식의 발아,
《매일신보》 괴담란

《매일신보》는 일제강점기에 조선총독부에서 기관지로 발간했던 한국어로 된 일간신문이었다. 조선총독부는 일제강점기에 일본어 신문 《경성일보》와 한국어 신문 《매일신보》 두 가지를 함께 발간했다. 그중 조선어 신문인 《매일신보》는 조선인에게 일제의 정책을 선전하기도 하고, 또 연재소설이나 엽기적 사건, 각종 일화, 생활 정보와 같은 흥밋거리를 제공해서 대중의 오락적 취향을 선도하는 데 앞장섰던 미디어였다.

1927년 〈괴담〉이라는 연재란을 처음 만들면서 《매일신보》는 다음과 같이 괴담란의 성격을 안내했다.

독갑이가 잇느냐? 업느냐? 이것은 학자들이나 싱각할 문제이나 엇재ㅅ든 어느 곳 치고 독갑이 이야기 하나 업는 곳은 업고 더욱히 녀름이

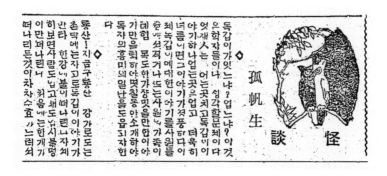

1927년 8월 9일 《매일신보》에 처음 시작된 괴담란. 사건 기사가 아니라 전통적인 민간의 이야기를 모은 본격적인 공포물 시리즈가 한국에서 연재된 것은 이때가 최초라고 할 수 있다.

면 그 이야기가 경풍하다 이제 독갑이에 대한 이야기를 사원들 중에서 격거나 쪼는 사원의 가족이 톄험 목도한 가장 밋을 만한 이야기만을 퇵하야 몃칠 동안 소개하야 독자의 흥미의 일단을 도웁고자 한다.

– 〈괴담〉, 《매일신보》 1927년 8월 9일

이 안내 글에서 말하는 도깨비는 귀신과 이물을 포함하는 개념이다. 1927년 당시까지만 해도 귀신과 도깨비를 구별하는 관념은 아직 없었다. 《매일신보》의 편집자는 학문적이거나 종교적인 의미가 아니라 순수한 흥밋거리로 공포물을 다루어보겠다는 포부를 드러낸다. 존재 유무를 떠나서 재미를 위해 귀신, 도깨비를 다루는 새로운 접근법의 출현이다. 이처럼 《매일신보》가 공포를 오락의 도구로 삼은 양식을 기획한 배경에는 일본에서 유행한 괴담 문화의 영향이 숨어 있었다.

일본에서는 일찍이 에도 시대(1603~1867)부터 서민 사이에 괴기한 이야기가 인기를 끌었다. 그래서 중국의 괴이한 이야기를 모은 책 《오토기보코(伽婢子, 어린이의 액을 막는 부적 인형을 일컬음)》(1666)가 발간되기도 했고, 괴담 이야기를 즐기는 괴담회가 성행해서 무서운 이야기를 모은 책 《햐쿠모노가타리(百物語, 100가지 이야기)》가 편찬되기도 했다. 1825년에는 애인에게 버림받고 얼굴이 흘러내리며 흉측해져서 죽은 여귀가 등장하는 유명한 《도카이도 요쓰야 괴담(東海道四谷怪談)》이 책으로 출간된다. 일본에서 '괴담'이라는 말이 귀신 이야기라는 통념으로 성립하고, 하나의 문화를 형성한 것은 이즈음이었다고 한다.

일제강점기 일본의 괴담 문화는 영화와 서적을 통해 조선에 유입됐다. 《경성일보》 광고란을 살펴보면 1920년부터 1929년까지 '괴담'이라는 타이틀을 앞세운 일본 영화가 적어도 55편 이상 조선에서 개봉된다. 또 다이쇼 및 쇼와 시대에 걸쳐 더욱 크게 유행하게 된 괴담 붐으로 인해 괴담이라는 제목을 붙인 일본 서적의 출판도 왕성해진다.' 신문의 서적 광고나 영화 제목이 반복되면서 조선 사회에서도 괴담은 무서운 이야기의 집합체라는 장르 의식이 일어났다. 그래서 처참한 살인사건이나 소복 입은 귀신 이야기를 다루는 양식으로 괴담의 구체적 이미지가 형성되어간 것이다.

《매일신보》가 일본 괴담의 영향을 받았다는 것은 수록 작품 가운데 일본 소설을 번안한 예나 일본의 전설과 비슷한 이야기가 삽입된 데서 확인할 수 있다. 그러나 내용 면에 앞서, 일본 괴담의 영향은 귀신

① 우물귀신

② 마루아마 오쿄의 유령화[2]

의 모습에서 더욱 확연했다.

앞 장에서 보듯 일정하지 않았던 조선 전래의 귀신 형상은 《매일신보》에 와서 특정한 방식으로 유형화된다. 이 유형화된 형상에는 일본 귀신의 영향이 적지 않았다.

①은 1927년 《매일신보》 괴담란에 실린 우물귀신의 그림이고, ②는 1785년에 그린 마루야마 오쿄의 유령화다. 두 귀신의 형태가 매우 비슷하다. 두 그림의 귀신 모두 하얀 옷에 머리를 풀어 헤치고 손을 앞으로 내밀고 있으며, 다리 부분이 보이지 않는 무각유령의 형태를 띤다. 다리 부분이 기체 형상으로 흐릿하게 그려지는 길쭉한 무각유령의 형상은 《매일신보》 삽화에서 즐겨 활용되는 귀신의 형상이었다. 흥미롭게도 이런 형상은 1927년의 괴담에서는 많지 않았다.

1927년 《매일신보》가 그린 귀신의 형상은 다음과 같은 것들이다.

③은 제삿날 밤에 아들의 친구 앞에 나타나서 본인의 제사상 차림이 잘못됐다고 알려주는 아버지 귀신을 그린 그림이다. 보통 사람과 다를 바가 거의 없는데, 다리 부분만 희미하게 기체로 그려져 있다. 갓을 쓰고 도포를 입은 모습이 발 부분을 제외하면 일상의 인물과 거의 구분되지 않는다. ④는 자정 뒤에 빈집에 나타나서 선비를 꾀어 연못으로 이끄는 미모의 여귀인데, 눈 코 입이 또렷한 얼굴을 통해 미인의 형상을 표현했다. 여기서도 다리 부분만 희미하게 기체로 그려져 일본 유령화의 영향을 드러낸다.

그러나 이런 귀신은 아직 그리 무섭게 느껴지지는 않는다. 실제로 귀신이 하는 일도 제사상 차림의 바른 예절을 알려주는 친절한 가르침

③ 조상귀신(〈제사날밤〉, 《매일신보》 1927년 8월 21일)

④ 미모 여귀(〈자정 뒤〉, 《매일신보》 1927년 8월 19일)

⑤ 아동귀신(〈괴담〉,
《매일신보》 1927년 8월
14일)

⑥ 쫓기는 원귀(〈흉가〉,
《매일신보》 1927년 8월
12일)

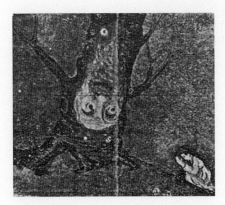

⑦ 나무귀신(〈나무귀신〉,
《매일신보》 1927년 9월 1일)

이거나 아름다움으로 포장된 유혹이다. 귀신 자체가 흉측하지는 않다.

⑤와 ⑥의 경우는 귀신의 평범함과 나약함이 두드러진다. ⑤는 마을 어귀 외딴집 창밖에서 불쑥 손을 들이밀며 난데없이 엿을 달라고 조르는 어린아이 귀신의 모습이다. 삽화상으로는 보통의 아이 모습과 다를 바가 거의 없다. ⑥은 새로 이사한 집에 나타나서 "나는 원한을 가지고 이 집에서 죽은 귀신이니 굿을 하고 고사를 지내달라"라고 요청하는 여귀의 모습이다. 이 여귀는 이사 온 집주인에게 굿과 고사를 요청했지만, 귀신을 믿지 않는 개화 지식인이었던 집주인이 칼을 들고 덤비자 겁을 먹고 움츠러들어 있다. 귀신의 힘이 인간의 힘보다 절대로 세지 않은 것이다.

우물귀신 ①도 무해하고 약하다는 점에서는 유사하다. 시어머니와 시누이의 구박 때문에 우물에 몸을 던진 이 귀신은 슬픈 곡소리만 낼 뿐 별다른 위해를 끼치지 않는다. ⑦은 마을의 서낭신인 나무귀신을 표현했다. 그림에서 이 귀신은 마을의 부자가 자신의 가지 일부를 베어서 방아를 만들려고 하자 거꾸로 선 얼굴의 모습으로 나타나 부자를 혼내려고 한다. 거꾸로 서서 움직인다는 상상력은 기발하지만, 실제 이 귀신의 얼굴은 살짝 귀엽기까지 하다.

1927년에 처음 출발했던 괴담의 양상은 이러했다. 조선 후기에 전해지던 한국의 전래 문화를 이어받은 이런 귀신 이야기 속에서 귀신은 그렇게 엄청난 힘을 가진 존재도 끔찍하고 흉측하기만 한 존재도 아니었다. 귀신은 먹을 것을 청하거나, 슬픈 울음소리를 내거나, 아름다운 모습으로 인간을 유혹하는 존재였고, 도깨비 역시 신발을 나무에 걸거나 지붕에 모래를 뿌리는 수준의 심술을 부리는 정도였다. 도깨비는 또한 씨름을 청하는 것과 같은 가벼운 장난을 걸거나 주객/오입쟁이를 혼내주기도 했고, 가난한 자에게는 쌀자루를 던져주는 음덕을 베풀기도 했다.

그러나 1930년의 괴담(〈괴기행각〉 시리즈)은 성격이 달라진다.

괴기 취미,
전통을 발명하다

1930년대 〈괴기행각〉 시리즈의 귀신은 하늘로 솟구치거나 유영하는 길쭉한 형태로 그려진다. 그리고 다리 부분이 불투명한 무각유령의 형태가 더욱 일반화되고 유형화된다. 신출귀몰하게 묘지에 출현하는 대갓집 며느리귀신의 모습을 보여준 1936년 〈묘지이변〉(①)의 사례는 이런 유형화의 결과를 선명하게 드러낸다.

2장 말미에서 본 삽화나 〈묘지이변〉의 삽화(①)에서 보듯 오늘날 우리에게 익숙한, 소복 입고 산발하고 무서운 얼굴을 한 귀신의 모습은 1930년대 괴담에 와서 일반화되기 시작했다. 다리 없이 날아다니는 귀신의 모습은 유영과 형체 변화의 초월적 힘을 느껴지게 한다. 그래서 인간보다 강력한 힘을 지닌 위협적 존재로 다가온다. 귀신은 이제 한낱 이상(異常) 현상으로 간주되기보다는 인간에게 치명적인 위협을 줄 수 있는 무서운 능력을 지닌 존재로서 유형화되고 일반화되기 시작한 것이다.

① 유광열, 〈묘지이변〉, 《매일신보》 1936년 6월 25일

② 유추강, 〈괴화〉, 《매일신보》 1936년 6월 25일

③ 신정언, 〈여인여귀〉, 《조선일보》 1939년 8월 8일

④ 살해된 시체(〈귀신의 문초〉, 《매일신보》 1927년 8월 29일)

⑤ 살인 현장(〈목 없는 그 사람〉, 《매일신보》 1930년 11월 25일)

⑥ 목매는 여자(〈장로집에 사탄〉, 《매일신보》 1930년 12월 24일)

이런 경향은 해가 갈수록 강화되는데, 1936년 《매일신보》에 발표된 유추강의 〈괴화〉나 같은 해 《매일신보》에 실린 삽화의 귀신은 해골과 같은 무서운 얼굴과 사악한 성격이 더욱 강화되어 있다.

〈괴화〉에 삽입된 삽화(②)에서는 빨래터 근처에 나타난 귀신을 표현했다. 허리 위로 상체만 보이는 이 귀신은 얼굴 모양이 웃고 있는 해골의 형체로 표현되어 있어서 깜짝 놀랄 만한 두려움을 자아낸다.[3] 긴 머리를 드리우고 뭔가를 요구하듯 손을 뻗친 모습 또한 오싹하게 소름 끼치는 자세다. 삽화 속의 사람들도 기겁을 하며 놀라 달아나고 있다.

《조선일보》에 실린 〈여인여귀〉의 귀신(③)은 무덤으로 둘러싸인 공동묘지에서 한 시체의 살을 파먹기 위해 칼을 들고 앉아 있다. 머리를 풀어헤치고 찢어진 눈을 치켜뜬 모습이 1927년 《매일신보》의 귀신과는 사뭇 다르다. 사악한 성격과 시체를 파먹는 등의 엽기적 행위가 두드러져 보이는 형상이다. 삽화와 이야기가 귀신을 통해 인간사의 이상 현상을 말하기보다는 공포감을 조성하는 데 더 주안점을 두고 있음을 여기서 확인할 수 있다. 과거에는 소박한 소망 실현이나 윤리적 질서 회복을 위해 동원되곤 했던 귀신 서사가 잔인성과 흉포함, 끔찍함의 상상력과 적극적으로 결합하고 있는 것이다.

끔찍하고 잔혹한 형상을 통해 공포감을 강조하는 삽화는 귀신보다는 살인과 같은 살아 있는 인간 내부의 분쟁을 형상화한 예에서 두드러진다. ④, ⑤, ⑥의 삽화는 살인이나 자살과 같은 현실의 인간 모습을 묘사한 예다.

④는 산길에서 발견한 시체의 형상을, ⑤는 탐욕으로 인한 살인의

장면을, ⑥은 귀신에 홀려 스스로 목을 매는 여자의 모습을 그린 삽화다. 인간사의 분쟁이 만들어낸 물리적 충돌의 현장은 죽은 사람의 영혼이나 인간에게 위해를 가하는 이물(도깨비)의 삽화보다 한층 끔찍하다. 피를 흘리고 눈을 부릅뜬 시체, 입을 벌리고 눈을 치켜뜬 채 칼을 휘두르거나 입에서 피를 흘리며 밧줄에 목을 매는 인간의 모습은 무각유령의 위력과는 또 다른 처참하고 섬뜩한 느낌을 자아낸다. 이 같은 삽화는 시체나 살인에 대한 언어적 묘사와 더불어 게재됐고, 이를 통해 공포의 감성을 배가했다.

의도적으로 공포감을 조장하는 이 같은 지면 배치와 언술 방식은 괴담이 단순히 이계적 존재의 이질감과 두려움만을 환기하는 것이 아니라, 잔인하고 끔찍한 상상력과 결합하여 공포 그 자체를 야기하는 데 일차적 목적을 두는 서사로 양식화되고 있었음을 확인해준다. 괴담란은 단순히 민속의 전통 신앙과 주술의 스토리를 복원하는 것만이 아니라, 공포 감각을 촉발하기 위해 인위적으로 흉측하고 섬뜩한 소재를 결합해 이야기를 꾸미는 코너로 진전되고 있었던 것이다. 생활 속의 사소한 변이에 평계를 붙일 수 있는 원인을 제공하고 때로는 재미를 느끼게도 했던 도깨비 서사나, 소박한 소망 실현이나 윤리적 질서 회복을 위해 동원되곤 했던 귀신 서사는 그렇게 잔인성과 흉포함, 끔찍함의 상상력과 적극적으로 결합해갔다.

이처럼 이계적 존재의 '신비함'이 그 상승적 이미지를 실각한 채 '끔찍함'과 '잔인함'의 하강적 상상력과 강고하게 결합한 데는 당대 유행했던 '그로'의 영향이 크다. 1920년대 말 식민지 조선에는 "강렬한 자극을 갈구하며 괴기한 독창을 차저 집중"하는 "세기말적 퇴폐 문화"[4]가 유입하여 '에로-그로'라는 용어의 거대한 유행을 만들어냈다. '에로틱'과 '그로테스크'의 줄임말인 '에로'와 '그로'를 한데 묶은 데서 알 수 있듯 해외에서 유입된 이 첨단의 기호는 일제강점기 조선에 이색적이고 잔인하고 무서운 것을 오락거리로 취급하는 새로운 문화적 취향을 전파했다.

대중미디어는 "센세슌을 이르킬 기사"에[5] 갈급했다. "노파들의 입에서 풀어 나오는 신화 괴담" 속에서 "괴기를 찾는 일종의 엽기벽"[6]을 충족할 수 있는 서사의 양식화가 일어난 것은 이러한 문화 트렌드의 결과였다. 1930년대 초반부터 《별건곤》을 비롯한 대중잡지는 〈에로섹슌〉, 〈특별독물〉, 〈기괴실화〉, 〈태서괴기〉 등의 기획란을 마련하고 다양한 이색 풍속, 범죄 실화, 에로 기사 등을 실어 나르는 데 촉각을 기울였다. 연쇄살인, 토막살인, 강간살인 등 엽기적 살인사건과 양성 인간, 성전환, 인육 섭취, 희귀한 성 풍속 등 이질적이고 자극적인 해외의 사건들이 타이틀에 '괴기', '괴담'이라는 언표를 동반하면서 앞다투어 보도됐다. 이색적인 쾌락을 찾는 모던한 문화의 유입이 잔혹하고 엽기적인 사건과 풍속을 하나의 오락거리로 전도하고 자극적인 사건을 즐기는 새로운 취향을 마련한 것이다.

간호사로 여장하고 강간을 일삼은 일본의 양성 인간, 48인의 여성을 강간, 참살하고 그 인육을 판매한 독일의 식인마, 구혼 광고로 유인한 여성을 도끼로 토막 내어 뜰에 매장한 유럽의 살인마, 여성의 고시마키(허리에 두르는 속옷) 280여 벌을 훔쳐 옷과 터번으로 만들어 간직한 인도의 파렴치한(〈모던복덕방, 깜둥이 변태색정광〉,《별건곤》1930년 11월) 등등 미디어의 모던란은 이색 기사로 넘쳐났다.[7]

탐정소설은 "악한 괴마의 (…) 소름이 쭉쭉 끼치는 무서운 행동"[8]을 묘사하는 데 주의를 기울였다. "날카로운 독기나 낫 가튼 것으로 압이마를 일격에 찍키여 즉사한"[9] 시체, "들개들에게 뜻기고 찍기여 하로 밤 사이에 내장이 드러나고 연붉은 근육 사히로는 흰 뼈까지도 앙상하게 보이게 될 만치 참혹함 죽엄"[10]과 같은 잔혹한 묘사는 1930년대 《매일신보》 괴담란의 끔찍한 삽화나 묘사와 동질성을 드러내면서, 미디어가 조장하는 잔혹한 상상력이 무엇에 기원하고 있는지를 확인해준다.

'기괴하고 끔찍한' 것이 유발하는 흥미에 대한 당대의 문화적 요구는 재래의 이계적 상상력 속에 새로 도입된 문화적 취향을 접합하고 개발해갔다. 자극적이고 강렬한 공포를 조장하고자 했던 괴담란의 인위적 노력은 엽기적 소재의 흥미를 개발하려 했던 시대적 기호 트렌드에 부응한 매체 전략의 일환이었던 것이다.

그리하여 〈괴담〉에서 〈괴기행각〉으로 괴담란이 진전하면서, 《매일신보》의 '괴담'은 귀신, 도깨비 등의 전통적인 민속 서사에 끔찍한 형상과 잔혹한 상상력을 적극적으로 투사하여 공포감을 야기하는 읽을거리로 확립돼갔다. 괴담이 변별적인 읽을거리로 양식화되면서, 전래의 귀신과 이물은 인간 내부의 고통과 상처, 원한을 드러내고 이를 생생하게 현실화하는 끔찍함과 어둠 일변의 소재로 새롭게 자리매김해갔다. 한국 사회에서 귀신과 이물이라고 하면 끔찍함과 공포를 먼저 연상하게 되는 현상은 '괴담'이라는 양식을 통해 근대적으로 관습화되기 시작한 것이다.

괴담이 호명해낸 민속은 해외에서 유입된 흥미 기호가 민속신앙 및 구비 서사와 결합한 결과였으며, 상업적 대중문화의 요구가 호명해낸 만들어진 '과거'였다. 공포 양식으로서 괴담은 민속 안의 공포를 불러내기보다는 민속을 공포스럽게 변형하고 굴절시켰다. 괴담이 불러낸 전통은 있는 그대로의 전통이 아니라, 근대가 그런 방식으로 호명한 '발명된 전통'이었던 셈이다. 그런 점에서 괴담은 민속에 기원을 두면서도 고유의 민속과는 명확한 거리를 두고 출발했다고 할 수 있다.

주술·과학의 긴장과
근대 지(知)의 갈등

귀신과 이물을 공포의 대상으로 오락화하는 양식화 작업에 의해 1930
년대 《매일신보》 괴담란(〈괴기행각〉 시리즈)의 귀신은 인간에게 무차별
한 위해를 가하는 악령으로 변화한다. '귀신-해악-공포'의 연관 고리
는 괴담이라는 공포 양식이 성립하기 위한 기본 요건이었다. 그러나
1927년의 〈괴담〉 시리즈가 그랬던 것처럼, 조선 전래의 귀신과 도깨
비는 살아 있는 인간보다 특별히 강한 대상도 사악한 존재로 특화되는
대상도 아니었다.

　　그렇다면 합리적 이성을 강조하는 일제강점기 중반의 개화된 세계
에서 사악한 귀신과 이물에 대한 상상력은 어떤 의식의 지평과 감각의
지향 속에서 펼쳐졌던 것일까? 이 질문에 답하려 할 때 일차적으로 고려
해야 할 것은 괴담을 주도적으로 생산하고 향유했던 계층의 성격이다.
공포 장르에 첫 관심을 보였던 1927년 〈괴담〉의 집필진은 이헌구(孤帆

生), 남상일(雨亭生), 윤백남(太白山人) 등 대부분 일본 유학 출신 지식인이었다. 이헌구는 유명한 해외문학파의 일원이었고, 남상일은《동아일보》창립 멤버의 하나였으며, 윤백남은 1930년대 본격적인 야담 대중소설가로 성장했던 인물이다. 이 같은 집필진의 이력을 보면 〈괴담〉은 당대 최고의 교육 수준을 갖추고 문화적 리더십을 발휘했던 지식층에 의해 출발했다고 할 수 있다. 독자 투고 형식으로 모집된 1930년 〈괴기행각〉의 집필진 역시 적어도 보통학교 이상 근대 교육을 받은 인물이었다. 정학득, 이청, 신복균 등 성명을 명기한 이들 투고자는 많은 경우 상당 수준의 근대 교육을 받은 '나'를 화자로 하여 스스로의 경험이나 견문담을 기술했다. 총독부 기관지였던《매일신보》의 문화적 위상을 고려하면 독자층의 지식수준 역시 낮잡아보기 어렵다.《매일신보》의 독자라면 적어도 글을 읽는 문식력을 습득하고 일제가 제공하는 근대 지(知)와 접촉했던 대중이었다. 따라서 집필진이든 독자층이든《매일신보》괴담의 생산, 향유층은 미신을 신봉하는 기층 민중이기보다는 일정 수준 이상의 근대 지를 습득한 근대 대중이었다고 할 수 있다.

이처럼 계몽 지식을 수혜한 이들이 어둡고 부정한 사후(死後)의 영혼 스토리와 같은 읽을거리를 생산하고 공유할 때, 이들은 어떤 의식과 태도로 초현실적 스토리에 접근했던 것일까? 일제강점기 중반이라는 시기가 기층 민중 속으로 개화사상이 파고들면서 과학과 합리성이 강조됐던 시기였음을 고려하면, 주술적 사유를 복원하는 이야기에 대한 당대인의 감각은 결코 단순할 수 없었던 것으로 보인다. 흥미롭게도《매일신보》〈괴담〉과 〈괴기행각〉 시리즈에 자주 등장하는 스토리 유형의 하나는 이 같은 질문에 직접적으로 답하는 서사다. 귀신/도깨비를 믿지 않는 인물이 불합리한 일을 겪음으로써 주술적 대상의 존재감을 의식하는 유형이 그것이다.

이런 유형의 이야기에서 주인공은 합리적이고 이성적인 태도를 지닌 인물이다. "세상에는 도깨비를 보았다는 사람이 있고, 귀신을 보았다는 사람이 있지만은 그것은 모두 빨간 거짓말"[11]이며 도깨비가 있다면 그것은 "동물성 신비 작용"에 지나지 않는다고 주장하는 개화한 선비(〈원귀〉), 누이나 어머니의 신체에 빙의한 원혼과 맞서 싸우면서 "굿이나 고사 같은 것은 절대로 아니 하겠다"[12]라며 칼을 들고 달려드는 가부장(〈흉가〉), 새빨간 눈이 자신을 노려본다는 딸아이의 호소에 두려움을 느끼면서도 신여성이라는 체면을 앞세워 점술을 거절하는 군수의 부인(〈새빨간 눈깔〉) 등이 그런 인물이다. "학교에서 과학 정신의 뿌리를 박아준 덕택"[13]으로 비단 찢는 것 같은 간드러진 웃음소리를 흘리는 요물의 기운에도 물러서지 않고 뒤를 쫓는 기독교 장로의 아들(〈장로집에 사탄〉), "나는 현대 문화 과학의 한 학도이다. 과학의 학도가 미신을 물리치고 요귀를 부인하는 것은 당연 이상의 당연!"[14]이라는 신념으로 신행 날 밤부터 매일 신방의 북창에서 어른거리는 해괴한 그림자를 꾸준히 탐색하고 조사하는 고등보통학교 졸업생(〈처가의 비밀〉), "과학이 발달된 현대"에 유령이란 "유언비어"일 뿐이라고 일축하며 "유령의 정체를 탐방하야 세상 사람의 의아와 공포를 풀어보고자" 길을 나서는 신문사 지국장(〈유령탐방〉)[15] 등도 같은 부류에 속한다.

그러나 괴담란에서 이러한 인물의 합리적 신념은 결코 그들이 믿는 '과학적' 결과로 보답받지 못했다. 요물을 쫓아 집 안을 살피던 기독교 장로의 아들은 아내가 이유 없이 목을 매고 집을 방문한 이웃이 졸도하며 자신 또한 까무러치는 무시무시한 현실에 직면한다(〈장로집에 사탄〉). 알 수 없는 빨간 눈의 시선에 의해 공포에 시달리던 군수의 부인은 점을 보는 미신 행위를 끝까지 거부하다가 결국 남편의 의문스러운 죽음을 겪고(〈새빨간 눈깔〉), "현대 문화 과학"을 신봉했던 새신랑은 신방 근처를 어슬렁거리는 괴물의 정체를 끝내 밝히지 못하며(〈처가의 비밀〉), 굿과 고사를 거절했던 가부장은 어머니와 딸을 피접 보낸 채 칼을 들고 원귀에 맞서서 혼투를 벌여야 하는 상황에 처하기도 한다(〈흉가〉).

이처럼 《매일신보》의 '괴담'은 과학을 믿고 미신을 거부하는 계몽의 총아를 주인공으로 앞세우면서도, 그들의 신념이 실패하게 되는 불가사의한 결과를 제시함으로써 계몽의 신념에 균열을 일으켰다. 합리성을 신봉하는 자들이 주술적 존재의 위력 앞에 궁지에 몰리고 공포에 떠는 모습을 묘사함으로써, 억눌렸던 민속과 공동체적 정서에 전복적 승리감을 선사하는 것이 《매일신보》 괴담의 전개 방식이다. 불가사의한 일이 존재한다는 것, 귀신과 같은 초현실적 존재가 실제로 감지된다는 감각이야말로 다수의 괴담이 공유하는 지배적 정서였다.

그러나 초월적 존재의 승인이 용이하게 이루어지는 것은 아니었다. 과학적 합리성이라는 감각의 지배력은 너무도 완강해서, 괴담은 때때로 말미에 억지스러운 과학적 분석을 첨가하곤 했다. 〈묘지이변〉이나 〈산상의 괴화〉 같은 작품이 대표적인 사례다.

1936년에 발표된 유광열의 〈묘지이변〉은 묘지에서 시체를 파먹는 귀신의 뒤를 추적해보니 어느 대갓집 며느리였다는 스토리로 구성된다. 이야기는 한 선비가 홀연히 묘지에 출현한 귀신을 발견하는 데서 시작한다. 귀신이 마을의 대갓집으로 들어가는 것을 목격한 선비는 다음 날에도 몰래 숨어서 이 집을 관찰하는데, 한밤중에 방문이 저절로 스르르 열리고 그 집의 며느리가 나타나서 높은 담장을 가볍게 날아 넘어 묘지의 시체를 파먹고 돌아온다. 그러나 바로 집으로 쫓아 들어가도 며느리는 잠이 들어서 아무런 기억이 없고, 손톱 밑을 검사해도 깨끗해서 증거를 찾지 못하는 괴이한 현상이 계속된다. 이처럼 해괴한 행적이 추적되다가 이야기는 갑자기 '이 며느리는 정신병이었다'라는 설명으로 끝이 나버린다. 이야기의 중심에서는 초현실적 현상을 반복해서 강조하다가 마무리에서 갑자기 과학적 설명으로 결론을 맺어버리는 것이다.

같은 해 발표된 〈산상의 괴화〉도 비슷한 구조를 취한다. 여기서는 방랑자 기질을 타고난 김병설이라는 인물이 주인공이다. 김병설은 어느 날 친구와 함께 이유 없이 고양이를 죽이는 잔인한 일을 벌인다. 그러고 나자 함께 고양이를 죽였던 친구가 자꾸 고양이 행동을 하는 괴현상이 발발하고, 김병설 자신도 산길을 걷다가 푸른 불꽃을 만나 혼쭐이 난 후 스스로 고양이 흉내를 내는 증상을 느끼게 된다. 작품은 이러한 이상 현상을 꾸준히 추적하다가 결말에 와서 '김병설은 강도 높은 공박(강박)관념에 시달리는 사람이었고, 그가 만난 괴화는 산에서 일어나는 방전 현상에 의한 것일 뿐이었다'라는 첨언으로 마무리된다. 이야기 중반까지는 초현실적 현상에 초점을 맞추다가 결말에서 갑작

스럽게 과학적 역전을 보여주는 방식이 〈묘지이변〉과 흡사하다. 본말이 불일치하는 이러한 이야기 구조는 근대 합리주의에 대한 당대인의 집착을 여실히 반영한다.

고양이 혼에 씐 것 같다는 '강박관념'을 '자연 방전 현상'과 연결해 설명한다거나, 높은 담장을 넘고, 소리 없이 움직이며, 맨손으로 묘지를 파고도 순식간에 흔적을 감추어버리는 귀신같은 여자의 행적을 평범한 정신병으로 설명하는 방식은 사실상 논리적인 설득력을 지니기 어렵다. 과학의 외피를 쓰고는 있지만 그리 과학적인 논리를 펴지 못하는 이런 이야기 전개는 근대 합리주의가 논리 이전에 일종의 물신으로 기능했던 일제강점기 조선의 세속 상황을 짐작하게 해준다.

그러나 괴담은 유사과학을 동원하는 계몽의 논리 그 자체보다 그와 같은 근대 지를 통해 완전히 설명되거나 봉합되지 않는 틈새의 감각에 더 예민한 관심을 기울였다. 유사과학적 해설 이전에 과학의 논리가 완전히 설명해줄 수 없는 비현실적 경험, 초현실적이고 불가사의한 현상에 이끌리는 인간의 감각이 '괴담'이라는 양식의 정체성을 구성하는 자력인 것이다.

어린 시절 친구들과 함께 어두운 산을 넘다가 정체불명의 미심쩍은 존재(도깨비)를 만나고 그로 인해 친구가 사망하는 괴상한 일을 겪은 한 괴담의 경험자는 다음과 같이 자신의 이야기를 마무리 짓는다.

지금 그 째 생각이 나서 가슴이 두군거렷습니다. 그 뒤 내가 이런 말을 하면 모다 "별소리 만치 독갑이가 무슨 독갑이야 거짓말도 분수가 잇지" 하고 믿지 안엇습니다. 그러나 나의 가슴에는 그 의문이 늘 서리어 잇습니다. 그것은 무엇인지?

　　– 김영재, 〈내가 격거 본 것〉, 《매일신보》 1930년 10월 19일

　　논리적으로 해석할 수 없는 존재에 대한 미심쩍은 회의와 섬뜩한 두려움을 떨쳐버리지 못하는 이 인물의 감정은 초현실적 현상을 마주하는 〈괴기행각〉의 지식인 주인공 사이에서 발견되는 공통의 정서를 압축한 것이다. 신여성이라는 체면 때문에 점술은 거절하면서도 집 안의 불길한 존재로 인한 섬뜩한 기분을 떨치지 못하고 두려움에 떠는 군수 부인의 태도에서도 보듯, 괴담의 지식인 주인공들은 의식적 사고와 실제 경험 사이의 균열 속에서 긴장을 지속했다. 가치론적으로 인식하는 것과 실제로 경험하는 것이 서로 충돌하고 균열을 일으키는 지점에서 괴담은 성립하는 것이다.

　　계몽 지식을 수혜하고 탈주술적 학식과 가치관을 습득한 인물이 봉착하는 이 같은 균열을 봉합 없이 노출하고 진술하는 것은 일제강점기 중반 《매일신보》의 괴담이 지니는 독특한 지점이다. 귀신, 도깨비가 사악한 존재로 특화된 것은 조선 전래의 귀신, 이물담과 본격화된 《매일신보》 괴담의 차이라고 할 수 있다. 또한 계몽의 이념에 균열을 일으키는 주술적 경험 앞에 갈등과 동요의 심리를 아무런 더함이나 숨김도 없이 날것 그대로 노출하는 서사 구조는 전래 이야기나 이후 괴담과 비교할 때 일제강점기 중반 《매일신보》의 괴담만이 지니는 가장 독특하고 변별적인 지점이라 할 수 있다.

계몽 내부의 불안과
감성의 이율배반

그렇다면 계몽된 근대의 인식 지평 위에 어둡고 부정한 사후(死後) 영혼의 감각이 동거하는 감성의 모순을 이처럼 그대로 노출하는 서사가 반복된 이유는 무엇일까? 죽은 인간의 사악한 영혼의 존재란 합리적 계몽 이성의 이념에 배치되는 관념일 수밖에 없다. 그러나 그럼에도 그와 같은 존재의 감각을 환기하고 심리적 동요를 노출하는 서사가 반복·공유된 것은 혼/영혼에 대한 감각이 근대적으로 이전한 것과 무관하지 않은 것으로 보인다. 이 문제를 논의하기 위해서는 귀신에 대한 조선인의 사유가 근대라는 의식 구조의 전변 속에서 어떠한 변화를 일으켰는지를 살펴볼 필요가 있다.

조선의 성리학은 불교나 무속신앙이 인간을 미혹하는 교설이라고 비판하면서 국가와 가문의 제사를 정당한 것으로 설명해야 했다. 이를 위한 철학적 논의를 진행하는 가운데 성리학자는 유가적 합리주의에 바탕을 둔 귀신론을 전개했다. 앞 장에서 살펴본 것처럼 조선의 유학자에게 "귀신이란 자연철학적 차원에서 음과 양의 소장(消長)일 뿐 제의나 공포의 대상이 아니었"고,[16] 성리학자는 이(理)와 기(氣)의 모이고 흩어지는 완급에 따라 혹은 변하지 않는 이치로부터 구체적 현상으로 나타나는 기운의 움직임에 따라 우주만물의 운행을 설명했다.

유가 철학의 관점에서 인간의 혼이란 음양의 기에 불과한 것으로, 결코 영생할 수 있는 성질을 지닌 것이 아니었다. 혼과 심성은 우주만물의 운행 원리인 이(理, 성·태극)와 맞물린 본연지성을 지닌 것이었다. 혼과 심성은 개별적으로 이와 기의 혼용에 의해 사람마다 다른 기질지성을 형성할 수 있지만, 육신이 소멸한 후에는 본연지성인 우주만물의 이치와 기운으로 되돌아가야 했다. 따라서 성리학자는 사후에도 존재하는 혼을 믿지 않았으며, 기의 집산과 완급에 의해 발생하는 예외적 현상으로 귀신을 설명했다.[17] 귀신의 등장이란 인간의 현실에서 올바른 도리(正道)가 이루어지지 않을 때 일어나는 한시적인 현상이라고 본 것이다.

이치 밖의 세계를 금기시하는 성리학의 철학은 이 같은 고유의 합리주의를 바탕으로 민간의 귀신, 도깨비 이야기를 기록했다. 이러한 토대 위에 기록된 귀신/이물은 사악한 성격으로 정체화되지 않았으며, 인간에게 음덕을 베풀기도 하는 "친숙한 외경의 대상"[18]이기도 했다. 조선 후기로 갈수록 종법적 가족 질서를 가르치는 조령의 일화가 귀신담의 대부분을 이루고[19] 인간에게 장난을 걸면서 도움을 주기도 하는 도깨비 이야기가 많아진 것은[20] 성리학적 질서가 뿌리 깊게 의식화된 조선 사회의 문화 풍토에서 귀신/이물의 상상력이 유교 사회의 가치 체계에 따라 일정하게 틀 지어져 안착해 있었음을 확인해준다.

'혼-심성'이 육신과 함께 소멸한다고 보았던 조선의 유가 철학과 달리, 일제강점기 개화 지식인이 생각한 인간의 '영혼'은 불멸성을 지닐 수도 있다는 점에서 더욱 강력한 대상으로 변화했다.[21] 근대 영혼 관념의 형성 과정을 탐구했던 연구자 이철호는 근대 계몽기 지식의 변전 과정에 숨어 있는 불합리한 측면을 흥미롭게 추적했다. 그에 따르면 서학을 처음 접한 조선의 유학자는 천주교의 천지창조와 영혼불멸의 관념에 크게 반발했다. 그러나 정약용과 같은 학자는 서양의 영혼 관념을 부분적으로 수용하여 인간 고유의 도덕적이고 이성적인 능력의 원천을 설명하는 데 활용하기 시작했다. 근대 계몽기, 동도서기의 관점에서 서구 물질문명이 수용되면서 '동양은 정신, 서양은 물질' 등의 이분법적 사고 속에 '심', '혼', '정신' 등 심리 용어의 활용이 활발해졌고, 국가를 이루는 가장 본질적 요소로 '국혼'의 개념도 창출됐다. 국권 위기와 상실의 상황에서 '국혼'이 보존해야 할 민족의 정수이자 국체의 근본이 되는 정신적 요체로서 설득력을 얻게 되자, '영혼'은 유가적 관점에서 배척됐던 불멸성의 관념을 불가피하게 보유하게 된다. 한편 기독교의 영향을 받은 지식인이 봉건사상을 타파하는 출발점으로서 근대적 자아의 각성을 주창하게 되면서, '영혼'은 각 개인의 고유한 개성을 가능케 하는 내적 원천을 가리키는 관념으로도 사용됐다. 개개인의 정신 내부로 개체화된 영혼의 관념은 이후 낭만주의 문학청년 사이에서 '생명'이라는 어휘로 변주되어 쓰이면서 혼, 심령, 영체(靈體) 등의 한역어가 태생적으로 지녀야 했던 도덕적 함의를 점차 탈각해갔다.

　'혼-심성'을 대체한 '영혼'의 관념은 의식적이고 이데올로기적 차원에서 합의되어 논의된 것은 아니었지만, 일제강점기 개화 지식인의 다양한 언술과 활동 속에서 일정한 논리적 정합성을 이루면서 공유됐고, 인간 정신에 대한 당대적 이해의 주요한 일단을 형성했던 것으로 보인다. 유가적 형이상학이 더 이상 과거와 같은 지배력을 유지할 수 없었던 일제강점기 조선 사회에서 인간의 혼은 인격적 개체성을 유지하며, 소멸하지도 않고, 태생적 도덕성을 지니지도 않는 관념으로 거듭나고 있었다. 그것은 '혼-심성'이 육신의 소멸과 더불어 흩어짐으로써 개별성을 잃고 우주만물의 본연지성으로 되돌아간다고 보았던 과거의 철학과는 사뭇 달라진 인식이었다.

　계몽의 이성이 지배하는 개화된 '지식-권력'의 내부에서 이와 같이 불멸하는 영혼의 의식이 새롭게 움트고 일반화될 때, 전래의 주술적 감각은 타파되는 것이 아니라, 오히려 새롭게 부상하는 영혼 의식과 음성적으로 결합할 수 있는 가능성의 토대를 마련했다. 불멸하는 국혼과 같은 거시담론의 배면에서 윤리적 영혼과 대립하는 어두운 영혼에 대한 의식 또한 살아날 수 있기 때문이다. 과학적 합리성을 주창하면서도 그 안에 영혼불멸과 같은 초월적 감각 또한 은밀하게 내포했던 식민지 개화 이념의 틈새가 귀신, 도깨비 등 이계적 상상력이 박멸되기보다 오히려 활성화될 수 있는 여지를 마련한 셈이다. 체계적인 내세관을 지닌 기독교와 같은 종교 담론이 아직은 토착화되지 않았던 상황에서 유가 철학의 그것과 같은 윤리적 규제의 압박을 벗어버린 영혼의 의식은 미신에 의존하는 재래의 감성을 완전히 척결할 수 없는 불안 요소를 스스로 함축하고 있었다.

따라서 미신과 주술에 의존하는 재래의 감성은 비록 근대적 합리주의에 의해 밀려났다고 하더라도 식민지적 계몽의 물결 위에 건립된 지배적 감성과 서로 횡단하고 공존할 수 있는 새로운 기반을 확보했다. 영혼불멸의 감각을 포함하는 계몽의 지식-권력이 지배하는 세속 세계에서 민속의 주술적 감각은 완전히 설명될 수도 해소될 수도 없는 감성이었다. 개화 계몽의 이념 아래 생성된 지배적 의식과 감각은 유가 사상의 그것과 같이 잔존하는 주술적 감성을 논리적으로 위상 짓고 제압할 수 있는 안정성을 갖추지 못했던 것이다. 소멸되지 않고 인격적 개체성을 유지하며 인간 사회에 사악한 영향력을 끼치는 귀신/이물의 스토리를 특화한 서사 양식의 배후에는 이처럼 그 내부에 초월성의 흔적을 여전히 간직했던 개화 의식과 감성의 이율배반이 숨어 있었다.

결국 합리적 이성의 이념에 배치되는 사악한 사후의 영혼과 같은 초현실적 존재의 감각을 환기하며 의식의 동요를 노출하는 서사가 반복된 것은 이처럼 귀신에 대한 감각의 근대적 이전 속에 숨어 있었던 불안 요소와 연관된다고 할 수 있다. 탈주술화를 핵심으로 개화 계몽을 주창하던 사회에서 초현실적 악령 스토리가 부상한 배후에는 합리적 이성과 보이지 않는 영혼의 모순된 동거 관계가 숨어 있는 것이다.

스토리 내부에서 빈번하게 발생하는 주술과 과학 사이의 긴장은 비자발적 근대화 과정에서 온전한 논리적 위상을 확립하지 못한 채 불멸성을 획득하며 근대화된 영혼의 감각이 주조해낸 감성의 모순을 반영한다. 이야기 안에서 공공연히 노출되는 가치론적 인식과 경험적 이해의 충돌은 계몽 내부의 간극과 이율배반이 주조한 감성의 모순에 다름 아니었다.

'독자 투고'에 의해 마련된 경험담의 형식을 바탕으로 초현실적 존재에 의한 불안과 미혹을 가감 없이 노출했던 〈괴기행각〉의 개화 주체는 허구적 상상력의 산물이라기보다는 공포를 쾌락화하려는 문화의 요구 앞에서 있는 그대로의 감각을 토로하는 경험적 존재에 가까웠다. 근대 지와 접촉한 주인공이 귀신, 악령의 존재 앞에서 보여주는 모순적인 태도는 공포 장르가 요구하는 초현실에 대해 당대 지식인이 느꼈던 기지(既知)의 균열과 동요를 직접적으로 묘사하는 것이었던 셈이다.

이들의 갈등과 동요는 서구적 근대화가 되살려내고 불멸화한 영혼의 감각과 실증적이고 과학적인 합리성을 추구하는 근대 이성 사이에서 온전하게 논리적인 관계를 확립하지 못했던 계몽 내부의 불안의 결과였다.

지배 감성과 잔존 감성의
충돌과 방전

일찍이 레이먼드 윌리엄스는 〈문화의 분석〉이라는 글에서 지배적인
사회 성격이나 문화의 패턴에 대한 일반적 분석이 특정하게 길들여진
매우 선택적인 과정을 통해 이루어진다는 것을 지적한 바 있다. 이 길
들여진 분석의 오류와 제한성을 비판하면서, 그는 기존의 분석 방식과
결을 달리하여 사회의 다른 측면을 읽어내는 유용한 방법으로 '감성의
구조(structure of feeling)'를 파악할 것을 제안했다.

　　윌리엄스가 말한 감성의 구조란 한 시대 안에서 구성원에 의해 체
험되는 실질적인 경험에 대한 감각의 구조를 뜻한다. 즉 어떤 사회를
살아가는 사람들의 생활방식을 관통하면서, 구성원 사이에서 심층적
이고도 광범위하게 공유되는 삶 전체를 느끼는 특정한 방식을 그는 감
성의 구조라고 명명한 것이다.[22] 사회 구성원이 공유하는 감성 속에는
그 사회의 체제나 이데올로기, 문화의 패턴이 특수하고도 개성 있게

육화되어 있다. 윌리엄스가 감성의 구조라는 개념을 고안한 것은 상대적으로 명확하게 표현되는 이데올로기나 가치관과 달리, 모호하고 불분명하며 심지어 무의식적인 것으로 여겨지는 '느낌'을 통해 형성되는 사회관계가 존재하며, 그것이 명확한 이념보다 인간 생활의 실제에 더 밀착해 있다고 보았기 때문이다. 여기서 '구조'라는 말을 사용한 것은 감성을 "특정 집단의 의식 속에 비교적 견고하고 분명하게 나타나는 사회역사적 현상"으로 간주하는 시각에 의거한다.[23] 그가 말하는 감성은 일정한 사회적, 문화적 관계와 체제를 형성하고 살아가는 집단 속에서 이 집단의 구성원이 함께 형성하고 전달하며 공유하는 실체를 말하며, 그것은 실체성을 지니고 있는 만큼 일정한 형태로 조직되는 구조성을 띤다.

윌리엄스의 모델은 우리가 논의하는 '괴담' 안에 내재한 감각의 내적 충돌을 설명하는 데 유용하다. 미신과 주술을 배척하고 합리적 이성을 강조하는 사회체제의 이면에서, 증명할 수 없는 영혼의 존재를 믿고 그 불멸성까지도 상정하는 의식이 공유되는 문화의 특성은 공식적인 이데올로기나 사회구조의 측면만으로는 설명하기 어렵기 때문이다. 감성의 구조는 그런 점에서 식민지 괴담 형성의 문화적 맥락과 실제를 파악하는 데 유용한 방법론이 된다. 감성의 구조는 지배 이념과 사회의 정향성 이면에서 사회 구성원이 공유하는 실질적인 감각과 정서의 흐름을 논의할 수 있는 설명의 방법이 될 수 있다.

감성은 사회적 실재지만 단일하게 고정된 것은 아니다. 하나의 집단 안에 여러 감성이 경합할 수도 있고, 하나의 감성이 여러 집단에 의해 공유될 수도 있다. 또 감성은 시대와 문화의 맥락에 따라 역동적으로 움직인다. 윌리엄스는 이 역동성을 설명하기 위해 한 시대의 감성을 '지배 감성', '잔존 감성', '발생 감성'이 중층적으로 접합해 있는 복합적인 운동성의 모델로 상정했다.[24]

이 모델에 따르면 일제강점기 중반 조선 사회에서 괴담이란 일차적으로 귀신과 이물의 존재를 믿고 숭상했던 '잔존 감성'을 일깨우고 주술적 감각을 고무하는 데서 대중적 흥미를 유발하는 양식이다. 그러나 개화한 조선은 합리성을 지향하는 사회였기 때문에 주술적인 '잔존 감성'은 미신을 배척하고 합리적 이성을 앞세우는 '지배 감성'과 갈등할 수밖에 없다.

합리적 이성과 보이지 않는 영혼이 모순적으로 동거하는 '지배 감성'과 '잔존 감성'의 해소되지 않는 공존 관계는 괴담 양식 내부에 독특한 서사 관습을 불러일으키는 토대가 된다.

괴담은 사실성을 부정하면서도 사실성을 강조하는 모순적인 관습 속에서 서사를 전개했다. 1927년 8월 괴담 시리즈를 처음 연재하면서 편집자는 "독갑이가 잇느냐? 업느냐? 이것은 학자들이나 싱각할 문제이다"[25]라고 못 박으면서 이야기의 사실성 자체에 대한 논의를 접어두었다. 사실성 여부를 떠나 재미를 추구하겠다는 의식의 표방이다. 이야기의 진위 문제를 접어두는 서사의 전제는 개별 서사 내부에서도 반복적으로 등장한다. 《매일신보》 괴담란에 실린 이야기에서 다음과 같은 언급을 발견하는 것은 어렵지 않다.

거짓말 정말은 가릴 것 업시 이런 이야기가 잇다.
- 체부동인, 〈자정 뒤(下)〉, 《매일신보》 1927년 8월 20일

들은 대로 긔록하거니와 그 이야기가 사실인지 아닌지는 보증할 수 업는
것이다.
- 이정근, 〈끔직한 죽음을 한 김선달네 막내쌀 (一)〉, 《매일신보》 1930년
10월 14일

이 사실은 평안도 성천에서 일어난 (…) 원귀를 공중으로부터 불너다가
문초를 받은 다음에 처관을 하엿다는 거짓말 갓흔 이야기이다.
- 일우당 역, 〈귀신의 문초 (三)〉, 《매일신보》 1927년 8월 31일

모든 것을 과학이 해결하야 주고 잇는 이십세긔에는 잇슬 것 갓치도 생각
되지 안는 꿈결 갓흔 이약이.
- 정학철, 〈산상의 괴화 (一)〉, 《매일신보》 1930년 11월 5일

인용에서 보듯 많은 괴담의 화자가 "거짓말 같은 이야기", "있을 것
같이도 생각되지 않는 꿈결 같은 이야기", "사실인지 아닌지는 보증할
수 없는" 이야기로 자신의 이야기를 정체화했다. 그러나 사실성을 접
어두는 이 같은 전제는 구체적인 사건의 장소와 체험자를 지목하는 서
사 관습과 병행되고 있었다.[26] 예를 들면 다음과 같은 식이다.

시내 무교다리를 지내서 다방골노 도라드는 큰길가에 장전이 만코 그 부근에서 누고나 다 짐작하는 일이겟지만 독갑이 나는 한 집이 있다.
- 오장생, 〈독갑이 심술〉,《매일신보》1927년 8월 26일

신전벽문 뒤골목에 폐정된 우물이 잇다. 이곳에는 매일 한 사람식 사람이 빠저 죽음으로 이제부터 십여 년 전에 매어버린 곳이다. 그 째의 전설을 드르면….
- 선영생, 〈독갑이 우물〉,《매일신보》1927년 8월 28일

평안남도 대동군 ××섬에는 이러케 열렬하게 무신론을 주장하는 한 절문 과학자가 잇섯다. 그 째 과학자의 일홈은 동리에서 통상 황진사라 하엿고….
- 낙천생, 〈원귀 (一)〉,《매일신보》1927년 8월 16일

위의 사례와 같이《매일신보》에 실린 괴담은 대체로 사건이 일어난 공간과 경험의 주체를 뚜렷이 밝히면서 시작했다. 이야기가 발생한 실제의 시공간이나 경험 주체의 신원을 밝히면서 서사를 시작할 때, 저 전제가 부인했던 이야기의 사실성은 다시 강화된다. 공간의 실재성과 경험 주체의 확실성이 이야기의 사실성을 입증하는 일종의 증거처럼 활용되기 때문이다. 사실성을 접어두고 이야기를 시작하면서도 실제 스토리 내부에서는 다시 사실성을 강조하는 이러한 서사 수법은 이야기의 진위 여부를 다시 불투명하게 흐리면서 논리적 이성의 작동을

방해한다. 표면적으로 모순된 것으로 보이는 이 같은 서사 프레임은 계몽의 이성 내부에 초월적인 상상력을 용인하는 지배 감성의 이율배반을 역설적으로 모사하고 있다. 근대 이성의 합리주의 속에 영혼불멸을 용인하는 형이상학이 가능했던 것처럼, 구체적인 시간과 장소를 갖춘 사실성의 장치는 계몽적 이성의 규범을 위반하는 불합리한 이야기의 소통을 가능하게 했다.

초현실적 존재의 비사실감과 실제 경험이라는 사실감의 갈등 관계를 첨예하게 드러냄으로써 괴담은 지배 감성의 이율배반과 잔존 감성의 해소 불가능성을 서사 관습을 통해 그대로 드러냈다. 서사 내부에서는 사실성을 강조하면서도 서사 외부에서는 그 사실성을 거부하는 독특한 서사 장치는 근대적 합리성을 주창하는 세계에서 감지되는 비현실의 감각을 추인하는 부정의 부정이었다.

그런데 이 부정의 부정은 다시 긍정으로 전환되는 부정이 아니다. 초현실을 부정했지만 정도(正道)가 어긋난 세상에서의 예외적 현상으로 귀신의 존재를 수용했던 저 유가적 합리주의의 절충안과 같은 논리적 절충안을《매일신보》의 괴담은 보여주지 않는다. 부정의 부정은 여전히 부정으로 남으며,[27] 눈에 보이는 현재의 확실성에 대한 의문은 해소되지 않은 채, 존재의 안전성에 균열을 일으키며 불안을 유발했다.

합리적 생활 감각에 균열을 일으키는 이 동요와 불안을, 괴담은 사실성에 관한 논리적 접근이 아니라 주체와 대상의 짜임 관계, 즉 대상에 다가가는 주체의 접근 방식을 바꿔버리는 방식으로 비껴 나갔다. 논리적 이성이 해결하지 못하는 사실감과 비사실감의 충돌과 긴장을 감성적 방전이라는 미끄러짐을 통해 해소한 것이다. 부정의 부정을 통한 긍정이라는 논리 대신, 괴담은 합리적이지도 이성적이지도 않은 방식으로 귀신과 이물의 존재를 수용해냈다. 그것은 감성을 더욱 강조하는 방식, 공포감을 강화하여 오락성이라는 다른 감성을 불러냄으로써 긴장을 방전하는 방식이었다. 윌리엄스 식으로 말하면 새롭게 부상한 '발생 감성'이 '지배 감성'과 '잔존 감성'의 해결 못할 충돌을 용해하는 구조가 형성되는 것이다. 그렇다면 이 용해의 구조는 어떤 통로를 통해 가능해지는 것일까?

미지(未知)의 공포를 축출하는 기지(既知)의 공포

과학과 주술 사이의 긴장 속에서 양자의 긴장과 균열을 해소하고 방전하는 오락성의 감성은 타인과 함께 이야기를 즐기는 담화의 '집단성'과 일정한 틀로 공포의 대상을 유형화하여 스토리를 익숙한 것으로 관습화하는 '서사 관습'의 축적에 의해 가능했다.

　먼저 집단성의 측면을 살펴보자. 대중매체에 의해 양식화된 무서운 이야기는 개인 내부의 미혹이 아니라 타인과 함께 즐기는 집단적 공유물로 소비된다. 기실 공포란 심리적인 것이어서 혼자 맞대결하지 않고 여럿이 함께 마주하면 상대적으로 극복이 수월해지는 정서다. 괴담이 대중매체에 의해 하나의 양식으로 확립될 때, 관습화된 이 양식은 독자 개인이 주술적 공포의 정서에 홀로 맞서지 않고, 이 읽을거리를 공유하고 있거나 공유할 것으로 예상되는 익명의 다수 대중과 함께 나눔으로써 그 공포의 정서를 극복할 수 있는 매개적 자리를 마련한다. 이때 주술에 미혹되는 잔존 감성은 그것을 함께 읽을 것으로 상정된 타자의 객관성에 견인됨으로써 고립된 인간 심리의 심연에 매몰되지 않은 채 생활의 표면으로 객관화되고 양성화되어 스스로 방전될 수 있는 계기를 만난다. 무서운 이야기를 집중적으로 특화하여 공유하는 공간은 불가사의한 존재와 사건을 더 이상 개인이 혼자 부딪히고 견뎌야 하는 싸움의 대상이 아니라, 집단적으로 함께 소비하고 즐길 수 있는 오락물로 치환할 수 있는 힘을 만들어내는 것이다. 그리하여 공포를 쾌락으로 치환하는 감성은 개인의 고립된 내면성이 아니라 타인과 함께하는 집단적 향유를 전제로 하는 사회적 감성으로 발생한다.

새롭게 발생하는 이 집단적 감성은 공포감을 조장하기 위해 장르를 생성하는 가운데 매체가 개발하고 축적한 서사의 관습에 의해 더욱 선명해진다.

앞에서 보았듯, 《매일신보》의 괴담 시리즈는 1927년에서 1930년으로 이행하면서 의도적으로 공포 감각을 강화하려는 시도를 보였다. 유영하는 형상을 통해 초현실적인 귀신의 위력을 보여주고, 추악하고 끔찍한 형상을 강조했던 삽화나 사건이 그것이다. 소재 차원의 삽화나 사건뿐만 아니라 스토리 구성 방식에서도 공포감 조장을 위한 체제가 고안됐다. '나'가 겪은 체험임을 강조하는 경험담의 형식, 서사 내적 필연성보다는 그로테스크한 흥미를 강조하는 서사 방식, 두려움을 조장하고 긴장감에 초점을 맞춘 묘사 등이 그것이다.

1927년의 〈괴담〉 시리즈가 사건이 발발한 장소와 시기를 구체적으로 지시하면서 스토리를 시작하는 관습을 만들었다면, 1930년의

〈괴기행각〉 시리즈는 '나'를 화자로 하는 경험담의 관습을 형성했다.[28] "이제로부터 칠팔년 전 내가 동막 살 때에 동리 사람들에게 드른 이약이다",[29] "이 이야기는 경성으로 종로 한복판 인사동 태화궁(지금 태화녀자관) 부근에서 이러난 일이니 이제로 약 팔구년 전!"[30] 등으로 시작하는 견문담의 형식이 1927년 〈괴담〉 시리즈의 시작 방식이라면, 1930년의 〈괴기행각〉 시리즈는 "내가 설흔 다섯 째 일입니다",[31] "내가 어려서 글쌍 다닐 때 일입니다"[32]로 시작하는 경험담의 형식이 많다.

구체적 지명과 시간을 적시한 견문담도 사실감을 높여주지만, 직접 경험담은 화자가 자기 자신을 담보로 경험의 진실성을 보증하는 것이므로 이야기의 사실성이 더욱 강조된다. 믿기 어려운 비현실적 존재나 경험을 전달하면서 이야기의 사실성을 강조하는 서사 형식을 취할 때 스토리가 주는 공포감은 더욱 커질 수밖에 없다. '이건 내가 직접 겪은 진짜인데~'와 같은 서두를 통해 귀신/도깨비가 실존함을 확정지으면서, 초현실적 존재를 믿지 않았던 듣는 이의 공포감을 극대화하려는 전략이다. 인위적으로 공포감을 조장하려는 발신자의 의도는 잔인하고 끔찍한 묘사, 무시무시한 삽화, 몰입을 야기하고 공포를 조장하기 위한 의도적 지연이나 긴장된 감각의 초점화 등에 의해 더욱 배가된다.

① 져녁 째부터 비가 오기 시작하엿는데 마침내 종이 집 아리온 것을 붓들고 잔소리를 하든 차에 졸지에 불이 꺼지고 모릐 별악이 나리더니 뜰 아릐 방에서 목을 매인 녀귀가 대청으로 선듯 올나서서 닷자곳자로 안방

으로 쑥 들어가는 광경을 목도하엿다.

- 우정생, 〈흉가 (中)〉, 《매일신보》 1927년 8월 11일

② 미다지를 열고 웃방에 들어서려니까 어쩐지 무시무시하엿습니다. 어둑한 구석에서 무엇이 쮜여나와 나를 붓잡는 것 갓기도 하고 이구석 저구석에 무슨 보이지 안는 괴물이 서 잇는 것 가타엿습니다. "무섭긴 무에 무서워." 나는 이러케 혼자 마음을 도사려 먹으면서 그 방에 들어서서 시렁우에 언즌 왜썩을 집어들고 아랫방으로 내려왓습니다. 그 방을 나서려고 돌아서니까 무엇이 뒤를 잡는듯하여서 나는 누구에게 쫏기는듯이 내려왓습니다. 나는 가운데 미다지를 얼른 닷고 태연한 얼골로 두군거리는 가슴을 진정하면서 옥순이에게 왜썩을 주엇습니다. (…) "어무니!" 겨테 안저서 왜썩을 옴속옴속 먹든 옥순이는 내 겨테 닥아안즈면서 웃방장지문을 바라보고 나를 바라보면서 나를 불럿습니다. 그의 어린 얼골에는 공포가 잔쑥 흘럿습니다. "웨?" 나는 공연이 가슴이 울렁거렷습니다. "저게 뭐요? 어무니?" 하고 옥순이는 웃방사잇문을 바라보앗습니다. "어듸?" 나는 옥순의 그 소리에 머리씃이 쑤삣하엿습니다.

- 정택수, 〈새쌀간 그 눈쌀〉, 《매일신보》 1930년 11월 15일

1927년 〈괴담〉 시리즈에서 묘사된 ①과 1930년 〈괴기행각〉 시리즈에서 묘사된 ②는 공포를 야기하는 기법의 차이를 여실히 느끼게 해준다. ①에서와 같은 1927년의 시리즈는 귀신의 등장을 직선적으로 기술한다. 비, 저녁의 어스름과 같은 자연 배경 속에서 귀신의 등장은

짧은 지면 위에 속도감 있게 진술된다. 자연물의 변화 외에 귀신의 출현을 야기하기 위해 특별한 인위적 조작이 동원되는 일은 거의 없다. 이와 달리 1930년의 ②는 공포를 야기하는 대상의 실체를 끝까지 숨긴 채 공포를 느끼는 주체의 감각에만 초점을 맞춘다. 방 안에 있는 모녀는 보이지 않는 실체의 '기운'을 감각적으로 느끼지만, 이 실체는 시각화되지 않기 때문에 감각의 동요만이 지속된다. 실체의 확인은 지연되고 소스라치는 인물의 느낌만이 집요하게 추적될 때 독자가 느끼는 공포감은 배가된다. 인위적으로 공포감을 배가하는 이 같은 기법은 삽화나 경험담의 형식과 더불어 공포감의 조장을 양식의 속성으로 특화하려 했던 매체 전략의 산물이다.

그런데 공포감을 강화하려 했던 매체의 인위적 전략은 공포의 형식을 일정하게 틀 지우는 익숙한 형식을 창출함으로써 오히려 공포의 대상에 쉽게 접근할 수 있는 여지를 마련했다. 앞서 본 것처럼《매일신보》의 괴담은 1927년 형에서 1930년 형으로 진전하는 가운데 무각유령의 유영하는 유체, 산발하고 소복한 모습 등으로 귀신의 형상을 유형화했다. 모습이 또렷이 그려지지도, 특정한 형태로 일반화되지도 않았던 조선의 귀신 형상과는[33] 사뭇 달라진 모습이다.

일정한 방식으로 형태화된 귀신은 비록 공포와 두려움을 자아낸다 하더라도 시각이라는 포획 장치의 내부로 구속됨으로써 보이지 않는 존재보다 시선의 주체에게 안정감을 준다. 더구나 귀신의 모습이 일정하게 유형화됐을 때 이 시각화 장치는 귀신이 지닌 것으로 상정되는 초현실적 위력의 무서움에도 귀신의 존재를 기지(旣知)의 세계 안에 가둠으로써 역으로 두려움을 완화하는 매개가 된다. 공포감을 야기하기 위한 귀신의 형상이 개발되고 강조될수록 '기지(既知)의 공포'가 강화되면서 '미지(未知)의 공포'는 덜어지는 역설이 발생하는 것이다.

여기에 화자가 지신의 경험담이라고 진술하는 기술 방식, 사건이 일어난 장소와 시기를 특정하는 서사 전략, 긴장감을 조장하는 묘사 등 일련의 서사 관습이 '괴담'이라는 양식의 출현을 통해 문자 그대로 '관습'화될 때, 독자는 그와 같은 공포의 정서를 충실히 따라가면서도 동시에 이 정서를 일정하게 거리화하고 즐길 수 있는 독특한 쾌락의 욕구를 충족하게 된다. 서사 관습의 익숙함이 서사 대상과의 거리 유지를 가능하게 함으로써 두려움을 여과하고 공포로의 몰입을 이완해 주기 때문이다. 논리적이고 이성적인 이해의 지평을 넘어서는 존재의 두려움은 익숙하고 유형화된 서사 관습이라는 다른 종류의 이해 지평을 통해 정서적으로 수용 가능하게 조정된다. 즉 공포를 소재로 한 서사 양식이 성립하고, 유형화된 도입과 묘사, 삽화 등 두려움을 조장하는 서사 관습이 강화될수록 무서운 이야기를 읽는 독자의 공포감은 조장되는 동시에 방전될 수 있는 출구도 확보되는 것이다.

공포를 조장할수록 공포가 덜어지는 역설 속에서 《매일신보》괴담란은 삶의 이면에 숨은 주술적 감각과 두려움의 정서를 노출하고 공유함으로써 또한 즐기고 잊을 수 있는 공간으로 '괴담'의 양식을 확립해 나갔다. 그리하여 주술과 과학 간의 긴장과 모순이 촉발하는 근대적 상징질서의 해소 불가능한 균열은 대중미디어라는 집단적 소비 구조와 관습화된 서사 기법에 의해 이성과 다른 '정서'의 영역으로 미끄러져 들어가고 영토화된다. 주술과 과학이라는 상호 대립하는 감성의 요소가 모순과 갈등 속에서도 공존할 수 있었던 독특한 서사 양식은 이처럼 공포를 쾌락으로 치환하는 '발생 감성'의 용해력에 의해 형성됐다.

그리하여 근대의 생활 세계에서 귀신과 초현실의 감각은 종교라는 특정 세계와는 별도로 공포를 양식화한 오락적 소비물의 영역에 의해 다시 영토화된다. 합리주의에 기반한 근대적 상징질서가 실패하는 지점을 가시화했던 《매일신보》의 괴담은 이 영토화의 출발 지점에 위치하는 서사라는 점에서 적지 않은 의의를 가진다. 괴담이라는 공포 양식의 탄생은 이성의 그물을 뚫고 균열을 내는 인간의 불합리한 감각을 포획하여 조정 가능한 대상으로 순치하고 영토화하는 근대적 감성의 배치를 알리는 역사적 사건이었다고 할 수 있다. 괴담이라는 서사 양식은 불완전한 이성의 기반 위에 구축된 근대 세계에서 귀신이 사는 새로운 방식의 탄생이었던 셈이다.

괴담/괴기소설의 분화와
식민지 괴기 서사의
전개

'괴담'과 '괴기'의 경쟁

《매일신보》에 1927년 처음 신설된 〈괴담〉은 조선인이 발간했던 미디어 가운데 오락적 이야기 양식으로서 괴기공포물을 본격적으로 특화했던 최초의 시리즈였다. 《매일신보》에서 양식화된 괴기물은 이후 라디오 방송의 괴담, 《별건곤》을 비롯한 《중앙》, 《조광》 등의 대중잡지에 간헐적으로 게재된 단편 서사물, 1933년과 1939년 《조선일보》에 연재된 괴담 시리즈 등으로 이어지며 괴기한 전래 이야기를 담는 대중적 서사 양식으로 정착해갔다.

조선어 매체가 수록한 괴담 가운데는 홍재상 일화를 저본으로 한 상사뱀 일화, 도깨비불(괴화)의 정체를 밝힌 포도대장의 일화, 붉은 구슬 이야기 등 반복적으로 게재되는 서사물이 발견된다. '괴담'의 이름으로 반복해서 수록됐던 이런 이야기는 괴담의 의미가 여러 미디어를 횡단하면서 서서히 하나의 양식 범주를 구성했던 당대 오락 양식의 형성 과정을 짐작하게 해준다.

그러나 일제강점기 조선의 대중 괴기물을 가리키는 서사 양식이 오직 괴담 하나였던 것은 아니다. 《매일신보》의 공포물 코너의 명칭이 〈괴담〉(1927)에서 〈괴기행각〉(1930)으로 바뀐 데서 보듯, 1930년경에는 '괴기'라는 어휘가 '괴담'만큼이나 유력하게 부상했다. 에로-그로-넌센스 풍조의 급속한 유입과 더불어 부상한 '괴기'라는 어휘의 첨단적 감각이 '-담'이라는 재래적 명명법에 변화를 가져온 것이다.

'괴기'와 '괴담'은 서로 경쟁하면서 공포물을 가리키는 기호로 발전해갔다. 일제강점기 조선 최고의 오락잡지였던 《별건곤》은 1929년부터 1933년 사이에 세 편의 '괴기실화'와 네 편의 '괴담'을 수록하는데,' '괴기실화'와 '괴담'의 경계는 모호했다. 조선뿐 아니라 일본과 서양의 괴이하고 무서운 사건이나 이야기를 담았던 이 기사들에서 '괴담'/'괴기실화'라는 명칭은 시공간과 사실/허구의 경계를 넘나들며 섞여 쓰였다. '괴담'이라는 명칭의 우위 속에서 '괴담'/'괴기'가 상호 경쟁하는 가운데, 1930년대 후반으로 갈수록 '괴담'은 전래 이야기를 전하는 공포물로 그 의미가 점차 제한되어갔다.

본격적으로 문학인의 창작 괴기물이 등장한 것은 이즈음이다. 1937~1938년 종합잡지 《조광》은 '괴기소설'이라는 타이틀을 내걸고 김내성의 〈광상시인〉, 주요섭의 〈낙랑고분의 비밀〉을 발표했다. 두 작품은 조선조 문헌에 실린 이야기나 민간의 고담으로 구성됐던 괴담과 달리, 당대를 배경으로 한 창작물이었다. 괴기소설의 등장은 괴기 서사를 근대적인 창작 소설의 한 양식으로 인식하는 새로운 사고의 출현을

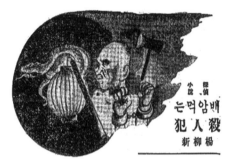

1930년대 에로-그로-넌센스 풍속도.

첫 번째 삽화는 여학생들의 화려한 모습을 구경하느라 눈알이 사방으로 돌아가는
남학생의 이미지를, 두 번째 삽화는 그로테스크한 기호와 결합한 탐정소설의 이미지를
담았다. 세 번째는 아내가 새로운 지식을 접하는 것을 막으며 허세를 부리는 남편의
모습을 우스꽝스럽게 그린 유머 소설 〈남편의 변명〉에 삽입된 삽화다.

알리는 일이었다. 그리고 괴담과 괴기소설은 각각 과거와 미래라는 다른 시간적 지향성 속에서 전개된다.

괴담/괴기소설 사이에 존재하는 시간성의 차이는 일제강점기 조선의 오락 문화가 구성했던 '정상성'의 감각 안에 과거의 전통과 현재 그리고 소망스러운 미래가 어떻게 관련을 맺고 있는지 살필 수 있는 유력한 단서가 된다. 여기에는 단순히 전근대와 근대라는 시간 자체의 문제만이 아니라, 무서운 이야기를 기록하는 주체와 향유하는 대상 간 관계의 문제, 서사적 소통을 매개하는 매체의 문제, 이야기가 전하는 초현실적 모티프의 사실성 인식의 문제 등이 복잡하게 얽혀 있다. 괴담과 괴기소설의 분화 과정은 전근대/근대의 시간성과 사실성에 대한 감각, 대중매체의 성격과 의미화 주체의 문제가 얽혀 있는 복잡한 운동의 과정이었다고 할 수 있는 것이다.

이 장에서는 이처럼 복잡한 요소들의 얽힘 속에 일어나는 근대 지와 감각의 운동에 주목하면서, 한국 괴기 서사의 출발 지점을 괴담과 괴기소설의 분화 과정을 통해 살피기로 한다. 이 작업은 《매일신보》, 《조선일보》, 《조광》에 실린 괴기 서사를 살피는 작업을 통해 전개된다. 《매일신보》의 〈괴담〉(1927) 및 〈괴기행각〉(1930)은 한국 괴기 서사의 출발 지점을 알린다는 점에서, 《조선일보》의 〈일요 특집 괴담〉(1933), 〈거리의 괴담〉(1933), 〈연속괴담〉(1939)은 일제강점기 민족 매체가 시리즈를 구성했던 괴기물이라는 점에서, 《조광》은 조선에서 최초로 괴기소설을 게재한 매체라는 점에서 각각 주목할 필요가 있다.

《매일신보》의 괴담은 1927년부터 1930년대 중후반까지, 《조선일보》의 괴담은 1930년대 전반에서 1930년대 말까지,《조광》의 괴기물은 1935~1940년에 발표된다. 따라서 각 매체의 괴기 서사는 일제강점기 조선의 괴기물을 대표할 뿐만 아니라, 1920년대 말부터 1930년대 말까지의 시간 변화를 파악하는 데도 유용하다.

《매일신보》의 귀신/도깨비와
미결정의 공포

1927년《매일신보》〈괴담〉시리즈에 실린 이야기는 대부분 과부귀신, 우물귀신, 처녀귀신과 같은 사령이나 상사뱀, 도깨비불, 나무신령 등 신력을 지닌 존재를 소재로 하여 전개된다. 불합리하고 초현실적인 존재라는 '소재'는 공포라는 '감각'보다 괴담의 성격을 구획하는 데 더 주요하게 기능했다. 무서운 정서를 유발하지 않아도 이야기가 귀신, 도깨비를 소재로 한다면 괴담란에 게재될 수 있었다. 제사에 가르침을 주러 온 무해한 조상신(〈제삿날밤〉), 떡시루를 놓고 가는 도깨비(〈독갑이불〉), 미인과의 해로라는 판타지를 실현해준 도깨비(〈괴담〉)와 같이 공포와는 거리가 먼 이야기가 포함된 것은 이 때문이다.

　　독자 원고를 모집해서 진행된 1930년의 〈괴기행각〉 시리즈는 "우리 보통 인간으로서는 상상하기 어려운 괴기한 생각과 괴기한 힘과 괴기한 동작으로써 구성된" 이야기가 괴담이라는 보다 구체화된 설명을 통해 양식의 성격을 규정했다.

> 괴담 긔담은 반듯이 한갓 이야기를 조화하고 심심한 사람에게만 필요한
> 것은 아닙니다. 우리 보통 인간으로서는 상상하기 어려운 괴긔한 생각과
> 괴긔한 힘과 괴긔한 동작으로써 구성된 그 이야기는 우리의 상상력을 더
> 넓히고 우리의 호긔심을 더 일으키어 우리의 생활에 윤택을 주는 동시에
> 그 이야기가 가진 그 시대의 종교관이며 인생관은 우리의 지식을 넓히게
> 됩니다.
> ― 〈괴담 기담 대모집〉, 《매일신보》 1930년 9월 20일

'괴기'라는 새로운 용어는 '독갑이(도깨비)'라는 소재의 차원에서
나아가 '정상성을 벗어난 사고와 행위를 포함한 것'으로 이야기의 성
격을 규정함으로써 '괴담'의 지평을 확장했다. 신출귀몰한 서양 탈옥
수의 이야기(〈신출귀몰한 탈옥〉), 8개월 동안 두 번 출산했다는 여성의 소
문(〈만득의 어머니와 정체 몰을 그 아들〉), 아버지가 신혼방에서 살해되었다
는 떠돌이의 슬픈 사연(〈봉루방 애화〉)과 같이 귀신도 등장하지 않고 정
서도 공포와는 다른 이질적인 스토리가 포함될 수 있었던 것은 양식에
대한 이러한 확장된 정의에 따른 결과였다. 그러나 〈괴기행각〉 시리즈
에서 귀신/도깨비와 무관한 이야기는 이 세 편뿐이다. 수록 작품의 중
심을 차지하는 것은 여전히 초현실적 존재와 연관된 경험이었다. 목
잘린 신랑이라는 소재의 엽기성을 포함할 뿐 공포와는 무관했던 떠돌
이 소년의 애화(〈봉루방 애화〉)를 끝으로 시리즈가 결국 마무리되는 데

서 짐작할 수 있듯, 귀신/도깨비 이외의 영역에서 공포의 소재를 개발하는 일은 그리 쉽지 않았던 듯하다.

결국 괴담이라는 한국의 공포 양식은 무서운 이야기에 대한 문화의 요구가 귀신/도깨비라는 초현실적 '소재'와 강고하게 결합하면서 출발했다고 할 수 있다. 귀신과 도깨비의 존재론적 이질성은 일상의 감각을 전복하는 불안과 공포를 촉발할 수 있는 편리한 기제였다. 에로-그로라는 이질적인 문화 취향이 호기심을 사로잡았으나 이를 충족할 만한 대상을 마땅히 찾기 어려웠던 현실에서 초현실적 이물의 이야기는 쾌락적 공포라는 생경한 대중문화의 트렌드에 부응할 수 있는 가장 유력한 출처였다.

흥미롭게도 이와 같은 제재의 발굴은 의도치 않은 효과를 가져왔다. 개화와 계몽의 물결에 의해 그동안 배척되기만 했던 전통과 미신, 풍문과 속설이 다시금 주목받는 변화가 일어난 것이다. '괴담'은 민속 안에 깊이 스며들어 있었음에도 그동안 배척되어왔던 전래의 불합리한 풍문과 설화를 공공화하고 그 속에 숨어 있는 민간의 정서와 감각을 되살려냈다.

《매일신보》의 괴담란에는 지식인 투고자의 직접 체험담도 많았지만, 그보다 더 많은 수를 차지했던 것은 민간에 떠도는 속설에서 취재한 민속적 이야기였다. 우물귀신, 과부귀신, 며느리귀신 등의 귀신 스토리나 구미호 일화 등은 전통 가족제도가 만들어낸 여성 삶의 질곡을 함축했고, 엿을 달라고 손 내미는 어린이귀신이나 쌀자루를 던지고 가는 도깨비 등의 이야기는 가난과 굶주림에 대한 민간의 공감대를 반영했다. 일상의 평화를 교란하는 귀신이나 도깨비의 장난 같은 민속 취재 유형의 괴담은 민중의 삶 속에 스며들어 있는 재래적 윤리의 질곡이나 가난과 고통의 원한을 가감 없이 드러냈다.

시어머니의 박대로 죽은 며느리귀신(〈우물귀신〉, 〈흉가〉), 시집을 뛰쳐나와 목을 매 과부로 둔갑했던 도깨비와 요물들(〈괴미인〉, 〈괴담〉), 주인집 딸을 사모하다 죽은 머슴 총각의 사무친 원한이 만들어낸 상사뱀(〈끔찍한 죽음을 한 김선달네 막네딸〉, 〈원귀〉) 등은 재래의 종법적 가족 윤리에서 빚어진 고통과 원한을 표상하면서, 강고한 인습에 대한 기층 민중의 저항감을 노출했다. 이런 이야기에서 뱀과 귀신은 가문 중심적 혼인제도나 신분제의 모순에 대한 하위 주체의 저항 의지를 표상하면서, 그에 대한 기층 민중의 공감과 연민을 실체화한 형상에 다름 아니었다.

그러나 항간에 떠도는 귀신과 도깨비 이야기가 반드시 전래된 '과거'의 감각에만 결부됐던 것은 아니다. 민속에서 취재된 귀신/도깨비 이야기 곳곳에는 근대의 흔적도 강하게 배어 있었다.

참판 댁 며느리의 원귀가 '전차 간 옆' 큰 집에 출몰하고(〈흉가〉), 목 없는 사내의 애달픈 원한은 그의 사연을 들었던 옛 헌병 보조원의 입을 통해 '자동차 운전수'가 모여 앉은 봉루방에서 진행된다(〈목 업는 사내〉). 나그네를 꾀어내는 도깨비집의 괴미인은 커다란 '신작로'가 건설된 구멍 뚫린 산 고개에 출몰했다(〈괴미인〉). 기독교 목사나 장로의 아들이 괴기한 사건의 희생자가 되기도 했고(〈장로집에 사탄〉), 새로 부임한 '군수'의 딸이 무서운 이물의 목격자가 되기도 했다(〈새빨간 눈깔〉).

시어머니의 박대에 목을 맨 며느리귀신이나(〈우물귀신〉), 밤길 걷는 남자를 꾀어 죽음으로 이끄는 미인 도깨비 이야기(〈자정 뒤 (상)〉) 같은 토속적 서사가 전개되는 한편에는 이렇게 근대적 삶의 흔적이 틈입했다. 그리고 일상의 생활 속에 틈입한 근대 문물과 사상은 종종 토착 신앙이나 신이한 존재에 의해 곤경을 치렀다.

마을의 못된 부자가 서낭나무를 베려 하다가 나무의 신령에 의해 혼쭐이 난다거나(〈나무귀신〉), 서양 선교사가 조선 풍속을 무시하다가 자녀가 나무에 매달리는 곤경을 겪고 나서야 스스로 제사를 치르게 되는 일화(〈자정 뒤 (하)〉)가 그런 예다. "귀신은 무엇이고 독갑이는 또 무엇이냐"라고 부르짖으며 "열렬하게 무신론을 주장"하던 젊은 개화 학자가 집 안을 어지럽히는 유사 귀신의 농간으로 여동생을 잃는 것과 같은 사례(〈원귀〉)도 근대적 변화에 맞선 기층민의 저항감을 반영한다.

이와 같은 스토리에서 서낭나무의 신령이나 귀신, 도깨비는 근대화의 침투로 인해 훼손된 민속의 가치를 대신하는 객관물이다. 실추되고 폄하된 조선의 민속은 귀신/도깨비와 같은 형상으로 나타나 초현실적 능력을 발휘함으로써 근대화라는 낯선 변화에 복수를 가했다. 개화라는 물신의 이름으로 민속을 파괴하고 익숙한 삶의 관습을 해치는 근대화의 위력에 맞서, 괴담은 귀신과 도깨비의 존재를 실체화함으로써 주술적 존재의 효능과 저력을 입증하려 했다. 개화 지식인이 역설해왔던 계몽적 합리성을 위반하는 이 같은 스토리는 삶의 지반을 변형해버린 근대에 대한 향유 계층의 저항감을 적나라하게 드러냈다.

개발의 폐해와 민속의 파괴를 문제시함으로써 근대화에 대한 반감을 드러내는 사례나, 가문 중심적 혼인제도의 모순을 들추어냄으로써 인습에 저항을 드러내는 사례는 이야기의 향유층이 근대와 전근대 어느 한쪽에도 온전히 순응할 수 없었음을 확인해준다. 개화에 의해 파괴된 민속도 문제였고, 개화에도 불구하고 연속되었던 인습도 문제였다. 조선의 전통과 개화된 현실은 서로 다른 문제를 함유하면서 기층 민중의 생활 속에 제각각의 불행과 상처를 불러일으키고 있었다. 그런 점에서 보면 이 시기《매일신보》의 괴담란은 현재에 반(反)하여 과거를 승인하는 양식도, 과거에 반(反)하여 현재를 승인하는 양식도 아니었다. 근대와 전근대에 대한 양가적 저항감 속에서, 괴담은 체제가 전환되는 상황에도 연속되는 기층 민중의 박탈된 처지와 신고의 삶을 노출했다.

이는 양식의 출발 지점에서 코너의 기획자들이 수집된 민속 이야기를 가감 없이 그대로 게재했다는 사실과 무관하지 않다. 〈괴담〉(1927)과 〈괴기행각〉(1930) 시리즈의 기획자는 기자의 가족과 독자 대중을 양식의 주체로서 적극적으로 포용했다. 에피소드는 투고자의 이름을 달고 발표됐으며, '나의 체험담', '몇 년 전에 들은 이야기' 등의 서두로 시작했다. 또 수록 작품은 스토리의 응집력을 고려하지 않은 채 느슨한 서술과 단순한 언문체로 장식 없이 진행됐다. 이야기의 발화층과 수신층의 간격을 지우는 이 같은 담론의 기획 속에서《매일신보》의 괴담란은 세속의 속설과 감각을 여과 없이 담아냈다. 귀신/도깨비 이야기가 사회의 모순을 들추어내고 가시화함으로써 기층 민중의 박탈된 삶과 고통을 피력하는 장으로 기능할 수 있었던 것은 이처럼 수집된 이야기를 있는 그대로 기록하는 미디어의 수평적 시선에 의해 가능했다.

미디어의 수평적 시선은 귀신/도깨비라는 초현실적 존재의 사실성에 대한 입장을 확립할 수 없게 만드는 원인이기도 했다. "독갑이가 잇느냐? 업느냐? 이것은 학자들이나 싱각할 문제이다"라는 전제 속에서 출발했던 괴담은 사실성에 대한 탐색을 접어둔 채 '흥미'만을 충족하는 양식으로 출발했다. 그러나 이러한 흥미 추구의 욕망은 역으로 근대 교육을 수혜한 식자층이 계몽적 합리성만으로는 결코 해결할 수 없었던 주술적 감각과 느낌을 발설하는 공간으로 괴담의 자리를 정체화하기도 했다. 앞 장에서 본 것처럼 신문을 읽고 투고할 수 있는 문식력을 지녔던 지식인 독자 역시 근대 교육을 받았음에도 떨쳐버릴 수 없었던 불합리한 경험과 감각을 여과 없이 토로했다.

기독교 장로의 아들인 '나'가 새 집으로 이사 갔다가 요물의 요기를 느껴 까무러치고 아내가 자살하는 등의 괴사건을 겪었다거나(《장로집에 사탄》), 어릴 적 오가던 길에서 알 수 없는 검은 형체를 만났고 이를 본 친구가 죽었다거나(《내가 겪은 일》), 함께 수학하던 친구가 자신을 사모하던 처녀귀신에 홀려 시름시름 앓다가 사망했다는 일화(《수동이의 죽엄》) 등 《매일신보》의 괴담 중에는 근대 교육을 받은 지식인 청년이 경험한 요물의 기록이 적지 않았다.

이 같은 서사에서 어두운 요기, 검은 형체 등은 인간사의 무언가를 대변하기 위해 만들어진 메타포라기보다는, 인간의 원초적 두려움을 들추어내는 공포의 실체에 가깝다. 주술에 의거하여 과학을 부정할 수도 과학에 의해 주술을 부정할 수도 없는 모순적인 감성의 지평 위에서 괴담은 그렇게 현실의 상징질서를 뚫고 부상하는 원초적 공포를 들추어냈다. 과학적 합리성이라는 근대의 신념을 부정하는 이런 감각은 어떠한 결론도 생성하지 못한 채 "이성의 규칙에 대한 믿음과 이성을 벗어난 잉여"[2] 사이를 진동했다.

귀신/도깨비와 같은 민속적 소재를 끌어와 공포를 쾌락으로 치환하는 서사 양식을 확립하는 가운데, 《매일신보》의 괴담은 그렇게 인간 내부의 존재론적 동요와 불안을 봉합 없이 노출하고 가시화했다. 현실의 가치 질서에 의해 해소되지 않으며, 어떠한 법과 원칙에도 부합하지 않는 이 미결정의 공포는 근대 교육과 이성이 완전히 장악할 수 없었던 상징질서의 구멍을 들추어내면서, 근대의 약속 안에 숨은 불안정성을 노출하고 있었다.

《조선일보》의 괴담과
근대 지(知)의 위계화

1930년대 중반은 비현실적 존재나 체험에 대한 미결정의 혼란과 불안 요소에 대한 합리화의 근거가 모색되고, 전래 이야기로서 괴담의 양식적 특성을 설명하는 그 나름의 준거가 마련되는 시기였다. 《조선일보》의 괴담은 이 같은 형성기 괴담의 변화 과정을 일정하게 반영하고 있다. 1930년대 《조선일보》의 괴담은 1933년의 〈일요특집 괴담〉, 같은 해의 〈거리의 괴담〉, 1939년의 〈연속괴담〉이라는 세 차례의 시리즈를 통해 전개됐다.

당시 민족 신문이었던 《조선일보》가 오락 서사인 괴담에 관심을 보였던 것은 대중 독자의 확보가 시급했기 때문이다. 1930년대 중반은 우가키 가즈시게 조선 총독의 내선융화 정책으로 인해 미디어의 정치 활동이 탄압되고 상업주의를 추구하는 언론출판의 자본주의화 경향이 급격히 증대했던 시기였다. 독자층 확대와 판매 부수 증가, 광고 수입 확보라는 매체의 요구에 쉽게 접합할 수 있었던 읽을거리는 재미있고 읽기 쉬운 야담이었고, 괴담은 야담과 접속하면서 전래의 귀신·이물담을 특화해 나갔다.

괴담은 정치적으로 위기를 맞았던 야담이 근대적 취미와 접속하는 통로의 하나이기도 했다. 아래로부터의 역사 알기라는 민중 교화 운동의 형태로 출발했던 야담 운동은 그 대중적 성공 때문에 오히려 구속과 검열의 압력을 받았다. 1930년대에 와서 야담이 흥미 위주의 오락적 서사물로 변모한 것은 상업주의와 정치적 장애의 필연적 귀결이었다. 총독부의 검열과 언론출판계의 상업주의라는 필터를 통과하는 과정에서 야담은 문식력이 낮은 하위 계층을 사로잡을 수 있는 유력한 오락거리로 부상했다. 괴담은 민중 교화 운동에서 출발했던 이 야담이 자극적인 감각을 추구하는 외래의 오락 기호와 결합한 변종의 하나로서 그 의미가 공고해져갔다.

야담 운동과의 관련성에서 보면 《조선일보》의 괴담은 조선의 전통을 제대로 앎으로써 조선의 독자성을 파악하자는 문화론적 차원의 민족운동과도 연동되어 있었다. 최남선의 연구와 《개벽》의 조선 문화 기본 조사 운동 등을 계승한 조선학 운동은 정치적 발언이 제한될 수밖에 없었던 일제강점기 중반의 상황에서 민족 언론의 열정이 수렴할 수 있는 유의미한 분야였다. 식민 당국의 검열로부터 상대적으로 자유로웠던 역사와 전통에 대한 탐구는 "조선인의 견지에 서서" "고유한 것"을 주창할 수 있는 유력한 통로였다.[3] 《조선일보》가 〈계월향〉과 같은 영웅형 야담(1927~1928)을 비롯하여 〈내 고장의 전설〉 시리즈

	발표일자	저자	코너명	제목	내용
1	1933.8.7.	R기자	거리의 괴담 (1)	'戶曹다리' 소복처녀, 대회일야 다리 위에 나타난 괴기, '썻다봐라' 쟁이의 식겁	썻다바라군 김춘삼이 호조다리 밑에서 갑자기 나타난 처녀를 따라가 함께 묵는다.
2	1933.8.8.	R기자	거리의 괴담 (2)	금침 중에 운우몽, 깨고 보니 적시누루, 처녀귀신에게 왼밤 홀리여 '썻다봐라' 꾼 식겁편	처녀의 유혹을 물리치고 잠에서 깨어보니 열병으로 죽은 가족들의 시체가 널린 집이었다.
3	1933.8.10.	L기자	거리의 괴담 (3)	斫殺된 大蛇의 음해, 명문도 일조에 폐허, 집터도 빼앗아 약물터로 만들어 인왕산麓 하천 내력	숙종 시절 재상 허적은 담력이 세고 의로운 모습을 보였으나 그의 아들 허견이 집터의 구렁이를 죽인 탓에 저주를 받아 집안이 망했다.
4	1933.8.11.	×	거리의 괴담 (4)	초례청에 신부는 현몽하던 괴요녀, 요부의 '방자질'로 삼족이 진멸, 계동 홍수랫골 유래	홍술해의 아버지 홍계희가 악몽을 꾸고 꿈속에서 본 얼굴을 한 여인을 며느리로 맞았더니, 그 여인이 왕실에 대한 방자질로 집안을 망하게 했다.
5	1933.8.12	×	거리의 괴담 (5)	소년 급제 쌍동이 과거 당일에 변사, 괴! 애자 참상을 목전에 보고, 가가대소의 친부 정염	정북창의 쌍둥이 아들들이 과거에 급제하고 들어오면서 문지방에서 넘어져 죽으니 정북창이 슬픈 기색 하나 없이 시구문 밖에 내다 버리게 했다.
6	1933.8.13	×	거리의 괴담 (6)	보복차로 태어난 전생의 철천 구수, 7대 전생을 거슬러 보았다는, 異人 鄭 렴옹의 천리안	하인들이 밤에 가보니 늙은 노인의 모습으로 되살아난 시체들이 복수의 어려움을 한탄했고, 정북창은 그들이 전생에 자신에게 원한을 지녔던 중국 아전들의 환생임을 밝힌다.

(1927~1930), 〈사외이문(史外異聞)〉(1933년 12월)과 같은 야사 시리즈를 꾸준히 연재한 것은 민족적 동질성을 확보하는 의식의 저변을 확장하기 위한 민족 언론다운 노력의 일환이었다.

1933년 8월에 실린 〈거리의 괴담〉 시리즈는 이 같은 민족 지(知)에 대한 관심과 오락적 야사(野史)의 요구, 그로테스크 취향에 대한 호기심 등이 복합적으로 결합하여 형성된 코너였다.

총 6회에 걸쳐 진행된 이 시리즈는 야담의 소재가 되는 민간의 이야기와 근대적 취향을 흥미롭게 결합했다. 〈거리의 괴담〉에 실린 시리즈를 요약하면 왼쪽 표와 같다.

기자의 취재 형식으로 진행된 이 시리즈는 호조다리, 사직골 인하천, 계동 홍수뤳골 등 경성의 익숙한 공간에 얽혀 있는 괴기한 옛이야기를 기술했다. 수록된 이야기는 귀신의 유혹(1~2화), 구렁이의 저주(3화), 예지몽과 가문의 몰락(4화), 악한 자의 환생을 꿰뚫어보는 혜안(5~6화) 등 신이하고 무서운 현상을 담았다. 경성의 거리 공간에 얽혀 있는 전설을 되살려서 근대화된 현재와 전통의 기억을 묶어보려 한 이 기획의 혼종성은 시리즈의 제목을 안내하는 도안과 이미지의 배치에서부터 명확하게 드러난다. 편집진은 6회의 짧은 특집을 게재하면서 다섯 번이나 제목의 도안을 바꾸는 특별한 정성을 기울였다.

깜짝 놀라는 신사, 벌거벗은 여인과 뱀, 너덜너덜한 옷가지와 일그러진 얼굴의 유령 등의 이미지는 추와 에로스, 기괴성을 시각화하려 했던 편집진의 노력을 잘 보여준다. 징그러움과 추악함, 머리가 쭈뼛하는 공포, 나체의 충격 등을 표현하는 이미지 조합은 당시 유행하던 에

거리의 怪談

【三】L 記者

砥殺된 大蛇의 陰害
名門도 一朝에 廢墟

집터도 빼아서 약물터로 만드러
仁旺山麓仁下泉來歷

사직공(社稷公) 딸바지 이왕산밋헤 인왕산(仁旺山)밋흐로 이약물은 녯별로 표박만동안이진째 유신기한 날물이 잇다는것으로 유명한 약물이엇다

◇

처 무려죄것지만은 허젼(許田)은 약물이라면 웃음남이는 사람의 묘가는모임이는 가볼것업는 다

오늘에잇서는 다긔됨원이 잇는 약물보 유량한 이곳이지마는 이쌔물근허젼(許田)이엿든 일

한 의왕산기슭으 남 쌍리며은 一촌 축젼시랍으로 다에만 이약물이 잇다

그러나 여태분이 다하관이라고 순남이이른바 허젼의쾌락 으로유 명한곳이엇다 허젼보추의 허

醮禮廳에 新婦는 現夢하든 怪妖女

妖婦의「방자질」로 三族이 盡滅

桂洞 홍수랫골由來

거리의 怪談 【四】

아무러든 알만타 바로 경의를 (慶義)○○ 가옹(街翁)으로말미아마 ○기집(妓生窟)의 육○이려 하는때 그우럭하 기름 이익 ○육 실직한 후 부터 기집가고 고하야 당시 우럭한자요 저것가우 이돈소원하엇 이사람듯이 러서 ○돈을수 한맛스나 그러나 「해여진것」 이런 용라롭고 남기어서 유○하고 잘 요한소원으로 도 하도걸나를 귀여운을 저렇소루...

다그

바로 영문(榮門)왓이다 후실 레의 아버지되는 것이(進愧)라 훌륭한하지로 정실(正室)을 지키 둔이로 나누 소원햇젓한 써도...각기갈닌다 리가 되라기 서서...모양으로 단옥 에 까지 이돈녕이 ○이잇고 되만지의 며누리가 가저서...

감리를 불구어가 며 광○명을 영조의 아디이요 ○다영정무의자 잔혼지자 내일으자 근무가하 며 그렇정은 그처럼의이...

報復次로태여난
前生의徹天仇讐
七代前生을거슬러보앗다는
異人鄭礦翁의千里眼

거리의 怪談
六

로-그로 기호의 반영이다. 신작로가 뚫린 정돈된 현대식 길과 머리를
쭈뼛하며 놀라는 신사의 모습(①) 등은 "금침 중(衾枕中)에 운우몽(雲雨
夢)"과 같은 고담의 문구와 대조를 이루며 근대가 감추고 억눌렀던 과
거의 에너지를 시각화한다.

그러나 시리즈의 제목을 안내하는 이러한 도안과 이미지는 고담
을 다룬 수록 내용과 사뭇 거리가 있었다. 괴담을 안내하는 삽화는 수
록된 서사와 접속하지 못했다. 〈'셨다봐라'순 식겁편〉(①)에는 삽화의
신사가 등장하지 않으며, 〈인왕산록 인하천 내력〉에는 ②의 삽화와 같
은 나체 여인의 흔적이 없다. 〈계동 홍수랫골 유래〉(③)에서 공포의 소
재는 허수아비 유령이 아니라 꿈속에 나타난 요녀였고, 〈이인 정렴옹
의 천리안〉(④)에서 공포의 대상은 환생한 2인의 늙은 악한으로 삽화
에 등장하는 네글리제를 입은 여귀와는 아무런 관련이 없다.

내용과 이미지의 불일치는 괴담 기획자의 의도와 실제의 간극을
고스란히 노출했다. 공간의 동질성을 토대로 하여 조선의 전통과 근대
화된 현재의 차이를 기괴와 공포라는 첨단의 감각으로 재현하려 했던
기획진의 의도는 그것을 논리적으로 표현하고 서사화할 수 있는 언술
의 자리를 찾아내지 못했던 듯하다.

〈거리의 괴담〉 시리즈가 소개하는 전설은 지역에서 떠돌던 민간
의 이야기를 옮긴 탓인지 초점이 불분명했다. 숙종 시절의 사화, 장헌
세자의 죽음 등 주요한 역사적 사건과 관련된 인물이 등장하고 그 인
물의 집안에서 벌어진 멸문의 화(禍)가 저주, 방자, 현몽 등의 초현실적
모티프와 연동되지만, 스토리는 일관된 맥락이나 응집력을 결여한 채

잡다한 일화의 접합으로 제시된다.[4] 따라서 코너는 현재의 공간과 과거의 기억을 접속함으로써 장소의 전통과 유래에 대한 지식을 확장하고 공동체의 소속감과 연대의식을 확보하려는 의도를 드러냈지만, 소속감과 연대의식의 실체를 구성할 수 있는 구심점 형성에는 실패할 수밖에 없었다.

응집력이 희박한 서사, 내용과 이미지의 불일치 등은 이 괴담의 기획이 내포했던 정서의 충돌과 불안정성을 가감 없이 노출했다. 그로테스크한 공포의 쾌락이라는 현재적 관심사와 초현실적 모티프에 근거한 전래 이야기의 결합은 그렇게 불안정했다. 《매일신보》가 제기했던 저 미결정의 불안이 공포의 쾌락으로서 안정적으로 자립하는 일은 좀처럼 이루어지기 어려웠다. 귀신, 저주와 같은 초현실적 공포의 요소가 과거가 아니라 현재의 감각과 접합하고 부딪히며 갈등과 균열을 얻고 그러면서도 거리화되는 데서 발발하는 쾌락의 자리를 찾는 일은 그렇게 요원했다.

이 거리화와 안정감은 시간성의 타자화를 통해서 이루어졌다. 〈거리의 괴담〉이 보였던 불안정성은 같은 해 마련된 〈일요특집 괴담〉에서는 상대적으로 좀 더 안정된 형태로 나타나며, 1939년의 〈연속괴담〉에서는 완전히 사라져버린다. 〈일요특집 괴담〉과 〈연속괴담〉이 그렇게 될 수 있었던 것은 이야기의 세계를 현재로부터 완전히 분리한 과거의 시간성 속으로 몰아넣었기 때문이다.

〈일요특집 괴담〉과 〈연속괴담〉에서 이야기의 시공간은 대체로 먼 과거로 설정됐고, 특히 초현실적 존재나 사건은 철저히 과거에 귀속

143

《조선일보》의 〈일요특집 괴담〉(1933)과 〈연속괴담〉(1939) 시리즈

	발표일자	저자	코너명	제목	내용
1	1933. 5. 1.	유팔극	일요특집 괴담	병풍 뒤의 얼골	김 서방이 곽 서방 아내의 시신을 지키는데, 병풍 뒤에서 죽은 곽 서방 아내의 귀신이 일어나 위협하나 실은 도둑의 장난이었다.
2	1933. 5. 1.	김병곤	일요특집 괴담	붉은 당기	억울하게 살해된 밀양 부사의 딸이 귀신이 되어 나타나 선비들을 해친다.
3	1933. 5. 1.	방인근	일요특집 괴담	영보와 괴처녀	영보라는 청년이 향교에서 들리는 기분 나쁜 예언을 극복하기 위해 산을 넘었다가 귀신의 소원을 들어주고 예언을 수정하여 영의정이 된다.
4	1939. 7. 27. ~8. 1.	신정언	연속괴담	홍두흑두	길씨가 신혼방에 나타난 이물의 공포를 부덕(婦德)으로 견뎌 내다가 구슬을 얻어 부자가 되고 죽어서 승천한다.
5	1939. 8. 3 ~8.	신정언	연속괴담	여인여귀	마을의 하인, 장사, 거지, 상여꾼 등의 일을 거쳐 마침내 시체의 옷을 벗겨 팔아먹고 살던 곽돌이란 청년이 무덤에서 살아난 여인과 같이 살았는데 알고 보니 여우였다.
6	1939. 8. 9 ~19.	신정언	연속괴담	설상포의 미인	유명한 오입쟁이 황 진사가 철원의 전장(田莊)에서 밤마다 방문하는 여귀로부터 장래에 조심할 것을 경고받았으나 이를 주의하지 않았다가 결국은 감옥에 갇히고 만다.

7	1939. 8.31. ~9.6.	신정언	연속괴담	홍촉십쌍	남산골 돌다리 밑에 열 명의 고아 총각들이 끈목을 짜고 글공부를 하며 지내다가, 동대문 누각에 목맨 처녀를 구한 인연으로 안평대군이 남긴 열 명의 궁녀와 혼인하여 황홀한 시간을 보냈으나, 모두 귀신에 홀린 것이었다.
8	1939. 9.15 ~17.	신정언	연속괴담	소오와 시오	정몽주가 산을 넘는 여우들을 보고 고려의 멸망을 예견하는데, 과연 도성에 괴상한 무당들이 설쳐서 잡으려 해도 잡히지 않더니, 무당들이 이방원에게 시절의 변화를 예고하고 여우로 변해 사라졌다.

〈일요특집 괴담〉, 《조선일보》 1933년 5월 1일

세 편의 무서운 이야기를 담은 이 괴담란은 유령을 만난 이의 두려운 얼굴을 표제 이미지로 사용했다. 유팔극의 〈병풍 뒤의 얼굴〉은 친구 아내의 초상을 치르기 위해 빈집에서 빈소를 지키던 평범한 시골 남자가 병풍 뒤에서 일어나 피를 뿌리는 시체의 공포를 견디는 이야기를 담았다. 결말에서 이 시체의 난동은 도둑의 소행이었음이 드러나는데, 이러한 결구는 주술적 모티프와 계몽의식의 갈등을 해결하기 위해 1930년대 중반의 괴담이 자주 선택하던 종결 방식이었다.

됐다.

1933년의 〈일요특집 괴담〉에서는 억울하게 죽은 여귀의 통한과 살인담(〈붉은 당기〉), 여귀의 소원을 풀어주고 영의정에 오르는 청년의 모험담(〈영보와 괴처녀〉) 등을 다루었다. 시간 배경이 분명치 않은 〈병풍 뒤의 얼굴〉의 경우에는 귀신의 실체를 인정하지 않고 귀신의 등장이 도둑의 장난질이었음을 밝히는 과학적 귀결을 맺는다.

1939년에 발표된 〈연속괴담〉에서는 삽화나 문체, 인물의 성격 등에서 예스러움이 더욱 강조된다. 여우의 조화를 통해 왕조의 멸망을 예견하는 정포은과 같은 역사적 인물의 일화(〈소오와 시오〉)는 물론, 괴물 같은 구렁이 총각의 방문을 부덕(婦德)으로 이겨내는 새신부 이야기(〈홍두흑두〉), 매일 밤 찾아오는 여귀의 유혹을 견디는 난봉꾼 이야기(〈설상포의 미인〉), 한밤중에 동대문 누각에서 목을 맨 여인을 구해준 덕에 안평대군의 옛 궁녀 귀신들과 혼인하게 되는 가난한 총각들 이야기(〈홍촉십쌍〉), 무덤에서 살아난 여우귀신과 결혼한 묘지 도둑 이야기(〈여인여귀〉) 등등 서사 속 초현실적 존재와 경험은 더욱 고풍스러워진다. 인물의 성격이나 신분이 재래적인 것은 물론, 공포감을 시각화하기 위해 삽입된 삽화 또한 초가와 한복, 댕기, 비녀, 망건, 얹은머리 등을 동반하여 예스러움을 강조했다. 소재와 문체, 경험의 성격과 메시지 또한 현저히 고풍적이다.

괴담의 스토리가 이처럼 과거화된 것은 설명하기 어려운 초현실적 경험에 대한 거리화 욕망의 결과였다. 발생 초기부터 괴담은 늘 과학적 해석 욕망과 갈등해야만 했다. 합리적인 근대 지의 관점에서 귀

紅頭黑頭 ❶

申鼎言

《조선일보》(1939년 7월 27일) 〈연속괴담〉 시리즈 첫 회(〈홍두흑두〉)의 시작
부분이다. 이 괴담의 서두에는 괴담이라는 양식의 의미와 의의를 풀이한
신정언의 서언이 실려 있다.

1936년 8월 9일 《조선일보》에는 〈이바구 판〉이라는 코너명을 달고 세 가지
이야기가 실린다. 민간에 전해지는 재미난 일화 세 편 가운데 〈오관수 다리〉에는
'괴담'이라는 세부 타이틀이 별도로 첨가되었다. 동대문 천장에 매달린 귀신
처녀를 구해주고 홀려버린 청년의 이야기를 담았기 때문이다. 그런데 〈오관수
다리〉는 이후 1939년에 실린 〈연속괴담〉 시리즈의 〈홍촉십쌍〉과 모티프가 거의
동일하다. 〈홍촉십쌍〉은 〈오관수 다리〉의 모티프를 확장하여 매달린 처녀의
구출을 계기로 일곱 총각이 궁녀귀신들과 혼인하는 이야기로 바뀌었는데,
이로 말미암아 볼 때 괴담은 민담에서 모티프를 채록하되 구술자가 다양하게
첨언하고 변주하여 이야기를 변형했던 코너로 보인다.

신과 도깨비 이야기는 용납할 수 없는 것이었고, 계몽지식인은《매일신보》괴담란이 보여준 것과 같은 미결정의 공포를 지속해서는 자신의 정체성을 유지할 수 없었다. 근대 교육을 습득한 계몽지식인에게는 초현실적 존재와 경험을 설명할 수 있는 논리가 필요했다. 〈병풍 뒤의 얼굴〉과 같이 귀신 경험에 과학적 해석을 덧붙이는 이야기가 증가한 것은 이 때문이다. 기실 '그로' 유행의 초창기부터 대중미디어에는 정신의학, 심령학 등 초현실적 경험을 과학적으로 설명하는 기사가 등장했고, 괴기한 현상에 대한 과학적 해석은 그 자체로 흥미의 대상이기도 했다.

근대 지식의 헤게모니 아래 과학적 해석의 욕망은 '괴담'이라는 양식이 자리를 잡아갈수록 더욱 강해졌다. 〈병풍 뒤의 얼굴〉이 그랬던 것처럼《매일신보》에서도 1936년의 괴담은 과학성이 증대된다. 도깨비불이 날아다니고 송장이 일어나는 괴사건이 도둑의 소행으로 밝혀지는 일화나(〈괴화〉), 묘지를 파헤치는 며느리의 행적이 정신병의 결과였다고 밝히는 일화(〈묘지이변〉) 등이 그것이다. 〈병풍 뒤의 얼굴〉과 마찬가지로, 이야기의 중심에서는 공포감을 조장하고 말미에서 과학적 결론을 배치하는 이야기 구조는 1927년과 1930년의 괴담 시리즈와는 사뭇 달라진 양상이었다.

괴담의 과거화는 이처럼 매체를 넘나들며 강화되는 과학적 해석의 욕망에 비례했다. 현실이 논리화되고 과학화될수록 귀신, 이물과 같은 이질적 존재의 체험은 사실로서 인정되기 어려웠고, 설명할 수 없는 미혹의 세계는 과거의 차원으로 밀어 넣어짐으로써 지식 주체의 안정감을 회복시켰다. 그런 점에서 괴담이 전근대의 시간성과 밀착한 것은, 논리적이고 이상적인 것은 현재의 것으로 전유하고 불합리, 부조리한 것은 과거의 것으로 투사하는 근대 지의 자기 합리화 작용을 닮았다고 할 수 있다. 괴담이 과거화되어 현재로부터 멀어질수록 불합리한 존재나 체험은 주체의 현존으로부터 거리화되고, 이야기의 향유자는 안정감을 확보하면서 무서운 이야기를 즐길 수 있는 것이다. 과학적인 근대와 미혹의 세계는 그렇게 불합리한 감각을 과거의 것으로 투사하는 의식의 작용을 통해 분리됐다.

괴담과 전통의 결합은 양식이 보편화될수록 더욱 강고해졌다. 귀신, 도깨비와 관련된 민족 지(知)는 과거의 것, 미개한 것, 무지한 자의 것으로 타자화됨으로써 공포 양식의 안정적 기반을 마련해간 것이다.

과거화되고 열등해진
귀신/도깨비
이야기

1936년《조광》에 실린 괴담 〈붉은 구실〉(붉은 구슬)의 서두에서 야담가 신정언이 밝힌 괴담에 대한 설명은 이 같은 타자화의 논리를 구체적으로 확인하게 해준다. 신정언은 이 서언을 1939년《조선일보》〈연속괴담〉 시리즈의 첫 작품 〈홍두흑두〉(작품의 내용은 〈붉은 구실〉과 같다)의 서두에도 다시 실었다. 괴담에 대한 당대 지식인의 이해를 압축하고 있는 이 서언은 야담/괴담을 전파했던 선도적 주체의 목소리를 통해 서사 양식의 하나로서 '괴담'의 정체성을 설명했던 사례로 주목할 만하다.

하늘이 생기고 땅이 생기고 그 사이에 사람을 비롯하야 산천초목, 비금주수가 가추가추 생기었다.
그런데 이중에는 귀신도 생기었고 독갑이도 생긴 것이 과연코 참이었든가.

귀신 중에도 가지각색. 독갑이 중에도 역시 천층만층이라 하면 더더구나 괴이타 아니할 수 없는 일이었다.

그러나 인류의 태초의 문화는 귀신으로부터 시작되지 아니한 것이 없다는 것은 오직 종교간의 말만 편벽되이 믿어 그것을 뒤도장을 찍는 말이 아니오. 그밖에 력사가(歷史家)로서 소위 신화시대(神話時代)의 문물(文物)을 말하는 것이 분명 있거니 그것을 다만 귀전으로만 들어 흘릴 말이라 못할 것이다.

그러면 귀신도 독갑이도 이 천지만물의 일종으로 끼어서 인류문화와 직접간접의 관계가 있다는 것을 코웃음치고 버릴 말도 아니라 할 수밖에 없다. (…) 도대체로 귀신이라 하고 독갑이라 하는 것은 본 사람은 없고 그런 말을 들은 사람은 많으니 이세상은 본 것만을 믿는 세상이오 들은 것은 믿을 수 없는 세상이라 하면 귀신과 독갑이는 여러 말 할 것 없이 분명 없는 것이라 할 것이다.

그러므로 이 괴담(怪譚)이라는 것은 사람이 보지 못하고 흔이 들을 수만 있는 그것을 말하는 것이나 그중에는 반듯이 어떠한 뜻이 잠겨 있는 것마는 무심히 듣고 넘길 수 없는 것이다.

– 신정언, 〈붉은 구실〉,《조광》2-10, 1936

신정언이 괴담의 정체성을 설명하기 위해서 무엇보다도 관심을 기울였던 것은 귀신/도깨비의 존재 여부를 '논리'적으로 설명해내는 일이었다. 신이한 이야기를 무수히 다루었던 야담가 신정언이 이 난제의 해결을 의존했던 준거는 시간성이었다. 그에 따르면 "귀신과 독갑이는 여러 말 할 것 없이 분명 없는" 존재다. 그러나 그 존재는 "역사가"가 말하는 "신화시대의 문물"에는 살아 있다. 즉 이 야담가는 역사적 과거에 바탕을 둔 '서사적 존재'로 귀신/도깨비를 타자화함으로써 초현실적 이물의 비현실성과 현존성이 공존할 수 있는 논리의 토대를 마련한 것이다. 귀신/도깨비는 현실에서는 존재하지 않으며 역사적 과거라는 시간성의 역전을 통해서만 말하는 것이 가능해지는 대상으로 못박힌 셈이다.

동일한 논리를 그는 시각성이라는 근대적 감각과 '청각성-서사성(구비 양식의)'이라는 전근대적 감각의 분별을 통해 다시 한 번 강조했다. 그는 귀신/도깨비를 "사람이 보지 못하고 흔히 들을 수만 있는 그것", 즉 실존하지 않으나 이야기로만 전하는 존재로 규정했다. 이렇게 규정된 "그것", 즉 귀신/도깨비를 "말하는 것"이 '괴담'이었다.

'볼 수는 없고 들을 수만 있는 것'의 독특한 자리, 그것은 재현물로서 환상 양식이 존재하는 자리에 다름 아니다. 시각을 감각의 중심에 두는 근대성의 관점에서는 보이는 것이 증명되는 것이며, 실증적인 과학과 지식은 보는 능력을 토대로 가능해진다. 볼 수는 없고 들을 수만 있다는 비가시성의 선언은 주체로부터 미끄러져 나가며 완전히 포획되지 않는 영역의 자리로 괴담의 자리를 마련한다. 그러나 괴담의 언술 주체는 이 포획되지 않는 미끄러짐을 과거라는 시간성 속에 가둠으로써 존재의 안정감을 회복할 수 있었다.

그리하여 귀신/도깨비는 이야기에서만 존재하는("들을 수만 있는") '과거의 것'으로 규정됨으로써 비로소 근대 사회에서 살아갈 수 있는 안정된 자리를 획득했다. 그리고 괴담은 이 물리적으로 실재하지 않는 존재를 '신화시대'라는 과거성에 의존하여 가시화하여 언술하는 양식으로 공식화됐다. 신화시대라는 시간성과 비가시적 존재의 가시화라는 방법론을 통해[5] '괴담'은 계몽적인 근대 지식 위에 구축된 합리와 불합리의 과학적 경계를 훼손하지 않으면서 근대 조선에 존재할 수 있는 자리를 마련한 것이다.

양식의 정체성을 구성했던 핵심 소재가 타자화될 때 그와 같은 소재에 생명을 부여하는 서사의 양식도 함께 주변화됐다. 불합리한 존재를 이야기하는 괴담은 낮은 수준의 수용자를 대상으로 한 최저심급의 서사물 이상이기 어려웠다. 1930년대 후반에 이르면 괴담은 야담의 일종과 같이 다루어지고, 민속 전문가나 문인 지식인에 의해 쉽고 친근한 하향적 어투로 기술된다.[6] 불합리한 존재를 이야기하는 괴담에 가치를 부여하기 위해서는 '교훈성'이 강조됐다. "그중에는 반듯이 어떠한 뜻이 잠겨 있"다는 신정언의 주장에서 보듯, 괴담은 다시 권선징악의 윤리적 세계로 이입해갔다. 1930년대 초반에 매체들이 실험하려 했던 '에로-그로'의 첨단적 취향은 자취를 감출 수밖에 없었다.

괴담의 성격이 어느 정도 공고해진 1939년의 《조선일보》〈연속괴담〉에서는 특히 윤리적 주제를 강조했다. 부덕을 지킨 여인의 행복과 승천(〈홍두흑두〉), 성실한 노동을 기피하고 도둑질과 편법만을 취해온 악한에게 주어진 여우귀신의 훈계(〈여인여귀〉), "사람을 너무 의심하고 사람의 말을 생각지 안흔 죄"[7]로 감옥에 갇히게 된 한량의 불행한 종말(〈설상포의 미인〉), 부지런하고 성실하며 의좋은 총각들에게 내린 며칠

밤의 환상적인 행복(〈홍촉십쌍〉) 등의 이야기는 귀신, 요괴라는 소재를 활용하면서도 선한 자의 행복과 악한 자의 불행을 강조했다.

　이처럼 스토리가 수직적이고 위계적인 시선에서 진행되는 안정된 교훈담으로 변하면서 괴담이 출발 지점에서 지녔던 불안과 공포의 감각은 적지 않게 후퇴했다. 윤리적 주제 의식 아래 귀신과 여우, 구렁이 총각으로 현신한 용과 같은 이물은 인간의 삶을 훈계하거나 조력하는 존재로 기능하게 된다. 초현실적 존재의 이질감이 강조되어 있지만, 안전한 현재로부터의 거리만큼 공포의 즐거움은 약해졌다. 공포의 감각이 둔해지고 귀신과 이물이 과거의 존재로 거리화되며 이야기가 해묵은 윤리의 세계로 들어가면서, 괴담은 봉건의 시간대에 사로잡힌 서사, 낙후된 과거의 표상으로 변화했다. 괴담이 조장하는 불합리한 감각과 미혹됨은 이제 '옛것'과 동질화되면서 근대의 진보적 시간대 위에 안착한 셈이다.

　일제강점기 조선의 괴담 문화는 이처럼 우월한 근대의 입지를 확보하는 수직적 시선 속에서 과거를 타자화하고 괴물화했다. 내부에 있는 이질성을 외부적인 것으로 투사하는 전형적인 회피 전략에 의해 귀신/도깨비는 그렇게 선형적인 시간성의 회로에 안착하고, 괴담은 이제 근대적 삶의 주변부를 형성하는 민속의 일부로 정착해갔다. 괴담은 민속학적 지식이 해박한 지식인이 이야기를 좋아하는 하위 주체를 대상으로 전래의 이물 이야기를 통해 윤리적 주제를 전달하는 열등한 이야기 양식으로 굳어간 것이다. 이는 불합리/부조리를 '과거'에 투사해버림으로써 현재의 정당성을 확인하는 근대 지 운동의 결과였다.

《조광》,
괴담을 명랑화하다

조선에 창작 괴기소설이 처음 등장한 것은 괴담이 과거를 무대로 한 귀신/도깨비 이야기로 확립되어갈 무렵이다. 1937년 일본에서 갓 귀국한 젊은 신인 김내성은 《조광》에 '괴기소설'이라는 타이틀로 창작 〈광상시인〉을 발표했다. 작품이 발표된 《조광》은 《별건곤》, 《삼천리》의 뒤를 잇고 《중앙》, 《신동아》 등과 어깨를 나란히 했던 미디어로, "거대자본에 의해 철저하게 상업주의적 태도로 기획"[8]되어 1935년에 창간된 종합지였다. 조선 사람의 '상식'의 결핍을 지적하고 "상식 조선의 아츰 햇빛(朝光)이 되기를 자기(自期)"[9]하면서 출발했던 《조광》은 부인 독물(讀物)과 시사 논평, 각종 모던 생활 강좌, 연예 뉴스, 과학 상식 등 잡다한 소식을 위계 없이 병렬하는 체계를 구성함으로써[10] 다양한 독자를 포용하려 노력했다. 〈광상시인〉이 발표된 시기는 《조광》이 야담과 상식, 본격 문학 작품을 위계 없이 망라하는 체계 안에서도 '괴기'라

'괴기'를 표제로 한 《조광》의 기사와 소설

	발표 일자	저자	제목	내용
1	1937. 7.	취운생	조선 괴기 인물전	털로 뒤덮인 난쟁이 괴인 이근이란 인물이 기괴한 용모로 인해 병자호란 중에 오랑캐의 수중에 잡히고도 '괴물 같은 기인을 함부로 죽이기 어렵다'는 이유로 놓여나 모자 상봉하고 장수한다.
2	1937. 8.	차상찬	괴기인 최칠칠	조선 후기 화가 최북이 보여준 다채로운 기행과 인물됨을 소개한다.
3	1937. 8.	차상찬, 유추강, 신정언, 함대훈, 노자영, 현인규	괴기 좌담회	참석자가 도깨비, 귀신, 구렁이, 산송장, 둔갑한 여우 등 괴이한 소재의 전래 이야기를 나누며 그 의미나 진위 여부를 논한다.
4	1937. 9.	김내성	괴기소설 광상시인	아내를 살해하고 시체와 연애 행각을 벌인 시인 추암의 이야기를 화가 '나'의 시선을 통해 전개한다.
5	1938. 7.	안회남, 차상찬, 방인근, 김동인, 박노갑, 이석훈	괴기 체험기	안회남은 고질병인 몽마, 차상찬은 괴미인의 일화, 방인근은 괴기천방(怪奇千方), 김동인은 5일간 혼수상태의 경험, 박노갑은 5~6년 전의 도둑 사건, 이석훈은 기자 시절 정탐했던 약물 투약 강간 사건을 기술한다.
6	1939. 2.	주요섭	괴기소설 낙랑고분의 비밀	낙랑 고분 속 비밀의 동굴에서 불사(不死)의 여인이 죽음을 희구하며 현세에 환생한 옛 연인을 찾아 연쇄 실종 사건을 일으킨다.

는 용어가 소제목에 특히 자주 등장하는 변화를 보이던 시기였다.

그때까지《조광》에서 '괴담'이라는 타이틀로 발표된 기사나 작품은 1936년 신정언의 〈붉은 구실〉과 같은 해 발표된 차상찬의 〈여승혼〉 두 편 정도였다. 문식력이 낮은 독자를 겨냥한 전래의 이야기는 대부분 '야담'이라는 타이틀로 발표됐다. 야담 가운데서도 무서운 이야기를 특화한 '괴담'을 변별하는 일에《조광》은 상당히 조심스러운 태도를 보였다. 그러나《조광》은 '괴기'라는 타이틀의 기획에는 매우 적극적이었다.

〈괴기 인물전〉, 〈괴기 좌담회〉, 〈괴기 체험기〉 등 다수의 필진이 참여한 기획 특집을 마련하면서《조광》은 '괴기'라는 첨단의 감각을 표방하고 재현하는 데 열을 올렸다. 이는 이 시기 잡지의 편집진에 작가 김내성이 동참하게 된 것과 긴밀한 관련이 있어 보인다. 일본에서 유학을 마치고 귀국한 탐정 작가 김내성은 '괴기물'에 선도적인 지식과 관심을 갖춘 인물이었다. 그는 "무서운 이야기를 즐겨하고 잔인한 이야기를 듣고 싶어" 하는 대중의 감각에 예민한 촉각을 기울이고, 히라바야시 하쓰노스케(平林初之輔), 에도가와 란포(江戸川亂步) 등 일본 문인의 괴기소설을 본격 탐정소설과 구분하여 이론적으로 설명할 수 있는 지적 우위를 선취한 작가였다.[11] '괴기'를 표방한 일련의 기사는 편집진의 이 같은 지적 선도성에 입각하여 첨단의 기호를 보급하고 실제로 구현하려 했던 의도를 드러낸다.[12]

물론《조광》이 '괴기'라는 타이틀을 처음으로 게재했던 매체는 아니었다. 1920년대 말 '그로테스크'의 번역어가 되면서 의미론적으로 독립했던 용어 '괴기'는 잔혹한 범죄나 끔찍한 대상, 퇴폐적 현상 등을 가리키는 어휘로서 미디어에 자주 등장했다. 살인, 시체, 식인 등이 따르는 잔인하고 엽기적인 사건은 물론, 해결되지 않은 불합리한 사실이나 이례적인 경험, 정체를 설명할 수 없는 대상, 미신 풍속, 원시적 신앙 등 '괴기'는 '상(常)'을 벗어난 갖가지 기사의 타이틀로 활용됐다. 정상성의 위반을 부정적으로 지시하는 '괴(怪)'라는 기호의 광범위한 포용력은 사실, 사건, 경험, 정보, 생물, 정서 등 온갖 대상을 지칭할 수 있는 유연성을 발휘했다. 기호가 지닌 이 같은 특성으로 말미암아 '괴기'는 다양한 양식과 소재의 이종교배가 이루어지는 일종의 시험장처럼 기능했다.

1937~1938년에 집중된 《조광》의 괴기 기획은 이처럼 느슨했던 용어의 범주를 일정하게 제한하고 첨단 기호로서 공포의 취미 영역을 범주화하고자 했던 시도의 하나였다. 이 시도는 근대 지식의 헤게모니를 주도했던 지식인 주체의 위로부터의 운동이 될 수밖에 없다. 1937년 8월의 〈괴기 좌담회〉는 그런 점에서 주목할 만하다.

민속과 야담 분야의 선두 주자였던 유추강, 차상찬, 신정언 등을 초대 손님으로 하여 노자영, 함대훈, 현인규 등 《조광》의 기자가 함께 했던 이 좌담회는 전래의 귀신, 도깨비 이야기를 모으는 자리였지만, 코너의 이름을 '괴담'이 아니라 '괴기'로 명명했다. 초대 문사들이 모두 야담과 민속 분야의 전문가였던 만큼 그들이 쏟아내는 이야기의 소재는 요괴, 귀신, 도깨비를 비롯하여 둔갑한 여우나 상사구렁이 등 다양했다. 서사의 출처도 다채로웠는데, 모화관, 수송동, 상동, 아주개 등 경성의 익숙한 장소는 물론이고 평양, 함종(평남), 홍성, 횡성, 춘천, 길주, 동해안 율령 등 전국적이었다. 정북창, 신포장, 이익선, 최도사(崔都士) 최성오, 서춘보, 이수익 등 구체적인 인명도 동원됐다. 좌담 내용 중에는 과거 신문·잡지에서 '야담' 혹은 '괴담'의 명칭으로 발표된 것도 포함되어 있었다. 그러나 다른 지면에서 '괴담'으로 지칭됐던 바로 그 소재를 '괴기'로 명명하면서 진행된 이 좌담회의 관점과 배치는 사뭇 달라져 있었다. 좌담은 도깨비, 귀신, 송장, 여우, 호랑이 등 소재에 따른 순서로 진행됐지만, 논의의 진행 과정에서 사실성에 대한 질문이 동반됐고, 논자들의 태도는 다분히 회의적이었다.

> 함: 옛날에 그렇게 많든 독갑이가 오늘엔 웨 없습니까?
> 유: 글세요. 독갑이란 캄캄한 가운데 나오는 것인데 오늘은 전등이 발명되고 세상이 밝아저서 없어지지 않었는지오. 요컨대 독갑이란 사람의 작란으로 정신관계가 않일가 생각합니다.
> 차: 독갑이란 결국 미친놈 작란이지오.
> ―차상찬 외, 〈괴기 좌담회〉, 《조광》 3-8, 1937

귀신, 도깨비의 일화에 대해 참석자들이 한결같이 지적하는 원인은 '정신이상'이었다. 도깨비불은 비금속 원소인 인(燐)의 결과로, 따뜻한 송장은 인삼의 효과로 진단됐으며, 흉가에서 사람이 죽어 나가는 현상은 '정신 관계'로, 시체가 음식을 먹는 사건은 시향(屍蛔, 쥐)의 장난으로 언급됐다. 옛날에 많던 도깨비가 오늘날엔 왜 없느냐는 함대훈의 질문에 "전등이 발명되고 세상이 밝아"진 탓이라고 답하는 유추강의 발언은 귀신, 요괴, 도깨비를 소재로 한 괴담의 시간과 현재를 차별화하는 시간성의 위계를 다시 한 번 확인해준다.

위계화된 시간성의 배치 속에서 전래의 귀신/도깨비 이야기를 전하는 지식인의 차별화된 입지는 무서운 소재를 다루는 좌담회의 분위기를 명랑한 웃음으로 채우는 전도를 일으켰다. 요괴의 출현이나 귀신에 홀린 이가 등장하는 이야기의 중간 중간에 참석자 일동은 웃음꽃을 피웠다. "일동 웃음", "일동 대소(大笑)"와 같은 삽입구는 특히 둔갑한 여우의 출현이나 미신에 따른 문제 해결과 같은 이야기의 결정적 장면에서 등장했다. 공포가 고조되어야 할 결정적 순간에 공유되는 웃음은 괴담의 시간성에 대한 지식인의 위계적 시선과 우월감을 여과 없이 드러냈다. 이처럼 타자화된 시간성의 간극은 이 좌담회의 여백을

〈괴기 좌담회〉의 표제 삽화.

왼쪽 위부터 시계 방향으로 '살아난 송장', '무덤 귀신', '호랑이에 홀린 처녀', '우물 귀신', '과부로 둔갑한 도깨비'

메우고 분위기를 좌우했던 삽화에 뚜렷이 반영되어 있다. 〈괴기 좌담회〉는 무서운 이야기를 진행하는 코너였음에도 명랑한 삽화로 가득했다.[13]

피 흘리는 요괴와 시체의 익살스러운 표정, 귀신/도깨비의 앙증맞고 귀여운 얼굴, 홀린 사람들의 동그란 눈동자는 이 좌담회를 구성하는 핵심적 감성을 공포가 아니라 명랑으로 변화시켰다. 이 아이러니한 감각의 전도는 근대 지라는 렌즈를 거쳐 민속의 세계를 탐구했던 지식인의 자문화(自文化)에 대한 거리감과 부정 의식을 확인해준다. 그로테스크라는 첨단 기호에 부응하려 했던 근대 지의 움직임은 민족지학적 관점과 접속하여 '괴담'이라는 양식을 확립해 나갔고, 괴담이 과거의 이야기 양식으로 범주화되자 다시 귀신과 도깨비에 미혹되는 자문화의 공간을 타자화하고 이국화함으로써 근대라는 시간성의 우월함을 확인했던 것이다. 공포를 웃음으로 치환하는 전복을 초래한 것은 자문화를 이국화하는 이 같은 우월한 자기상(自己像)의 결과였다. 근대 지와 취미라는 앎의 욕구를 바탕으로 민속적 공포에 접근했던 지식인이 위계적 시선으로 스스로의 과거를 타자화한 결과, 공포의 대상이 웃음거리로 뒤바뀌어버린 것이다.

괴기소설과
인간이라는 타자의
발견

당대의 현실을 무대로 한 창작 공포물을 '괴기소설'로 표방하고 양식화할 수 있었던 자신감은 이처럼 기존의 문화를 타자화하고 거리화했던 시선의 위계 속에서 가능했다. '괴기소설'이라는 이름을 달고《조광》에 처음 발표된 〈광상시인〉(김내성)과 〈낙랑고분의 비밀〉(주요섭, 이하 〈낙랑〉으로 표기)은 기존의 괴담과는 확연히 차이 나는 현대물이었다. 작품은 근대화된 조선이라는 당대의 현실을 무대로 기자, 화가, 시인과 같은 첨단 문화산업에 종사하는 인물을 주인공으로 전개된다. 작품의 주인공은 근대 지와 감각을 누구보다도 빨리 선취한 존재들이었다.[14] 그러나 시대 배경이나 인물형의 근대성, 창작 여부보다 더욱 주목되는 것은 이들 작품이 공포의 대상과 공포의 발현 방식에서 전래 이야기를 재구성한 괴담과는 확연히 구별되는 성격을 드러냈다는 점이다. 무엇보다도 '괴기소설'이 야기하는 공포는 귀신이나 도깨비와 같은 외적

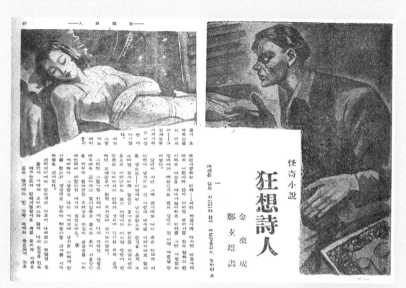

《조광》에 실린 김내성의
〈광상시인〉(1937)과 주요섭의
〈낙랑고분의 비밀〉(1939) 표지.
이 두 작품은 한국 괴기 서사가 인간
내면의 부조리한 심연을 찾는 데
이르러서야 비로소 귀신/도깨비와 같은
초월적 존재에 의존하지 않고 자립적인
공포 서사를 구현할 수 있었음을
확인해준다.

존재가 아니라 인간의 내면에서 출발했다.

〈광상시인〉을 보자. 이 소설은 죽은 아내를 그리워하는 화가 '나'가 시인 추암의 살인과 기행(奇行)을 보고하는 액자식 구조로 구성된다. 스토리는 다음과 같다.

죽은 아내를 그리워하며 낙향한 화가 '나'는 자연 속에 '사랑의 집'을 짓고 그림 같은 나날을 보내는 추암 부부를 만난다. 천진난만한 추암의 아내 나나는 거리낌 없이 '나'에게 접근하고, 추암은 첫사랑의 화가를 잊지 못하는 아내의 소원을 들어주기 위해 그 첫사랑의 화가를 닮았다는 '나'에게 나나와 사귈 것을 권유한다. 한 차례 거절했던 '나'는 다시금 추암으로부터 접근을 권유받고 나나에게 다가가 보지만 그녀는 이미 싸늘한 시체로 앉아 있었다. 질투 때문에 아내를 죽였으나 그녀의 소원은 들어주고 싶었다는 추암의 고백을 듣고 '나'는 놀라 달아난다. 3년 후 '나'는 경성역 대합실에서 세계 여행을 다녀왔다는 추암을 만나고 트렁크에 나나의 시체가 들어 있다는 암시를 받지만, 도망쳐 나온 거리에서 스치는 자동차 속에 추암과 나나의 얼굴을 보고 놀란다.

추암의 행위에 대한 보고는 두 층위로 나누어 이루어진다. 첫 번째는 액자 안 사건으로, 바닷가 마을 M촌에서 첫사랑의 화가를 닮은 '나'와의 교제를 원했던 아내를 죽이고 그 시체를 안은 채 바닷가를 산책하고 정원에서 노래를 읊조렸던 추암의 모습이고, 두 번째는 3년 후 경성역에서 나나의 시체를 트렁크에 넣은 채 세계를 주유했음을 암시하는 추암의 행위다. 이 작품에서 공포는 잔인한 살인, 시체와의 대화·산책·여행 등의 엽기적 행위에서 야기된다. 그런데 이 잔인하고 엽기적인 살인과 끔찍한 여행의 풍경을 촉발한 동인은 사무친 원한이나 적의 따위가 아니다. 아내에 대한 절대적 사랑과 지극한 열정이 끔찍하고 그로테스크한 행위를 빚어낸 것이다. '나'의 경탄과 찬미를 불러일으켰던 아름다운 사랑을 살인과 엽기 행각으로 전도한 추암의 어두운 내면은 그가 보여준 사랑의 행복한 이미지만큼이나 섬뜩한 충격과 공포를 자아낸다. 이 충격과 공포는 귀신/도깨비 등 외적 대상에서 비롯되는 익숙한 공포와는 출발 지점부터가 이질적일 수밖에 없다.

〈광상시인〉이 사랑의 열정 안에서 공포의 요소를 내비쳤다면, 〈낙랑〉은 인간 안에 있는 죽음의 충동을 노출했다. 평양에서 일어난 연쇄 실종과 실종자의 사체 발견 사건에서 출발하는 이 소설에서 일련의 무서운 사태를 발발한 원동력은 한 여인의 강렬한 죽음의 욕망이다. 스토리를 보자.

평양에서 젊은 남성들이 연쇄적으로 실종된 후 시체로 발견되는 무서운 사건이 일어난다. 신문기자 승직은 실종된 동생의 흔적을 추적하던 중 불로수를 마시고 천년을 살아온 낙랑의 여인과 마주친다. 고도로 과학이 발달했던 과거의 문화국 낙랑에서 태어난 이 여인은 화학 연구가였던 연인이 만들어낸 불로수를 마시고 불사의 몸이 되었지만, 미처 불로수를 마시지 못한 채 연적(戀敵)에게 살해된 연인을 그리워하며 천년을 살았다고 고백한다. 불교의 윤회설을 접했던 여인이 환생한 연인을 찾아내어 최면

술로 기억을 되살린 후 불사를 끝낼 수 있는 죽음의 약을 찾으려고 시도했고, 평양의 실종자들은 여인에게 이끌려 동굴에 들어갔다가 공포스러운 동굴 입구의 형상에 사로잡혀 모두 심장마비를 일으켰던 것이다. 환생한 연인 승직이 여인의 최면으로 천년 전의 기억을 되살려내 죽음의 약을 찾아내자, 여인은 승직의 만류에도 죽음을 선택한다.

이 이야기에서 천년을 살았던 불사의 여인이 갈구하는 것은 오직 죽음뿐이다.

앞으로 몇천 년을, 몇만 년을 살아야 할지 끝이 없는 이 목숨은 참으로 진저리나는 일이었습니다. 죽지 못하는 운명! 그것처럼 악착한 것은 없습니다. (…) 몇 사람의 목숨이 희생되더라도 나 자신이 이 지긋지긋한 세상을 버리고 영원의 안식으로 가기 위하여는 최후 발악을 할 결심이었습니다. 그러다가 만일 이번에도 또 실패하고 말게 되면 아조 단념하고서 무슨 짓으로든지 이 세상을 망쳐놓고 말 심산이었습니다.
- 주요섭, 〈낙랑 고분의 비밀〉, 《조광》 5-2, 1939

건장한 남성이 잇따라 사라지고 처참한 시체로 발견되는 끔찍한 사건은 삶을 "진저리 나"고 "악착한 것"으로 저주하는 여인의 염오에서 출발했다. "이 지긋지긋한 세상을 버리고 영원의 안식으로 가기 위하여는" "몇 사람의 목숨이 희생되더라도" 상관없다는 여인의 무서운 집념은 삶의 지속을 가치화하는 일상의 통념을 전복하는 섬뜩한 충격을 준다. 이 죽음을 향한 욕망은 불사의 생명을 획득하여 세상천하를 모두 주유하면서 천년을 살아낸 경험의 결과라는 점에서 더 충격적이다. 천년이라는 삶의 경험은 원숙한 지혜나 포용력이 아니라 "어데까지 차고 무표정한 얼굴"로 결정(結晶)화되어 나타난다. 심지어 죽은 연인의 환생임이 증명된 주인공 승직이 남은 생을 함께하기를 요청해도 여인의 태도는 냉담하기만 하다. 사랑의 성취에 대한 소망조차 압도하는 이 삶에 대한 도저한 원망과 저주는 관습화된 생명의 감각을 뒤흔들면서 공포감을 자아낸다. 생명의 당위적 요청을 거역하는 여인의 태도는 기존의 상식을 뒤집고 혼란시키면서 존재의 현존을 불안 속에 빠뜨린다.

《조광》의 괴기소설은 이처럼 인간 내면의 어두운 충동을 들추어내면서 출발했다. 사랑의 열정에서 우러나는 살인의 충동, 생명의 경험에서 비롯되는 죽음의 갈망과 같은 모순되고 불합리한 인간 욕망의 심연을 들추어내는 데서 식민지의 대중 서사는 비로소 '괴기소설'이라는 공포 서사의 자리를 마련해낸 것이다. 비현실, 초현실적 존재에 대한 갖가지 풍문과 관습, 미신적 감각 등을 종횡하며 근대의 합리성과 갈등을 겪던 끝에, 쾌락적 공포에 대한 식민지 문화의 탐색은 마침내 인간 내부의 은폐된 욕망과 심리의 불안정성에서 공포의 원천을 찾아냈다.

인간의 재발견을 통해 비로소 전래의 이야기에 의존하지 않고 쾌락적 공포를 구현하는 근대 공포물로서의 자립성을 획득할 수 있었던 이 같은 서사적 탐색의 역정은 스핑크스의 수수께끼를 '인간'이라는 답을 통해 마침내 풀어냈던 저 오이디푸스의 발견을 고전적 예술 형식의 상징적 출발 지점으로 설명했던 헤겔의 미학사를 떠올리게 한다.

영혼이라는 무한자의 자유로운 활동성을 육체라는 유한자 속에 압축하고 매개한 인간의 형상을 통해 고전적 예술 형식이 안정감을 확립했던 것처럼,[15] 식민지 공포 서사 역시 인간 내부에서 존재의 안정감에 균열을 일으키는 심연을 발견함으로써 자립적 양식의 자리를 마련했다. 달리 말하면 식민지 공포 서사는 '괴기소설'에 이르러 비로소 마술적인 외적 존재에 의존하지 않고 쾌락적 공포에 대한 대중문화의 요구에 부응할 수 있는 서사적 토대를 발견한 것이다.

이러한 역정을 통해 성립한 괴기소설은 '괴담'의 그것과는 또렷이 대립하는 시간 의식을 드러냈다. 인간의 공포스러운 내면의 심연을 들추어냈던 괴기소설의 스토리는 과거의 것으로 타자화됐던 괴담과는 반대로 미래적 시간성에 대한 열망과 접속해 있었다. 〈광상시인〉의 추암이 보여준 사랑하는 사람과의 낭만적인 결혼, 〈낙랑〉의 서사를 추동해낸 생명의 비밀을 풀어헤친 과학은 모두 근대가 충동했던 문명의 약속에 토대를 둔다. 두 소설의 서사적 모험은 있는 그대로의 조선의 현실과는 일정하게 거리를 둔 모던이라는 미래상의 판타지적 충족 위에서 출발했다. 고도로 과학이 발전했던 고대 낙랑의 존재(〈낙랑〉), 아름다운 자연 속에 문화주택(당시의 양옥집)을 짓고 시와 그림을 즐기면서 천진난만하게 사는 시인 부부의 모습(〈광상시인〉)은 식민지 조선의 현실에는 결핍되어 있었던 '모던'의 미래상을 대리 충족하는 모티프에 다름 아니다. 그러나 이 판타지는 '모던'이라는 미래의 이미지 안에 감

〈낙랑고분의 비밀〉에 수록된 삽화. 불사약을 만들어낼 만큼 과학 기술이 발달했던
고대 낙랑이라는 상상력을 활용한 이 소설은 불사하는 여인의 죽음충동을 통해 당대
지식인들의 근대에 대한 갈망과 그 안에 내재한 불안을 동시에 노출했다. 불사의
여인이 사는 공간인 악마적인 동굴의 형상은 이 같은 모순된 심리를 이미지화했다.

추어진 불안과 위험의 감각을 들추어내는 데서 괴기다운 정체성을 드러냈다.

더할 나위 없는 행복의 장면으로 보였던 산책과 노래가 시체와의 연애 행각이었음이 드러나는 엽기적인 순간(〈광상시인〉), 영원한 생명을 획득한 과학적 성취의 결과가 잔인한 죽음의 욕망으로 표출되는 순간(〈낙랑〉) 속에는 과학과 문명의 미래상을 역전하는 경계와 공포의 감각이 숨어 있다. 근대적 사랑과 자유의 가치가 욕망의 무한한 발산으로 이어지고(〈광상시인〉), 근대 과학이 생명의 비밀을 그 극한에까지 접근하는 순간에 대한 상상력은(〈낙랑〉) 무서운 비극과 공포의 전율로 구체화된다. 근대적 자유와 과학의 발달이 욕망의 무한성이라는 측면에서만 접근될 때, 인간이 마주치는 것은 엄중한 비극으로 상정되는 것이다. 이 같은 실험의 결과로 등장하는 광인, 귀인(鬼人, 불사의 여인)의 존재와 그들이 표상하는 공포와 불안의 정서는 근대성에 저항하는 무의식을 은연중에 함축한다. 식민지 근대인의 충족되지 않는 결핍으로부터 촉발된 판타지는 결국 온전한 근대라는 결여된 대상의 충족 그 자체에 대한 공포감을 노출하는 역전적 의식을 숨기고 있는 것이다. 근대에 대한 갈망을 충족하는 판타지 속에 근대의 약속을 전복하는 공포감을 장착하는 이야기 구조는 저 '괴담'의 시간적 지향성과 또렷한 대립점을 이룬다.

자민족의 과거나 현실로부터 거리를 둔 나르시시즘적 우월감과 쾌락적 공포라는 난해한 감각에의 도전의식이 창출했던 이 서사적 공포의 감각은 괴담의 그것과 현격히 변별되는 '숭고한 공포'라고 할 수 있다. 존재의 안정감을 위협하는 끔찍하고 불온한 대상과 대면케 한다는 점에서 공포를 야기하지만, 동시에 그런 난해하고 어마어마한 대상에 대한 도전과 정복의 의지를 함축하기 때문이다. 즉 이 그로테스크한 상상력은 살인으로 치닫는 사랑이나 죽음의 충동과 같이 삶을 부정하고 존재에 균열을 일으키는 감각을 낳았지만, 또한 무한한 가능성의 시간으로 상정된 근대라는 절대적 총체성의 이념을 지향하는 식민지 청년의 경이와 도전의식의 산물이라는 점에서 숭고성을 띠는 것이다.[16]

이 숭고한 공포 속에는 식민지 청년이 상상했던 소망스러운 미래와 존재론적 불안이 동시에 은폐되어 있었다. 근대를 향한 조선 청년의 동경과 열망은 쉽게 보답받지 못했다. 미신과 인습이 지배하는 조선의 현실은 그들이 갈망했던 근대와는 거리가 멀었고, 제국을 경유하여 학습된 문명과 문화의 준거 앞에서 식민지 청년은 제아무리 최첨단 지식으로 무장한다 하더라도 한낱 주변인에 지나지 않았다. 이들에게 소망스러운 근대 문명은 결코 충족될 수 없는 결여의 형식으로만 존재했다. 천년을 넘어 도래한 사랑의 성취보다도 죽음을 선택하는 불합리한 생명의 잔인성(〈낙랑〉), 극한적인 경지까지 추구된 사랑의 자유와 절대화된 자아의 끔찍한 귀결(〈광상시인〉)은 식민지 지식 청년이 갈망했던 미래상에 숨겨져 있던 무의식적 혼란과 두려움을 노출했다.

그리하여 사랑의 광기와 불사적 존재의 죽음 충동은 근대화에 뒤처진 현실의 결핍을 충족하는 메타포인 동시에 소망하는 근대 내부에 있는 결여의 자리를 가리키는 이중의 기능을 수행했다.[17] 살인과 죽음을 통한 욕망의 충족은 근대성을 지향하는 존재의 내부에 숨어 있는 해결 불가능한 결여와 이 결여의 충족 불가능성을 동시에 표현했다. 근대성을 지향하는 존재 내부에 숨어 있는 이 결여는 신문명을 추구하는 자아의 동일성을 위협하는 내부의 타자이자 이질성의 표징이며, 근대적 상징질서가 실패하는 지점이다. 충족에 의한 좌절, 성취에 의한 절망이라는 이 아이러니한 공포는 근대성을 구성하는 상징질서 내부에 숨어 있는 초자아의 충동과 그 필연적 균열을 동시에 지시했다.

현실의 결핍을 보완하는 도전 의식에서 출발하면서도 도전하는 자아의 욕망 안에 숨은 모순과 균열을 노출하는 이 숭고한 공포는 근대에 대한 갈망과 갈망하는 근대에 대한 불안감을 동시에 표시하면서 궁극적으로는 근대의 주변인일 수밖에 없었던 식민지 지식인의 초조감과 존재의 불안을 표현하고 있었다. 그것은 스스로의 뿌리를 타자화하고 외적 권위에 의존하여 미래적 시간성을 선취하려 했던 식민지 지식인의 욕망의 결과였다.

작가 김내성과
조선 괴기소설의
딜레마

5 :

괴기소설을 개척한
탐정소설가

일제강점기에 '괴기소설'로 발표된 작품이 많은 편은 아니다. 현재까지 조사된 바로는 김내성의 작품인 〈광상시인〉(《조광》, 1937), 〈백사도〉(《농업조선》, 1938), 〈무마〉(《신세기》, 1939)와 함께 주요섭의 〈낙랑 고분의 비밀〉(《조광》, 1939) 정도가 괴기소설이라는 표제로 발표된 작품으로 알려져 있다. 괴기소설로 일컬어지는 김내성의 〈시유리(屍琉璃)〉와 〈이단자의 사랑〉은 당시에는 탐정소설로 발표됐다. 괴기소설이란 일제강점기 조선의 대중문화에서 실로 갓 등장한 양식이었던 셈이다.

김내성의 '괴기소설'은 대체로 비슷한 경향을 띠는데, 작가는 다른 지면에서 그가 발표한 괴기소설을 '변격탐정소설'이라고 부르기도 했다. '변격탐정소설'이라는 명칭이 붙었던 것은 이 작가의 작품 세계가 탐정소설에서 출발했다는 사실과 관련이 있다.

1937년《조선일보》에 중편소설 〈가상범인〉을 발표하면서 조선 문

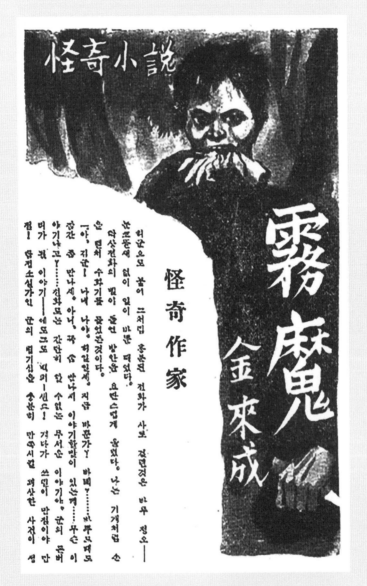

《신세기》 1939년 3월에 실린 김내성의 괴기소설 〈무마〉의 첫 장면.
〈무마〉는 애인의 손목을 잘라 주머니에 넣고 질겅질겅 씹고 다니는 괴기 탐정
작가의 이야기를 담았다.

단에 데뷔한 김내성은 한국 최초의 본격적인 탐정소설 작가로 알려진 인물이다. 한국 탐정소설의 역사는 신소설 시대(1910년대)부터 시작됐지만, 탐정소설이라는 장르에 대한 인식이 확립되고 작품이 생산되기 시작한 때는 일제강점기 중반부터였다. 고문룡의 〈검은 그림자〉(《학생계》, 1920), 단정학의 〈겻쇠〉(《신민》, 1929), 최독견의 〈사형수〉(《신민》, 1931) 등 잡지에 발표된 소품을 통해 조금씩 지면에 올랐던 탐정소설은 대중잡지 《별건곤》이 최류범, 류방 등의 습작을 집중 게재하면서 좀 더 본격적으로 창작 장르의 기반을 확보해갔다. 그러나 이들이 활발하게 작품을 발표했던 1930년대 초반까지도 탐정소설의 사건 설계와 과학적 추리, 서사적 완결성의 수준은 상당히 낮은 편이었다. 김동인, 채만식 등이 《수평선을 넘어서》, 《염마》와 같은 장편 탐정소설을 발표하기도 했지만, 이들은 어디까지나 본격소설에 중심을 둔 기성 작가였다. 최초의 전문 탐정소설가로서 김내성의 자리가 독보적이었던 것은 이 때문이다.

일본 와세다 대학에서 수학하던 시절, 일본어로 소설을 발표한 전력을 지녔던 김내성은 귀국 후 일제강점기 말에 출현한 신인 작가로서 자못 왕성한 활동을 벌였다. 그는 장편 《마인》으로 선풍적인 인기를 모았으며, 《백가면》, 《태풍》, 《황금굴》과 같은 소년 탐정물도 개척하면서 완전히 새로운 유형의 대중 작가로 등장했다.

김내성의 탐정소설은 수수께끼에 휩싸인 사건 설계와 논리적인 추리 과정, 상대적으로 안정된 서사 구조 등에서 당대의 여타 탐정물과는 확연히 차이 나는 전문성을 갖추었다. 그는 '사건 제시-논리적 해결'이라는 탐정물의 구조를 충실히 확보한 작품을 꾸준히 발표했고, 모

1939년 2월 4일 〈마인〉 연재를 알리는《조선일보》신작 안내에 실린 삽화.
광대를 가장한 인물이 여배우를 살인하는 무시무시한 장면을 작품을 대표하는
이미지로 홍보하여 눈길을 끌었다.

작가 김내성의 초상.
한국 최초의 본격적인 탐정소설가로 알려진 김내성은
탐정소설이 결여한 인간의 심리 묘사를 가능하게 하는
영역이 괴기소설이라고 보았다. 심리 묘사에 소설의
예술미가 있다고 보았던 그는 탐정소설의 추리 구조
속에 인간의 부조리한 심리를 녹여낸 변격탐정소설을
괴기소설로 지칭했다.

리스 르블랑(Maurice Leblanc, 뤼팽 시리즈의 작가)을 음차한 이름의 탐정 '유불란'이라는 자신만의 전문 탐정 캐릭터를 창조해냈다.

그가 후에 변격탐정소설로 일컬었던 괴기소설은 탐정소설이 결여했다고 보았던 예술미를 충족하기 위해 작가가 의도적으로 추구했던 첨단의 소설 양식이었다.

1939년 방송 강연 원고로 작성했던 〈추리문학소론〉에서 김내성은 추리문학을 협의와 광의의 의미로 구분했다. 그에 따르면 '의문의 제출－탐정의 추리－의외의 해결'이라는 구도로 과학적 분석과 판단을 통해 독자의 지적 활동을 만족시키는 분야가 정통 탐정소설이라면, 일본의 "에도가와 란포의 괴기적 작품"이나 "고자카이 후보쿠(小酒井不木)의 병적인 제작품"¹과 유사한 계열의 영미 쇼트 스토리가 방계/변격 탐정소설이다. 이러한 구분법은 그가 1956년《새벽》에 발표했던 〈탐정소설론〉에서도 동일하게 반복된다. 두 글에서 작가가 말하는 방계/변격 탐정소설은 추리나 탐정 행위가 없더라도 "어딘가 이상적인, 다시 말하면 충동적인 분위기"²를 통해 탐정미를 함축하는 작품을 가리킨다. 즉 일반 탐정소설과 달리, 음산하고 괴기적인 충동을 중심으로 한 변형된 탐정물을 그는 변격소설(괴기소설)로 명명한 것이다.

김내성의 구분법은 실제로 당대 일본 탐정소설계의 관습을 참조한 것이었다. 일찍이 메이지 시대부터 탐정문학이 발달했던 일본에서는 본격 탐정물 이상으로 변격소설의 인기가 대단했다. 추리문학의 대부였던 에도가와 란포의 회고에 따르면, 그의 작품은 정통 탐정물보다 '변격'으로 불렸던 괴기적이고 변태적인 심리소설이 더 크게 호평을

받았다.[3]

　일본의 분류법을 차용하면서, 김내성은 자신의 창작 〈광상시인〉과 〈무마〉, 〈이단자의 사랑〉을 변격소설의 예로 명명했으며,[4] 〈악마파〉(원제는 〈시유리〉)의 경우는 "예술적인 본격 탐정소설"을 써달라는 편집자의 주문을 자기만의 방식으로 소화하여 창작한 "괴기 범죄소설"이자 변격소설이라고 밝혔다.[5] 작가 스스로 자신의 일부 작품군을 변격 탐정물로 구분하고, 이들을 "병적인" 특성을 지닌 "괴기적 작품"으로 설명하려 한 것이다.

　이러한 괴기성의 표방이 순수하게 일본의 탐정물을 이식한 모사 행위만은 아니었다. 일제강점기 조선에서 역시 '괴기'와 탐정소설은 오랜 관련성을 맺고 있었다. 최초의 번역 탐정소설이었던 〈충복〉(《태서문예신보》, 1918)은 '탐정긔담'이라는 타이틀로 소개됐다. 또 모리스 르블랑의 번역 소설 〈813〉(《조선일보》, 1921)이 '기괴탐정소설'이라는 이름으로, 단정학의 〈겻쇠〉(《신민》, 1929~1931)가 '탐정기괴'라는 이름으로 연재되는 등 조선에서는 처음부터 탐정소설이라는 양식이 당시 '괴기'와 동의어로 쓰였던 '기괴'라는 어휘와 긴밀하게 연동되면서 등장했다. '탐정기괴' 혹은 '기괴탐정'이라는 양식 이름에서 '기괴'는 '탐정'이라는 행위의 목적어로 기능했다. '기괴', 즉 괴기하고 비정상적인 것은 신기하고 불가해한 사건의 수수께끼 같은 성격을 가리킴으로써 '탐정' 행위의 대상이 무엇인지를 직접 지시했던 것이다. 불가해한 사건을 가리켰던 '기괴/괴기'는 '탐정'과 붙어 쓰이면서 탐정 양식의 의미를 명확히 특정하는 데 일조하고 있었다.

'에로-그로' 취향과
괴기한 캐릭터의
출현

그러나 김내성이 '괴기적 탐정소설'을 변별하고 그에 어울리는 작품을 집필하게 된 배후에는 조선 탐정물의 관습을 단순히 답습하는 것 이상의 맥락이 숨어 있었다. 괴기/변격 소설에 대한 작가의 관심은 1930년을 전후로 조선에 유입된 '에로-그로-넌센스' 취미의 대대적인 유행과 무관하지 않았다. 3장에서 본 것과 같이, 그로테스크라는 외국어의 도입과 '에로-그로-넌센스'라는 유행어는 공포를 오락의 대상으로 수용하는 새로운 문화적 성향을 발생시켰다.

그런데 '에로-그로'의 모던 문화는 서구, 일본 등 주로 해외에서 전해지는 희귀 사건과 풍속의 보도를 통해 전파되고 있었다. '에로-그로'는 근대 문명의 어두운 뒷면과 자극을 추구하는 세속적 기호를 결합하면서, 명확하게 파악되지 않는 모더니티의 이질적 면모를 표상했다. 그로테스크한 소재와 사건에 대한 기사는 이국의 이색 문화를 엿보고자 하는 관음적 취향에 호소했다. 근대화된 도시가 내포하는 예측 불가능한 위험과 물질문명의 어두운 뒷면까지도 모던이라는 세계지(世界知)의 일부로 갈망했던 식민지 엘리트의 취향에 부응했던 것이 '에로-그로'였다. '괴기/그로'라는 취미 기호를 생산하고 보급했던 감각의 근저에 있었던 것은 모던이라는 세계적인 시간 감각을 공유하고 모더니티의 어둡고 말초적인 면까지도 자기화하고자 했던 지적 욕망이었던 것이다.

이처럼 괴기/그로테스크라는 기호(嗜好)가 서구 모더니티를 배후로 압박해올 때 조선에서 그로테스크가 창작의 차원에서 발달하기는 쉽지 않았다. 《별건곤》의 〈에로-그로-테로〉 특집에서 '그로' 부분의 취재를 담당하게 된 한 기자는 "조선에 그로가 잇나? 손바닥같이 발딱 뒤집힌 조선에 그로다운 그로가 있을 턱이 없다"라는 불평으로 취재를 시작했다.[6] 기삿거리가 궁색했던 그의 불평은 조선의 현실과 그로(괴기)라는 유행어의 현격했던 거리를 확인해준다. '에로-그로'라는 용어가 대대적으로 유행은 했으나 조선에서 '그로'의 실체를 구현하는 일은 묘연했던 것이다. 잡지의 한 좌담회에서는 "지금 조선에서 제일 괴기-그로 한 게 무얼까?"라는 질문이 나오자 방인근, 채만식과 같은 참석 작가들이 "그로를 찾자면 흥가 이야기에서나"[7] 찾을 수밖에 없다는 응답을 내놓기도 했다.[8] 귀신과 요괴 이야기를 다룬 야담의 일군이 '괴담'이라는 기호(記號)로 부상하게 된 배경은 앞 장에서 본 것과 같다. 모던한 풍속과 문화가 아직 체화되지 않은 현실에서 조선의 그로(괴기)는 현실적 생활의 실감보다는 초자연적 재래의 이야기에서 소재를 찾는 쪽으로 진행될 수밖에 없었던 것이다.

　그러나 전래 이야기에서 추출한 괴담은 모더니티를 추구하는 엘리트의 문화적 취향을 충분히 만족시키지 못했다. 괴기/그로에 대한 취향은 어디까지나 세계적이고 미래적인 시간성인 모던의 감각을 바탕으로 했고, 이 감각은 재래의 야담에 기반을 둔 괴담을 통해서는 좀처럼 충족되기 어려웠다. "그로"라는 취미를 촉발한 것은 어디까지나 "20세기 울트라 모던인(人)의 좋아하는 바"였고,[9] 이 이색적 취향에 부응하는 진정한 그로테스크는 전래 야담의 고루한 습속을 뛰어넘는 감각의 자극과 계발을 이루어야만 했다. 김내성의 변격 탐정물, 즉 괴기소설이 노렸던 것은 바로 이 지점이다.

　김내성의 변격소설은 근대 도시에서의 생활 감각을 기반으로 모던한 괴기를 추구한 본격적인 창작 괴기 장르였다. 근대 도시에서 서로 부대끼며 살아가는 익명의 개인 사이에 숨어 있는 위험과 범죄의 가능성을 날카로운 추리와 과학적 검증을 통해 해결해 나가는 탐정소설 문법의 변주 속에서, 김내성은 '에로-그로'의 자극적 감각과 공포 심리를 활용한 독자적인 소설 양식의 자리를 마련하고자 했다.

　그러나 그의 변격/괴기 소설이 통속의 '에로-그로' 문화 요소를 탐정소설의 문법 내에 단순히 주입해 넣으려 한 일방적인 이식/번역물은 아니었다. 김내성의 괴기소설은 인간 심리의 심연을 탐구하는 소설의 '예술성'에 대한 특별한 강조 속에서 탄생했다.

　종래의 탐정소설은 그랬으면 되었다. (…) 작품의 주제는 어디까지나 범인과 탐정의 기발한 '트릭'에만 치중해왔고 문학작품적인 주제인 인간성의 오묘에는 모두가 다 눈을 감았다.

그러나 그것은 너무도 쓸쓸하고 서글픈 일이 아니냐! (…) 탐정소설로서 인간성을 주제로 한 작품을 제작할 수는 없을까? (…) 이것이 나의 불타는 야망이었다. (…) 이리하여 나는 탐정소설의 수법인 객관 묘사로서 문학 작품의 수법인 주관 묘사의 기능과 목적을 달성할 수 있는 교묘한 구성법을 사용하기로 결심하였다. 특히 탐정소설적인 분위기를 잃지 않기 위하여 주인공 백수의 외모와 성격을 외면적으로 보아 어딘가 악마적인 냄새를 풍겨놓았다.

- 김내성, 〈서문〉, 《사상의 장미 1》, 신태양사 출판국, 1955

수수께끼를 푸는 협의의 탐정소설(본격)은 그 숙명적인 형식적 조건(후항, 〈탐정소설의 조건론〉에서 세론하겠지만) 때문에 예술적 작품의 제작이 거의 불가능한 데 비하여 일반소설이 수법으로 될 수 있는 기타의 광의의 탐정소설(변격)로서는 작자의 역량에 따라 얼마든지 예술적 작품을 제작할 수가 있는 것이다.

- 김내성, 〈탐정소설론 (1)〉, 《새벽》 3-2, 1956

일본어로 창작했던 최초의 장편 《사상의 장미》(1936)를 출판한 작품집 〈서문〉에서 작가는 탐정소설의 수법과 문학작품의 수법을 객관 묘사와 주관 묘사로 구분했다. 이 같은 구분은 김내성의 문학관에서는 일관된 것으로, 해방 후에 발표된 〈탐정소설론〉에서도 이어진다. 그에 따르면 탐정소설은 수수께끼를 논리적으로 해결한다는 본질에 충실할 때 추리의 엄밀성과 의외의 해결을 위한 트릭에 치중할 수밖에 없다. 이때 탐정소설은 필연적으로 심리 묘사가 약화되는데, 작가의 관점에서 심리 묘사의 제한이라는 탐정소설의 특징은 장르의 예술성을 제한하는 약점으로 작용했다. 그가 볼 때 소설의 진정한 예술성은 "문학 작품적인 주제인 인간성의 오묘", 즉 인간성의 일면을 드러내는 심리 묘사에 있기 때문이다.

기술적인 트릭에 치중하는 대중소설의 한계에서 벗어나 예술성에 접근하기 위해서는 탐정소설의 객관 묘사에서 나아가 "문학작품의 수법인 주관 묘사"의 가능성을 확보해야 했다. 고고한 이상과 생활의 현실 사이에서 고민하는 이상 심리의 캐릭터로 "악마적인 냄새를 풍"기는 인물형이 창출된 것은 이러한 맥락에서였다.[10] 악마적 충동과 비상한 심리, 그로 인한 공포는 작가 김내성이 탐정소설의 한계를 극복하고 예술적인 가치를 탐정소설 내부로 끌어들이려는 의도로 고안해낸 성격 형상이었던 것이다.

요컨대 김내성의 변격/괴기 소설은 인간 심리의 어두운 일면을 묘파함으로써 예술적 가치와 탐정소설의 재미가 접속할 수 있다는 믿음 속에서 탄생했다. 괴기소설이 그리는 이상 심리는 단순히 변태적이고 극단적인 성격을 통해 말초적인 호기심을 만족시키는 것이 아니라, 인간성에 대한 증언이라는 예술적 목적을 충족하기 위해 고안된 장치였다.

인간 내면의 비밀과
예술의 세속적 교양화

변격에 해당하는 김내성의 작품은 모두 살인이나 신체 절단과 같은 엽기적인 사건(때로는 상상)을 소재로 한다. 김내성의 변격 작품에는 탐정의 등장도 사건의 해결도 존재하지 않지만, 엽기적 사건과 그에 연루된 인간 심리가 적나라하게 역설되면서 두려움과 공포를 자아낸다. 엽기적 행위와 비정상적 인간 심리는 그 이상성(異常性)을 해부하여 이해 가능한 것으로 풀어 나가는 과정을 필요로 한다. 풀이가 필요한 해괴한 사건과 심리는 문자 그대로 '탐정(조사하고 밝히다) 취미'의 대상으로 서사의 동력을 이룬다. 악마적인 심리와 엽기적인 사건은 예술이 지향해야 할 인간성의 탐구와 비밀을 풀어내야 할 탐정소설의 추리 구조가 결합할 수 있는 독보적 영역이자 작가가 믿었던 예술성의 일부였다.

이러한 전제 위에서 김내성은 인간의 어두운 충동이 지닌 비밀을 괴기소설이 풀어가야 할 궁극적 과제로 삼았다.

우리는 충동적인 것을 증오하는 일면을 가지고 있는 동시에 그것을 즐겨하는 일면을 또한 가지고 있습니다. 괴담이라든가, 살인사건이라든가, 비극 같은 것은 확실히 불쾌한 것에 틀림없습니다만 우리들은 흔히 무서운 이야기를 즐겨하고 잔인한 이야기를 듣고 싶어 하고 슬픈 이야기에 귀를 곧잘 기울입니다.

그런데 현대인은 평범한 사실을 즐겨하지 않고 항상 그 어떤 자극성 있는 사실을 요구하고 있습니다. 맹물 같은 기다란 이야기보다는 단시간에 읽을 자극성 있는 독물을 절실히 요구하고 있습니다. 이 현대인의 절실한 요소를 만족시키기 위하여 생산된 것이, 즉 여기서 말한 숏 스토리(괴기/변격 소설을 의미-인용자)라고 볼 수 있습니다.

　- 김내성, 〈추리문학소론〉(1939년 방송 강연 원고), 《비밀의 문》, 1994, 명지사

작가의 논리에 따르면 살인, 괴담, 비극 등 무섭고 잔인한 이야기가 이끄는 흥미와 호기심은 단순히 쾌락의 요소만이 아니라 괴기소설을 변별하고 의미화할 수 있는 가치의 하나였다. 비정상적이고 충동적인 욕망, 어둡고 음산한 분위기의 매혹이야말로 현대인이 필요로 하는 자극인 동시에 풀어내야 할 내면적 비밀의 일부라는 관점이다.

이 같은 사고는 작가 김내성 개인의 독자적인 지향만은 아니었다. 인간의 내면 탐구를 '예술성'의 본령으로 간주하고, 예술의 절대성에 탐미적으로 경도되는 사고방식은 1920년대 본격 문단의 동인지 문학인에게서도 편린을 찾을 수 있다. 자아의 내부에 세속의 변화를 초월하는 생명의 참 진리가 숨어 있다고 간주했던 낭만적 주관성의 미학

은 1920년대 동인지 문학인이 공유했던 근대 문학 추동의 동력 중 하나였다. 동인지 문인은 영원하고 절대적인 생명의 연원이 인간 내부에 숨어 있으며, 이 생명에 연동된 자아의 울림에 투철한 삶과 그것의 표현이야말로 예술에 다가가는 방법이라고 생각했다. 인간 심리의 심연을 파헤치는 일을 예술성의 표상으로 이해했던 김내성의 예술관은 동인지 문학인의 이 같은 낭만적인 예술 의식과 맥이 닿아 있다.

실제로 자아와 내면을 절대시했던 동인지 문학인의 미의식은 당시 예술지상주의, 악마주의와 연동되어 이해되곤 했다. 1920년대 중반 카프 문인들은 동인지 문학에 경도됐던 당대 청년의 읽을거리를 "소(小)뿌르즈와적 (…) 천박한 치정문학(痴情文學)" 혹은 "세기말적 악마파(惡魔派), 변태성욕 병자의 잠꼬대 가튼 서류(書類)"로 비판했다.[11] 예술을 절대적으로 가치화함으로써 일체의 윤리와 도덕을 예술의 하위에 종속시켰던 동인지 문학인의 태도가 유미주의, 악마주의 관념과 직결되곤 했음을 단적으로 드러내는 부분이다. 현실보다 예술, 도덕보다는 자아에 천착했던 동인지 문학을 '악마적', '유미적'인 것과 연관 짓는 시선은 일제강점기 후반에도 계속됐다. 1935년 대중종합지 《삼천리》가 기획했던 문예 강좌에서 카프계 문인 박팔양은 조선 신시 운동의 초창기를 "허무주의, 낭만주의, 유미주의, 악마주의, 자연주의"로 회고했다. 유미주의, 악마주의는 낭만주의, 자연주의와 더불어 1930년대 동인지 문학 시대를 회고하는 방식의 하나였다.

일제강점기에 발간된 신어 소개란은 유미주의, 탐미주의, 악마파, 향락주의를 거의 유사한 의미 관계 내에서 풀이했다.

유미주의: 美至上主義라고도 云ㅎㄴ니 享樂主義와 畧相似ㅎ 者인딩 人生 又는 藝術의 究竟 目的은 善도 아니오 眞도 아니오 오즉 美샏이니 罪 惡이든지 虛僞이든지 美이면 可ㅎ다 ㅎ야 專혀 美를 慾求ㅎ는 主義
- 최록동,《현대신어석의》, 1922

악마파: 데카단派의 一主義다. 善이라는 것은 學校에서 배호는 것이고 惡은 人生의 타고난 本質이라고 한다.
- 박영희,〈중요술어사전〉,《개벽》50, 1924

악마파: 文藝上 一潮流. 怪異, 悽愴을 좋아하며 暗黑을 노래하야 病的 人間에 依한 强烈한 刺戟을 探求함으로써 獨特한 詩境을 發見하려 하 는 사람들로 佛蘭西 詩人 뽀르텔 等이 有名하다.
- 〈신어〉,《신동아》6-3, 1936

탐미주의: 美至上主義와 同一한 것으로 人生에게는 美가 第一이라 하 는 主義이니 美야말로 모든 生命의 빛이 包含되어 있다는 것이다.
- 〈신어〉,《신동아》6-9, 1936

1922년《현대신어석의》에서 언급된 '유미주의', '예술지상주의', '향락주의'의 상동성은 1936년《신동아》에 실린 '탐미주의'의 해설에 서도 그대로 이어진다. 또 1922년 '유미주의'의 설명에서 언급된 '죄 악과 허위의 포용'이라는 의미는 괴이(怪異), 처창(悽愴)의 애호라는

1920~1930년대 '악마파'의 해설에서 더 구체적이고 명료한 형태로 진전됐다.

이 같은 당대의 관념에 비추어볼 때 인간 심리를 탐색하는 것을 예술성으로 이해하고, 윤리와 도덕을 초월하는 악마적 심리를 묘사하는 데서 탐정소설의 예술성을 확보할 수 있다고 믿었던 김내성의 논리는 동인지 문학인이 추구했던 근대 예술에 대한 오래된 동경의 외관을 가장 자극적이고 말초적인 방식으로 계승한 경우라고 할 수 있다. 김내성의 변격소설은 '예술'이라는 모더니티의 한 정점에 대한 근대 문인의 해묵은 갈망을 악마파/유미주의라는 문예사조의 재현을 통해 탐정소설의 문법 내부에 구현하려 했던 시도였다.

결국 탐정소설의 재미를 추구하면서도 순문학의 예술성을 확보하려 했던 작가의 의지는 모더니티에 대한 지극한 향수로 다시 귀결된다. 잔인하고 무서운 인간 심리를 파헤치는 자극적 스토리를 통해 예술성을 획득하는 양식의 기획은, 발달한 물질문명의 전유물로 간주됐던 그로테스크 문화에 대한 동경이 악마파, 향락주의, 유미주의에 대한 종래의 동경과 결합한 결과였던 것이다. 모더니티에 근접하려는 이 같은 욕망, 그리하여 스스로를 그 모더니티의 구현자요, 그와 동등한 자격을 지닌 주체로 확립하고자 하는 지향성은 우월한 시간성을 지시하는 카테고리로서 모던의 시대감각과 감수성을 자기화하려는 자기 교양화의 욕망에 다름 아니었다.

그런 점에서, 탐정 서사에 공포의 정서를 접속한 양식의 출현은 충분히 자기화되지 못한 양식의 영역에 악마주의라는 미지의 예술성을 부과함으로써 한 차원 높은 모더니티로의 도약을 획책했던 작가적 전략의 결과라고 할 수 있다. 잔인하고 무서운 사건과 어둡고 음울한 인간 심리의 접속을 통해 예술성을 추구하는 양식의 도입은 그로테스크한 예술이라는 모더니티의 심연을 내면화함으로써 스스로의 모더니티를 증명하려는 욕망의 산물이었던 것이다.

그러나 이 모더니티는 그것이 '증명'되어야 하는 만큼 삶의 실제적 현실과는 거리가 있었다. 괴기소설은 현실의 모더니티 이전에 지식인 엘리트가 모더니티에 대한 열등감과 두려움을 은폐하고 스스로를 우월한 주체로 증명하기 위해 동원했던 속화된 교양에 토대를 두고 있었다.

살인 예술가와
악마적 예술의
형상

발표 당시의 장르 타이틀과는 별도로, 작가가 후에 스스로 변격소설(괴
기소설)이라고 재명명했던 김내성의 작품은 〈광상시인〉, 《조광》, 1937),
〈백사도〉(《농업조선》, 1938), 〈무마〉(《신세기》, 1939), 〈시유리〉(후에 〈악마
파〉로 개명, 《문장》, 1939), 〈이단자의 사랑〉(《농업조선》, 1939) 다섯 작품이
다. 사건과 성격이 변주되지만 이 다섯 작품은 대체로 유사한 구조와
분위기를 지닌다. 〈백사도〉와 〈시유리〉(〈악마파〉)를 보자.

〈백사도〉

미술평론가인 '나'는 조선미술전람회에서 특선을 한 〈백사도〉라는 괴기
한 그림에 정신을 빼앗긴다. 〈백사도〉에 홀린 나는 이 그림을 그린 화가를
수소문하여 강원도 산골짜기 도화촌으로 찾아간다. 화가는 백화라는 이
름의 미모의 청년이었다. 그는 외골수인 한학자 아버지 밑에서 그림에 대

한 열망으로 괴로워하다가, 박도원이라는 필묵 행상인의 제자가 되어 그림을 배웠다고 한다. 백화가 들려준 그림의 사연은 다음과 같다. 백화는 17세가 되던 봄, 마을에 무당 패거리와 함께 섞여 들어온 춘랑이라는 고아와 사랑에 빠져 혼인을 했다. 신혼의 어느 날 춘랑은 밤중에 뜰로 나가 노래를 부르며 발부리로 기어 나온 뱀들과 어울려 놀았다. 그 모습을 본 백화가 끔찍해하며 뱀을 후려치자, 이에 놀란 춘랑이 뱀의 원한을 두려워하며 뱀 굴을 만들고 속죄의 기도를 시작했다. 온갖 뱀들에 친친 감겨 기도를 하는 아내의 모습에 예술적 충동을 느낀 백화는 아내의 옷을 벗기고 뱀들과 섞여 있는 모습을 그림으로 그렸다. 그러던 어느 날 백화의 어머니와 아버지가 차례로 독사에게 물려 사망하는 일이 발생했다. 게다가 스승 박도원과 춘랑의 염문이 마을에서 떠돌고, 춘랑이 가진 아이의 아버지까지 의심하는 상황이 벌어졌다. 백화가 걷잡을 수 없는 분노에 떨며 아내 춘랑을 뱀 굴로 몰아넣고 채찍으로 후려치자, 춘랑은 억울함을 토로하며 박도원과 자신은 실은 남매간임을 토설한다. 그 순간 어디선가 나타난 백사가 춘랑의 목을 졸라 춘랑은 숨지고, 그 모습에 넋을 놓은 백화는 화구를 들고 와 아내의 마지막 모습을 화폭에 담는다. 춘랑의 묘를 찾아 성묘를 하고 서울로 돌아오던 나는 춘랑과 박도원이 백화의 아버지에게 원한을 가지고 복수를 하려다가 백화의 용모와 사람됨에 반하여 복수와 용서 사이에서 갈등을 했던 것이 아닌가 추리해본다. 그리고 무녀 춘랑의 행동을 어떻게 이해해야 할까 상념에 빠진다.

〈시유리〉(《악마파》)

그림을 공부하는 '나'의 여동생 루리는 바이올린을 연주하는 음악도로, 일본 유학 시절부터 조선인 유학생들의 관심을 집중적으로 받는 독보적인 인물이었다. 그중에서도 큰 키에 괄괄하고 야성적인 성격의 '노단'과 음침하고 창백한 얼굴의 절름발이 '백추'가 가장 열렬히 루리를 사랑했다. 백추와 노단은 각각 약자와 강자를 대표한다고 보일 만큼 극단적으로 대조되는 인물이었다. 그러나 두 사람은 악마주의적 예술을 지향한다는 공통점을 지녔다. 어느 날 거인에게 짓밟힌 해골 같은 소인을 그린 백추의 그림이 제전에 입선한다. 유학생들이 축하 파티를 열고, 노단이 백추에게 춤출 것을 제안하자, 루리가 손뼉을 치며 찬성하는 실수를 저지른다. 절뚝절뚝 비참하고 기괴한 춤을 춘 후 백추는 실종되고, 학교를 졸업하면서 루리는 노단과 결혼한다. 결혼한 루리는 남편을 끔찍이 두려워한다. 노단이 사디즘적으로 아내를 괴롭히며 악마의 공포 앞에 전율하는 마리아의 표정을 짓는 모델이 되어 달라고 요구한다는 것이다. 3개월 후 금강산으로 신혼여행을 간 루리가 실종되고, 노단 역시 바위 위에서 그림한 장만 남기고 독약을 먹은 채 발견된다. 그가 남긴 그림은 죽음에 직면하여 공포에 질려 있는 루리의 얼굴을 그린 〈빈사의 마리아〉라는 작품이다. 노단의 유작 전람회에서 백추를 만난 나는 그의 숙소로 따라간다. 썩은 냄새가 진동하고 파리가 새까맣게 끓는 백추의 숙소에서 썩어가는 루리의 시체를 그린 그림 〈부시도〉를 발견한 나는 격심한 혐오와 공포를 느끼며 뛰쳐나온다. 얼마 후 나는 〈빈사의 마리아〉와 〈부시도〉가 실은 자신의 작품임을 고백하며 독약을 마신 백추의 편지를 받는다.

앞 장에서 살펴본 〈광상시인〉과 마찬가지로 이 이야기들도 대단히 엽기적인 사건으로 구성된다. 애인의 손목을 잘라서 감추고 다닌 혐의를 받는 괴기 탐정 작가의 이야기를 담은 〈무마〉, 아내의 시체 위에 심은 복숭아나무에 매달린 열매를 연적(戀敵)에게 대접한 시인의 이야기를 담은 〈이단자의 사랑〉도 인물의 성격이나 서술 진행 방식, 이야기 구조 등이 유사하기는 마찬가지다. 작품들을 가로지르는 공통점은 다음과 같이 압축할 수 있다.

첫째, 예술가가 주인공이다. 〈광상시인〉의 추암, 〈백사도〉의 백화, 〈시유리〉(〈악마파〉)의 노단과 백추, 〈무마〉의 백웅, 〈이단자의 사랑〉의 추강 등 주인공은 모두 예술가다. 그리고 이들이 추구하는 예술은 백화나 노단, 백추의 그림이 그런 것처럼 악마적 경향을 갖는다. 뱀으로 친친 둘러싸여 기도하는 소녀, 순결하고 순수한 얼굴 위에 죽음 직전의 공포감을 드리우는 미녀, 아름다운 육체를 파고들어가는 미생물과 같은 것이 주인공이 주목하는 예술적 대상이다.

둘째, 이야기의 화자인 '나'는 주인공의 예술적 성과를 높이 평가하는 비평적 안목을 지닌 지식인이다. 작품들은 대부분 예술가 '나'의 시선에서 악마주의적 경향을 지닌 예술가의 기행을 이야기하는 형식을 취한다. 그리고 이 화자들은 주인공의 예술적 성취나 열정에 경도되어 그들이 저지른 범죄의 잔인성마저 잊어버리는 정도에 이른다.

셋째, 예술가 주인공이 괴기하고 악마적인 걸작을 창조하게 되는 계기로 사랑의 모티프가 활용된다. 〈광상시인〉의 추암은 한적한 숲속에 문화주택을 짓고 화초가 만발한 화단 앞에 아내와 걸터앉아 기타를

퉁기는 낭만주의자다. 17세에 춘랑을 만나 사람들이 꺼리는 무당이라는 신분에도 그녀와의 결혼을 감행한 〈백사도〉의 백화도 로맨티시스트이기는 마찬가지다. 〈시유리〉(《악마파》)에서 루리에 대한 노단과 백추의 사랑 또한 끔찍할 정도로 깊고 진한 집착을 보여준다.

'예술가 주인공'과 '주인공의 예술에 공명하는 화자 나' 그리고 '집착에 가까운 사랑'이라는 세 모티프는 동일한 주제의 구현을 위해 조합된다. 작품들은 한결같이 괴기하고 악마적인 예술을 창작하는 인간 내면의 고통과도 같은 신비한 열정을 표현하고 싶어 했다.

괴기파의 악마적 감성을 지닌 인물이 사랑에 빠지고, 사랑의 열정이 질투와 연동되는 계기를 통해 폭발적인 감정의 분출로 이어지며, 살인과 같은 극단적인 사건이 일어나면서, 그 순간이 예술적 충동과 결합하여 놀라운 작품으로 남는 것이다. 그리고 주인공은 대체로 죽거나 사라지거나 하지만, 그들이 남긴 작품의 놀라운 성취를 화자 '나'가 확인해주는 구도로 이야기는 전개된다. 그래서 각 소설은 '열정의 폭발적 분출' → '놀라운 악마적 작품의 창조' → '화자 '나'의 공감'이라는 내적 전개로 진행된다.

사랑의 어긋남으로 인한 열정의 광적인 폭주와 살인, 그 결과로 만들어지는 예술 작품이라는 모티프의 연쇄는 그로테스크한 예술의 창작 동기를 인간 내면으로부터 이끌어내려고 했던 작가의 의지와 효과적으로 접속했다. "탐정소설로서 인간성을 주제로 한 작품을 제작할 수는 없을까?"라는 저 "불타는 야망"이 범죄와 인간의 내적 고뇌를 연동한 결과, 괴기예술을 동경하는 인물의 사랑과 광기의 형상으로 구체화된 것이다. 괴기 예술가란 조선인에게 낯설었던 '그로'의 구현과 작가가 생각했던 예술성, 즉 심리적인 인간 심연의 묘파라는 목표가 만날 수 있는 유효한 접점이었다.

그러나 김내성의 주인공들이 지향하는 예술은 어디까지나 추상적인 이념에 가까웠다. 백화(〈백사도〉), 백옹(〈무마〉), 노단과 백추(〈시유리〉) 등 주인공들은 모두 괴기파 예술을 지향했지만, 이들이 추종하는 괴기파 예술에는 예술가로서의 이념과 경험적 현실 사이의 간격에 대한 창조적 융합과 고민의 과정이 별로 드러나지 않는다. 그 때문에 이들이 보여주는 괴기 예술은 문예의 최첨단을 지향하는 것처럼 가장했지만, 1920년대에 나타났던 탐미주의 문예사조를 추종한 모방적 시도 이상이기 어려웠다. 1930년대 말에 이르러 대중소설에서 출현하기 시작한 이 괴기파 지향의 예술가와 1920년대 문단 사이의 시간차는 문단의 유행과 대중문화 사이에 존재하는 시간차를 새삼 확인해준다. '에로-그로'의 유행이 예술에 대한 욕구와 만나는 접점에서 작가는 고급 문단의 지나간 흔적을 되살리고, 이를 대중문화 내부로 이끌어들인 셈이다. 작품이 역설했던 괴기파 예술의 추상적 성격은 대중예술의 후발성을 방증하는 셈이다.

괴기소설의 주인공들은 조선 사회에서 극히 소수의 엘리트 지식인만이 이해하고 공유할 수 있다고 작가가 믿었던 최첨단 예술성의 영역을 자신의 삶과 행위를 통해 온몸으로 표현했다. '예술가'라는 세련된 근대적 직업군에 몸담은 이 음산한 성격의 작품 속 인물들은 근대성의 다양한 측면 가운데서도 겨우 10여 년 전 조선 사회에 처음 움트기 시작한 '예술'이라는 특수 영역에 투신할 만큼 희소성을 지닌 모더니티의 총아들이었다.

문제는 이 근대의 총아들이 식민지 청년이자 근대의 주변인에 지나지 않았다는 사실이다. 예술가라는 화려한 타이틀에도 이들은 조선의 현실에서 무력하고 고립된 생활을 지속해야 했다. 인물들의 욕망과 지향은 시대와 조응하지 못했다.

작품에서 인물과 시대의 갈등이 가장 잘 드러나는 지점은 이야기의 공간 배경이다. 스토리는 대체로 도시와 시골이 접경하는 지역에서 진행된다. 근대 도시의 화려한 외관 속에서도 원시적 자연과 가난, 고독이 중첩되는 근대와 전근대의 접경지대가 작품의 무대다. 그리고 공간 배경 속에서 첨단 예술을 지향하며 살아가는 주인공의 삶은 주변과 쉽게 화합하지 못했다. 완전한 사랑을 꿈꾸며 이들은 자아의 세계에 몰두했지만, 이들의 생활은 주변인의 손가락질을 받았다. "계집을 저렇게 짐승과 같이 비루하게 희롱하니 (…) 어디 보는 사람의 눈이 안 빛셀 리가 있겠수?"[12]라는 것이 절대화된 자아의 세계를 추구하는 이들에 대한 '무지한' 조선의 반응이다. 세속 세계에서 인정받지 못하고 공감을 얻지도 못하며, 진정으로 세속의 생활에 배어들지도 못하는 이들의 세계는 현실과 유리된 순수 이상의 세계일 뿐이었다. 그 속에서 퇴행적이고 답보적인 형태로 모더니티를 추종했던 이들은 실제로 모더니티와의 동일화 가능성이 일정하게 차단되어 있는 인물들이었으며, 그런 의미에서 근대적 주체 되기의 가능성 또한 제한된 존재였다. 살인까지 불사하는 사랑의 갈망과 강렬한 예술의 열정 이면에는 근대

적 삶의 가능성이 제한된 식민지 청년의 초조함과 조바심이 숨어 있
었다.

식민지 청년의
조바심과
우울증

진정한 근대정신에서도 조선의 토착적 삶의 현실에서도 소외된 주인
공은 그러나 모던과의 동일화를 강렬히 열망했다. 모더니티의 자기화
야말로 그들이 퇴행과 답보의 주변적 정체성을 극복하고 우월성을 확
보하는 길이었기 때문이다. 그러나 자아와 환경의 진지한 소통이나 성
찰보다는 외적으로 주어진 모더니티의 이미지에 경도된 이들은, 삶의
조건이나 환경과의 대화보다는 내면의 강렬도에서 모던과의 동일화를
추구했다. 인물들은 강렬한 정념에 빠져들고 그 정념을 극단적으로 표
출해내는 데서 자신의 가능성을 극대화하고자 했다. 이 열정의 표출은
두 방향에서 이루어졌는데, 하나는 연애이고, 다른 하나는 예술이다.

　김내성의 괴기스러운 주인공들은 그 어떤 소설의 주인공보다도
아내/연인에 대한 집착이 강하다. 이들은 문자 그대로 "언제든지 자
기 아내의 옆을 떠날 줄을 모른"다. "산책할 때도 같이하고 노래 부를

때도 같이 부르고 심지어 뒷간엘 가더라도 반드시 계집의 뒤를 따른
다."[13] 아내/연인에 대한 인물들의 집착은 열정 그 자체에 대한 집착에
다름 아니다. 가상의 상황이긴 했지만 사랑하는 사람의 손을 씹어 삼
키려 했던 〈무마〉의 주인공인 탐정 작가의 행위는 상대와 하나가 되고
자 하는 욕망의 강렬도를 증명해준다.

아내를 죽여 트렁크에 싣고 다니던 〈광상시인〉의 추암은 "딴 여자
를 사랑할 수 있는 사람네들이야 오죽이나 행복이겠습니까"라고 고백
한다. 추암의 고백에서 알 수 있듯 괴기소설의 주인공이 지향하는 사
랑은 유일하고도 영원하며, 한 사람의 삶을 송두리째 좌우하는 치명적
운명성을 지닌 폭발적인 것이어야 했다. 치명적인 사랑의 열정은 인물
들이 자신의 주변적 정체성을 뛰어넘어 모더니티의 정상에 오르는 우
월감을 획득할 수 있는 유력한 통로였다.

주인공들이 추구했던 예술의 성격 역시 극단적인 정념을 통해 모
더니티의 정상에 닿으려는 욕망의 산물이라는 점에서는 동일했다. 괴
기파 예술은 현실과 불화하는 이질성과 생경한 성격으로 인해 센세이
션을 일으키고 세간의 주목을 집중할 수 있는 유력한 수단이었다.

백웅의 작품에는 어느 것에든지 차마 눈 뜨고 볼 수 없는 잔인한 묘사와
변태성욕자의 음침한 성 생활이라든가, 하여튼 성격파탄자의 허무적 다
다이즘이 패연히 흐르고 있었다.
그런 점으로 보아서 같은 탐정소설이라도 그의 작품에는 훨씬 더 예술적
기분이 농후하였으며, 단지 한 개의 크로스워드 퍼즐과 같은 나의 작품보

다는 확실히 문학에 가까운 작품이라 볼 수 있다.

- 〈무마〉,《신세기》, 1939년 3월

소위 괴기파라든가 악마주의라든가 하는 그림을 많이 보아온 사람의 하
나였습니다마는, 이 〈백사도〉처럼 나의 온 정신을 빼앗겨본 그림은 아직
도 없었지요. (…) 그 무서운 필치에 일종의 귀기와 그 밑바닥에 흐르는 무
한의 평화를 동시에 느끼지 않을 수 없었던 것.

- 〈백사도(전편)〉,《농업조선》 1-8, 1938

"차마 눈 뜨고 볼 수 없는 잔인한 묘사", "변태성욕자의 음침한 성
생활", "성격파탄자의 허무적 다다이즘", "광인의 감각을 가진 어브노
멀한 미" 등이 주인공들이 추구하는 세계다. 살인에 이를 수 있는 강렬
한 정념과 이 정념에 형태를 부여한 예술작품의 형상을 통해 위기에
빠진 모던 청년은 주체성을 회복하고 우월성을 확인하려 했다. 정열적
연애와 악마적 예술은 도달하기 어려운 모더니티의 심연에 근접하는
무기인 동시에, 저열한 조선의 현실을 초월하는 도약의 지렛대였다. 이
들의 치명적 연애와 예술은 "단지 한 개의 크로스워드 퍼즐과 같은" 평
범한 추리소설가의 작품보다도 "훨씬 더 예술적 기분이 농후"한 것으
로, 작품의 가치를 고양하고 모더니티의 정점에 닿기 위해 작가가 고
안한 감성 개발 프로젝트의 일환이었던 셈이다. 그러나 이 프로젝트는
기실 그 목표가 외부로부터 선험적으로 주어지는 화석화된 프로젝트
였다.

그 괴수들에게 농락을 받으면서 꼼짝 움직이지도 않고 엄연히 앉아서 기
도를 드리는 춘랑의 그 너무나 참된 자태에서 나는 그 어떤 신비한 아름
다움을 차차 발견할 수 있게 되었던 것입니다. (…) 더러운 토굴 안에 정좌
하여 대소무수의 마수들에게 농락을 받으면서 싸워나가는 하나의 순결
한 여인

— 〈백사도(후편)〉,《농업조선》1-9, 1938

노단이 루리의 몸뚱이에서 발견한 미란 결국 하나의 보편적 미가 아니고
광인의 감각을 가진 어브노멀한 미였습니다. 다시 말하면 자기의 그처럼
귀여워하고 그처럼 아끼는 루리를 학대하고 괴롭힘으로써 느끼는 일종
의 새디즘이었던 것입니다. (…) 가장 아름다운 마리아를 그리되, 마리아
의 그 성스러움과 아름다움을 가지고는 끝끝내 극복하지 못하는 악마의
힘, 그리고 결국 그 악마를 공포하고 그 악마의 팔에 매달려 구원을 받고
자 하는 마리아를 그려 악의 승리를 표현하겠다는 것인데 (…) 자기를 해
하려는 무서운 악마 앞에서 공포하고 전율하고 애소하는 표정으로 하루
종일 모델대에 서라는 것입니다.

— 〈시유리〉,《문장》7집 임시증간호, 1939

〈백사도〉, 〈시유리〉(〈악마파〉) 등의 괴기파 주인공들이 그려내는 작
품 세계는 선과 악을 초월하고 추와 미의 극단적 대조를 통해 기존의
가치 체계를 전복하는 세계다. 윤리와 상식의 보편을 넘어서는 전도된
질서를 이들은 추구했다. 징그러운 뱀들에게 친친 감겨 기도하는 아내

의 얼굴에서 순결과 신비를 발견하고 이를 화폭에 담아내려 한 백화(《백사도》)의 욕망은 천사의 얼굴에서 공포를 이끌어내고 악마 앞에서 전율하는 성모의 이미지를 조형하려 했던 괴기파 화가 노단, 백추의 욕망과 다르지 않다. 이들은 윤리와 도덕을 초월한 비정상적인 정념의 돌발적 분출을 통해 기존의 상식을 뛰어넘는 예술혼의 주인공이 되고자 했다. 사랑과 질투의 정념, 애증의 분노로 집약된 열정의 폭발은 이성의 제어와 보편성의 기준을 뛰어넘는 도약대에 다름없었다.

그러나 거기에는 관념을 육화하고 체현한 삶의 형상이 부재했다. 청년 주인공들은 사랑에 빠짐으로써 모더니티가 약속하는 자유로운 사랑과 행복에 다가가려 했지만, 그들의 생활에는 경험적 현실과 지속적으로 상호작용하면서 끊임없이 새로운 진실을 깨닫고 내면을 갱신하며 자라야 하는 사랑의 '과정'이 부재했다. 이들의 세계에는 집착에 가까운 열정만이 있었을 뿐, 자신이 꿈꾸는 예술의 이상과 조선의 현실을 서로 만나게 하고 조율하고 협상하는 삶의 부대낌이 없었던 것이다. 생활의 냄새가 거의 없는 이들의 사랑과 예술은 추상으로서의 관념 자체를 표백한 텍스트북에 지나지 않았다. 그리고 이국성에 기원을 둔 이 관념은 아직 조선의 현실이나 인물의 경험적 삶과는 거리가 있는 외래적 표상일 따름이었다.[14]

그리고 서사는 이 욕망을 다분히 교술적인 형식으로 조직해냈다. 스토리는 두려움과 공포의 정념을 공공연하게 표방하면서 시작했고, 서사 구조는 일상을 뛰어넘는 이 정념을 유의미화하는 작업에 집중하도록 조직되었다. 서사는 예외 없이 주인공의 행위와 심리를 관찰하거나 전달받는 객관적 화자의 시선을 통해 진행된다. 예컨대 〈광상시인〉, 〈백사도〉, 〈악마파〉의 화자인 '나'는 그 자신이 화가이거나 예술적 감식 안을 지닌 지식인이며, 〈무마〉에서 괴기 작가 백웅의 스토리를 전달하는 '나'는 백웅보다 '예술성이 부족한' 퍼즐식 추리소설을 쓰는 작가다.

예술가 주인공의 광적이고 엽기적인 행각을 관찰하고 전달하는 화자들의 시선은 그리 객관적이라고 보기 어려웠다. 괴기파 예술에 경도된 이들의 지식인적 소양이 광적인 주인공의 창작에 대한 일방적인 탄복과 경탄에만 바쳐졌기 때문이다.

> 인형과 같은 자기 아내의 괴로운 심정을 한시바삐 구하고저 하는 추암의 가슴에는 도저히 속인들이 이해할 수 없는 아름다운 예술의 세계가 깃들어 있었으며 예술가로서의 창조적 꿈이 흐르고 있는 것 같았다.
>
> ─ 〈광상시인〉, 《조광》 3-9, 1937

> 나는 사실 말이지 신문기자도 아니고 경찰서 사람도 아닙니다. 단지 〈백사도〉라는 하나의 위대한 예술 앞에 머리를 수그린 사람일 뿐입니다.
>
> ─ 〈백사도(전편)〉, 《농업조선》 1-8, 1938

> 루리의 그 참혹한 최후를 조상하기보다도 백추의 그 무서운 필치에 감탄하고 놀라지 않을 수 없었습니다. (…) 그것은 단지 하나의 썩어진 송장을 그린 데 지나지 못하는 것이었습니다마는, 백추의 창백한 정열의 한 오락한 오락이 화면 전폭에 조약되었고 정신없이 화면을 들여다보는 나의 고

209

막에는 저 무서운 시승군(屍蠅群)의 우음(羽音)이 왕-왕- 하고 들리는 것이었습니다. 얼마 동안 황홀한 정신으로 화면을 들여다보고 있던 나 (…)

– 〈시유리〉, 《문장》7집 임시증간호, 1939

첫사랑을 잊지 못하는 아내의 마음을 구원하려는 시인의 비정상적인 행동도, 뱀에 뒤엉킨 소녀를 표현한 괴상한 그림도, 동생의 썩어나가는 시신을 화폭에 담은 추악한 그림도 화자 '나'의 관점에서는 "황홀한" "창조적 꿈"의 형상이다. 그 때문에 아내에게 연애를 허락하는 행위나 벼랑에 매달린 여동생을 지켜보기만 했던 친구의 부도덕한 행동, 질투와 의심에 찬 채찍질로 아내를 죽음으로 몰고 간 소년의 살인도 모두 용서의 대상이 된다. 예술 창작의 위대한 염원 앞에서는 인간사의 윤리와 도덕이 한낱 개인사에 지나지 않는 것이다.

열정의 분출을 통해 모더니티의 중심에 파고들지 못하는 주변성과 열등의식을 극복하고 초월하려 했던 예술가의 의지는 이처럼 화자의 공명을 통해 승인된다. 광적인 행각을 벌이는 예술가 주인공과 이들을 바라보는 관찰자 '나'는 각각 감성과 이성의 대립 관계를 형성하지만, 수많은 현실적 제약에 갇혀 있는 이성은 감성의 화려한 분출과 압도적인 힘 앞에 망설임 없이 무릎을 꿇는다. 지식인이 제 기능을 발휘할 수 없었던 제약 많은 식민지의 조건 속에서 무력한 이성은 감성의 광포한 폭주 앞에 유감없이 굴복했던 것이다.

괴기소설의 비상한 모험은 이처럼 식민지 지식인의 주변적 처지와 무력감의 원인을 해부하기보다는 과잉된 감성으로 열등감을 초월하려는 과장과 과잉의 서사로 진행된다. 그런 점에서 괴기소설의 서사는 예술의 이름으로 폭주하는 정념을 승인함으로써 그로테스크라는 모더니티의 한 극단을 논리적으로 이해하고 설파하는 세속적 교양의 서사라고 할 수 있다. 악마적 예술가의 비정상적 심리를 관찰하고 전달하며 그들의 작품에 경탄하는 화자의 언술은 이 같은 교양화 기능을 직접적으로 진행하는 교술적인 구도를 취한다.

괴기소설이 피력하는 괴기한 성격과 욕망 속에는 괴물성 그 자체의 심연보다는 괴물성에 대한 역설(力說)이 앞서 있었다. 스토리의 괴기성을 표명하고 해설하는 화자의 교술적인 설명은 괴물성의 의미를 인위적으로 설득하고 가치화함으로써 인간 내부의 괴물성을 성찰하거나 재인식하는 자유로운 독해의 가능성을 오히려 제한했다. 자아 내부의 타자성에 대한 자각보다는 괴기, 공포 예술을 합리화하는 논리가 성급하게 작동하는 것이다. 그로테스크의 향유보다는 속류적인 교양화의 논리가 앞서는 셈이다.

결국 괴기소설의 예술가 주인공은 모더니티에 대한 강렬한 선망과 열정을 지니고 있음에도 진정한 모더니티의 주인공이 될 가능성이 제한된 식민지 청년이자 예술가였다. 살인까지 불사하는 사랑의 갈망과 강렬한 예술의 열정을 설파하는 논리의 이면에는 근대적 주체 되기의 가능성이 제한된 식민지 청년의 조바심과 우울증이 숨어 있었다. 이들에게 열정과 예술은 불완전한 자신의 모더니티가 겪는 위기를 극복하고 근대 주체로서의 우월감을 확보하기 위한 장치이자 열악한 현실을 탈출하기 위한 통로였다. 그러나 괴물성 자체보다 괴물성에 대한 강조가 전경화된 서사 구조 속에서 독자는 인간 내면의 불합리 그 자체를 즐기기보다는 불합리의 합리화에 설득되어야 했다. 자아 내부의 타자성에 대한 자각보다는 괴기, 공포 예술을 합리화하는 논리를 공유해야 했던 것이다.

청년 주인공은 사랑에 빠짐으로써 모더니티가 약속하는 자유로운 사랑과 행복에 다가가려 했지만, 자유와 행복이 내재하는 무게와 책임을 감당하지 못했다. 변화를 감내하고 수용하며 끊임없이 새로워질 것을 요구하는 모더니티의 명령, 끝없는 자기 혁신과 갱생의 의무를 이들은 이해하지도 수용하지도 못했다. 그랬기 때문에 이들의 살인은 괴기적 예술성을 알리바이로 질투의 감정 속에 숨은 전래의 윤리 의식을 표출하고 정당화하는 복수 행위 이상이기 어려웠다. 극한적 정념의 분출로 유동하는 모더니티의 공포를 장악하고, 근대가 지향하는 자유와 행복의 약속 아래 숨어 있는 자기 갱생 의무의 책임을 묻어버리는 위악을 통해, 괴기소설의 주인공은 스스로의 약점을 가리고 우월한 주체되기를 시도했다. 그런 점에서 김내성의 괴기소설이 지향했던 공포의 예술성은 모더니티에 대한 동경과 두려움이 분열적으로 함께 거주했던 식민지적 주체성의 또 다른 발현이었다고 할 수 있다.

1960년대 통속 괴기소설의
사회적 무의식

6 :

괴기 서사의 부흥과
통속잡지 《명랑》

해방과 전쟁을 거치는 시기에는 괴기 서사물에 대한 관심이 그리 깊지 않았다. 추리소설 가운데 특히 어둡고 음산한 분위기가 강조됐던 모리스 르블랑의 《기암성》(1952)이나 찰스 풀턴(Charles Fulton Oursler)의 《욕정의 살인》(1956), 일본 작가 가야마 시게루(香山滋)의 《공포도(恐怖島)》(1955) 등이 이서구, 조풍연, 김문서 등에 의해 '괴기탐정소설'이라는 명칭으로 여러 차례 번역·재판(현대사, 1952)됐다. 또 김내성의 변격탐정소설이 《괴기의 화첩》(1954)이라는 제목으로 묶여 수차례 재판을 찍는 등 괴기소설의 명맥이 이어졌으나 새로운 창작은 희박한 편이었다.

자주 국가 수립이라는 해방 정국의 과제, 전쟁과 복구 문제 등 거대한 역사의 회오리 위에서 '코미디'와 같은 즉각적인 해소나 '에로'와 같은 항구적 관심 영역 외에 '괴기'류의 대중 장르가 대중의 주목을 끌

여지는 그리 크지 않았던 것 같다. '괴기'가 눈에 띄는 대중 서사 양식의 하나로 본격적으로 부상한 것은 1960년대에 공포영화가 유행하면서부터였다.

1960년대 이후 한국 공포영화를 조명했던 백문임의 저작《월하의 여곡성》(2008)에 따르면, 1960년대는 스릴러와 공포영화가 세계적으로 붐을 이루던 시기였다. 1959년부터 1962년 사이 서구 공포영화가 국내에 집중적으로 개봉되고 공포영화와 스릴러에 대한 관심이 크게 일어났던 것은 이 같은 대중 영화의 세계적 조류와 맥을 같이한 일이었다. 〈괴인 드라큐라〉(테런스 피셔, 1958), 〈앗샤가의 참극〉(로저 코먼, 1960), 〈프랑켄슈타인의 역습〉(테런스 피셔, 1957), 〈사이코〉(앨프리드 히치콕, 1960) 등 다수의 공포영화가 개봉됐고, 평단에서도 공포영화의 계보를 살피는 평론을 발표하며 관심을 보이기 시작했다.[1] '괴기영화(오늘날 관점에서 공포영화에 해당하는)'라는 관념이 생성되고, '괴기' 혹은 '괴기소설'이라는 말이 새롭게 부각된 것도 이때였다.

당대인이 '괴기' 양식을 어떻게 생각했는지는 괴기영화 감독의 인터뷰를 통해 알 수 있다. 1966년 9월《명랑》에 실린 〈영화 속의 괴기〉라는 기사에서 당시 괴기 감독으로 조명받았던 유현목, 이상언은 괴기영화의 필요조건을 '무서워야 한다'는 것으로 압축했다. 그렇지만 두 감독은 무서운 것 그 자체에 의미를 두기보다는, 인간의 이상 심리에 대한 표현을 한국 괴기영화가 가야 할 지향점으로 두었다. "한국의 괴기영화에서도 무서움을 강조하기 위해 '신비로움'을 주축으로 모든 사건을 구성해야"하며, "인간의 이상 심리를 행위로 연결해야"[2] 한다는 것이 이들의 주장이었다. 진정한 공포란 '형태의 괴기성'이 아니라 인간 내부의 숨은 욕망에서부터 비롯된다는 것을 젊은 감독들은 강조했다. 괴기 장르란 단순히 초현실적이고 불합리하며 끔찍한 경험을 제시하는 것만이 아니라, 그 안에서 인간의 이상 심리를 이해할 수 있도록 내면의 상태를 표현하는 것이어야 한다고 본 것이다.

이와 같은 당대 괴기물의 지향성과 창작의 경향을 파악할 수 있는 유력한 자료 가운데 하나가 통속 오락잡지《명랑》에 실린 괴기소설이다.

《명랑》은 1956년에 창간, 1980년대까지도 발행됐던 월간지로, 1970~1980년대를 주름잡았던《선데이 서울》의 전신에 해당하는 잡지였다. 영화(screen), 스타(star), 무대(stage), 노래(song), 스포츠(sports), 이야기(story), 성(sex)의 7S를 표방하며 대중의 흥미에 부응했던《명랑》은 연예계 뉴스, 연애 정보, 에로틱한 기사, 만화와 화보 등 통속적 취미에 부합하는 읽을거리를 중점적으로 담으며 높은 판매고로 장기간 세속의 관심을 모은 B급 잡지였다. 통속잡지로서《명랑》은 문화의 최하방에서 가장 속물적인 호기심과 상상력이 흘러넘치는 장으로 기능했다. 체제가 밀어내는 욕망과 관심이 결집하고, 역으로 이데올로기와 체제가 육화된 생활 세계의 현장성을 반영하는 사회적 교환이 이루어지는 장소가 B급 잡지였다.

《명랑》의 괴기소설은 당대를 무대로 한 창작이 대부분이었으며, 주로 성이나 범죄 모티프와 결합했다는 것이 특징이다. 괴기와 섹슈얼리티의 결합은 속류 통속잡지로서《명랑》이 지녔던 미디어적 특성이

기도 했다. 4·19에 부응한 1960년대 초반의 문화적 정화의 열기가 어느 정도 식은 1960년대 중반부터 《명랑》은 〈SEX〉, 〈에로 섹숀〉과 같은 연재물을 기획하는 등 선정적 표현의 수위와 빈도를 강화했다. 괴기 시리즈 〈악인 시대〉가 인기를 끌고 《명랑》의 괴기물이 증가했던 1960년대 후반은 이 같은 잡지의 정책이 가속화됐던 시기였다. 괴기물은 에로틱한 정사, 치정에 의한 살인 등 악, 범죄, 섹슈얼리티를 결합한 소재를 적극적으로 끌어들였다. 성적 충동의 미로는 대부분의 괴기 서사에서 빼놓을 수 없는 필수 소재로 등장하며, 악마적 행위나 범죄적 사건과 쉽게 연동되곤 했다.

《명랑》의 괴기물은 섹슈얼리티와 악이라는 금기의 영역을 적극적으로 조명하고, 그에 대한 혐오와 매혹을 공포의 정서로 재현하는 장르였다. 당시는 빈곤 탈출과 근대화라는 목표 아래 강력한 국가 주도의 경제개발이라는 압력이 엄격한 규제와 규율을 창출해내던 시기였다. 악, 범죄, 섹슈얼리티 등 제도가 배제하는 영역을 횡단하고 결합했던 괴기 서사는 세속 세계를 가로지르는 상상력 속에서 어떠한 의식적 압력과 무의식적 욕망이 노출되는지를 살펴볼 수 있는 유력한 자료가 된다. 이데올로기의 이상으로부터 가장 먼 곳에 자리 잡은 천대받는 상상력의 자리에서, 《명랑》의 괴기소설은 주류 문화에서 누락되고 배제된 삶의 또 다른 진실을 노출했다.

《명랑》의 괴기물은 또한 섹슈얼리티와 과학을 결합한 독특한 SF 괴기를 선보였다는 점에서도 특징적이다. 1965년부터 《명랑》은 〈SF 괴기특선〉, 〈에로틱 SF 괴담〉 등의 타이틀을 단 작품을 수록했고, 이런 경향은 1970년에 정점을 이뤄 10여 편에 달하는 에로틱 SF소설이 한 해에 집중 게재된다. 《명랑》의 SF는 성적 상상력을 통해 과학의 미래를 암울하고 괴기하게 나타냄으로써 에로틱한 성인용 괴기 SF라는 독특한 세계를 구현했다.

그렇다면 1960년대 괴기 이야기가 피력했던 공포의 구체적 실체는 어떤 것이었을까? 이 장에서는 전쟁과 식민지 경험의 상처를 드러내는 유형, 여성을 흡혈귀 같은 괴물로 치환한 유형, 그리고 SF괴기의 순으로 그 실제를 탐구하기로 한다.

식민지/전쟁의 기억과
선악을 전도하는
현실

1966~1967년 《명랑》에 연재됐던 천세욱의 괴기 시리즈 〈악인시대〉에는 다음과 같은 에피소드가 수록되어 있다.

천세욱, 〈묘귀와 여대생〉 (《명랑》 1966년 9월)

어느 산골 마을에 묘를 파헤치는 묘귀를 보았다는 사람들의 소문이 술렁인다. 형사가 잠복해보니 과연 하얀 네글리제를 입은 귀신 같은 여자가 나타나 묘를 파헤치고 사라진다. 여귀는 동네 부자 박 주사네 기와집 앞에서 사라지는데, 그 집에는 서울에서 여대를 다니다가 신경쇠약으로 집에 내려온 딸이 있다. 형사는 박 주사네를 탐문했지만 소득을 얻지 못하고, 박 주사 딸의 친구인 같은 마을의 현애를 만난다. 현애는 한국전쟁 중에 빨갱이로 몰려 학살된 성 생원의 딸로 돌각담이 허물어진 초라한 초가집에 살고 있다. 현애는 박 주사의 딸이 보냈다는 편지를 보여주는데, 거기에는 어려서부터 몽유병으로 고생하고 있으며 그 때문에 대학도 중도에 그만두었다는 고백이 담겨 있다. 그러나 실제로 사건은, 아버지를 빨갱이로 몰았던 박 주사에게 복수하려고 했던 현애의 교묘한 조작극이었음이 드러난다.

천세욱, 〈내 얼굴에 침을 뱉아라〉(《명랑》 1966년 11월)

한때 미남이었던 혁은 전투 중에 불붙은 휘발유를 얼굴에 뒤집어쓰고 실명까지 한 채 구사일생으로 살아난 인물이다. 혁의 스물여덟 살 난 아름다운 아내 선희는 피아노 교습을 나가며 불구가 된 혁을 부양하지만, 남편을 대하는 태도가 불손하기 짝이 없다. 혁은 아내가 교습을 나가는 부잣집 남자와 불의의 관계를 맺고 있음을 눈치채지만, 뭐라고 말할 수가 없는 처지에 있다. 어느 날 혁은 선희가 준 안정제를 우유에 타둔 채 화장실에 갔다가 우유를 마신 고양이가 죽은 것을 보고 깜짝 놀란다. 분노에 불탄 혁은 선희를 저주하며 그녀의 얼굴에 펄펄 끓는 주전자의 뜨거운 물을 끼얹으려 덤벼든다.

천세욱, 〈운명이라는 이름의 악마〉(《명랑》 1967년 3월)

ROTC 장교로서 소대장으로 군복무를 했던 안영진은 제대하고 오랜 기간 직업을 구하지 못한데다가 몸까지 시름시름 아프다. 손가락이 굽는 증상으로 병원을 찾은 안영진은 간호사 정혜와 사랑하는 사이가 된다. 하루 겨우 한 끼를 먹고 노동자 합숙소에서 지내던 안영진은 인쇄회사에 취직을 한 후 정혜에게 청혼하지만, 군에서 품행이 나쁜 졸병이었던 박도지가 정혜를 유혹하는 말을 듣게 된다. 박도지는 제대 후에 약품 브로커로 돈을 벌어 지금은 제약회사의 중역이다. 안영진을 사랑한다는 이유로 정혜가 박도지의 유혹을 거절하자, 박도지는 안영진이 군 복무 시절 나병에 걸렸다는 엄청난 말을 뱉는다. 적군의 총에 쫓겨 후퇴하던 중 나병 환자의 적리가옥에서 쉬게 되었는데, 안영진의 상처에 난 고름을 자기가 나병 환자의 수건으로 닦게 했다는 것이다. 상황을 비관한 정혜는 바다에 몸을 던져 자살한다. 신문에서 이 소식을 접한 안영진은 바다로 뛰어들 작정이라는 편지를 남긴 후, 박도지를 찾아가 그가 타려던 자동차의 핸들을 가로채고 박도지를 태운 채 인천으로 달린다.

천세욱, 〈양코부인·엽전남편〉(《명랑》 1967년 5월)

후암동 비탈에는 그림처럼 아름다운 빨간 지붕의 문화주택이 있다. 이 집에 사는 하엽준은 미국에서 돌아온 40세의 조각가로, 뉴욕 전람회에서 특선을 한 후 후원자가 되었던 남자의 딸 안나(양코부인)를 아내로 두었다. 안나는 이탈리아계 어머니와 일본계 미국인 아버지 사이에서 태어난 여인이다. 주위의 부러움과 달리, 엽준은 김치도 된장국도 못 먹게 하는 아내 때문에 괴롭다. 그러던 어느 날부터 엽준의 집에서 안나의 그림자가 사라지고 고약한 탄내가 진동한다. 조사를 나온 수사관에 따르면 인체 조각상으로 살인 연습을 한 엽준이 부인을 살해하여, 뼈는 난로에 태우고 내장과 시체 일부는 황산으로 녹이고 나머지 살은 셰퍼드와 나눠 먹었다는 것이다. 그러나 엽준은 오히려 이혼을 결심한 아내가 자신에게 비소를 먹여왔으며, 이탈리아인의 격정과 일본인의 음흉한 피를 타고난 안나가

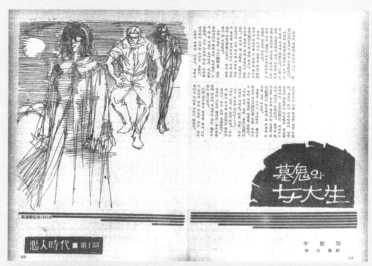

1966년부터 1967년까지 《명랑》에 연재된 천세욱의 괴기소설 시리즈는 당대 사회를
무대로 하여 기괴하고 폭력적인 소재를 서사화했다. 〈악인시대〉라는 별도의 타이틀을
붙인 이 시리즈는 연재 첫 회에서 시리즈의 성격을 '괴기소설'로 명시했다. 묘지에
나타나는 귀신 이야기에서 출발한 이 시리즈는 과장되고 폭력적인 행위를 통해 부부,
이웃, 전우(戰友), 친구, 동료 등 다양한 관계에서 일어나는 갈등 이면에 숨은 사회적
문제를 들추어냈다.

아내를 죽여서 구워 먹은 무서운 살인귀의 죄를 자신에게 뒤집어씌우려 했다고 주장한다.

이 서사들은 묘지에 나타난 귀신, 괴물처럼 흉악한 얼굴, 굽은 손과 무서운 질병, 엽기적인 복수 등 그로테스크한 소재를 활용하여 '괴기'성을 표현한다. 그런데 이 끔찍한 모티프들은 대부분 전쟁과 식민지라는 기억과 연관되어 있다. 처절한 전투, 마을 주민 사이에서 벌어진 고발과 학살, 이민족 간의 결합이라는 과거의 기억이 어떤 방식으로든 현재의 괴물적인 모습이나 행위, 복수와 관련을 맺고 있기 때문이다.

괴기 서사가 환기하는 전쟁과 식민지 기억은 공식적인 기억과는 매우 다른 위치에 있다. 공식 역사가 이데올로기의 분쟁과 반공의식, 자주독립의식 등 정치적 쟁점에 의거하여 과거를 기억한다면, 괴기 서사는 육체의 손괴, 가족의 죽음, 질병, 원한, 이종 결혼이나 혼혈아 출산과 같은 다분히 사적이고 개인적, 심리적인 차원에서 역사의 흔적을 반추한다.

이런 흔적의 문제성은 그로테스크한 형상이나 음산한 공간과 같은 모티프의 차원에 머무르지 않는다. 역사의 경험이 인간관계의 구도를 전도하고 있기 때문이다.

전쟁은 삶을 구성해왔던 기존 관계의 토대를 전복한다. 전선의 화염에 휩싸여 실명하고 얼굴이 흉악해진 전역자는 직업을 얻지 못하여 아내의 수입에 의존하는 신세로 전락해 있고(〈내 얼굴에 침을 뱉아라〉), 이웃을 빨갱이로 몰았던 마을 주민은 방앗간 사업의 성공으로 고래 등 같은 기와집에 사는 반면, 빨갱이라는 이름으로 가장을 잃었던 가족은 돌각담(돌담)이 허물어진 초라한 초가집에 거주한다(〈묘귀와 여대생〉). 모범적 군인이었던 퇴역 장교는 남대문 근방의 노동자 합숙소에서 근근이 생활을 유지하는 처지로 전락한 반면, 그에게 나병 전염의 빌미를 제공했던 품행 나쁜 일병은 사회에 나와 출세가도를 달린다(〈운명이라는 이름의 악마〉).

남편과 아내, 장교와 일병, 서로 동등했던 마을 주민은 각각 전쟁과 전투를 겪으면서 관계와 역할의 전도를 겪는다. 그리고 상대적으로 전락한 입장의 인물은 원한과 억울함, 열등감과 분노에 휩싸인다.

전선(戰線)의 경험이 끝나고 일어나게 된 관계의 전도는 근대화라는 사회적 변화와 긴밀하게 맞물려 있다. 이웃을 빨갱이로 몰았던 방앗간 주인은 사업을 확장하여 마을의 유지로 부상하고, 품행이 온당치 못했던 일병은 의약품 브로커로 돈을 벌어 어엿한 제약회사의 중역으로 떵떵거리며, 불구자로 퇴역한 남편을 존중하지 않는 아내는 자신이 피아노를 교습하는 부잣집 아이의 아버지와 불륜을 맺고 화려한 재혼을 꿈꾼다.

아내, 부하, 동네 주민이라는 적대자는 자본주의적 산업화에 적절히 부응하고 능동적으로 대처한 결과, 화려한 생활을 영위한다. 근대화라는 사회의 구조적 변동 위에서 전쟁 경험의 흔적을 간직한 주인공이 본인의 잘잘못과 관계없이 전락을 경험한 것과 반대로, 변화에 능동적으로 대처한 이웃의 적대자는 인격이나 행위의 정당성과 무관하게 성공한 삶을 구축한다.

자본주의적 근대화와 관련하여 인물의 처지를 약자의 위치로 전락시킨다는 점에서는 식민지 경험도 전쟁 경험과 유사하다. 〈양코부인·엽전남편〉에서 남편 하엽준이 자신의 기호를 주장할 수 없는 원인은 아내의 국적이 미국이기 때문이다. 일본에 이은 미국의 제국주의적 문화 침투와 근대적 산업화의 구조 변동이 남편과 아내라는 관계 앞에 눈에 보이지 않는 위계를 부과한 탓이다. 미국이라는 국적이 지닌 근대성의 우열 관계 때문에 엽준은 자신의 기호를 주장하지 못한다. 미국과 한국이라는 민족적 차이는 일본과 조선이라는 식민 관계의 대립 구도와 마찬가지로 논리 이전의 위협으로 작동하고, 남편과 아내의 위치는 전도된다.

　　전후(戰後) 근대화, 산업화의 구조 변동에 따른 이 같은 관계 변화의 모티프에는 근대의 불완전성에 대한 불만과 도전의식이 숨어 있다.

　　자본주의적 산업화와 근대화는 새로운 질서의 모체이자 촉진자로서 삶의 구조를 새로운 형태로 재편했다. 자본주의의 메커니즘은 생산과 소비의 거시 구조 안에 개인의 삶을 편성하고, 그 내부로 삶의 다양한 부면을 모두 귀속시켜, 피할 수 없는 의무 속에 개인의 삶을 묶어놓는다.

　　개인을 자본주의 메커니즘의 한 분자로 물질화하는 근대화의 거대한 물결 속에서 '나'의 현재는 이웃한 타자에 비견하여 측정된다. 그런데 식민과 전쟁의 흔적을 간직한 개인의 상처와 고통은 근대라는 성장의 흐름 속에서 이웃의 성공에 비견할 때 피할 수 없는 상대적 박탈감을 부과한다. 이 박탈감은 변화하는 세계에 대한 초조감, 몰락에 대한 불안감 또한 촉발한다. 몰락한 주인공과 그의 곁에서 비교 우위를 점하는 이웃의 적대자라는 관계의 구도는 이 같은 박탈감과 불안의식의 산물이다.

비교 대상이 되는 이웃은 도처에 존재한다. 그 이웃은 내 곁의 배우자일 수도 있고, 인근 주민일 수도 있으며, 같이 복무했던 동료일 수도 있다. 민족과 국가 차원에서 그 이웃은 한발 먼저 산업화, 근대화에 앞장선 탓에 풍족한 생활의 풍문을 전하며 문화적 영향력을 제국주의적으로 확장하고 있는 인접 국가들이다.

개인적 품성의 정당성에 관계없이 어느새 비교 열위의 자리로 전락한 주인공의 위치는 산업화, 근대화라는 거시적 변화 속에 퇴행의 불안에 휩싸이는 대중의 심리를 쉽게 끌어들인다. 전쟁과 군 경험으로 피해를 입거나 민족성의 차이로 열위에 위치한 인물을 초점화하면서, 작품은 사회적 우위의 자리를 점유한 타자의 도덕성을 공략한다. 〈묘귀와 여대생〉에서 이웃을 빨갱이로 몰았던 주민은 학살된 자의 가족이 겪는 고통을 도외시한 채 부를 축적한다. 〈내 얼굴에 침을 뱉아라〉에서 전역자의 바람난 아내는 불구가 된 남편을 독살하려는 악독한 계획을 세운다. 〈운명이라는 이름의 악마〉에서는 안영진에게 몰락의 동기를 제공했던 박도지가 안영진이 사랑하는 간호사를 유혹하여 자살하게 만드는 악행을 저지른다. 남편의 체질과 생리를 수용하지 못하는 양코 부인의 모욕적인 언행도 "한국에서 한국에의 향수에 미칠 지경"으로 남편을 몰아간다.

자본주의화에 편승하여 성공하는 적대자의 부도덕성, 삶의 뿌리와 근간을 뒤흔드는 이질적 문화와 취향의 공격에 맞서, 주인공은 마침내 끓어오르는 분노를 분출하고 악마적 복수를 자행한다. 얼굴에 끓는 물을 퍼붓는 잔인한 행동이나 복수를 위한 귀신 연출, 너 죽고 나 죽자는 비극적 자살, 부인을 살해한 후 시체를 황산에 녹이고 일부는 기르던 개와 나누어 먹는 엽기적 행위 등이 그것이다. 피해자의 끔찍하고 무서운 보복은 사회적 금기를 넘어서는 인간 내부의 잔인성을 드러내고 그로테스크한 악마성을 표출한다.

이 악마적 복수 행위는 대중 서사가 흔히 활용하는 선악의 대립 구도를 뒤흔든다. 근대화를 통한 관계 전도가 이끌어냈던 선악의 대립 구도가 악에 대한 악의 복수라는 교환 논리로 인해 다시 전도되는 역전이 일어나는 것이다. 적대자의 부도덕성은 피해자에게 끓어오르는 분노와 잔인성의 폭발을 일으키지만, 사회적 금기를 넘는 악마적 복수는 그 끔찍함으로 말미암아 공감을 얻기 어렵다. 복수의 원인을 제공한 쪽과 격양된 감정으로 극악무도한 복수를 자행하는 쪽, 어느 쪽에 동정을 보여야 할 것인지 알 수 없는 판단 불능의 상황에서 선악의 경계는 무너지고 옳고 그름의 관습은 낯설어진다.

게다가 괴기 서사가 활용하는 모호성의 장치는 선악의 경계를 이탈하고 해체하는 괴기 효과를 강화한다. 이런 유형의 작품은 결말이 정확히 무엇인지 알 수 없게 뭉뚱그리는 모호성의 장치를 활용한다. 예컨대 〈양코부인·엽전남편〉의 경우는 하엽준이 정말 부인을 살인한 것인지, 혹은 그의 주장대로 부인이 그에게 죄를 뒤집어씌우는 것인지 불분명하다. 또 〈운명이라는 이름의 악마〉에서 안영진의 굽은 손 증상은 나병 때문인지 아닌지가 확실하지 않다. 〈내 얼굴에 침을 뱉아라〉에서도 분노한 남편이 아내의 얼굴에 정말로 뜨거운 물을 끼얹었는지, 아내가 남편을 정말로 독살하려 했는지 명확하지 않다.

진위 판단을 인위적으로 저해하는 결말의 모호성은 선악의 규범과 관념에 대한 의문을 남기며 기존에 알고 있던 세계에 분열을 일으킨다. 불확실한 살인으로 혐의자가 된 하엽준이 처벌받을 것은 예상되는 일이지만, 그의 죄가 명확하지 않은 이상 그 처벌은 온당한 것인지 분명하지 않다. 마찬가지의 의문이 다른 작품에서도 제기된다. 귀신을 흉내 낸 여대생과 아내의 얼굴에 끓는 물을 퍼부으려 한(혹은 퍼부은) 남편은 처벌될 것인가? 그 처벌은 온당한가? 굽은 손으로 과거의 부하와 한차에 몸을 실은 안영진은 동반 자살에 성공할 것인가? 애초에 그는 나병에 전염된 것이 맞는 것이며, 이 복수는 적절한 것인가? 결말이 격앙된 감정의 분출에서 대체로 멈추고 사실의 진위를 가리기 어려운 모호성을 내장하기 때문에, 작품은 끝까지 이 같은 질문에 명확한 답을 주지 않는다.

그렇기 때문에 인간 내부의 괴물성을 방출하는 괴물 주인공은 끝까지 퇴치된다고 보기 어렵다. 괴물이 된 주인공의 악마적 행위에 대한 명확한 판단이 이루어지지 않는 한 괴물이 된 인간의 상처가 치유됐다고도 보기 어렵다. 원한을 제공한 적대자와 원한에 복수하는 괴물은 서로가 서로를 부정하는 존재로서 끝까지 대치할 뿐이다.

이 대치가 해소되지 않는 것은 괴물화된 피해자를 생성한 자본주의적 근대의 불평등이 해소될 수 없기 때문이다. 전쟁과 식민지 경험의 상처를 안고 사는 괴물은 근대화와 서구화의 압도적 힘에 의해 배제되고 타자화된 인물이다. 그런 점에서 이들의 그로테스크한 형상은 결코 평등하지 않은 자본주의적 근대가 만들어낸 차이와 불평등의 메타포라고 할 수 있다. 전일적 근대화의 압력이 빚어낸 차이와 불평등은 화상으로 일그러진 얼굴에, 굽은 손가락에, 소복 입은 육체에, 굴욕적인 생활에 흉측하게 각인된다. 박탈된 원혼의 끔찍한 복수는 이들이 지닌 원한의 크기에 비례하는 것이다.

그러나 불평등한 사회에서 근대화의 피해자로 형상화된 괴물은 복수를 통한 해원을 완성하고 안정성을 회복하는 데로 나아가지 못한다. 이는 그들에게 살고 싶은 삶의 자리가 현실에 존재하지 않기 때문이다. 서로가 서로를 악마로 치환하는 자본주의적 경쟁 사회에서 식민과 전쟁의 상처를 간직한 채 살아야 하는 이들의 고통은 겉보기에만 평화로운 당대 생활의 도처에 존재하지만, 그와 같은 상처를 극복하고 되돌려야 할 삶의 형태가 무엇인지는 명확히 보이지 않는 것이다.

그런 점에서 선악을 판별할 수 없는 관계의 구도와 불분명한 결말 구조는 독자의 내밀한 원한과 욕망을 자극하면서 기존의 세계에 대한 균열의 가능성을 제기한다고 할 수 있다.

그러나 괴기 서사의 과장된 행위와 형상은 그것이 자극적이고 과잉된 만큼 거리감을 발생시킨다. 괴기한 형상과 사적인 원한, 그로테스크한 복수 이야기의 구조는 독자의 내밀한 원한과 공포를 변형하여 제어 가능하고 거리화된 타자의 스토리로 치환한다. 독자의 내면에 숨은 불안과 동요는 원한에 쌓인 피해자의 괴물 같은 행위와 형상을 통해 사적이고 개인적인 타자의 원한으로 객관화, 거리화되고, 이야기의 근저에 있는 근원적 불안은 납득할 수 있고 견딜 만한 것으로 변형되어 의식의 표면을 보호한다. 악마적 형상과 잔인한 복수는 그것이 끔찍할수록 원한의 토대에 있는 자본주의적 근대화에 대한 불안과 동요를 더 깊이 은폐하는 것이다.

그리하여 괴물의 행위가 잔인하고 끔찍할수록 공포는 배가되고 안정감은 증대된다. 원한과 분노를 더 많이 표현할수록 대중의 내면에 있는 동요와 불안은 더 깊이 은폐되고 숨는 것이다.[3] 타인의 괴물성을 통해 유발되는 공포는 근대가 억압하는 내적 가치의 노출을 즐기는 무의식적 쾌감을 유발하고, 자극적이고 과장된 만큼의 안전한 거리 밖으로 타자화됨으로써 근대가 생산하는 가치 내부로 귀환하는 안전한 여행을 가능하게 한다.

여성 흡혈귀와
자본주의라는
저주

《명랑》에 등장하는 괴기소설의 두 번째 유형은 여성 섹슈얼리티의 위력을 괴물과 같은 마력으로 공포스럽게 포장하는 작품이다. 많은 작품이 여성의 욕망을 괴물 같고 부조리한 공포의 원천으로 묘사함으로써 괴기성을 드러낸다.

1960년대 후반 《명랑》의 괴기소설에 나타난 여성 괴물성의 특징은 섹슈얼리티의 마성을 자본주의적 근대성과 결합했다는 점이다. 자본의 욕망과 결속한 여성 섹슈얼리티는 타락한 근대성의 상징으로 기능하며 위협적인 괴물성을 발휘한다.

섹슈얼리티와 자본의 결합은 돈을 노리고 혼외 관계를 맺는 여성 유형을 통해 또렷하게 명시된다. 〈인간침대〉, 〈내 무덤에 침을 뱉아라〉, 〈진범〉 등 다수의 소설이 혼외 관계 위치에 있는 여성을 괴물 같은 존재로 표현했다. 이들의 괴물성은 가부장제와 관련이 깊다. 조강지처의 위치를 거의 차지하지 못하는 이들은 부르주아 남성의 첩이나 후처, 애인 등으로 설정된다. 중산층의 가정 질서를 위협하는 이 규범 외부의 존재들은 주로 여급이나 에로 배우 등의 전직을 가지고 있으며, 예외 없이 강렬한 애욕의 소유자들이다. 이들은 사회가 요구하는 안정된 '가정'의 구조 안에 포섭되지 않는 예외 혹은 일탈의 존재로서 '제도 외부'의 세계를 표상한다. 제도의 내부에서 공식화된 존재의 '형식'을 갖지 못한 이들 여성은 자신의 존재를 공공화할 수 있는 이름을 부여받지 못하며, 그래서 '비정상'일 수밖에 없다. 공적 존재의 '자리'가 없는 그들은 착한 일을 하더라도 이데올로기적 보상을 받을 길도 없다. 따라서 그들에게 가능한 것은 사적인 욕망을 추구하는 일뿐이다. 사회가 규율하는 가부장적 질서의 경계를 이탈한 이 여성들은 자신의 성을 재생산의 역할에만 제한하지 않으며, 이데올로기가 보호하지 않는 물욕과 성욕만을 추구한다는 점에서 괴물이 된다.

이 같은 여성을 소재로 한 1960년대 후반의 여성괴물 서사는 다시 두 부류로 구분된다. 하나는 흡혈귀 같은 여성의 자본주의적 욕망 자체에서 공포를 이끌어내는 유형이고, 다른 하나는 그와 같은 여성에게 복수를 가하는 남성 행위의 잔인하고 변태적인 성격에서 공포와 괴기성을 이끌어내는 유형이다. 천세욱의 두 작품을 예로 들어보자. 〈진범〉은 첫 번째 유형에, 〈인간침대〉는 두 번째 유형에 속하는 사례다.

천세욱, 〈진범〉(《명랑》 1967년 8월)

한(韓)·양(洋) 절충의 문화주택가에서 어느 블록의 담장을 넘은 도둑이

235

집 안으로 들어간다. 옷장이나 화장대, 전축 등을 다 갖추고 있지만 어딘지 구식인 느낌이 나는 실내에서 도둑은 잠옷을 걸친 젊은 여인과 마주친다. 낮에 남편이 수표 200만 원을 인출한 것을 알고 있는 도둑은 여인을 협박하여 돈을 요구하지만, 여인이 찾아낸 것은 30만 원뿐이다. 첩살림을 하며 인색한 남편이 불만이었던 여인은 10만 원을 남기고 수면제를 주고 가면, 자신이 공범이 되어주겠다고 제안하고, 도둑은 그대로 따른다. 다음 날 이 집에는 살인사건을 조사하기 위해 형사들이 찾아온다. 현장을 조사한 형사들은 도둑이 남편을 죽이고 여인에게 수면제를 먹인 후 돈 200만 원을 빼앗아 도망친 것으로 결론을 내린다. 사실은 여인이 남편을 선풍기로 내리쳐 죽이고 도둑이 못 찾은 200만 원의 수표를 챙긴 후 수면제를 먹고 잠든 것이었다.

천세욱, 〈인간침대〉(《명랑》 1967년 6월)

이목용은 양회공업으로 치부한 신흥 재벌의 막내아들이다. 그와 글방 친구였던 김세방은 귀공자 같은 목용을 대학 럭비부로 끌어들여 운동도 같이 하고 명동 카바레의 인기 있는 여급 춘혜도 소개해준다. 목용은 럭비를 하다가 허리를 다쳐 학교를 휴학하고, 부모의 허락을 받지 못한 채 춘혜와 결혼하지만, 곧 폐병을 얻어 각혈을 시작했다. 몸을 움직일 수 없는 남편이 불만스러운 춘혜는 세방과 지속적인 불륜 관계를 맺는다. 남편이 자신의 불륜을 눈치챘다는 춘혜의 말을 전해 듣고 꺼림칙해하던 세방은 얼마 후 목용의 사망 소식이 들리자, 장례식에 나타나 난동을 부린다. 아내를 죽여 석고 침대에 묻었다는 목용의 편지를 받았던 것이다. 세방의 주장에 따라 마침내 석고 침대를 잘라내 보니 과연 여체가 그 안에 들어 있다. 그러나 이 순간 그동안 사라졌던 춘혜가 갓 결혼했다는 새 남편과 함께 장례식에 나타나고 세방은 어리둥절해진다. 순정파 목용이 죽기 직전 아내를 용서하고 석고장이 백 모에게 마네킹을 대신 묻어달라고 했던 것이다.

〈진범〉과 같은 소설에서는 제도 밖의 여성이 드러내는 가공할 욕망의 위력과 그 욕망 추구를 위해 동원되는 기괴한 범죄의 양상이 스토리의 중심을 이룬다. 이 유형의 소설에서 여인의 풍요한 삶은 육체를 대가로 갈취한 남성의 재화, 즉 자본주의적 노력과 고통의 피를 빤 흔적이다.

이야기는 이들이 현재에 만족하지 않고 더 많은 재산을 갈망하면서 가공할 살인을 자행하고, 교묘하게 이를 위장하는 과정으로 진행된다. 자신이 피를 빨던 남자를 살해하거나 스스로의 사망을 위조하여 돈을 짜내는 여인들의 행위에는 반드시 '죽음'이라는 과정과 '또 다른 남성'의 모티프가 동원된다. 이를테면 앞에서 본 〈진범〉의 도둑과 같은 사람이 그런 인물이다. 이 새로운 남성의 존재는 흡혈귀 같은 여성의 희생자는 끊임없이 옮겨갈 수 있음을 암시하면서 공포감을 배가한다. 여성괴물은 사회 도처에 출현해서 여러 남성을 옮겨다니는, 곧 '흡혈하는 자본의 악마적 형상'인 것이다. 끝없이 욕망하기만 하는 이런 여성은 남성의 피를 더 많이 빨수록 더 화려한 생활을 영위하는, 악마적 괴물로 표현된다.

두 번째 유형에서는 이 같은 여성 섹슈얼리티에 복수를 가하는 남

〈인간침대〉(천세욱)에 실린 삽화들.
인간의 육체 위에 석고를 덮어버린다는
모티프는 이 시기 《명랑》의 괴기소설에서
여러 번 반복해 활용된다.

성의 끔찍하고 변태적인 행위나 심리에 강조점을 둔다. 불륜을 저지르는 아내를 살인한 후 석고로 시체를 덮어버리는 것과 같은 모티프가 대표적이다. 에드거 앨런 포의 〈검은고양이〉를 변형해서 모방한 이 석고 살인 모티프는 이중적 차원에서 남성의 욕망을 충족한다. 첫째는, 여성의 자율성이라는 골칫거리를 제거한다는 점이고, 둘째는, 여성 육체의 미적 형태를 보존해서 대상의 섹슈얼리티를 완전히 소유하고자 하는 욕망을 충족한다는 점이다. 그래서인지 석고 살인 모티프는 《명랑》의 괴기 서사에서 제법 자주 등장한다.

혼외 관계의 여성을 괴물로 표현하는 유형과는 별도로, 아내라는 존재 자체를 공포와 증오의 대상으로 표현한 작품도 있다. 1967년 7월 《명랑》에 실린 천세욱의 〈얼굴〉이라는 소설이 그것이다. 이 소설은 조각을 전공했던 한 삽화가의 살인을 다룬다. 주인공 삽화가는 "개성미를 중시"하는 미학적 인물이다. 그는 취향에 부합하는 아름다운 여인과 결혼하지만, 아내와 몹시 닮은 장모만은 결혼 초기부터 만나기를 기피한다. "아내가 가진 매력적인 특징이 일일이 추악하게만 과장된"[4] 장모의 얼굴이 싫다는 게 이유다. 결혼 생활이 진행될수록 삽화가는 아내의 얼굴에서 장모의 그림자를 발견하게 되고, 장모가 상경해서 한 집에 살게 되면서부터는 혐오감이 극에 이른다.

저로서는 일종의 모독감 다시 말하면 아내의 얼굴에 대한 나의 미의식을 더럽히려 드는 그 장모의 얼굴에 본능적인 반발심이 혐오감으로 변하지 않았나 믿어집니다. (…) 아름다운 아내의 모습을 추하게 느끼게 하는 일그려진 반사경이 장모의 얼굴이라는 저주감 (…)

- 〈얼굴〉, 《명랑》, 1967년 7월

아름다운 아내를 사랑하지만 아내와 닮은 장모의 얼굴은 끔찍이 싫은, 이런 심리는 자본주의적 가부장제 내에서 아내라는 위치를 사회적 성공 여부를 판가름하는 상품의 자리로 사고하는 경향과 무관하지 않다. 가족 부양의 의무가 주어지는 가부장의 위치에서 자본주의의 상품 논리는 아내의 미모를 물질적 부양의 노력에 값해야 하는 대가성 욕망의 대상으로 교환해버린다. 미모로 표상되는 아내의 섹슈얼리티를 가부장의 경제적 노력에 대응해야 하는 일종의 상품으로 바꿔버리는 것이다. 이 상품이 늙고 추하게 일그러지는 일은 가부장의 노동 가치를 훼손하는 일이 된다. 아내의 미래가 될 장모의 늙은 얼굴이 싫은 것은 이 때문이다.

〈얼굴〉은 마침내 장모 살인을 계획한 삽화가가 장모로 여긴 여인의 목을 조르는 결말로 나아간다. 추하게 일그러지는 얼굴을 보면서 삽화가는 살인을 단행하지만, 정작 그가 죽인 것은 장모로 착각한 아내였음이 밝혀지면서 작품은 끝을 맺는다. 추하게 일그러짐으로써 살인 행위를 만족시키는 피살자의 얼굴은 삽화가가 살해한 것이 정확히 개별적 존재인 아내 그 자체가 아니라, 흡혈 괴물과 같은 교환 가치로 변해버린 아내의 자리였음을 확인해준다.

결국 근대 자본주의와 결합한 가부장제가 남성에게 가하는 경제적 부양의 책임이라는 교환 가치의 관점에서 보면, 모든 여성이 괴물

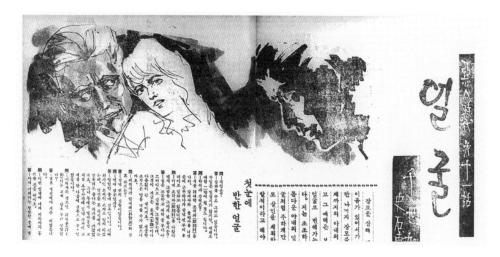

〈얼굴〉(천세욱)에 실린 삽화.
아내의 얼굴에 대한 광적인 집착이 낳은 살인의 이야기를 담은 작품이다.

일 수밖에 없다. 여성이란 가정 안의 존재든 가정 밖의 존재든 남성의 노동 대가를 흡혈해서 생명을 유지하는 존재로 보이는 것이다. 힘겨운 남성 노동의 대가를 수혜하고 변화된 근대 사회의 화려한 물질적 풍요를 향유하는 기생적 존재로 여성은 인식된다. 임금 노동의 관점에서 볼 때, 이 풍요를 위해 여성이 사용하는 것은 섹슈얼리티뿐이다. 그 때문에 근대성과 결합한 여성 섹슈얼리티는 남성 가부장의 입장에서는 일종의 저주와 다름이 없다. 사적 존재의 모든 생산과 소비를 가족 단위로 편성하고, 피할 수 없는 노동의 의무 속으로 삶의 모든 부면이 일제히 귀속되는 거대 시스템 안에서, 가부장의 자리란 지배하고 군림하는 자리 이전에 여성 흡혈귀에 둘러싸인 저주의 자리로 인식되는 것이다.

끝없이 축적만을 요구하는 자본과 마찬가지로 흡혈귀로 형상화된 여성의 욕망에는 제한이 없는 것으로 표현된다. 끊임없이 희생자를 만들면서 이동하는 여성의 물질적 욕망은, 욕망 달성의 방법이 섹슈얼리티에 있는 만큼, 여성 섹슈얼리티의 본성으로도 쉽게 치환된다. 결코 충분히 채워질 수 없는 자본의 속성과 같이, 이들의 섹슈얼리티 또한 만족을 모르는 무저갱의 함정으로 간주되는 것이다.

결국 여성 섹슈얼리티를 흡혈귀와 같은 저주로 재현하는 서사의 근저에 숨어 있는 것은 근대 사회가 강요하는 노동에 대한 공포다.

가족 구성원 모두의 노동력이 생계를 위한 생산에 투여됐던 전근대와는 다르게, 근대 핵가족은 여성을 사적 공간에 가둔 대신 가족 임금 획득을 위한 공적 노동의 임무를 남성에게 부과했다. 더구나 1960년대는 개방적인 서구 문화에 저항하는 재전통화의 압력에 의해 그 어느 때보다도 남녀의 역할 분리에 의거한 가족 윤리가 엄준하게 강화됐던 시기였다.[5] 근대화의 압력과 공사 영역의 분리 속에서 가족 임금을 획득해야 하는 노동의 압박은 여성을 흡혈귀로 치환하는 공포의 판타지와 쉽게 결합했다.

근대 자본의 화려하고 사치스러운 물질성과 결합한 여성 욕망의 괴물성은 노동으로부터의 자유라는 희망의 불가능성을 가시화한다. 아무리 많은 수입을 축적한다 하더라도 노동으로부터 독립해서 개인의 자율성을 획득하는 삶을 회복하는 건 요원해 보이기 마련이다. 음험하고 충족 불가능하며 끝을 알 수 없는 괴기성을 지닌 여성 섹슈얼리티의 형상은 자본주의 근대가 약속하는 행복을 부정하는 메타포인 것이다.

과학, 혹은 쾌락의
임계와 공포

1960년대 후반《명랑》은〈SF 괴기특선〉,〈에로틱 SF〉,〈SF 괴담〉등의 타이틀로 과학적 상상력을 바탕으로 한 다수의 소설을 수록했다. 상상을 초월하는 기묘한 의학 실험이나 우주 탐험 등을 소재로 활용했던 이런 소설에는《프랑켄슈타인》과 같은 서구 SF호러의 영향이 뚜렷했다. 1960년대에는 한국 영화계에서도 미치광이 의학도의 괴상한 의학 실험을 소재로 한 SF괴기영화가 다수 제작됐다.〈투명인의 최후〉(이창근 감독, 1960),〈악의 꽃〉(이용민 감독, 1961),〈목 없는 미녀〉(이용민 감독, 1966),〈악마와 미녀〉(이용민 감독, 1969)와 같은 작품이 그것이다. 우주 탐험에 대한 상상력도 활발해져서〈우주괴인 왕마귀〉(권혁진 감독, 1967),〈대괴수 용가리〉(김기덕 감독, 1967)와 같은 어린이용 SF영화가 제작되기도 했다.《명랑》의 SF괴기는 이 같은 당대 한국 영화의 흐름과 트렌드를 공유했다.《명랑》의 SF괴기는 특히 '성'이라는 모티프와 결합해서 성인용으로 창작됐다는 것이 특징적이다.

1960년대 후반부터 1970년대 초반까지 활발했던 《명랑》의 SF소설은 우주탐사 유형(〈화성의 요술사들〉, 〈금성은 암흑가다〉 등), 미치광이 과학자의 실험 유형(〈괴담 36.23.36〉, 〈독고박사의 범죄〉, 〈기묘한 보복〉 등), 미래 세계 탐사 유형(〈꿈의 궁전〉, 〈정과 욕의 공화국〉, 〈영원으로 가는 여권〉 등)으로 구분이 가능하다. 미래 세계 탐사 유형은 고도로 기술이 발전한 미래를 광적인 측면에서 묘사한다는 점에서는 넓은 의미에서 미치광이 과학자의 실험 유형에 포함된다고 할 수 있기 때문에, 크게는 우주 탐사 유형과 과학 실험 유형의 두 가지로 대별된다.

어느 유형에 속하든 SF가 상상한 미래는 평화와 안정이 아니라 불안과 공포의 정서를 노출했다. 미지의 우주를 탐사하는 작업은 상상도 못할 우주 괴물과 마주치거나 몸서리나는 공포와 대면하는 것으로 진행됐고, 과학 실험 이야기는 광기, 죽음, "차라리 죽는 편이 낫겠습니다"[6]라는 식의 절규로 끝나곤 했다. 미래 과학의 성취에 대한 대중의 감각이 부정적인 면에 집중됐던 것이다.

실제로 1960년대는 원자력과 방사능에 대한 공포가 우주 탐험에 대한 기대와 흥분 못지않게 퍼져 나갔던 시대였다. 특히 과학기술의 발전이 아직 궤도에 오르지 못했던 개발도상국가 한국에서[7] 과학에 대한 상상력은 무엇이든 가능하다는 희망과 기대보다는 다분히 '불안'과 '공포'에 기울어 있었다.

《명랑》에 실린 SF괴기의 다양한 스펙트럼을 드러내기 위해 주요 작품의 스토리를 개괄하면 다음과 같다.

서용운, 〈괴담 36.23.36〉(《명랑》 1967년 5월)

수상한 의학도 우영은 갓 사망한 시체의 내장을 암거래로 구입하여 공기 속에서 살아 스스로 움직이는 인간 내장을 개발하는 데 성공한다. 내장으로 만들어진 인간 미미는 우영만을 바라보고 욕망하지만, 자신을 버려둔 채 애인들을 만나러 나갔던 우영을 원망하여 집 밖으로 뛰쳐나갔다가 자동차 사고로 죽는다. 이 내장은 실은 교통사고로 죽은 우영의 애인 수옥의 신체 일부였다.

서용서, 〈독고박사의 범죄〉(《명랑》 1970년 8월)

뇌파연구소라는 수상한 연구소를 차린 독고 박사는 여성 조수를 많이 고용하는데, 그가 만든 뇌파연구소란 실은 여성들이 박사 자신만을 사랑하도록 조정하는 장치를 개발한 곳이었다. 독고 박사는 조수들에게 둘러싸여 욕망의 아성을 만들지만, 결국 극심한 질투 속에서 조수들이 서로를 찢어 죽이는 참극이 벌어진다.

고마쓰 사쿄(小松左京) 지음, 서용서 번안, 〈기묘한 보복〉(《명랑》 1970년 6월)

한 청년이 모니터 속의 부유한 노인으로부터 간단한 수술 후 편안히 먹고 마시며 여성들과 즐기기만 하면 된다는 수상한 제안을 받는다. 수술에 응한 청년은 실로 풍족한 생활을 하게 되지만 아무것도 느끼지 못해 답답하다. 알고 보니 신체 없이 뇌만 남아 있는 이 노인이 청년에게 부유한 생활을 제공하는 대신 자신의 뇌에다 청년의 감각을 모조리 흡수하는 수술을 했던 것이다. 괴로움에 떨던 청년은 복수를 위해 자신의 몸을 간지럽히고 간지럼을 이기지 못한 노인의 뇌는 웃다 지쳐 실성에 이른다.

J. G. 발라드 지음, 박성인 그림, 〈영원으로 가는 여권(旅券)〉(《명랑》 1969년 3월)

고급 관료들의 쾌락과 안녕을 위해 그들의 아내에게 위안부 보이를 할당하고 부부 문제를 이 보이의 책임으로 전가하는 시스템을 도입하여 행정의 효율성을 제고한 화성의 우주 도시 제니스. 아내의 휴가 계획이 마음에 들지 않는 판사 클리포드가 비서 토니에게 휴가 상품을 알아보라고 지시하자, 휴가 상품 사업자들이 어마어마한 상품 판매 작전을 개시하여 클리포드를 견딜 수 없는 지경으로 몰아간다. 심지어 고객의 대화까지 도청하는 판매 전략에 진저리가 난 클리포드는 결국 아내의 계획대로 따라나선다.

서용운, 〈금성은 암흑가다〉(《명랑》 1966년 7월~1967년 2월)

금성인이 지구에 남긴 신호를 추적하여 다국적 탐사팀의 우주선이 금성을 탐험한다. 금성인은 찬란한 문명의 흔적을 지녔으나 드라큘라처럼 무덤 속에 반수면 상태로 죽어 있었고 거의 멸망한 상태였다. 조사 결과 금성인은 자신들의 행성에 번성한 우주괴물을 피해 지구 정복을 꾀했으나 실패했음이 드러난다. 금성인이 도모했던 지구 정복은 고노헤에타라는 이름의 무당벌레를 활용하는 방법이었다. 이 벌레는 성 욕망을 광적으로 자극하며 그것에 물린 지구인 남성이 여성에게 무분별하게 덤벼드는 광란을 일으키는 가공할 효력을 발휘한다. 금성인은 이 벌레로 지구인을 교란하여 지구를 정복하려 했으나 우주괴물에 의해 먼저 멸망했던 것이다.

서용서, 〈정과 욕의 공화국〉(《명랑》 1970년 11~12월)

음악욕이라는 장치를 개발한 안타레스 공화국에서는 전 국민이 저녁에 한 시간씩 음악욕을 통해 성 욕망을 충족하게 되면서부터 엄청나게 생산성이 높아진다. 그러나 공화국의 대통령과 내통하던 여장관이 개인적 영달을 위해 음악욕 시간을 늘리게 되자, 지나친 욕망 충족으로 인해 국민들은 "차라리 죽는 게 낫겠습니다"라고 절규하며 스스로를 제어하지 못하는 무기력증에 빠지고, 나라는 외국의 침공을 받게 된다.

〈괴담 36.23.36〉과 〈독고박사의 범죄〉가 미치광이 과학자의 실험 유형이라면, 〈기묘한 보복〉부터 〈영원으로 가는 여권〉까지는 실험 유형 중에서도 미래 세계 탐사 유형에 속한다고 할 것이다. 그리고 〈화성의 요술사들〉, 〈금성은 암흑가다〉의 경우는 우주탐사 유형이다.

이들 이야기에서 도드라지는 것은 자본가와 권력자에 대한 반감이다. 작품은 희망찬 미래에 대한 상상보다 신흥 부르주아 계층과 권력에 대한 반감을 더 강하게 드러낸다. 노화에 저항해서 신체를 없애버린 백만장자 노인(〈기묘한 보복〉), 개인 주택 내에 '뇌파연구소'라는 과학의 아성을 설립하고 음흉한 실험을 하는 천재 박사(〈독고박사의 범죄〉), 한적한 교외에 자기만의 궁전을 건설한 부르주아 소년(〈꿈의 궁전〉) 등은 소수 부유층의 사치스러운 삶에 대한 대중의 반감을 함축하

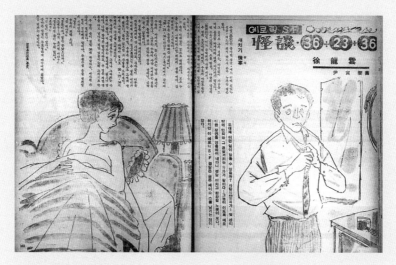

〈괴담 36.23.36〉은 《명랑》에서 최초로 〈에로틱 SF〉라는 타이틀을 달고 발표된 소설이다.
메리 셸리의 《프랑켄슈타인》에서 모티프를 차용했다.

1970년 8월에 실린 〈독고박사의 범죄〉는 욕망을 조작하는 뇌파장치를 소재로 한 SF
작품이다.

에로틱 S·F
■40世紀의 戀人들

1970년은 《명랑》이 가장 많은 〈에로틱 SF〉소설을 실은 해였다. 《명랑》에 실린 SF소설들은 과학 발전의 미래를 인간의 에로틱한 욕망과 접속하여 상상했으며, 거의 예외 없이 암울하고 어두운 파멸의 이미지로 그려냈다. 아래는 1970년 10월에 실린 〈꿈의 궁전〉, 위는 1970년 7월에 실린 〈40세기의 연인들〉의 한 장면이다.

《명랑》에 연재된 서용운의 〈금성은 암흑가다〉의 한 장면.
지구 정복을 꿈꾸었던 금성인들의 흔적을 뒤쫓는 다국적 우주탐사대의 모험을 그린 이
소설이 상상한 미래는 어둡고 황폐하다.

는 소재다. 또 국민의 생물학적 욕망을 제거하고 노동 효율성을 극대화한 공화국(〈정과 욕의 공화국〉)이나, 고급 관료의 안녕을 위해 관료의 아내에게 위안부 보이를 할당하고 부부 문제의 책임을 전가하는 시스템을 도입한 우주 도시(〈영원으로 가는 여권〉) 따위는 권력과 규율의 작동 방식에 대한 대중의 불만과 거부감을 노골적으로 표출한다. 이런 사례는 과학의 발전과 권력의 규율이 실은 소수 지배층의 사욕에 봉사할 뿐이라는 대중의 감각이, 상상을 통해 구체화된 결과다.

《명랑》이라는 잡지가 전반적으로 그랬던 것처럼, 과학 발전의 기괴한 풍경도 섹슈얼리티의 문제와 긴밀히 접속했다. SF가 개방한 과학 기술의 발전과 미래에 대한 상상력은 과학을 통해 섹슈얼리티의 무한 충족을 상상하는 데 집중했다.

타인의 감각을 빼앗아 자신의 쾌락을 증폭하는 기술이나(〈기묘한 보복〉), 음악을 통해 성 욕망을 충족시키는 기계(〈정과 욕의 공화국〉), 특정인을 욕망하는 심리 상태를 유발하는 뇌파 장치(〈독고박사의 범죄〉), 인간과 동일한 생물학적 행위가 가능한 안드로이드(〈꿈의 궁전〉), 대기 중에서 호흡하며 독자적으로 생명 현상을 유지하는 '내장' 인간(〈괴담 36.23.36〉) 등 기상천외한 과학기술이 인물의 욕망을 충족시키기 위해 개발된다. 그리고 고도로 발달한 과학과 기술을 통해 극한까지 추구된 쾌락의 욕망은 다양한 괴물을 주조해낸다. 뇌파를 조종당한 여인들의 참혹한 모습이나 살아 움직이는 분홍빛 '내장' 미미의 기괴한 육체, 노인 자산가의 신체 없는 두뇌, 음악욕에 마비된 국민 등이 그런 괴물이다.

情과 慾의 共和國

에로틱 S.F 시리이즈

情과 慾의 共和國

〈에로틱 SF〉 소설 〈정과 욕의 공화국〉에 수록된 삽화들.
이 소설에서는 인간의 성적 욕망을 음악으로 해소하는 음악욕 기계라는 장치가 등장한다.
소설의 무대인 안타레스 공화국은 전 국민을 대상으로 매일 정해진 시간에 음악욕을
실시함으로써 생산력을 증대시킨다.

서로 찢어 죽이는 참극을 벌였던 여성 조수들이(《독고박사의 범죄》) 자신만을 욕망하게 만든 독고 박사의 뇌파 장치 연구가 만든 괴물이라면, 여성 인형의 형상으로 꾸며진 채 자신의 창조자인 의학도만을 욕망하는 살아 숨 쉬는 '내장' 미미는 이상 성격을 지닌 의학도의 광적인 연구가 창출해낸 그로테스크한 괴물이다. 지나친 음악욕으로 정신이 마비된 안타레스 공화국의 국민이나 노인 자산가의 신체 없는 두뇌 역시 그로테스크하기는 마찬가지다. 괴물의 창조자가 욕망했던 자기중심적인 성애적 충동이 지닌 위협의 크기만큼, 그들이 실험한 과학의 결과는 징그럽고 추할 뿐만 아니라, 인간 이하의 물질성으로 퇴행하는 괴기성을 드러낸다.

우주탐사형 작품들의 괴물도 인간의 욕망에 경종을 울린다는 점에서는 동일하다. 과학을 섹슈얼리티의 충족과 결합하는 상상력은 우주탐사형 소설에서도 공포스러운 대상을 창출했다. 화성탐사대를 소재로 한 〈화성의 요술사들〉에서 선발대로 나선 한국인 화학자를 현혹하는 것은 지구에 두고 온 애인의 나신이라는 착각을 일으키게 하는 촉수덩어리 괴물의 신체다. "먹이의 동경이나 욕망 같은 것을 이용해서 덫을 놓는" 이 괴물은 성 욕망을 자극하는 환술로 적을 잡아먹는 식인생물이다. 광활한 미지의 우주 속에 숨어 있는 인간 최대의 적이 실은 인간 내부의 성 욕망일지도 모른다는 무의식적 공포를 이 괴물은 객관화한다.

이와 유사한 모티프로 장편 〈금성은 암흑가다〉에서는 인간의 성 욕망을 자극하는 벌레가 등장한다. 고노헤에타라는 이름의 이 벌레는 그것에 물린 희생자가 성 욕망을 분출하지 않고는 견딜 수 없도록 자극하는 독바늘을 숨기고 있다. 고노헤에타는 지구 정복을 꿈꾸었던 금성인이 만들어낸 인공 생물로, "지구인의 성적 교란"[8]을 유도하여 지구인을 말살하려 했던 금성인의 발달한 과학기술의 산물이다. 작품 속에서 이 벌레는 지구인 남성으로 하여금 여성에게 무차별, 무분별한 폭력으로 덤벼드는 광기를 불러일으키는 가공할 효력을 발휘한다.

미치광이 과학자나 자본가의 과학 실험을 모티프로 한 소설이 완전하고 독점적인 성적 충족의 판타지를 실험했다면, 우주탐사 스토리는 미지의 우주가 숨기고 있는 위험의 극단을 성 욕망의 자극과 교란에서 찾는다. 전자가 과학기술에 대한 판타지의 최종심급을 완전한 쾌락에 두었다면, 후자는 미지의 우주에 대한 공포의 최종심급을 인간 내부에 숨은 쾌락 욕망 자체에 두었다. 서로 다른 방향으로 구상되지만, 양자는 성 욕망의 임계를 표현한다는 점에서는 동일했다. 지구인의 과학 실험이 개인적 성 욕망의 충족을 그 극한에까지 추구했다면, 광활한 우주에 대한 상상은 성 욕망의 존재 자체를 인간이 지닌 취약성의 임계로 표상했다.

고도로 발달한 과학과 기술을 통해 극한까지 추구된 쾌락의 욕망은 다양한 괴물을 주조했다. 뇌파를 조종당한 여인들의 참혹한 모습이나 살아 움직이는 분홍빛 '창자' 미미의 기괴한 육체, 노인 자산가의 신체 없는 두뇌, 음악욕에 마비된 국민들 등 성적 쾌락을 추구하는 실험의 극한에서 주조된 괴물들은 그들의 창조자가 욕망했던 섹슈얼리티의 가공할 위력을 실체로 집약해놓은 존재였다. 괴물의 끔찍하고 괴기스러운 형상은 사랑과 성애의 조정 불가능한 힘을 인공적으로 조작하고 충족하려는 욕망의 위험성에 비례했다. 괴물의 창조자가 욕망했던 자기중심의 성애적 충동이 지닌 위협의 크기만큼, 과학적 실험의 결과는 징그럽고 추하며 인간 이하의 물질성으로 퇴행하는 괴기성을 드러내는 것이다.

과학자의 판타지와 괴물은 서로를 부정한다. 미미, 독고 박사의 여인들, 안타레스 공화국의 국민은 모두 창조자의 기획에 부응하여 창조자를 욕망하거나(미미, 독고 박사의 여인들) 내적 욕망을 거세하지만(안타레스 국민), 그리하여 주조된 괴물은 역으로 창조자의 욕망을 거스르고 위협하는 공포를 자아낸다. 형상의 괴기성만큼이나 일그러진 괴물의 욕망은 창조자를 죽음과 같은 치명적 위험에 빠뜨린다. 미미와 독고 박사의 여인들은 창조자를 사망으로 이끌고, 안타레스 공화국의 국민들은 음악욕 장치를 고안해낸 국가의 존속을 위협하는 위기 상황을 초래한다. 청년의 쾌락 감각을 송두리째 빼앗은 '신체 없는 두뇌'(〈기묘한 보복〉) 역시 간지럼이라는 계략을 꾸민 청년의 복수에 의해 '실성' 상태에 이르고, 청년 또한 정신병원에 갇히게 되는 파탄을 맞는다는 점에서 창조자와 피조물의 부정 관계를 복사한다.

과학자의 기획과 괴물의 끔찍함이 표상하는 이 부정의 관계는 결국 완전한 충족이라는 섹슈얼리티의 욕망이 지닌 위협을 실체화함으로써 자정 기능을 수행했다. 과학 발전의 상상은 쾌락의 임계를 추구하고, 그 결과로 빚어진 괴물의 형상은 성애의 조정 불가능한 위력을 가시화함으로써 섹슈얼리티에 대한 집착이나 욕망의 과잉을 억압하는 자발적 순치의 효과를 빚어낸 것이다. 마찬가지로 우주탐사의 실현도 인간 내부의 약점을 직시하는 반성적 시각을 요청한다는 점에서는 동일한 순치의 효과를 발휘했다. 과학이 아무리 발달하고 우주로 나아갈 기술이 발전한다 하더라도 인간 내부의 자연 안에 숨은 위험을 넘어설 수는 없다는 무의식이 그것이다. 우주는 인간 내부의 공포를 가시화하는 메타포가 된 셈이다.

그리하여 쾌락과 공포는 서로 비례하는 힘으로 서로를 부정하는 관계를 맺었다. 더 큰 쾌락이 추구될수록 더 기괴한 형상이 창출되고 공포는 배가된다. 자본가나 과학자의 과잉된 욕망이 주조해낸 괴물을 통해 작품은 성애적 쾌락이 억압 없이 풀려나서는 안 된다는 경계의 메시지를 발신했다. 이와 같은 메시지의 소통 구조 위에서 과학자와 괴물의 관계는 작품과 독자의 관계 속으로 전이됐다. 괴물의 형상을 통해 과학자의 질주하는 욕망에 대한 규제의 필요성이 역설되는 것과 같이, 그로테스크한 작품의 이야기 구조는 독자가 자신의 욕망에 대한 억압과 규율의 필요성을 수용하도록 조정했다. 스토리가 끔찍하고 기괴할수록 규율과 억압의 효과도 커졌다. 쾌락에 대한 욕망의 크기만큼 추하고 끔찍한 괴물을 주조하면서, 쾌락의 상상력은 공포의 감각을 일깨우고, 스토리의 괴기성은 경고의 메시지를 발산했던 것이다.

그러나 표면적인 윤리적 순치의 의미 구조 심층에는 근대 과학에 대한 대중의 불안감과 과학을 움직이는 자본과 권력에 대한 불신 또한 숨어 있었다. 과학이 아무리 발전해도 대중이 그것을 소유하고 혜택을 얻는 일은 요원했다. 권력과 자본의 독점에 대한 대중의 불안과 불신은 섹슈얼리티라는 자연의 위력을 통해 나타났다. 윤리적 순치의 구조 안에 있는 섹슈얼리티는 이러한 측면에서는 대중의 편에 선 무기로도 기능했다. 과학이라는 타자의 위협 앞에서 섹슈얼리티라는 누구나 공유하는 자연은 과학의 무절제한 질주를 경계하고 그에 압박을 가하는 장치가 될 수 있었던 것이다. 쾌락의 임계를 가시화하는 과학적 상상력의 이면에서 섹슈얼리티는 자발적 순치의 기능과 동시에 과학으로부터 소외된 대중의 불안을 가시화하는 양가적 기능을 수행했던 셈이다.

불균등한 근대에 대한
저항과 공포의
변증법

1960년대는 국민총생산, 국제수지 등의 경제적 수치가 근대화의 지표로서 생활을 압박하고, 군사정권의 강력한 개발 드라이브 아래 자본주의적 산업화가 가속화된 시기였다. 빈곤 탈출과 근대화라는 국가적 목표가 전 사회적 이념으로 강고하게 자리 잡는 한편에서, 자본주의적 소비문화가 일상적 삶의 깊은 곳까지 스며들었다. 위로는 국가 주도의 개발주의 체제가 점차 공고화되고, 아래로는 대중소비사회로의 변화가 진척된 시대가 1960년대였다.《명랑》의 괴기 서사는 이와 같이 전일적인 근대화의 압력과 자본주의적 '생산-소비' 체제가 개인의 삶에 가하는 압박을 물질적, 육체적 차원으로 재현했다.

   잔혹한 범죄와 끔찍한 형상, 변태적 욕망과 행위를 묘사했던《명랑》의 괴기 서사 근저에서 공통적인 것은 불균등한 근대화에 대한 대중의 불안이다. 식민지와 전쟁을 경험한 이후 일어난 관계 구조의 불공정한 변화는 억눌린 원한과 잔인한 복수의 상상력을 불러일으켰다. 끔찍하고 공포스러운 스토리의 이면에는 불행한 역사와 굴절된 근대화에 기인한 상대적 박탈감 그리고 퇴행에 대한 불안이 숨어 있었다.

　사회의 어두운 구석에서 가난하고 병들어 괴물화된 인간상, 전쟁과 신식민적 근대화라는 구조 변동이 초래한 뿌리 깊은 원한과 끔찍한 복수극, 돈과 성을 맞교환하는 여성 흡혈귀의 바닥없는 욕망, 과학이 산출한 괴물의 가공할 형상은 자본과 권력을 독점하고 불평등을 양산하는 자본주의적 근대화에 대한 대중의 불안을 구체화한 메타포다. 근대화가 양산하는 다각적인 불평등은 개인이 그것을 뚜렷하게 지각하기도 전에 어느새 자연스러운 일상이 되어 있다는 점에서 더욱 괴기스럽다.

　《명랑》의 괴기소설이 형상화한 세계 속에는 체제가 억누르고 있는 대중의 불안과 공포를 순치하여 체제 내부로 흡수하려는 헤게모니적 힘과 그것을 거부하고 벗어나려는 대중의 벌거벗은 무의식이 변형되고 굴절되어 숨어 있다. 과장되고 극단화된 원한과 그로테스크한 형상은 서사가 표현하는 고통과 욕망을 타자화하는 거리감을 일으킴으로써 괴물과 독자가 공유하는 근원적 불안과 공포를 은닉했다. 스토리가 무섭고 잔혹할수록 무의식 속 불안과 공포가 더 많이 은폐되고 작품의 교화적 효과가 강화되는 변증법이 발생하는 것은 이 때문이다. 그러나 선악의 관습을 전복하는 미결정의 결말 구조, 그로테스크한 형상이나 미지의 세계가 유발하는 사이(in-between)의 감정은 스토리의 공포를 단순히 타자화해 종결할 수만은 없는 미결정의 불안을 그대로 노출하기도 했다. 선악의 통념을 전복하는 미결정의 정서에 천착할 때, 괴기 서사는 규범과 질서의 왜곡되고 일그러진 지점을 들추어내며 기지(既知)의 세계에 균열을 일으키는 반(反)문화적 힘을 발휘했다.

1960년대《명랑》의 괴기 서사는 이처럼 균열을 내고 봉합하는 양식의 특질을 확장하고 갱신했다. 잔혹한 복수를 통해 유발되는 공포는 자극적이고 과장된 만큼의 타자화, 거리화를 가능하게 함으로써 근대가 억압하는 내적 가치의 노출을 즐기는 무의식적 쾌감과 근대가 생산하는 가치 내부로의 귀환을 함께 보장하는 안전한 서사적 여행을 가능하게 했다. 식민지 기억과 전쟁 경험을 바탕으로 나타난 관계의 전도, 자본주의의 변화와 과학 발전에 대한 두려움이 섹슈얼리티와 결합한 다채로운 상상력의 변주 속에서 발견되는 것은 가장 세속적인 삶의 층위에서 대중이 공유했던 불균등한 세계에 대한 저항감이다.

그러나 이 저항감은 어디까지나 괴기 서사가 구축한 공포의 변증법 속에 숨어 있었다. 괴기소설이 노출하는 불완전한 존재의 내부에서 꿈틀거리는 격정과 동요의 움직임은 어디까지나 불확실한 욕망의 속된 발설의 차원에 머물렀을 뿐, 규범과 질서가 무엇으로 구성되는지를 반문하는 질문으로 진전되지는 않았다. '잘살아보세'라는 슬로건이 미래에 대한 기대를 포집하고 자본주의적 근대화에 대한 소망에 허리끈을 졸라매던 시기, 한국 대중에게는 아직 성장과 발전에 대한 요청이 공정과 균형에 대한 요구보다 더 긴급했던 듯하다.

1960~1970년대 고전공포영화와 억압된 것의 귀환

7:

괴기영화의 황금기가
도래하다

주지하다시피 1960년대는 한국 영화산업 전반이 대단한 호황을 누렸던 시기였다. 제작 편수가 급격하게 늘었고, 대대적으로 흥행에 성공하는 작품이 등장했으며, 오락수단으로서 대중의 영화에 대한 욕구가 폭발적으로 증가했다. 하지만 텔레비전이 보급되고 군사정권의 문화정책 아래 영화법이 강화되는 1970년대에 이르면 영화산업 전반이 현격하게 위축된다. 평론가 이영일은 1950년대 후반부터 1960년대를 한국 영화사상 제2의 황금기라고 일컫기도 한다. 그러나 이영일도 지적하듯 1960년대의 활발했던 영화 제작 풍토는 1970년대 초반까지 이어졌으며, B급 영화가 대부분을 이루는 공포물의 경우에는 1960년대 후반부터 1970년대 중반까지 작품 제작이 특히 왕성했다. 당시 '괴기'로 불렸던 공포 장르는 1960년대에 폭발적이었던 영화산업의 활력에 힘입어 한국 영화가 재래의 가족극이나 멜로드라마, 사

265

극의 틀에서 나아가 새롭게 탐사하기 시작한 실험 영역의 하나였다. 뒤늦게 개척된 분야였던 만큼 괴기 장르의 에너지와 활력은 1970년대 중반까지 이어졌다. 이후 1970년대 하반기부터 괴기물의 제작 편수가 크게 줄어들고 기존의 B급과 다른 근대적 오컬트물이 등장하는 등 영화산업 전반의 분위기가 바뀐다. 그런 점에서 초창기 한국 괴기영화(이하 공포영화)는 1960년대 후반부터 1970년대 전반까지 가장 활발했다고 할 수 있다. 이와 같은 저간의 사정을 바탕으로 이 장에서는 1960년대 후반부터 1970년대 전반까지를 '한국 고전공포영화의 황금기'[1]로 간주하고, 이 시기에 생산된 공포영화를 가로지르는 시대 감성의 일면을 포착해보고자 한다.

전후(戰後) 한국 문화계에서 공포라는 미답의 장르에 대한 관심을 촉발한 것은 서구 영화였다. 1950년대 말 공포영화는 세계적 유행의 시대를 맞는다. 영국의 해머 스튜디오나 미국의 유니버설이 제작했던 프랑켄슈타인과 드라큘라 시리즈의 대대적인 인기는 한국 영화계에도 영향을 끼쳤다. 〈프랑켄슈타인의 저주〉, 〈괴인 드라큘라〉, 〈흑사관의 공포〉 등 서구의 B급 공포영화가 국내에서도 개봉하여 화제를 모았다. 〈투명인의 최후〉, 〈악의 꽃〉과 같이 1960년경 한국 공포영화의 문을 열었던 작품이 흡혈식물, 투명인간 등 서구 영화의 캐릭터나 모티프를 활용한 것은 이 장르에 대한 이해와 관심이 어디에서 기원했는지를 확인해준다. 사람의 피를 빼는 꽃, 투명한 괴인, 인간으로 둔갑한 뱀, 달걀귀신, 철을 삼키는 괴물 등 다채로운 괴물상을 통해 공포를 실험했던 한국 고전공포영화는 1960년대 중반을 지나면서 서서히 '여귀/

여성괴물'로 초점을 모으기 시작했다.

　일제강점기 괴담에서 복수하는 여귀가 중심 소재가 아니었음을 고려할 때 이처럼 '여귀/여성괴물'이 초점화되는 장르의 관습은 당대의 사회적 특성과 긴밀히 연동된다고 할 수 있다. 앞서 보았듯, 공포영화를 논하던 1960년대의 신진 감독은 인간의 이상심리를 무엇보다 강조했다. 즉 공포영화란 무서움을 조장하는 데 특징이 있지만, 공포의 진면목은 외적인 형태의 괴기성에 있는 것이 아니라 인간 내부의 숨은 욕망에 있다는 생각이 그것이다. 공포 속의 신비, 이상 심리와 행위의 연관성이야말로 유현목, 이상언 등 주목받던 신진 공포영화감독의 공통된 관심사였다.[2]

　흡혈귀, 사람을 투명하게 만드는 약과 같은 서구적 소재를 모방하며 출발했던 공포영화가 공포의 원천으로서 인간의 이상심리를 강조하는 담론과 접속하면서[3] 점차 여성괴물로 관심을 좁혀갔다는 것은 주목할 필요가 있다. 이는 당시 인간 내면에 숨은 공포 요소가 표현될 수 있는 최적의 계층이 여성으로 간주됐음을 의미하기 때문이다.

　여귀가 공포영화의 소재로 두드러지게 부상한 것은 당시 공포영화의 주요 관객층이 여성이었다는 점, 앞 장에서 본 것처럼 자본주의에 대한 거부감이 공사 분립에 의해 가정과 소비의 영역을 담당하게 된 여성에 대한 반감과 결부되고 있었다는 점과 관련이 있다. 그러나 여성괴물 소재가 점차 여귀의 '원한', 여성의 이상심리에 초점을 맞추어간 것은 당대 사회에서 여성이 겪는 구조적 불평등에 대한 문화적 공감대가 외적인 성장의 이면에서 의식/무의식적으로 일정하게 공유되고 있었음을 확인해주는 일이기도 하다.

　여귀를 중심으로 공포물의 영화적 관습이 만들어지고 괴기영화의 장르 의식이 형성되어가면서 황금기 공포영화가 표현했던 여성괴물 서사는 정상성의 규범이 억누르고 은폐하는 사회적 갈등과 불안, 욕망을 여성의 신체와 욕망을 통해 초점화했다. 이 시기 공포영화가 조형했던 여성괴물의 모습은 당대의 영화인이 공감했던 사회적 위기와 인간의 약한 고리가 젠더화되고, 그에 대한 문화적 공감대가 확인·재생산되는 도정에 놓여 있었다. 그런 점에서 여성괴물을 대상으로 한 공포영화의 유행은 당대 공포 장르가 시도했던 젠더의 수행이 일정하게 성공했음을 알려주는 일이기도 했다.

　기실 이 시기 여성은 모순적인 성 역할을 요구받고 있었다. 경제성장을 위주로 진행된 근대화의 부작용을 제어하기 위해 권위주의적 담론은 여성의 덕성만을 부분적, 선별적으로 강조하여 전통 담론을 재호명함으로써 가부장적 체제를 새롭게 공고화했다. 여성의 희생과 관용은 근대화에 걸림돌이 되는 개별 욕망을 공적인 삶으로 통합하는 효과적인 논점으로 작용했다. 그러나 1960년대 후반으로 갈수록 국가 주도적이고 가부장적인 개발 내셔널리즘의 이데올로기에 대한 저항과 거부의 움직임도 커져갔다. 지식인 사이에서는 성적 순결성이나 혼인 제도의 본질에 대한 근본적인 질문이 제기됐고, 통속잡지에서는 과감하고 도발적인 성 개방론이 개진되었다. 전통적인 '정상성'의 감각은 동요할 수밖에 없었다. '과학'이라는 포장을 입고 활성화된 섹슈얼리티 담론은 솔직한 자연의 세계라는 위장을 통해 교묘하게 위계적인 젠더

의식을 확장해갔다. 남성의 성을 소유욕이 강하고 제어하기 어려운 슬픈 본능이라 규정하고, 그러한 남근 욕망에 순응해야 하는 성으로 여성의 성을 교육하는 방식이 그것이다. 따라서 외적 근대화는 진전되는데도 위계적인 성 의식과 여성 육체의 이중적 구속은 강화되어갔다. 남성의 욕구를 이해하고 충족할 줄 아는 여성 육체에 대한 교육적 담론이 늘어나고 성산업이 활성화되며 다양한 비제도적 관계 형식이 늘어나는 한편에서, 가족의 평화를 지키고 건강한 국민을 재생산하는 여성의 순결과 희생정신은 더욱 강조되고 있었다.

이처럼 모순적인 제도와 이중적인 구속으로 말미암아 당대 여성 대중은 불안과 혼란을 경험해야 했다. 한편에서는 현모양처의 이념을, 다른 한편에서는 서구적인 요녀의 역할을 요구하는 섹슈얼리티의 이중 잣대와 제도 밖에 있는 성적 관계의 암묵적인 활성화는 아내라는 여성상의 안정성을 위협했고, 여성이 통일되고 이상적인 자아상을 찾기란 쉽지 않았다.

공포영화가 묘사했던 여성괴물의 비일관적인 성격은 당대 사회가 요구했던 여성상에 주어진 이 같은 불합리성과 관련이 깊다. 황금기 공포영화에서 여성괴물은 자신을 살해한 악인을 징벌하기 위해 회귀했지만, 죽음으로부터 회귀한 여성괴물이 욕망하는 것은 단일하지 않았다. 괴물이 되는 여성은 가족을 보호하고 자신을 희생하는 고결한 윤리적 덕성을 발휘하곤 했지만, 동시에 그러한 덕성에 대한 회의를 노출하기도 했다. 또 규범적 윤리를 저주하고 다른 향락을 꿈꾸는 히스테릭하고 분열적인 태도를 드러내는가 하면, 모더니티의 선취를 통해 모더니티에 복수하고 오히려 과거의 노스탤지어로 귀환하는 도착적 긍정의 세계를 펼치기도 했다.

실패한 애도와
우울증적 공포

공포영화 황금기의 한국 여귀영화는 많은 경우 눈물을 뿌리는 신파
성 스토리와 결합하여 전개됐다. 한국 여귀 전설의 대명사로 반복해서
제작됐던 〈장화홍련전〉(1956, 1962, 1972 등)을 비롯하여, 〈월하의 공동
묘지〉(1967), 〈두견새 우는 사연〉(1967), 〈한〉(1967), 〈누나의 한〉(1971),
〈엄마의 한〉(1970), 〈며느리의 한〉(1972) 등 수많은 여귀영화가 전통 신
파 멜로의 익숙한 스토리에 억울하게 죽은 여귀의 복수담을 접맥하여
구성된다. 공포영화가 "고무신 관객이 즐겨 보던 여름용 여성 영화"[4]로
일컬어질 수 있었던 것은 가족 멜로의 친숙함을 적극적으로 활용했던
이 같은 공포 장르의 관습과 긴밀한 관련이 있다. 이 유형의 영화는 대
체로 교활한 악인에 의해 죽음을 맞은 여성이 사망한 후에도 이어지는
악인의 악행을 징치하기 위해 죽음으로부터 되살아나 복수하는 구조
로 이루어진다.

1970년을 전후로 괴기 장르에서는 여성의 한을 소재로 한 사극형 공포영화 붐이 일어난다. 〈옥녀의 한〉, 〈누나의 한〉, 〈엄마의 한〉, 〈며느리의 한〉, 〈꼬마 신랑의 한〉, 〈낭자 한〉 등 '한'이라는 제목을 단 공포영화가 연이어 개봉했다.

서사는 무고한 여성 희생자와 그녀(혹은 그녀의 가족)를 괴롭히는 악인이라는 또렷한 선악의 대립 구도 위에 구축된다. 여귀가 죽음으로부터 돌아오면서 얻은 초월적 힘을 통해 살아서는 하지 못했던 복수에 성공함으로써 악녀/악당을 처치하고 비로소 올바른 죽음을 맞는다는 것이 이 계열 영화의 공통된 스토리라인이다. 무서운 여한을 발생시키는 잘못된 죽음을 진정한 죽음으로 바로잡고, 사망한 이를 바르게 떠나보내기까지의 과정을 담는다는 점에서 이러한 서사는 '애도의 구조'를 기반으로 한다고 볼 수 있다.

　　그런데 황금기 공포영화에서 애도의 서사는 진정한 의미에서 애도에 성공한다고 보기 어렵다. 프로이트에 따르면 진정한 애도는 상실한 것을 보냄으로써 '새로운 것을 맞는 일'이다.[5] 주체가 상실한 것을 온전히 슬퍼함으로써 이 상실에 의해 어쩌면 자신이 영원히 바뀔 수도 있음을 받아들일 때 애도는 이루어진다.[6] 달리 말해 애도는 주체가 상실에 의한 변화를 수용하고 그와 함께 자신의 전환을 받아들이는 행위라고 할 수 있다. 애도가 완성되기 위해서는 죽음과 함께 죽음의 기억을 통해 주체가 변화하는 또 하나의 사건이 동반되어야 한다.

　　그러나 1960~1970년대 한국 여귀영화는 잘못된 죽음을 둘러싼 슬픈 사연에 초점을 맞추면서도 슬퍼하는 행위를 통해 주체의 변화를 이끌어내려 하지는 않는다. 작품은 한결같이 여성에게 강제되는 재래의 덕성을 강조한다. 이 덕성이 여귀가 되는 희생자에게 확고한 '선'의 자리를 부여하고, 이를 바탕으로 한 명징한 선악의 대립 구도가 서사 진행의 동력으로 작동하기 때문에 애도하는 주체, 즉 여성에게 '변화'

할 수 있는 여지가 마련되지 않는 것이다. 행동하지 않는 슬픔은 악이 징벌을 받고 선악이 바로잡히며 마무리되는 결말에도 목적 없는 눈물을 야기하는 우울증적 서사를 유발한다. 황금기에 제작된 여귀형 공포영화의 다수가 공포 장르를 표방하지만 눈물을 뿌리는 신파성을 띠는 것은 이 때문이다.

1960년대 공포물 최고의 흥행작이었던 〈월하의 공동묘지〉는 이 같은 신파성 공포물의 구조를 극명하게 드러낸 작품이다. 억울한 누명을 쓴 채 자살했던 여인이 아들을 지키기 위해 소생하여 악인에게 복수를 가하는 이 이야기에서, 주인공 명선은 살아 있는 동안 철저히 덕 있는 여성의 본분을 다한다. 명선은 여학생이었지만 독립운동을 하다가 투옥된 오빠 춘식을 구하기 위해 기생이 된 인물이다. 가족을 위해 자신을 희생했다는 점에서 명선은 기생 출신이라는 꼬리표가 붙지만 확고한 윤리적 정당성을 확보한다. 여기에 독립운동가인 아버지와 오빠의 전력, 여동생의 행복을 위해 친구 한수에게 출옥의 기회를 양보했던 춘식의 도덕적 우월성까지 덧붙여져 명선의 윤리적 정당성은 민족적 고결성으로까지 확장된다. 그뿐만 아니라 명선은 남편의 윤리적 오점까지 자신이 떠안는 넘치는 부덕도 갖추었다. 찬모의 유혹에 넘어간 한수를 비난하는 오빠 춘식을 명선은 다음과 같은 말로 가로막는다.

명선: 오빠, 전 정말 행복해요. 폐병으로 지내는 아내 때문에 외롭게 지내는 남편이 불쌍해서 제가 찬모를 보냈어요.

1967년에 개봉한 영화 〈월하의 공동묘지〉는 상실에 의한 변화를 수용하고 그와 함께
자신의 전환을 받아들이는 진정한 애도의 완성에 실패하는 서사 구조를 통해 공포와
눈물이 한데 결합된 우울증적 공포라는 특수한 정서를 창출했다. 한국영상자료원 소장

- 〈월하의 공동묘지〉(권철휘 감독, 1967)

폐병으로 사경을 헤매면서도 명선은 남편의 성적 욕망까지 보살 핀다. 그녀에게 고착된 부덕(婦德) 강박의 수준을 또렷이 확인해주는 순간이다. 이처럼 명선은 자신에게 주어지는 온갖 외적 불행에 철저히 타자화된 희생정신으로 보답한다. 민족적 수난, 가족의 빈곤, 남편의 외도, 자신의 병마, 이 모든 수난과 고통 앞에 명선은 오직 순결하고 고결한 덕성으로 대응한다. 그녀에게 아내로서 엄마로서 누이로서의 윤리는 절대적이다. 명선은 오직 남편, 오빠, 아들과의 관계 속에서만 자신의 가치를 의미화하며, 이들 남성과의 관계 속에 마련된 자신의 윤리적 신념이 변화하는 세계 속에 유동하는 삶의 원칙일 수 있음을 인지할 다른 가능성을 전혀 열어두지 않는다. 그녀에게 가족을 위한 희생이란 스스로의 고결한 가치를 증명할 유일한 방법이다.

하지만 자본주의적 개발과 근대화의 물결은 고전적이고 전통적인 가치와 이미 보조를 같이하기 어려운 수준의 성장 일변도로 치닫고 있었다. 고전적인 윤리 의식과 근대화된 현실의 불협화음은 영화의 프롤로그에 등장하는 변사의 흉측하게 변해버린 모습을 통해서도 압축적으로 표현된다.[7] 신파적, 권선징악적인 윤리와 정서를 격앙시켜 눈물을 뽑고 일대를 누렸던 변사의 일그러진 모습은 세계의 변화와 뒤처지는 고전적 감각의 간극을 극명한 시각적 효과를 통해 역설한다.

이처럼 변화하는 세계 속에서 명선은 가부장적 가족 윤리가 호명하는 여성의 위치를 완벽하게 자기 것으로 구성하는 환상을 버리지 않는다. 그녀는 여성에게 주어진 성 역할과 완전한 전일체가 됨으로써 재래적 삶의 통일성을 회복하는 데 집착하는 캐릭터다. 명선은 가부장적 윤리와 변화하는 세태의 간극에서 발생하는 상실의 구멍을 감당하지 못한 채 상실을 껴안고 산다. 과거의 윤리가 지녔던 전체성과 안정성의 균열을 도외시한 채 상실을 애도하고 수용하지 않기 때문에 그녀가 상상하는 삶의 자리에는 다른 가능성이 존재하지 않는다.

그래서 그녀는 여귀가 된 후에도 슬프고 우울하다. 송곳니를 드러내고 자신이 겪었던 상처와 공포만큼의 날카로운 웃음소리로 스크린을 장악하며 원한의 원흉을 징치해 나가지만, 귀신이 지닌 초자연적 힘은 악한의 공포와 죽음이라는 개인적 복수의 차원에만 머무른다. 복수 후 남은 자 가운데 여성의 자리가 없는 것도 이 때문이다. 찬모와 찬모의 모친, 의사라는 악인이 사라진 후 명선의 무덤 앞에 모여 선 사람은 여전히 명선의 역할을 그토록 제약했던 세 남자(오빠, 남편, 아들)뿐이다.[8] 작품은 춘식과 영진을 통해 가족의 의로운 명분이 가부장적으로 영속될 것을 기약하지만, 살아남은 사람의 그룹 속에서 상처와 고통으로 얼룩진 월향(명선)의 경험으로부터 도약한 새로운 여성의 자리는 찾을 수 없다.

그런 점에서 〈월하의 공동묘지〉는 과거의 윤리에 강박적으로 묶인 채 새로운 현실을 살아가지 못하는 여성의 우울을 그린 서사라고 할 수 있다. 우울한 귀신의 우울한 복수는 무서운 보복에 성공함에도 봇물 터지듯 나오는 눈물을 멈추지 못하게 한다. 새로운 도덕성은 아직 성립하지 않았고 상처와 고통을 야기한 과거의 도덕성은 욕망하는 대

277

로 기능하지 않는 상황에서, 작품은 쇠락해가는 과거의 윤리를 붙들고 통곡하는 미완의 애도만을 계속할 뿐이다. 인물을 지배하는 감성이 동일한 대타자를 신봉하는 동일성의 카테고리 내부에서 맴돌고 있기 때문이다.

식민지 민족 경험에 의해 형성된 무언의 법이 권위적으로 집행되면서 호명된 이 같은 여성성은 1960년대가 여성에게 강요했던 희생적 모성의 정형과 적극적으로 접속하면서 공포물 속에 슬픔과 우울의 정서를 드리우는 아이러니의 원인으로 작용했다.

낭만적 위선을
폭로하는
약자(弱者)들의 렌즈

〈월하의 공동묘지〉의 우울증적 복수가 대대적인 흥행과 더불어 대중의 공명을 자아냈지만, 황금기 한국 공포영화의 여성괴물이 전통 가부장적 대타자의 명령만을 따른 것은 아니었다. 이는 공포영화가 메타포의 병치와 혼종을 통해 노출과 은폐의 역동성을 강하게 드러내는 장르이기 때문이기도 했지만, 당시 사회적 약자로서 여성에게 주어지는 양가적 압력의 모순이 대중사회에서 공공연히 감지되고 있었던 탓이기도 했다. 1960년대 말, 정권이 선전했던 성장 신화의 이면에서 대중이 경험했던 열패감과 좌절감은 가부장적 가족 이데올로기가 빚어내는 고통의 이야기 속에서 서서히 노출되고 있었다.

B급 공포영화의 대가였던 박윤교 감독의 작품 〈며느리의 한〉(1972)은 '애도의 구조'를 근저로 하면서도 동요하는 여성 욕망의 불안한 움직임을 효과적으로 반영한 작품이다. 이 작품은 화적 떼에게 아

1972년에 개봉한 박윤교 감독의 영화 〈며느리의 한〉에서 가난한 말
거간꾼의 딸과 부잣집 마나님의 위상은 그들의 섹슈얼리티로 인해
뒤바뀐다.

내를 팔아넘긴 남편에게 복수하는 원혼의 이야기와 혈통 재생산을 위해 양반의 소실이 된 마종상(말 거간꾼)의 딸이 출산 후 죽임을 당하고 여귀가 되어 복수하는 이야기를 옴니버스로 연결했다. 억울한 죽음에서 귀환한 여귀가 악인을 징치하고 잘못된 죽음을 바로잡는다는 스토리라인이나 근거리 과거라는 시간성의 설정은 이 시기 유행했던 '애도 구조'의 서사와 형식적, 내용적으로 동궤에 놓인다.

그런데 이처럼 익숙한 구조와 스토리를 구현하는 가운데 작품은 선악의 윤리적 관습을 뛰어넘는 이질적인 감각을 은연중에 노출한다. 양반집 소실로 들어가서 아들을 낳고 죽임을 당한 마종상의 딸 공녀의 원한을 다룬 에피소드는 표면적으로 명확한 선악의 대립 구도 속에서 진행되지만, 카메라의 시선은 고정된 선악의 구도에만 제한되지 않는다.

작품은 오직 학문에만 전념하는 대부호 김만서의 목석같은 태도 때문에 혈통을 잇지 못해 고심하는 아내의 걱정에서부터 시작한다. 온갖 노력에도 아내를 돌아보지 않던 남편이 마종상의 딸 공녀를 보면서 눈빛이 달라짐을 느낀 만서의 처는 자진하여 공녀를 소실로 들이고, 이로부터 김만서와 공녀의 섹슈얼한 동침이 시작된다. 만서의 처는 공녀가 임신하자 그녀를 광에 가둔 채 출산시키고, 자신이 임신한 것으로 위장하여 신생아를 빼앗은 후 공녀를 살해한다. 위장, 모략, 기만, 살해 등 온갖 악행을 다 하는 만서 처의 악독한 태도로 인해 작품은 의문의 여지 없는 선악 구도를 갖춘다. 그러나 명징한 선악의 서사가 전개되는 가운데 카메라가 초점화하는 것은 공녀의 억울함만이 아니다. 카 281

1970년대의 공포영화는 성 묘사와 육체 노출에도 매우 적극적이었다.
〈며느리의 한〉은 학업에만 전념했던 서생이 말 거간꾼의 딸을 첩으로 들이면서 발생하는
변화를 매우 노골적으로 묘사했다.

메라는 목석인 줄 알았던 김만서와 공녀의 에로틱한 동침 장면을 롱 컷으로 장시간 묘사하며, 바로 그 순간 남편에게 외면당한 만서 처의 애절한 서러움을 클로즈업하여 삽입한다.

소박하고 깨끗한 흰 한복을 고풍스럽게 차려입은 만서 처의 고전적 용모는 대부호의 부인이라는 지위에도 쇠잔해가는 안방마님의 퇴락한 위상을 느끼게 한다. 이와 대조적으로 마종상의 딸 공녀는 젊음과 건강한 생기로 가득하다. 쇼트 팬츠에 긴 부츠를 신고 가죽조끼를 걸친 채 자유롭게 말과 희롱하는 공녀의 이미지는 전근대 사회의 하층 계급이라기보다는 새로 등장한 서구 문화의 대변자에 가깝다. 매력적인 용모와 분방한 개성, 수줍어하면서도 김만서와 에로틱한 밤을 즐기는 공녀의 모습을 묘사하는 다른 한편에서 카메라는 그러한 자유와 향락으로부터 철저히 소외된 만서 처의 쓸쓸함을 놓치지 않는다. 그 때문에 공녀처럼 꾸미고 어두운 밤 김만서의 침실에 틈입하여 하룻밤의 향락을 훔치는 만서 처의 또 다른 육체성은 새로운 긴장과 충족의 스펙터클을 구성하기도 한다.

이 같은 양가성은 권선징악적 선악의 구도가 펼쳐짐에도 악인에 대한 공감과 동정의 시선을 투사하는 모호한 혼종성의 지점을 마련한다. 혈통 재생산의 도구가 되어버린 공녀의 원한이 지닌 당위에도 아내의 책무 속에 고통받아야 했던 만서 처의 서러움 또한 지워지지 않는, 이 대립적인 감성의 렌즈는 재강화된 전통 윤리와 자본주의적 근대의 문화적 격차 속에 혼란과 동요를 겪어야 했던 여성 약자의 불확실한 위치를 적절히 자극하며, 여성 감성의 서로 다른 층위를 모순적 283

으로 공략했다.

혼란과 균열 속에 있는 여성 욕망의 동요는 희생 강박에 휩싸여 있던 〈월하의 공동묘지〉의 명선에게서도 엿볼 수 있다. 오빠, 남편, 아들을 보조하는 완전무결한 희생자의 덕성을 갖춘 명선이 자살을 단행하며 남긴 소원은 '기생'으로서 묻히는 일이다.

> 허구 많은 누명 중에 간통이라니 웬 말이오. 이름은 기생일망정 몸마저 기생은 아니었다오. 누구 때문에 기생이 되었기에 당신이 (…) 부디부디 행복하시옵고 불쌍한 우리 영진이를 잘 길러 도우시오. 마지막 가는 길에 부탁을 드립니다. 천한 기생 몸에 손대지 마시고 산수 좋고 양지바른 곳에 기생 장사를 지내주오.
>
> ─ 〈월하의 공동묘지〉(권철휘 감독, 1967)

〈사랑에 속고 돈에 울고〉 이래로 대중 서사에서 '기생'이라는 신분은 민족사의 질곡을 여성의 신체 위에 압축한 표상으로 활용되곤 했다. 〈월하의 공동묘지〉에서도 마찬가지다. 명선이 지닌 '기생'이라는 명패 위에는 가족과 민족을 위해 희생한 명선의 고결한 도덕성이 역설적으로 부기되어 있다. 최후의 정체성을 기생으로 남기려는 명선의 유언에는 사회적 상징체계보다 실체로서의 개인사를 우위에 두려는 저항적 의지가 스며들어 있다. 기생이라는 각인 속에는 고결한 희생자로서의 정체성뿐만 아니라, 천대받는 삶 속에 담겨 있는 실체적 정당성을 확인함으로써 외적인 상징체계와 대립하는 약자의 경험 가치를 합법화하려는 의지가 숨어 있는 것이다. '기생월향지묘'라는 명선의 묘비명은 가장 천대받는 여성의 삶 속에서 역사적이고 개인사적인 명예와 가치를 발견하고자 했던 여성의 욕망을 반영한다. 물론 이 욕망은 춘식과 영진에게서만 미래를 기약하는 결말 구조와 접맥하면서 억울하게 죽은 여귀의 한을 증폭하는 최루성 선택의 하나로 전락하고 만다. 그러나 분명한 것은 기생 명선의 저항적 의지가 지배적인 남성 이데올로기가 부과하는 '정상성'의 위치를 희구하면서도 그에 완전히 동화되지 않는 이질적인 여성성의 동요를 노출한다는 점이다.

이 동요의 지점은 '기생'이라는 오염된 이름 뒤에 숨어 있는 여성의 민족적 희생이라는 기억을 환기하는 동시에, 고전적인 선악의 대립 구도로 온전히 재현되지 않는 여성 경험의 흔적을 각인시킨다. 선악의 윤리적 감각으로 수렴되지 않는 이러한 경험의 흔적은 〈며느리의 한〉이 조장했던 것과 같은 균열적인 여성 정서를 공유하는 지점이다.

이러한 이질성의 지점은 서사의 모순으로 작용하기보다는 오히려 여성의 욕망을 억누르고 질식시켜 온 낭만적 위선을 날카롭게 꼬집는 전복성을 함축했다. 기실 성, 사랑, 결혼을 하나의 관계 내에 결속시킨 낭만적 사랑의 판타지는 여성에게 모성과 희생을 강요해왔지만, 정작 그 이념이 강제했던 것은 오직 '여성'의 신체뿐이었다. 여귀의 모순된 유언과 선악이 착종된 카메라의 시선은 남성 젠더만을 주체화했던 역사적 기억의 편향성을 일깨우며 여성의 희생과 모멸된 신체 위에 성장의 신화를 구축했던 지배 질서의 위선을 예각화했다.

윤리적 이상을 허물고 탈중심화하는 이 같은 이중적 시선은 대타

자에게 인정받는 규범적 여성상의 강박이 지배하는 '애도의 서사'에서
는 징후적으로 등장하기만 할 뿐 서사의 중심으로 부상하지는 않는다.
그러나 〈살인마〉, 〈천년호〉와 같이 당대 경험의 영향력이 우세했던 작
품에 이르면 탈중심화된 양가적 시선은 작품의 지배적인 시선으로 본
격화된다.

내가 무엇이기를 원하는가:
여성 히스테리와
분열적 정체성

〈며느리의 한〉과 〈월하의 공동묘지〉가 가부장제 이데올로기를 수호하면서도 부분적 균열을 드러냈다면, 〈살인마〉와 〈천년호〉는 여성 욕망의 분열상을 서사의 중심으로 앞세우면서 낭만적 사랑의 판타지에 대한 공격성을 본격화한 작품이다. 이 작품들은 주인공 여성괴물이 복수에 성공하고 안식을 얻는 것이 아니라 '퇴치'된다는 점에서 '애도의 구조'와는 근본적으로 다른 구조를 지닌다. 퇴치되는 여성괴물은 비균질적일 뿐만 아니라 상호 모순적이고 양극화된 욕망 사이를 넘나든다. 규범적 여성상과 능동적 섹슈얼리티를 구현하는 요부상 사이를 오가는 양가적 욕망을 드러내고 그와 같은 여성 욕망의 이중성을 병치하는 서사 구조를 띤다는 점에서 이러한 작품들은 히스테리의 구조로[9] 설명 가능하다. 먼저 〈살인마〉의 경우를 보자.

　〈살인마〉는 간통 누명을 쓴 채 얼굴이 썩어 들어가는 약을 먹고 죽은 여인 애자가 자신의 시체를 파먹은 고양이의 신통력을 얻어 악인에게 복수하는 스토리를 담았다. 다년간의 기술감독 경험을 지닌 이용민 감독은 이 영화에서 여귀의 신비스러운 움직임을 포착하는 장면 연출로 호평받았다. 그러나 작품은 서사 내적으로 비논리적이며 일관성을 결여한 지점을 다수 포함하고 있는데, 그럼에도 이 영화가 대중적으로 성공한 것은 당대의 이념적 여성상으로 포섭되지 않는 여성의 문화적 충동과 분열적 욕망이 여성괴물의 불합리한 재현 속에 일정하게 포착되고 있었다는 사실과 무관하지 않은 것으로 보인다.

가족 갈등에 초점을 둔 이 작품에서 주인공 애자를 죽음으로 이끈 악인은 시어머니와 애자의 육촌 여동생 가정부다. 시어머니와 젊은 여성이란 가정의 주인이 되어야 할 주부를 위협하는 적대자다. 작품은 이들에 대한 주부의 적개심과 존재론적 불안을 적대자가 지어내는 악랄한 악녀의 음모로 투사하여 짜릿한 설욕의 스펙터클을 선사한다.

시어머니와 젊은 가정부는 주부 애자의 행복을 시기하고 질투하여 간통죄를 뒤집어씌워 애자를 내쫓고, 그러고도 모자라 약을 먹여 얼굴이 흘러내리는 끔찍한 고통 속에 죽게 만든다. 이처럼 악랄한 행적을 통해 피학적 비극의 상황을 무대화함으로써 작품은 주부의 위치를 위협하는 적대자를 마음껏 미워하고 증오할 수 있는 카타르시스의 순간을 마련했다. 특히 고양이의 혼에 빙의된 시어머니의 괴물 같은 모습은 주부와 가정 내의 주도권을 다투는 권력자의 모습을 추악하고 공포스럽게 형상화함으로써 유교적 금기에서 벗어나 적대감을 해방하는 은밀한 즐거움을 제공했다.

이용민 감독의 〈살인마〉에 나오는 흡혈 장면.
시어머니와 가정부의 음모에 의해 억울하고 비참하게 죽어갔던 주인공 애자는 자신의
피를 먹은 고양이와 결합하여 여귀가 되면서 원수를 유혹하고 흡혈하는 역능을 지니게
된다.

그러나 이 작품이 자극하는 여성 욕망은 가부장적 윤리 체제 내에서 적대자를 밀어내는 단선적인 쾌락에 그치지 않는다. 여귀가 된 애자가 자신을 비참한 죽음으로 빠뜨린 시어머니와 가정부 혜숙의 음란한 성 욕망을 자신의 것으로 내면화하는 데서, 작품은 전통적 선악의 구도를 뒤흔들며 히스테리의 구조로 진입한다.[10]

애자를 죽음으로 내몬 악녀들은 기실 음란한 존재들이다. 시어머니는 아이를 낳지 못한 며느리를 박대하는 한편, 주치의와 부도덕한 성의 세계를 즐겼으며, 가정부 혜숙은 화가 애인을 따로 둔 채 애자의 자리를 탐냈다. 애자는 여귀가 되면서 악녀의 부정한 섹슈얼리티를 모방하고 전유하여, 과거의 자신과는 완전히 다른 능동적 섹슈얼리티의 구현자로 변모한다. 이는 간통의 누명을 뒤집어쓰고 육체적 농락의 위기에서 죽음으로 대항했던 과거의 애자와는 사뭇 다른 모습이다.

자신의 피와 살을 먹고 자란 고양이의 능력을 획득한 애자는 썩지 않는 시체, 흘러내리는 초상화 등으로 스스로의 신체를 자유롭게 조정하는 한편, 혜숙의 애인인 화가를 적극적으로 유혹하고 그의 피를 흡혈한다. 화가의 생기를 빼앗으며 자신의 초상화를 그리도록 유도하고, 마음대로 이용한 후 그의 등에 칼을 꽂는 애자는 자신을 비참한 파멸로 이끌었던 여자들의 바로 그 부정한 성(性)을 자기 것으로 만듦으로써 힘을 키우는 존재가 된다.

작품은 과거와 현재의 지속적인 병렬을 통해 '고전적 부덕을 지닌 희생된 애자'와 '요염한 역능을 지닌 여귀가 된 애자' 사이를 반복적으로 오가며 전개된다. 살아 있는 동안의 애자가 순진한 양처의 윤리를

남편으로 하여금 시어머니에게 칼을 겨누도록 하는 데 성공하는 여귀 애자와
고양이의 넋.

따르는 이념형 여성상이었다면, 죽은 애자는 금기시됐던 섹슈얼리티의 역능을 마음껏 누리고 발현하는 요녀로 변신해 있다. 여귀 애자는 초상화를 통해 썩지 않는 신체를 완성하고, 시어머니를 물에 빠뜨려 익사시키며, 혜숙이 낳은 아이를 지붕 위로 끌어올리고, 혜숙과의 격투에서도 마침내 승리한다. 요녀로 변모한 애자의 능력은 시어머니의 추하고 탐욕스러운 실체를 드러내는 복수의 쾌락도 선사한다. 애자의 피를 먹고 자란 고양이가 시어머니의 모습으로 둔갑하여 혜숙의 아이들을 핥고 흡혈하려 함으로써 남편 이시목으로 하여금 자신의 모친에게 칼을 겨누게 만드는 데 성공하는 것이다.

그러나 순진무구한 희생자의 자리와 악랄하고 매혹적인 복수귀의 자리는 어느 한쪽도 변별적으로 우월하지 않다. 어느 한쪽으로도 이상적인 자아상을 안착하지 못하면서, 애자가 끊임없이 맴도는 것은 남편 이시목의 주변이다.

생존하는 동안 애자의 고통을 눈치채지 못했던 이시목은 죽은 애자의 실체도 좀처럼 알아차리지 못한다. 가장이 인지하지 못하는 사이, 음란한 악녀의 음모에 의해 정숙했던 주부 애자는 잔인한 고통 속에 무참하게 희생되어갔다. 그럼에도 온순하고 순결하게 가정을 지켰던 애자의 자리는 또 다른 여성에 의해 너무나 간단하게 대체된다. 이는 그녀에게 주어졌던 행복한 아내의 자리가 개인의 고유한 정체성과 무관한 도구적 위치일 뿐이었음을 암시한다. 얼마든지 대체되고 교환될 수 있는 아내라는 자리에서 애자는 가부장의 인지와 승인이 없으면 아무런 힘도 발휘할 수 없었다. 섹슈얼리티라는 악녀의 수단을 자기 것으로 내면화하고 나서야 여귀 애자는 불멸의 재현 능력과 매혹적인 힘을 소유하게 된다. 살아 있는 애자의 윤리적 고결성과 고통, 죽은 애자의 새로운 역능과 이 역능의 낯선 원천(김소영에 따르면 그것은 서구다) 사이에서 여성 욕망의 정처는 갈라지고 찢어질 수밖에 없다.

대립적인 여성상의 극단을 표현하며 끊임없이 남편의 주위를 맴도는 두 애자가 묻는 것은 그(가부장-세계)가 정말로 원하는 여성의 자리가 무엇인가 하는 질문이다. 당신, 즉 '남편-가부장-세계'는 내가 어떤 것이기를 바라는가. '정숙하고 온순한 과거의 애자'와 '요염하고 매혹적인 마성적 애자'가 교차하고 병렬되는 장면들 사이에서 갈라지고 찢어지는 웃음소리와 함께 여귀가 묻는 것은 이것이다.

여주인공 애자의 대립적인 두 이미지는 서구 중심의 성장 신화와 가부장적 가족 질서의 불협화음 속에서 유동하고 흔들릴 수밖에 없었던 여성 윤리의 균열을 그대로 비추어준다. 성공한 근대의 가정을 시각화하는 이시목의 '화려한 양옥집'과 시모와 남편에게 순종하는 아내 애자의 '한복 차림' 사이에서 발견되는 시간적 간극에서 드러나듯, 당대 여성은 공적 성장과 불일치하는 사적 공간의 보수적 강박 속에서 동요와 혼란을 경험해야 했다. 체제가 강제함에도 더 이상 삶의 안정성을 보장하지 않는 사적 공간의 낡은 윤리와 아직 충분히 정체화되지 않은 공적 사회의 풍문 사이에서, 여귀가 표상하는 여성의 욕망은 히스테리컬한 불안 속에 불안정하게 유동했다.

일관된 논리 체제로 포획되지 않는 여귀의 분열적 재현은 이성의 언어로 쉽게 해명되기 어려운 여성 현실의 상징적 무게를 드러내며,

관객으로 하여금 소외된 타자로서의 아내라는 자리와 조우하게 했다.

〈천년호〉의 경우 여성 욕망의 히스테릭한 균열은 순진한 여화와 야수적인 여우의 결합이라는 이중성을 통해 더욱 표면화된다.

고대 신라를 무대로, 천년호에 빙의된 여성(여화)의 이중인격을 다룬 이 영화의 내용은 다음과 같다.

김원랑에게 집요하게 구애하는 진성여왕의 질투로 인해 나라에서 쫓겨난 김원랑의 아내 여화는 도적 떼에게 아들을 잃고 겁간의 위협을 피하려다가 연못에 수장된다. 그러나 무열왕의 신궁을 맞아 신체를 잃고 연못에 잠들어 있던 천년호의 영혼이 여화를 살려내고, 이후 여화는 낮에는 순진한 아내로, 밤에는 무서운 천년호로 변신하며 궁궐에 파란을 일으킨다. 천년호를 잡는 임무를 맡게 된 김원랑은 아내 여화가 천년호의 정체임을 알게 되지만 차마 잡지 못하고 망설이다가, 여화의 행동을 오해하여 마침내 그녀를 죽이고 만다. 대신들의 반란으로 왕위에서 내려온 진성여왕은 끝까지 김원랑의 사랑을 요구하지만, 김원랑은 듣지 않고 죽은 여화의 무덤을 지킨다.

이 영화에서 가장 공포스러운 장면은 천년호의 화려하고 신출귀몰한 움직임의 스펙터클과 자신의 몸에 깃들어 있는 천년호의 존재를 알아차리고 그와 싸우는 여화의 내적 대결의 순간이다. "내 몸을 돌려다오, 내 몸을 돌려다오"라는 천년호의 끊임없는 유혹과 "싫어요, 더 이상 죄를 지을 순 없어요"라는 여화의 저항은 여성 내부에 숨어 있는 상

천년 묵은 여우의 사악하고 마성적인 목소리를 통해 가부장적 법에 완전히 동화되기
어려웠던 여성 자아의 결핍된 부분을 자극하며 새로운 법의 유혹을 가시화했던 신상옥
감독의 〈천년호〉. 한국영상자료원 소장

반된 두 욕망의 갈등과 투쟁을 날카롭게 꼬집어냈다. 영웅의 칼에도 굴복하지 않는 천년호의 신이한 능력과 세계에 대한 적개심은 가부장제의 압박에 억눌린 여성 내부에 숨은 저항의식의 객관적 상관물이다. 한 신체 속에 깃든 여화와 천년호의 내적 분열은 자기 완결성을 지탱해온 가부장적 윤리의 기존 권위가 더 이상 과거와 같이 기능하지 않는 균열된 현실 속에서 여성의 자아에게 주어진 갈등과 투쟁을 표현한다. 그런 점에서 천년호라는 요물의 사악하고 마성적인 목소리는 가부장적 법에 대한 완전한 동일시에 실패하는 자아의 결핍을 역으로 공격하며 기존의 법을 전복하는 새로운 법의 유혹이라고 할 수 있다.

고대를 무대로 한 작품의 배경과 달리, 이 새로운 법의 유혹이 뻗어오는 원천은 전통이 아니라 서구 근대였다. 〈살인마〉에서 여귀가 보여준 흡혈이 '서구'를 표상하는 새로운 법의 상징이었다면, 〈천년호〉에서 진성여왕의 권력과 욕망, 천년호의 마성적 상상력이 발현되는 원천도 서구였다. 진성여왕과 천년호의 전설은 신라시대의 산물이지만 실제로 여성 군주 캐릭터와 여성 젠더의 속성을 지닌 마성의 요괴와 같은 캐릭터를 역사 속에서 이끌어낸 것은 아프레걸과 자유부인 등 근대의 부정적 부산물로 일컬어졌던 드센 여성에 대한 세속 세계의 관심이라고 해야 할 것이기 때문이다.

부와 권력의 최고점에 올라앉아 강력한 성적 욕망을 발산하는 진성여왕은 물질적 풍요와 성적 향락을 누리는 '막돼먹은' 여성에 대한 대중의 호기심과 혐오의 정서를 함께 결합하여 형성된 캐릭터였다. 여기에 무열왕과 대적하여 "세상을 지옥으로 바꾸려" 하는 천년호의 마성은 가부장적 질서를 거역하고 전복을 꿈꾸는 또 다른 여성 욕망을 반영한다.[11] 세계에 대한 뿌리 깊은 원한의 총체라고 할 수 있는 이 여성괴물이 기획하는 것은 문자 그대로 '지옥', 즉 기존에 있던 가부장적 상징질서의 전복인 것이다.

이 새로운 자아와 전복적 법에 대한 '사악한' 유혹은 물론 서사의 표면에서 불교와 같은 종교적 힘이나 강인한 가부장의 힘에 의해 퇴치된다. 그러나 서사가 진행되는 가운데 여화의 영혼을 울리는 천년호의 부름은 가부장적 규범의 호명에 복종하여 주체화된 여성성의 내면 깊숙이 숨어 있는 이질적인 본질을 일깨우며 동요를 유발한다. 윤리적 여화의 나약성과 사악한 천년호의 강인한 마력, 사랑을 갈망하는 진성여왕의 위태로운 권력과 끈질긴 애욕 사이에서 서사가 자극하는 여성 욕망은 어느 한 곳에 안주하지 못한 채 위태롭게 흔들린다.[12] 윤리, 마력, 권력이라는 서로 다른 힘을 지닌 세 자아의 목소리는 성장 신화로부터 소외되고 상징질서의 균열을 겪으면서 세계의 진정한 욕망이 무엇인지 알지 못한 채 방황과 동요를 지속해야 했던 여성의 히스테릭한 분열의 감성을 효과적으로 객관화했다.

〈살인마〉와 〈천년호〉의 성공은 사적 공간을 자본주의적 개발 근대화의 보조 수단으로 강압했던 권위주의적 체제 아래, 요동하는 여성 욕망의 분열상을 효과적으로 반영한 결과라고 할 수 있다. 내적 일관성을 부분적으로 결여한 이 작품들의 비논리적 판타지가 역설하는 것은 질주하는 성장주의 사회에서 오직 가정과 여성에게만 보수적 윤리가 강제되는 공사 영역의 불합리한 구조 아래 유동했던 여성의 존재론

297

적 불안이다. 모순적이고 양가적이며 다면적인 여성 욕망을 구현하는 히스테리의 구조는 물질적 근대화와 전통적 가부장제의 불합리한 결합을 권위주의를 통해 국가적으로 강제했던 억압적 현실의 산물인 것이다. 전통 질서의 안정성은 약화됐지만 새로운 세계 속에서도 여성에 대한 기만은 그대로 유지되는 공사 영역의 불합리한 편성은 능동적이고 섹슈얼한 여괴의 반사회적 역능이 대중을 매혹할 수 있는 서사의 토대를 제공했다. 히스테릭한 구조와 분열적 여성성의 재현, 비균질적 서사가 대중의 호응을 얻을 수 있었던 것은 이처럼 불합리한 대타자의 압력에 대한 관객층의 무의식적 저항감에 기반하고 있었다.

식민지적 성장의 저주,
SF괴기영화

1967년 이후 한국 공포영화의 주류를 이룬 것은 〈며느리의 한〉, 〈월하의 공동묘지〉와 같은 전설형, 신파형이었지만, 1960년대 한국 공포영화가 출발하던 무렵부터 과학과 공포를 결합한 SF공포물은 다른 서사와 구분되는 또 하나의 주요한 일군을 이루며 꾸준히 제작됐다. 1960년의 〈투명인의 최후〉, 〈악의 꽃〉 이후, 〈생명을 판 사나이〉(1966), 〈목없는 미녀〉(1967), 〈처녀귀신〉(1967), 〈악마와 미녀〉(1969), 〈원〉(1969), 〈공포의 이중인간〉(1974) 등 한국 고전 공포영화가 가장 유행하던 무렵 활발하게 제작된 이 영화들은 "여귀로 상징되는 한국형 호러와 차별화되는, 남성이 등장하여 실험을 통해 악행을 저지르는 영화"에 해당한다. "한국형 고딕SF영화"[13]로 범주화되는 이들 영화는 공포 서사의 주요한 또 하나의 줄기를 이룬다.

　공포영화 부흥기 고딕SF 서사는 대체로 미치광이 과학자를 주인

공포영화 황금기에는 다양한 SF괴기물도 제작되었다. 흡혈식물을 다룬 〈악의 꽃〉과 투명
여귀를 다룬 〈목 없는 미녀〉, 그리고 여성의 몸에 주입된 남성 살인마의 이야기를 다룬
〈공포의 이중인간〉 등 이용민 감독의 작품이 많다. 한국영상자료원 소장

공으로 앞세우고 그들의 실험실이나 병원을 무대로 전개된다. 미치광이 과학자는 근대적 성장의 정점에 선 존재다. 넓은 정원을 갖추고 서양식으로 꾸민 외딴 별장이나 병원에서 복잡한 실험실을 설비한 채 조수, 간호사 등을 고용하여 연구를 진행하는 이들은 자본과 기술, 권력과 권위를 모두 거머쥔 근대의 총아다. 과학자는 대체로 인간 조건의 한계에 도전하는 실험을 진행 중이다. 동식물의 경계를 위반하는 흡혈 식물을 길러 내거나 시체를 재생하고 뇌파를 이식하는 등 전대미문의 과학적 도전을 감행하면서 이들은 자연에 역행하는 연구를 감행한다. 인간 이상의 것을 실현하려는 이들의 도전은 과학의 임계를 구현함으로써 첨단의 근대성을 체현한다.

그러나 첨단 과학기술이 실현되는 과학자/의사의 실험실은 어둡고 음산하기 짝이 없다. 복잡한 전기기구와 배관, 플라스크, 거품을 내는 용액으로 가득 찬 실험실은 근대 과학의 눈부신 성장을 나타내면서도 동시에 인간의 내장을 들여다볼 때와 같은 두려움과 거부감을 유발한다. 그리고 실험실 한쪽에는 실험에 사용되고 버려지는 시체와 같이 추하고 음산한 오브제가 산적해 있다. 실험(혹은 발견)에 성공한 경우에도 그 결과는 되살아난 썩은 시체나 흡혈로 생존을 유지하는 끔찍하고 경악스러운 괴물뿐이다.

과학자는 살인 독거미(〈목 없는 미녀〉)나 사람의 생피를 흡입하는 식물(〈악의 꽃〉, 〈원〉)을 기르고, 썩은 시체를 재생하거나(〈공포의 이중인간〉) 흡혈하는 언데드(un-dead)를 발생시킨다(〈처녀귀신〉, 〈악마와 미녀〉, 〈악의 꽃〉, 〈원〉). 프랑코 모레티의 관점을 빌리면, 이 시체와 괴물은 야만화하

공포영화 황금기 SF괴기물에서 과학자의 실험실은 인간의 내장을 들여다보는 것과 같은 복잡한 장비와 시체로 어둡고 음산한 분위기를 연출한다. 위는 〈악의 꽃〉, 아래는 〈악마와 미녀〉의 한 장면.

면서 문명화하고, 빈곤화하면서 부를 창출하는 자본주의적 생산 과정을 증명하는 산물이다.[14] 생산성이 높아지고 문화 수준이 향상될수록 더 남루해지고 더 궁핍해지며, 기형화되고 무력해지는 여성과 프롤레타리아가 첨단 과학의 곁에서 바로 그 첨단 기술의 희생자로서 추하게 일그러진 형태로 가시화되는 것이다.

흥미롭게도 이 같은 괴물의 존재에는 반드시 일제강점기와 맞물린 과거의 기억이 연동된다.[15] 자연을 역행하는 실험을 감행하는 미치광이 과학자의 시도 배후에는 과거 제국주의 시대의 과거사가 도사리고 있으며, 이 과거사에는 반드시 과학자의 욕망에 희생된 '여성'이 숨어 있다. 작품의 사례를 살펴보자.

〈악의 꽃〉(이용민 감독, 1961)

대학생 영민과 현주가 외딴 곳에 자리 잡은 이광수 박사의 실험실을 찾는다. 박사는 전대미문의 희귀한 식물을 연구 중이다. 그러나 박사가 현주의 방을 엿보고 현주가 이상한 영에 사로잡히는 등 해괴한 일이 연속된다. 과거, 이광수 박사는 유학을 떠나기 전날 사랑했던 백련을 범하려 하다가 그녀를 죽이고 죄를 백련의 애인 성호에게 덮어씌운 전력을 지니고 있다. 복수를 위해 되살아난 백련은 흡혈식물이 되어 박사에게 따뜻한 피를 요구한다. 백련을 위해 사람을 죽이고 피를 공급하던 박사는 자신의 아내 애리까지 사망에 이르게 하고 찾아온 대학생도 노리지만 끝내 정체가 들통 나 파멸하고 만다.

〈목 없는 미녀〉(이용민 감독, 1966)

오윤근은 죽은 상배의 딸 미자와 함께 사는 동우의 집에 복면을 쓰고 찾아가 미자의 등을 사진 찍다가 동우와 맞서 싸운다. 동우는 심하게 다쳐 입원하고, 병원에서는 동우와 같은 희귀 혈액형의 헌혈을 구하는 광고를 낸다. 이 광고에 한 여인이 전화를 건다. 여인을 만나러 간 오윤근은 얼굴에 붕대를 감은 여자를 만나지만 수상한 여자의 행동에 티격태격하다가 그녀를 죽인다. 그러나 그녀는 다시 오윤근의 사진관에 나타나 사진을 찍는데, 붕대를 풀고 나니 얼굴이 없다. 기실 동우의 집에서 자라난 미자의 아버지 상배는 과거 일본 헌병에게 쫓기던 인물로, 일본군으로부터 빼돌린 황금의 위치를 딸의 등에 새기고 도망치던 청년이었다. 동우와 함께 상배를 구했던 오윤근은 재산을 탐내 상배와 상배 처(미자의 엄마)를 죽이고 동우까지 속인 채 상배가 숨긴 황금을 찾고 있는 중이었다. 한편 상배의 아버지 최 박사가 황금이 숨겨진 시골의 은신처로 오윤근을 유인한다. 붕대를 감은 여자는 미자의 엄마였던 상배 처였고, 오윤근은 최 박사가 유인한 은신처의 지하에서 황금을 탐하다가 상배 처에 의해 왕수에 빠져 죽는다.

〈원〉(남태권 감독, 1969)

식물의 영을 연구하는 청년 창일이 지도교수 최성호의 딸 정주와 함께 논문 연구를 위해 불당골 흑묘원의 고광재 박사를 찾아간다. 고 박사의 비정상적인 행동에 수상함을 느낀 창일은 박사의 뒤를 밟다가 비밀 일기를 발견하게 된다. 일기에 따르면 수십 년 전 고 박사는 짝사랑하던 옥녀를

305

겁탈하려다 그녀를 죽였고, 옥녀의 애인이었던 최성호와 고 박사는 제각각 유학을 떠났다. 유학 중 수미와 결혼한 고 박사는 성공하여 고향으로 돌아오지만, 아내 수미가 옥녀의 귀신을 보면서 시름시름 앓게 되고, 고박사 역시 꽃으로 변해 흡혈을 원하는 옥녀의 요구에 시달리게 된다. 수미가 죽고 고 박사가 꽃을 뽑아버려도 사라지지 않던 옥녀의 혼은 신령한 그림에 의해 마침내 물러가고, 고 박사는 꽃과 함께 돌 더미에 묻힌다. 고박사의 최후를 목격한 창일과 정주는 이들을 걱정하여 찾아온 성호와 함께 흑묘원을 떠난다.

〈악마와 미녀〉(이용민 감독, 1969)

뇌수술이 한창인 곤도 박사의 병원에 새로운 간호사가 찾아온다. 옥경이라는 이 여인은 사실은 곤도가 죽였던 인수의 딸이다. 곤도는 과거에 빼어난 논문을 쓴 조선인 인수의 논문을 훔치기 위해 그를 죽이고 남편의 행적을 묻는 인수의 아내까지 살해한 후 집에 불을 질러 범죄를 은닉했던 인물이다. 불이 난 집의 지하실에 갇혔던 옥경은 쥐와 고양이의 피를 먹고 목숨을 부지하여 흡혈하지 않으면 살 수 없는 몸이 되었고, 곤도에게 복수를 하러 온 것이었다. 식물인간이 된 아내를 살리기 위해 뇌수술을 연구하던 곤도는 희생자의 원혼에 괴롭힘을 당하면서 해괴한 행동을 벌인다. 옥경의 정체를 알아챈 곤도는 그녀를 죽이려다가 오히려 죽음을 맞고, 옥경 역시 자신을 사랑하는 곤도의 조수 원석에게 축복을 남기며 죽음을 맞이한다.

〈공포의 이중인간〉(이용민 감독, 1975)

무서운 살인마의 영혼을 갓 죽은 여인의 몸에 심는 실험이 한창 진행 중인 정 박사의 실험실에 새로운 간호사 옥경이 찾아온다. 옥경은 정 박사의 조수인 준호의 애인이고, 준호와 일수는 인류를 위해 정 박사의 연구 결과를 빼돌린다는 목적으로 박사의 연구를 돕는 중이다. 이들이 알지 못하는 사이에 실패한 줄 알았던 실험은 성공하여 여인의 몸을 빌린 살인마가 거리를 걸으며 기행을 일삼는다. 실험 성공을 알게 된 정 박사는 오노의 시체가 묻힌 산중으로 향한다. 정 박사는 과거, 전쟁 중에 중국에서 대량의 다이아몬드를 갈취하여 숨겼던 일본군 오노의 영혼을 되살려내 다이아몬드가 묻힌 장소를 캐내기 위해 실험에 매진했던 것이었다. 한편 되살아난 살인마는 자신이 여성의 육체를 입고 있음을 깨닫고는 병원으로 다시 찾아오고, 살인마를 구슬려 옥경을 희생물로 다시 실험을 하려 했던 정 박사는 사고로 살인마와 함께 최후를 맞는다. 살아남은 옥경과 준호는 실험실을 떠난다.

〈악의 꽃〉과 〈원〉의 흡혈여귀는 주인공 과학자가 식민지 시절 짝사랑하다가 죽인 여인이다. 주인공 과학자는 청년 경쟁자의 애인을 연모했으며, 그녀를 겁간하려다가 희생시키고 살인죄를 경쟁자에게 떠넘긴 채 유학길에 오른 전력을 지닌다. 〈목 없는 미녀〉의 사진사 오윤호와 〈공포의 이중인간〉의 의사 정 박사는 태평양전쟁 때 일본군이 만주에서 본국으로 송출하려 했던 황금을 차지하기 위해 동료(최상배/오노)를 죽인 과거를 숨기고 있다. 이들이 시체 재생이나 살인과 같은 위

영화 〈악마와 미녀〉에 나오는 뇌수술 장면.
뇌과학은 공포영화 황금기 SF괴기물의 단골 소재였다. 인간 뇌의 비밀을 의학적으로
밝혀내어 영혼을 추출한다는 아이디어는 흡입력 강한 공포감을 자아냈다.

〈악마와 미녀〉에서 흡혈하는 언데드로 등장하는 여주인공 옥경.
그녀는 산 채로 지하실에 갇혀 쥐와 고양이의 피를 흡혈하고 생존한 끝에 마력을 지닌
흡혈 언데드로 변신한다. 드라큘라의 흡혈 모티프와 전통 여귀물의 소복이 생뚱맞게
결합했다.

험을 자행하는 것은 당시에 미처 전부를 획득하지 못했던 실종된 보물(황금/다이아몬드)을 찾는다는 목적 때문이다. 그리고 과학자가 이 목적을 추구하는 역정 속에는 여성의 다양한 희생이 동반된다.

〈목 없는 미녀〉의 오윤호는 최상배를 죽인 뒤 그의 아내까지 살해하고 최상배의 딸 옥경을 위험한 음모 속에 빠뜨리며, 〈공포의 이중인간〉의 정 박사는 황금의 비밀을 아는 오노를 되살리기 위해 무고한 여성의 시체를 재생하여 살인자의 영혼을 주입한다. 〈악마와 미녀〉의 재조선 일본인 의사 곤도는 일본제국의 아들이라는 우월성을 배경으로 천재 의학도인 조선인 인수의 연구 성과를 가로챈 과거를 지녔다. 인수의 뛰어난 연구 업적을 갈취하기 위해 곤도는 인수를 염산에 녹여죽인 후 그 해골로 연구실을 장식했다. 과학적 성취에 대한 곤도의 음험한 욕망은 남편의 사인(死因)을 의심했던 인수 아내의 살해로 이어지고, 이로 인해 부모를 잃은 인수의 딸 옥경은 지하실에 갇힌 채 쥐와 고양이의 피를 흡혈하여 목숨을 이은 끝에 언데드에 가까운 흡혈괴물로 변모한다.

이러한 서사에서 여성은 과거사와 연동된 과학자의 추악한 뒷모습을 상징하는 표상에 다름 아니다. 작품은 첨단 실험을 진행하는 과학자의 화려한 삶의 배후에 식민지 경험의 질곡에 편승한 부정이 숨어있었음을 고발한다. 과학자는 제국 일본이 축적한 부정한 부(富)를 부분적으로 승계하거나(〈목 없는 미녀〉, 〈공포의 이중인간〉), 제국주의 권력을 이용하여 조선인의 지식 성과를 갈취했으며(〈악마와 미녀〉), 차별적인 식민지 교육의 불공정한 관계 속에서 살인과 같은 죄악을 감춘 채 제국 유학의 은택을 입었다(〈악의 꽃〉, 〈원〉). 자본과 지식, 부와 권력을 모두 장악한 이 과학자 주인공의 화려한 삶과 첨단 실험은 결국 식민지 과거에서부터 연속된 타자, 곧 여성의 고통과 희생 위에 건설되어 있다. 일제강점기와 연동된 살인의 기억은 과학자의 화려한 근대적 삶과 이면에 숨은 희생자의 관계를 원죄의 형식으로 구체화한다. 그리고 희생된 여성은 이제 괴물이 되어 과학자의 현재 위로 복귀하여 첨단 실험의 추한 뒷모습을 들추어낸다.

과거사와 연동된 이와 같은 대립 구조를 통해 서사는 부와 권력, 지식, 자본 등 사회적 인프라를 점유하고 특권을 휘두르는 계급의 연속성을 고발한다. 여성괴물은 이 계급의 특혜 받은 삶을 유지하기 위해 억압되고 착취당한 존재를 은유하는 실체다. 버림받고 망가진 채 불행 속에 빠뜨려진 여성은 괴물의 모습으로 과학자 앞에 전시됨으로써 화려한 근대의 성장이 짓밟고 올라선 억눌린 삶의 존재를 가시화한다. 과학자로 표상되는 가진 자의 화려한 현재가 정당한 윤리적 지반 위에 서 있는 것이 아니라는 것, 부와 권력과 지식이 연접된 근대적 성장의 배후에 실은 일제강점기부터 계승된 특권과 혜택의 연속성이 존재한다는 것이야말로 이러한 서사가 역설하는 내밀한 증언이다. 그런 점에서 여성괴물은 특권과 혜택이 영속하는 동안, 혹은 그 영속을 위해, 이 특권 밖의 존재가 어떠한 고통을 겪어야 했는지를 은유하는 메타포라고 할 수 있다.

여성괴물의 도착성과
신화적 여성성의
귀환

이러한 서사가 '도착의 구조'로 설명될 수 있는 것은 근대화의 구조적 모순을 어필하는 과정에서 여성괴물 스스로 서구 근대를 모방하고 흉내 내는 전도가 이루어지기 때문이다. 과학자의 욕망에 희생된 무구했던 여성은 흡혈식물이나(〈악의 꽃〉, 〈원〉) 투명인간(〈목 없는 미녀〉), 흡혈 언데드(〈악마와 미녀〉, 〈처녀 귀신〉), 영혼과 성별이 착종된 이중인간(〈공포의 이중인간〉)으로 재귀한다. 당시 세계적으로 유행했던 드라큘라와 프랑켄슈타인, 투명인간의 모티프를 모방한 이 괴물성은 서구의 첨단 문화를 대표하는 근대성의 물신이다.

근대적 발전의 임계에 위치한 이 물신은 현실 생활의 역동성 위에서 표상되거나 합리적으로 질서 지어진 상징체계 속에서 교환되거나 갱신될 수 있는 것이 아니다. 이 괴물성은 그 존재의 정체를 논리적으로 완전히 설명할 수 없는 서구 그 자체이기 때문에 다른 무엇으로 대체되거나 교환되지 못한다. 흡혈과 시체 재생은 전모가 불분명한 그대로의 서구를 표상하는 '그것'인 셈이다.[16] 그 때문에 이러한 모티프는 서사 내적인 논리의 정합성과 무관하게 복사되고 적용된다. 서구 근대의 임계를 표상하는 물신으로서, 희생된 여성의 '괴물성'은 근대성의 첨단을 소유하여 근대성에 복수하고자 하는 절대화된 욕망의 기표로 작동한다.

그리하여 미치광이 박사의 집착과 몰입은 여성괴물의 복수 속에 도착적으로 전이된다. 투명인간, 흡혈식물, 되살아난 시체, 흡혈하는 언데드와 같은 괴물은 근대성의 정점을 소유함으로써 근대에 복수하고자 하는 착종된 욕망을 실천한다. 달리 말하면 소외와 고통을 야기하는 불완전한 근대의 법에 저항할 수 있는 완벽한 근대의 법에 대한 갈망을 괴물은 마술적 힘을 지닌 근대의 물신을 소유함으로써 표현하는 것이다.

그러나 과거로부터 재귀한 여귀의 복수가 쉽게 성공하는 것은 아니다. 과거의 산물인 여성괴물은 현세의 대변자인 과학자를 쉽게 이기지 못한다. 과학으로 무장한 근대의 총아는 여귀나 괴물의 초현실적 등장이나 정신을 혼란시키는 마력, 되살아난 시체의 물리적 공격에 쉽게 물러서지 않는다. "나 자신의 환각이겠지"(《목 없는 미녀》) 혹은 "이 세상에 귀신이 있다고 생각하나. 좀 더 과학자다운 생각을 하란 말이야"(《악마와 미녀》)라고 하는 등 현세주의적 관념으로 혼란을 비껴가는 것이 여귀에 맞대응하는 과학자 캐릭터의 일차적인 반응이다. 눈앞에 나타난 여귀의 환영에 굴복하지 않고, 시체의 물리적 공격을 비껴나며,

음험한 자신의 욕망과 과거를 그럴듯하게 위장한 채 간호사/조수와 같은 타자를 속이고 기만하는 과학자의 생존 능력은 여성괴물의 기괴한 모습만큼이나 경이적이다. 놀랄 만큼 능란한 과학자의 수완은 급격한 사회적 변화와 역사적 질곡에도 살아남은 이들의 요령 있는 성공이 무엇으로 가능했는지를 짐작하게 한다.

그렇기 때문에 여성괴물의 복수는 많은 경우 서사를 매개하는 관찰자로 등장하는 젊은 남녀의 조력과 함께 이루어지며, 이야기의 결말은 대개 과학자의 종말과 더불어 괴물도 소멸하는 것으로 끝을 맺는다.

이때 괴물을 생산한 과학자와 괴물은 운명을 같이한다. 과학자의 파멸을 객관화한 대상이 괴물인 만큼 괴물의 소멸이란 파멸한 과학자의 죽음, 즉 양자의 동시 소멸로 귀결될 수밖에 없다. 그리고 서사는 이 죽음을 딛고 일어서는 새로운 출발, 즉 살아남은 청년 남녀의 기약 속에서 끝을 맺는다. 〈목 없는 미녀〉에서는 오윤근에 의해 살해된 최상배의 딸 미자가, 〈공포의 이중인간〉에서는 정 박사의 조수 준호와 간호사 옥경이, 〈악마와 미녀〉에서는 언데드 옥경이 사랑했던 곤도의 조수 원석이, 〈악의 꽃〉과 〈원〉에서는 미치광이 식물학자를 방문하여 사건의 전모를 파헤치는 청춘 학도 커플들이 살아남아 새로운 삶을 기약한다.

새로운 출발을 기약하는 결말에서 내일에 대한 긍정을 이끌어내는 캐릭터는 다시 '여성'이다. 〈목 없는 미녀〉의 미자는 황금 때문에 목숨을 잃은 남편을 안고 "우리들은 그런 게 없어도 행복하게 살 수 있었는데" 하고 울부짖었던 어머니(투명귀신)의 유지를 상속하여 살아남고, 〈악마와 미녀〉는 다음 세상의 행복을 기약하면서 청년 원석을 축복하면서 죽음을 맞는 언데드 옥경의 미덕 속에 끝을 맺는다. 〈공포의 이중 인간〉의 결말에서는 곤도의 희생자가 될 뻔했던 젊은 간호사 옥경이 곤도의 제자였던 청년 준호에게 '황금과 자신' 중 하나를 선택할 것을 요구한다. 준호로 하여금 곤도가 남긴 다이아몬드를 강물에 던져버리고 옥경과의 행복을 선택하게 함으로써 작품은 물질의 구속을 탈피한 여성적 심성에서 파국 극복의 가능성을 암시하며 종결된다.

이처럼 영화는 광기 어린 과학과 근대의 파국을 극복하는 새로운 출발이 황금의 욕망이나 지적 명예의 허구성을 벗어던진 여성성의 리드를 통해서만 가능한 것으로 표현한다. 여기서 여성성은 급격하게 변화하는 산업사회의 피로와 모순에 지친 대중에게 훼손되지 않고 온전히 보존된 낙원의 표상으로 기능한다. 근대의 불안과 혼란에서 벗어나 평안과 자족, 행복과 안식을 제공하는 구원의 표상이 여성성인 것이다.[7] 근대적 타락의 이전 상태를 지시하는 이러한 감상적인 여성성은 강압적인 성장주의에 대한 저항감과 낙오에 대한 두려움을 극복하기 위한 대중문화의 선택이었다고 할 수 있다. 과학과 자본, 부와 권력이 결합한 광기 어린 산업화의 직선적 시간성 바깥에서, 낙원으로서의 여성성은 이질적 근대에 대한 두려움을 완화함으로써 질주하는 산업사회에 적응하고 쉬운 만족을 추구하려 했던 대중의 기호에 적절히 어필하는 선택으로 작용했다.

그리하여 황금기 한국 공포영화가 첨단 근대의 상상력을 통과하는 가운데 여성은 산업화 과정에서 남성이 잃어버렸던 완전함과 전체성의 기표로 다시 신화화된다. 섹슈얼리티를 마력화하는 불안하고 히스테릭한 여성의 반대편에서, 온전한 여성성은 서구적 발전과 도구적 이성의 전횡에 맞서는 소외되지 않은 자연이자 산업사회가 상실했던 원초적인 포용과 조화의 상징으로 재정체화되는 것이다.

아이러니하게도 이러한 재귀적 신화화는 첨단 과학에 대한 집착과 모방이라는 과정을 통과하면서 이루어진다. 성장과 발전의 잉여이자 초과이며 찌꺼기로서 괴물로 변신한 여성이 서구 근대에 대한 공포를 표상하는 비체화된(abjection) 존재라면, 새로운 여성성은 그와 같은 세계의 비참을 극복하는 '잃어버린 고향'으로 재정체화된다. 질주하는 근대화의 호명에 부응하는 산업 역군이었던 남성 주체상에 의해 희생되고 버려졌던 여성성이 역으로 정상성의 빈틈을 보완하는 대리 보충이자 현세적 삶의 '긍정'으로서 귀환하는 것이다. 낙원화된 여성성의 신화는 그렇게 비체화된 여성의 희생을 발판으로 구축된다. 근대성의 물신을 선취하여 근대성에 복수하는 도착적 구조 속에서 탄생했으며, 스스로 공격하던 근대성을 오히려 보완하고 긍정하는 결과로 수렴된다는 점에서, 이렇게 구축되는 여성성을 '도착적 긍정'의 여성성으로 명명할 수 있을 것이다.[18] 산업사회의 부패한 뒷모습(과학자의 불온한 과거로 표현되는)과 정권이 선전하는 첨단적 근대에 대한 동경(물신적인 괴물성) 사이에서 대중영화가 선택한 긍정은 아이러니하게도 비체화된 여성상을 짓밟고 올라선 여성성의 재래적 신화를 복원하는 데서 이루어진 셈이다.

성장과 발전으로 내닫는 근대 주체(과학자)의 어두운 뒷모습을 증언하고 시각화하는 과정에서 공포영화는 이처럼 소외된 여성의 현실을 괴물화하는 동시에 신화화했다. 괴물화하면서 동시에 신화화하는 이러한 도착적인 긍정은 삶의 불안을 끄집어내면서도 역으로 삶의 안정을 요청하는 공포영화의 선택이자, 모순과 균열을 감당하고 현세적 실존을 유지하기 위한 당대 대중문화의 선택이었다.

그런 점에서 언데드와 시체 재생 등을 앞세운 도착적 구조의 과학 공포물은 과학자가 상징하는 근대의 불합리와 불공정을 바로잡을 대타자를 세우기 위한 대중의 무의식적 욕망을 대변했다고 할 수 있다. 세상 어딘가에 부조리와 불합리를 물리치고 공정성을 바로 세울 수 있는 믿을 만한 존재가 있음을 증명하고자 하는, 대타자를 향한 원형적인 노력이 근대라는 잡히지 않는 시간성을 물신화한 괴물적 모티프를 통해 재현된 것이다.

흔들리는 '정상성',
동요하는 성 역할

1960년대 후반부터 1970년대 전반까지의 공포영화는 어디까지나 가부장제의 견고한 틀 안에서 조직됐다. 많은 서사가 전통적 덕성으로 무장한 여귀를 주인공으로 한 또렷한 선악의 대립 구도를 구축했으며, 여귀가 된 여성의 원한을 해소하고 억울한 죽음을 바로잡아 죽은 자를 온당하게 떠나보내는 애도의 구조로 구성됐다. 그러나 정형화된 여성성에 고착된 애도의 서사는 규범적 윤리를 비껴가는 대항적 욕망을 부분적으로 노출하면서도, 여귀의 죽음을 야기한 모순된 체제의 외부에 대한 상상을 배제함으로써 온전한 애도에 실패하고 신파적 공포라는 독특한 우울증의 세계를 창출했다. 여성 욕망의 양가성을 노골적으로 초점화하고 히스테리한 구조를 전면화했던 〈살인마〉, 〈천년호〉와 같은 작품이 대중적으로 성공한 것은 체제가 강요하는 재전통화의 이념적 당위를 넘어 당대 대중의 생활 세계를 횡단했던 혼란과 균열의 감각을 적절히 포착해낸 결과라고 할 수 있다. 그러나 이러한 이질적인 목소리는 규범적 윤리의 제어를 넘어서는 대중 감성의 구심점으로 진전되지는 못했다.

근대성의 극한을 선취하고자 했던 과학 공포물이 신화화된 여성성의 노스탤지어로 귀환하는 데서 확인되듯, 공포영화를 즐기는 대중 감성의 중심점은 어디까지나 소박하고 관습적인 덕성이 보답받는 삶의 안정성에 대한 소망이었다. 흡혈, 시체 재생 등의 모티프를 통해 모더니티의 임계를 선취하고 이를 통해 역으로 모더니티에 복수하고자 했던 도착적 구조의 과학 공포물이 오히려 낙원형 모성성으로 회귀하는 양상은 이 시기 공포영화가 종국적으로는 보수적인 대중 감성에 복무하고 있었음을 확인해준다.

그러나 여성괴물의 섬뜩하고 공포스러운 모습과 잔인하고 초현실적인 복수의 양상은 사적 공간을 외적 성장의 보조 단위로 압박하고 규율하기 위해 역으로 강화됐던 가부장적 가족 이념의 제한을 넘어, 당대 대중의 생활 세계를 횡단했던 '비규범적'이며 '비정상적'인 감각을 은밀하게 들추어냈다. 황금기 한국 공포영화의 여성괴물은 질주하는 산업 개발의 이면에서 억눌리고 비체화된 여성 현실을 반영하며 성장과 발전의 신화가 지배하는 사회를 낯설게 들여다보고 차이를 드러내는 데 일정하게 성공했다. 공포영화의 여성괴물은 권위주의적 개발 체제가 강제하는 가부장적 규범과 새로운 대타자로 압박해오는 서구 근대의 거대한 압력 사이에서 불합리하게 분할되는 성 역할의 모순과 이상적 자아상의 혼란을 직면해야 했던 여성의 시대적 상황을 효과적으로 드러냈다. 실패한 애도와 히스테리적 분열, 비체화된 여성의 희생을 발판으로 여성성을 신화화하는 도착적 긍정의 서사가 공통적으로 표현하는 것은 혼외 관계와 성산업이 기형적으로 팽창했던 문화적 환경 속에서 현모양처의 이념과 섹슈얼한 요녀상의 모순적인 역할을 함께 요구받으며 위기를 겪을 수밖에 없었던 당대 여성상의 내적 동요다. 하나의 목소리로 통일되지 않는 이 혼란과 균열의 흔적은 외적 성장과 달리 낡은 윤리가 강제됐던 사적 공간의 규범 위에 체제가 강제했던 주체의 자리에 제기된 대중의 의혹을 효과적으로 서사화했다.

1970년대
한국 공포영화의
예외적 실험들

8:

B급 공포영화에 맞선 새로운 실험

민족주의라는 괴물과 트랜스내셔널한 상상력, 하길종의 〈수절〉

여성의 시선에 포착된 세계상과 집단 폭력에 대한 저항

비자발적 근대화와 상징화되지 않는 과거, 홍파의 〈묘녀〉

산업화의 불안과 자기 파괴로의 탈주

멜랑콜리로 녹여낸 계몽적 오컬트의 아이러니, 이장호의 〈너 또한 별이 되어〉

슬픔/패배의 정서가 숨긴 역설적 저항성

B급 공포영화에 맞선
새로운 실험

1970년대는 계엄, 유신, 위수령, 긴급조치 등 박정희 독재체제가 경색 일로로 치달았던 시기였다. 1960년대의 경제개발이 일정한 성과를 드러내면서 한국 사회는 문화적으로 본격적인 대중소비사회로 진입했지만, 개발, 반공, 근대화라는 정권의 헤게모니는 더 이상 과거와 같은 흡입력을 지니지 못했다. 지식인, 학생, 노동자 등의 내부로부터 촉발된 민주주의에 대한 열망 앞에서 정치적 위기감에 부닥친 정권은 강압적 정책으로 출로를 모색했고, 이는 문화예술 영역에서 더욱 강력한 검열과 동원의 압력으로 나타났다.

1970년대 대중문화의 선두에 있었던 영화계의 침체는 이미 잘 알려진 사실이다. 1970년대 한국 영화는 텔레비전 보급률 확대, 방화 점유율 하락, 강화된 검열 체제, 스크린 쿼터와 체제 동원적 우수영화제도 등 전방위적인 위기 상황에 놓였으며, 자연히 관객이 줄어들고 제작이 위축되는 어려움을 겪었다. 그러나 앞에서 살폈듯 1960년대 후반부터 활발해진 공포영화 제작은 1970년대 들어 더욱 왕성해졌다. 1977년도 《한국영화연감》에 따르면, 당시의 '괴기영화(공포영화)'는 멜로와 액션이 60~80퍼센트를 장악하고 있던 영화계에서 코미디물, 문예물, 반공물, 시대극, 계몽극 다음으로 등록된 유력한 영화 장르였다. 호스티스 멜로, 청년 및 하이틴 영화가 1970년대 중후반을 대표하는 시대성의 표징이라면, 공포영화는 1960년대 말에 활성화되어 1970년대에 가장 활발하게 생산된 영화 장르에 해당한다. 앞 장에서 1960년대 후반부터 1970년대 전반의 시기를 한국 고전공포영화의 황금기로 명명하고 살폈던 것은 이 때문이다.

　공포영화의 확산은 안방극장으로의 관객 이동, 검열, 국책 영화 제작 지원 등의 제한성으로 어려움에 처했던 한국 영화가 그 나름의 활로를 모색하는 가운데 등장한 결과의 하나였다. 경색된 검열과 체제 순응적인 대중문화 육성 사업의 그늘 아래, 한국 영화는 전통적으로 인기 장르였던 멜로드라마와 액션, 사극을 에로티시즘과 접속하거나 고교생, 청년이라는 새로운 관객층의 기호에 맞춘 하이틴, 청춘 장르를 개척하는 한편, 동시상영관, 재개봉관, 지방관을 겨냥한 B급 영화 시장을 개척함으로써' 상업적 활로를 찾았다. 선정적인 스토리와 자극적 감성을 공략하는 공포영화는 사회적, 이념적으로 제약된 1970년대 영화계에서 상대적으로 제약을 덜 받으며 지속적으로 지분을 확장해갈 수 있었던 영역의 하나였다. 작가의식이나 현실 의식이 강한 영화는 심각하게 왜곡됐지만, 검열의 칼날은 공포물에는 상대적으로 관용적이었다. 공포물은 탈이념, 비정치성의 순수 오락물로 여겨진 탓이다.

그러나 검열의 칼날에 순응하고, 외화 수입을 위한 방화 제작 편수를 채운다는 제작 환경의 필요에 부응했던 공포영화는 많은 경우 작가정신을 도외시한 채 흥행 중심의 세계로 진입해갔다. 대부분의 공포영화가 저예산을 바탕으로 선도입매를 통한 지방 흥행사의 요구에 부응하여 빠른 속도로 제작됐으며, 재개봉관, 동시상영관, 지방관 등의 관객을 대상으로 저급한 취향을 만족시키는 낮은 수준의 영화로 자리 잡아갔다.

작품은 새로운 장르를 개척하는 실험정신을 발휘하기보다는 도식적인 선악의 구도 속에 비슷한 이야기를 반복했다. 여성이 아내와 며느리로서 겪는 익숙한 수난사를 과장된 선악의 대립 구도로 편성하여 여귀의 복수를 통해 설욕하는 이야기, 초야를 희구하며 신랑감을 찾는 처녀귀신 이야기, 죽임을 당한 불륜녀의 복수 이야기 등이 여러 제작사와 감독에 의해 반복해서 제작됨으로써 공포영화의 클리셰를 만들어갔다. 7장 후반에서 다룬 것처럼 1970년을 전후로 프랑켄슈타인의 모티프를 모방한 SF괴기물이 생산되기도 했지만, 기술적 측면에서 주목을 받았을 뿐, 관객의 호응이 큰 편은 아니었다.

이처럼 공포영화가 B급의 질 낮은 오락물로 전락해가던 1970년대 전반, 영화계에서 주목받던 감독들이 공포영화 제작을 시도했음은 이채로운 일이다. 하길종의 〈수절〉(1973), 홍파의 〈묘녀〉(1974), 이장호의 〈너 또한 별이 되어〉(1975)는 그때까지 익숙했던 선악 구도의 사극형 여귀물이나 불륜 여성의 복수를 다루었던 한국 공포영화계의 관습과는 완전히 다른 영상 미학 속에서 낯설고 이질적인 타자를 선보였다.

공포영화의 가능성을 탐색하는 새로운 실험의 등장은 당시 세계 영화계를 떠들썩하게 했던 오컬트라는 새로운 소재의 부상과 무관하지 않았다. 1974년 미국의 골든글로브 작품상, 감독상, 각본상, 여우조연상과 아카데미 각색상, 음향 믹싱상을 휩쓸었던 〈엑소시스트〉가 세계적인 화제가 되면서 한국에서도 영화의 수입 여부에 대한 논란이 제기된다. 기실 〈엑소시스트〉는 한국 영화계가 1973년 이미 번역 출판에 나서며 비상하게 주목했던 작품이었다. 〈엑소시스트〉의 풍문은 1968년 로만 폴란스키의 〈로즈마리의 아기〉로 출발했던 서구 오컬트 영화에 대한 관심을 촉발했고, 한국 영화계가 공포영화 장르를 재인식하는 계기가 됐다. 박윤교, 김인수, 이용민, 장일호, 남태권 등 기존에 공포물을 다루었던 감독과 달리, 영화계의 정통 주류에서 조명받으며 등장했던 신인 감독들이 이색적인 공포영화를 시도한 것은 공포 장르에 대한 이러한 세계적인 관심과 연동되어 있었다.

〈수절〉(1973), 〈묘녀〉(1974), 〈너 또한 별이 되어〉(1975)는 익숙한 스토리를 반복하며 긴장감을 잃어가던 공포 장르에 이례적인 상상력을 도입하는 서사적 실험을 보여준다. 이들의 시도가 주목되는 것은 첫째, 관습화된 소재나 서사 구조를 벗어났다는 점, 둘째, 여귀 혹은 여성괴물을 소재로 하면서도 이들을 기존의 서사와 또렷이 차이 나는 이질적인 상상력으로 포획했다는 점, 셋째, 여귀/여성괴물을 포착하는 새로운 상상력이 제한된 형태로나마 당대 현실에 직접적으로 대항하

는 비판적이고 전복적인 사유에 연동되어 있었다는 점이다. 그리하여
세 영화는 가부장제와의 관련성에만 천착해 있던 공포영화의 표현 영
역을 확장하면서, 당대의 사회문화적 현실에 대항하는 비판적 자의식
을 은밀히 함축했다. 세 영화가 공포의 문법을 통해 표현했던 타자의
목소리는 1970년대 국가 이데올로기가 강제하는 정상성과 서로 다른
방식으로 관계 맺으며, 한국 사회가 은폐하고 있는 모순을 폭로해냈다.

민족주의라는 괴물과
트랜스내셔널한 상상력,
하길종의 〈수절〉

〈수절〉(1973)은 해외 유학을 마치고 갓 돌아온 젊은 감독 하길종이 제작했던 두 번째 영화다.[2] "한국 영화에서 근본적으로 필요한 것은 완전한 혁명"[3]이라고 주장했던 야심만만한 감독이 첫 영화 〈화분〉의 실패 이후 고대로 시야를 옮겨 시나리오부터 집필했던 작품이 〈수절〉이다. 감독의 말에 따르면 "'저항적이다', '반사회적이다'는 이유"로[4] 인해 20분 이상 가위질을 당했던 이 영화는 "영화가 사회를 변혁시킬 역동적 수단이 될 수 있다는 믿음"으로 "선두에 서야 한다는 사명감"[5]에 불탔던 감독의 작가의식이 "최대한도로 현실과 타협"[6]하여 제작된 작품이었다.

영화사 기록이나 검열 기록에서 이 영화는 명확히 '괴기물'로 분류됐는데, 이는 귀향한 장군의 아내와 딸이 귀신이 되어 남편/아버지를 맞으며, 귀신이 된 그들이 자신들을 죽음으로 몬 악당을 직접 징치하

기존 괴기영화와 달리 여성의 시선에서 본 세계상의 이면을 세밀하게 묘사함으로써
'민족'이라는 집단적 표상의 경계를 넘나드는 이질적인 상상력을 보여주었던 하길종의
〈수절〉. 한국영상자료원 소장

는 모티프가 중요하게 작동하기 때문이었다. 실제로 작품에서는 초가집 방 안에서 촛불에 그림자를 내비치며 지나가는 나그네를 끌어들이는 귀신의 미장센, 나그네가 한밤중에 문구멍을 통해 내다본 칼을 가는 소복 입은 여귀들의 모습, 호롱불의 형상으로 날아다니며 산 자를 혼란에 빠뜨리는 귀신의 조화, 하늘로 날아오르는 귀신의 시각화 등이 기존에 축적된 공포영화의 문법을 더욱 세련되게 만들고 있다.

이 작품에 대한 평단의 평가는 극단적으로 나뉜다. 검열에 의해 내러티브가 훼손되고 작가의식에서 실패한 졸작이라는 평가와 박정희 정권의 폭력성에 대한 알레고리적 비판을 적극적으로 함축했다는 평가가 그것이다. 대립적인 두 평가는 어느 쪽이든 작품 내의 모순된 지점을 적절히 해명해내지는 못하는데, 부정적 평가는 물론, 알레고리로서의 정치성을 긍정적으로 평가한 입장 또한 비논리적으로 보이는 내러티브의 불균형을 설명해주지는 않기 때문이다. 그러나 이 책의 관점에서 볼 때는 이 불균형해 보이는 내러티브의 포인트야말로 감독의 치열한 미적 저항 정신이 가장 돋보이는 부분이다.

스토리는 한사군 시대에 한족과 고구려인이 섞여 사는 지역에서 펼쳐진다. 한족 지거도사의 수하에 있던 고구려인 유신이 전쟁터로 나간 지 10년 만에 귀향하여 아내와 딸을 만나지만 이들은 귀신이었음이 밝혀지고, 아내의 혈서를 통해 자신이 떠난 후 남겨진 이들이 겪었던 신고와 수난, 강간과 죽음의 사실을 안 유신이 지거도사를 찾아가 복수의 혈전을 벌인다는 것이 서사의 전말이다.

작품의 스토리에서 문제적인 지점은 스승과 제자라는 지거도사와

영화 〈수절〉은 고구려를 위해 전장으로 나간 가장이 남겨둔 집에서 벌어진 모녀의 처절한 가난과 수난의 역정을 보여준다.

유신의 애매한 관계처럼 서사의 곳곳에 아군과 적군, 선과 악의 분별을 흐트러뜨리는 모티프가 숨어 있다는 점이다. 고구려인 마을을 습격한 지거도사 패거리의 무차별한 살인, 파괴, 윤간의 잔혹한 장면과 벌레를 잡아먹고 나뭇잎의 물을 모아 마시는 끔찍한 기아의 현장은 작품에서 가장 강조되는 부분이다. 〈수절〉을 긍정적으로 언급한 기존 평가는 대부분 이를 박정희 정권의 수탈에 대한 알레고리로 해석했다. 그러나 정작 작품 속에서 수탈당한 유민은 단순한 피해자로만 그려지지 않는다.

　유신의 아내 질례가 죽음에 이른 가장 직접적인 원인은 피난 가던 고구려인의 집단 폭행이다. 지거도사에게 겁탈당하고 딸에게 줄 음식을 숨긴 채 탈진하여 걸어오던 그녀를 한족에게 몸을 판 창녀라고 폭행한 피난민들이 음식을 빼앗은 채 달아나버린 후 남겨진 질례는 죽음을 맞는다. 그 때문에 귀향한 영웅 유신을 알아본 유민들의 반응은 놀랍게도 환호가 아니라 수군거림이다. "난리가 나겠군", "무슨 일이 분명히 생기겠는데", "순순히 넘어가겠나"라는 수군거림과 조심스럽고 두려운 얼굴들이 영웅의 귀환을 맞는 대중의 현실인 것이다.

선과 악, 아군과 적군의 고정관념을 전복하는 일이야말로 이 영화가 노린 도전적 전략의 핵심임을 여기에서 알 수 있다. 관습적 통념을 전복하는 이 같은 서사 전략의 토대는 한사군 시대라는 2000년을 뛰어넘는 시간적 거리에서 확인된다. 당시 영화사에서 "최고대를 배경"으로 하는 작품으로 화제를 일으켰던[7] 한사군 시대라는 시간 설정은 박정희 정권기 전체를 관통하며 한결같이 강조됐던 민족주의의 이념을 그 기원에서부터 다시금 되돌아보게 만든다.

한(漢)과 위만조선, 신흥 고구려 사이에서 분쟁과 이합집산이 일어났던 이 고대의 시기는 '민족'이라는 범주의 경계가 불분명했던 태고의 시간이다. 토착민과 정복자, 유이민 사이의 다종한 관계 이동은 진정한 '기원'의 의미를 불투명하게 희석해버린다.

영화는 국적 불명의 삿갓을[8] 쓴 채 말을 타고 귀향하는 유신의 모습에서 시작한다. 고향에 돌아온 유신이 처음 목격한 것은 한 오랑캐 사내가 마을 사람들에게 집단 폭행을 당하는 장면이다. "과하지 않은가"라는 유신의 반응을 일으킬 만큼 사내에 대한 마을 사람들의 폭행은 무차별하다. 그러나 이어지는 장면에서 유신은 곧 폭행당했던 그 사내에게 겁탈당하고 자결한 청상과부를 안고 통곡하는 아낙네의 모습을 목격하게 된다. 오랑캐와 토착민이라는 대립 구도 속에서 서로가 서로에게 가혹한 폭력이 되는 갈등의 현장이야말로 전쟁에서 돌아온 유신이 접하는 고향의 현실인 것이다. 그는 고구려군의 장군으로 싸우고 돌아왔지만 '외지'로 느껴지는 이 '나라'를 위한 투쟁의 성과는 고향의 어디에서도 발견되지 않는다.

더구나 유신의 '고향'으로 표현되는 이 한사군 지역은 가뭄으로 갈라진 땅 끝이 하늘까지 닿아 있는 사막 지형에 접해 있다. 지평선이 드러나는 막막한 대지와 이글거리는 태양, 황토로 이루어진 험준한 산자락의 낯선 풍광은 이 영화의 배경이 민족의 과거를 재현하기보다는 민족 이전의 공간을 의도한다는 것을 입증한다. 민족의 뿌리를 명확히 구획하고 확인하기보다는 오히려 민족의 기원이란 사실상 존재하지 않는다는 것, 민족이란 정치적이고 집단적인 편의를 위해 만들어진 '상상의 공동체'에 지나지 않는다는 것을 증언하는 트랜스내셔널한 감각이야말로 이 영화가 의도하는 정치적 상상력의 근간인 것이다.

여성의 시선에 포착된
세계상과 집단 폭력에 대한
저항

'민족'이라는 관습화된 '선'의 기표를 불투명하게 일그러뜨리는 이 같은 감독의 메시지는 귀신이 되는 모녀의 시선을 통해 서사적으로 구체화된다.

한 많은 여성의 죽음과 귀신이 되어 돌아온 이 여성의 복수라는 서사의 틀은 사극 형식을 띤 당시 전설형 공포영화의 일반적인 구조와 동일하다. 그러나 하길종은 개인의 한 맺힌 죽음과 복수의 스토리를 여성 삶의 보편성이라는 구도로 확장함으로써 당대 공포영화가 봉착했던 시야의 제한성을 뛰어넘는다. 개인적 원한의 범주를 넘어서는 이 확장된 시선은 살아생전 모녀가 겪어야 했던 신고의 삶을 세밀하게 묘사하는 여귀의 긴 편지글과 이를 시각화하는 플래시백을 통해 가능해진다. 편지를 쓰는 아내 질례의 목소리와 함께 플래시백 되는 10년의 시간은 편지를 읽는 유신의 현재와 교차하여 편집되면서 생생한 현장성을 띠며 전개된다. 그리고 스크린 위에 펼쳐지는 과거는 여성의 시각에서 포착된 세계상을 준엄하게 증언한다.

'국가'에 헌신하기 위해 떠나간 영웅이 남긴 세계상은 가혹한 수탈과 살인, 폭력, 강간으로 얼룩져 있다. 지거도사의 패거리가 습격한 마을의 참혹상, 곧 사악한 지배자가 이끄는 정치 환경에서 이루어지는 폭압의 상황은 충격적인 방식으로 묘사된다. 개울, 방앗간, 돼지우리에서 이루어지는 집단 윤간과 낄낄거리며 신호를 주고받는 가해자의 모습은 귀신의 존재 이상으로 끔찍하고 공포스럽다. 유신의 딸 용분을 강간하고 목 조르는 지거도사 끄나풀의 잔인한 웃음, 환각제를 먹여 유신의 아내를 겁탈하는 지거도사의 침실에서 목격되는 나체들의 집단적 환락은 인간다움의 경계란 무엇인가를 의심하게 한다.

그러나 아내가 고발하는 현실의 참혹성은 여기서 그치지 않는다. 지독한 가뭄과 굶주림의 상황에 처한 민중은 서로가 서로에게 저주가 된다. 기아에 허덕이는 용분이 길에서 벌레를 잡아먹으며 기어 다니는 모습을 보면서도 피난을 떠나던 낯선 내외는 "세상이 말세야"라고 혀를 찰 뿐 일말의 연민도 보이지 않는다. 마찬가지로 지거도사의 아방궁에서 겁탈을 당하고 실신에 가까운 상태로 걸어오던 유신의 아내는 화냥년이라는 낙인 속에 집단 폭행에 노출된다. "더러운 년", "죽일 년", "너만 살려다가 요 모양 요 꼴이냐", "죽어야 해", "더러운 몸 판 계집년아"라는 피난민의 욕설은 혼자가 된 오랑캐 사내에게 몰매를 가하던 첫 장면의 집단 폭행을 떠올리게 하면서, 진정한 피해자와 가해자의 경계를 모호하게 흐트러뜨린다. 335

그 때문에 귀신이 된 아내의 원망은 사악한 지배자와 오랑캐라는 특정 존재에게만 제한되지 않는다. 귀신의 원한은 민족이라는 이데올로기의 경계를 갈라내고 인간 내부의 정체성을 다양하게 분절하며 인간을 다중적인 면으로 구성된 존재로 재인식하게 하는 것이다. 그리고 이러한 방식으로 접근되는 인간 이해는 민족주의와 같은 단일 층위로 구성된 렌즈의 제약성을 벗어나게 된다. 오히려 민족이란 가상적 허구이며 집단적 이념이란 정황에 따라 이합집산 하는 인간의 이해관계 속에서 서로가 서로에게 폭력을 가하는 대립과 반목의 매개물에 다름 아님을 질례의 경험은 역설하는 것이다.

영화를 사회 변혁의 수단으로 이해했던 감독이 자신의 두 번째 영화에서 '민족'이라는 집단 이데올로기를 이처럼 문제화한 것은 민족주의를 권위주의에 협력하는 대중 동원의 이념으로 이용했던 정권에 대한 저항의식과 무관하지 않은 것으로 보인다.

박정희 정권에게 민족주의란 반공주의와 경제개발, 조국 근대화 이데올로기에 바탕을 둔 1960~1970년대의 통괄적인 정신적 토대였다. 서구적 근대화라는 이질적인 도달점을 목표로 내달리는 개발주의가 필연적으로 야기할 수밖에 없었던 자국 문화에 대한 열등의식을 보완하고 국가에 대한 애착심을 고무하는 주요한 수단이 민족주의였다. 물질적 근대에 맞서는 정체성의 근간으로 전통 윤리를 강조했던 이데올로기는 민족에 대한 애착을 국가에 대한 애착으로 연계함으로써 정당성을 결여한 독재체제에 대중이 감정적 애착을 갖도록 선동하는 감정 정치의 수단으로 기능했다.[9]

미국 유학을 마치고 갓 돌아온 4·19 세대 감독의 야심 찬 기획 속에서 이데올로기가 강요했던 '민족'의 정체성에 균열을 가하는 영화적 실험이 이루어진 것은 이상한 일이 아니었다. 민족주의라는 당위를 넘어선 트랜스내셔널한 상상력은 영화적 표현의 가능성에 대한 감독의 낭만적 기대와 서구를 편력한 감독 개인의 경험적 자의식이 폐쇄된 정치 환경에 부딪히면서 문제화된 민감한 접점이었다.

당시 한국인 누구에게나 보편적인 선으로 인식됐던 '민족'이라는 당위적 감각을 전복하는 이 같은 문제적 지점의 포착은, 1960년대 후반부터 정체화되기 시작했던 공포영화의 여성적 시선을 개인적 영역을 넘어 보편적인 그것으로 확장해낸 감독의 의욕적인 실험에 의해 가능했다. 반공과 주체성을 강조하는 지배 이념과 그에 대항하는 저항 이념 어느 쪽에서도 부정하지 않았던 민족이라는 이상의 은폐된 허위성은 여성이라는 소외된 젠더의 유실된 시선을 짚어내고 탐구하는 데서 재현된다. 여귀라는 관습적 소재가 영토화된 관념의 제한성을 넘어 트랜스내셔널한 상상력을 가능케 하는 다른 시선의 매개자로 전유된 것이다.

물론 이 시선의 확장이 곧바로 긍정적 대안의 발견으로 연동되지는 않는다. 질례의 혈서를 읽고 마지막 혈투로 지거도사를 마침내 제거한 후 눈과 팔을 잃어버린 채 허탈하게 걷는 유신의 발길이 암시하는 것과 같이, 국가라는 명분도 사부와의 인연도 아름다운 고향도 잃어버린 자의 미래는 암담하다. 붉은 피로 물들어가는 물의 이미지 위에 또 다른 붉은빛을 내며 타들어가는 불꽃(편지)의 모습을 투영한 영

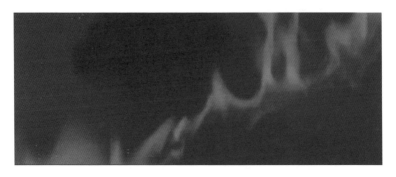

영화 〈수절〉의 타이틀 크레디트 배경으로 사용된 불과 물의 혼융 이미지.

화의 시그널 이미지가 그리듯, 감독은 그 어떤 기존의 관념으로도 정체화되기 어려운 삶의 모순을 시각화하려 했다.

감독이 기획한 트랜스내셔널한 상상력이 당시의 관객에게 서사적 실패와 모순으로 받아들여진 것은 어쩌면 당연한 일이었다. 어느 누구와도 정서적 연대감을 교환하지 못하는 고향 잃은 자의 역정은 당시 한국 사회에서 어떤 방식으로도 영토화되기 어려웠다. 그러나 그것은 그 어떤 기성의 시선에도 포획되지 않으면서 폐쇄된 정치 환경의 문화적 클리셰에 대항하고자 했던 치열한 사회적 상상력의 일단을 보여준다.

비자발적 근대화와
상징화되지 않는 과거,
홍파의 〈묘녀〉

〈묘녀〉(1974)는 홍파 감독의 두 번째 영화다.[10] 1970년 시나리오 신춘 문예로 등단했던 홍파는 하길종의 첫 영화 〈화분〉의 각색을 비롯하여 김승옥의 〈야행〉, 이문열의 〈사람의 아들〉, 조세희의 〈난장이가 쏘아올 린 작은 공〉 등을 각색하며 문학과 영화 양쪽에서 왕성한 활동을 했던 작가 겸 감독이었다. 김문수의 소설 〈증묘〉(1971)를 원작으로 하는 〈묘 녀〉는 당시 영화계에서 기획력의 우수성을 인정받고 있었던 태창영화 사의 발의로 시도된 홍파의 첫 공포영화였다.

　　고양이를 찌는 주술(증묘)을 통해 원한을 갚는 민속을 소재로 한 이 영화는 저주로 자기 남편을 죽인 남자의 아이를 데려다 길러 자신 의 성 노예로 삼은 한 여성의 무서운 욕망에 초점을 맞추었다. 증묘라 는 주술 행위를 배경으로 조카와 성관계를 갖는 숙모의 집착을 그려낸 원작의 파격성을 최대한 살리면서, 영화는 원작에서 그려진 숙모와 조

공포와 에로티시즘을 적극적으로 결합했던 홍파의 〈묘녀〉.
증묘라는 주술적인 상상력이 자본주의적 근대에 적응하지 못하는 남성상과 결합하며
무시무시한 공포를 자아낸다. 한국영상자료원 소장

카의 관계를 비혈연적 관계로 변형했다. 원작의 숙모와 조카는 영화에서 자신을 사모한 남자의 증묘 행위로 인해 남편을 잃은 여인(고 여사)과 이 여인의 남편에게 주술을 걸었던 남자의 아들(정훈)로 대치된다. 가족 윤리를 위반하는 관계의 파격성을 비껴간 이 각색은 원작에서 일탈적 관계와 정신적 상흔의 중요한 토대가 됐던 한국전쟁의 흔적을 지워내고 에로티시즘과 주술의 문제를 도드라지게 했다.

그러나 이 같은 변형에도, 문제적 상황으로 표현되는 '현재'와 사건의 원인으로 작용하는 '과거'의 관계는 단순한 개인사를 넘어 역사적 경험 속에서 작품을 해석할 가능성을 제공한다.

영화의 주요 무대를 이루는 도시 서울에서 현재의 주인공 정훈은 강박증에 사로잡혀 사는 인물이다. 그는 좀처럼 웃지 않고 말도 하지 않는다. 대사가 거의 없는 이 인물은 대부분의 장면에서 깎아놓은 밤 같은 말끔한 얼굴로 인형처럼 앉아 있다. 빌딩과 사무실로 가득한 복잡한 거리에서 그는 평범한 도시 샐러리맨의 한 사람처럼 살아가지만, 깔끔하고 세련된 그의 겉모습 뒤에는 아주머니뻘 되는 고 여사와의 기형적인 내연 관계가 숨어 있다.

영화의 주요 무대 중 하나인 정훈과 고 여사의 집은 번화한 서울의 풍광이 한눈에 내려다보이는 고성처럼 넓고 현대적인 양옥이다. 잘 가꾸어진 정원과 현대식이지만 어딘가 일제강점기의 주거 양식이 남아있는 듯한 이 가옥에서 정훈은 고 여사의 향락에 묶여 살아가는 존재로 묘사된다. 끈끈하고 들척지근한 목소리와 노출된 몸매의 곡선을 드러내는 검은 드레스의 고 여사는 출입을 제한하기 위해 이발도 면도도

남성을 인형처럼 사육하는 여성의 모티프를 통해 능동적 여성 섹슈얼리티를 무시무시한
공포의 소재로 활용했던 〈묘녀〉.

자신이 대신하겠다는 무서운 소유욕으로 정훈을 옭아맨다.

고 여사의 무서운 성적 욕망에 묶여 있는 정훈의 모습은 끝을 알수 없는 근대성의 심연에 빠져 들어 생명을 착취당하는 도회인의 거세당한 삶과 불안의 정서를 효과적으로 보여준다. 화려한 현대식 가옥에서 말끔한 양복을 입고 출퇴근하는 정훈의 아름답고 인형과 같은 생활은 겉으로 보이는 현대인의 도시적 삶이 기계와 같은 것임을 드러낸다. 누구나 반하는 훤칠한 용모의 소유자로 각인되어 있는 정훈은 세련되고 위생적이며 단정한 생활을 영위하지만 영혼이 없는 것처럼 보일 뿐이다. 그는 누구와도 소통하지 않는다. 영화에서 시종 그는 좀처럼 감정을 드러내지 않으며, 거의 모든 장면에서 상대 배우나 관객의 시선을 비껴나 다른 곳을 응시한다.

이 같은 '문제적 현재'의 원인으로 작용하는 '과거'는 각색을 통해 '전쟁'이라는 구체적 현실이 지워져버린 대신, 보편적 의미의 한국적 전통으로 그 의미가 치환된다. 여기서 과거는 정훈과 고 여사의 인연을 알려주는 시공이며 '증묘'라는 주술의 기억으로 특성화된 공간이다.

뜨거운 솥에 고양이를 삶아 죽이는 행위를 통해 원한의 대상에게 저주를 가하는 증묘 행위는[11] 고 여사가 정훈과 얽힌 원인이 된다. 고여사를 흠모했던 정훈의 상처한 아버지가 고 여사의 신랑을 저주하여 혼인날 밤 사망하게 만들었고, 고 여사가 다시 이에 복수하기 위해 증묘를 실행함으로써 정훈의 아버지를 사망하게 한 것이다. 홀로 남은 고 여사가 역시 홀로 남은 정훈을 데리고 도회로 떠난 것이 모든 일의 발단이다. 영화에서 이 탈향은 "싫어요"라는 어린 정훈의 외침과 더불어 이루어진다. 그러나 그는 실제로 고 여사의 욕망에 완전히 포박되어 있는데 이러한 정훈의 복종은 그가 아버지의 죽음을 올바르게 소화하지 못한 데서 기인한다. 고 여사의 증묘 행위를 지켜보던 정훈은 뜨거운 솥에 삶아지는 고양이의 고통을 자신의 것과 같이 내면화한 채 그 트라우마에서 벗어나지 못한다. 이는 그가 아버지의 죄와 자신을 동일시하고 있으며, 증묘를 통해 죄를 벌했던 과거의 시간에서 벗어나 주술의 세계로부터 스스로를 분리하는 의식적이고 상징적인 성장을 온전히 치르지 못했음을 의미한다. 즉 정훈은 아버지와 자신을 분리하고 아버지의 죽음을 올바르게 의미화하지 못했으며, 그 때문에 고 여사의 손길을 뿌리치지 못한 채 비자발적으로 도회인이 된 것이다.

자기 정체성을 온당하게 확립하지 못하고 죄의식에 휩싸여 기형적으로 도회의 질서에 편입된 정훈의 모습은, 자신의 과거를 올바르게 수용하지 못한 채 낯설고 이질적인 도시의 삶에 강제로 편입되어버린 일그러진 한국적 근대화의 현실을 상기시킨다. 누구보다도 단정하고 깔끔하게 도회의 거리를 걷고 있는 정훈의 정신적 상흔과 내적 트라우마는 비자발적 근대화를 통해 겉으로는 멀쩡해 보이지만 내면적인 불균형을 감추고 살아가는 한국 도회인의 정서적 상흔을 알레고리화한다. 토속적 삶의 기억은 결코 상징화될 수 없는 주술과 같은 형태로 현대인의 내면에 트라우마로 도사리고 있는 것이다. 타인과 제대로 눈을 마주치지도 의견을 교환하고 소통하지도 못하면서 겉으로만 완벽한 도시인의 생활을 영위하는 정훈의 모습은 이 같은 한국인의 일면을 극단적 형태로 가시화한다. 논리적으로 설명하지도 단순한 야만으로 웃어넘기지도 못하는 증묘라는 마력의 현재성은 외적 강제에 의해 수용됐던 근대 체제가 전통적 삶의 뿌리를 적절하게 수용해내지 못하고 있음을 암시하는 실패의 표징에 다름 아니다.

근대적 체제 내부로 적절히 상징화되지 않는 '과거'의 상흔은 남녀의 전도된 관계와 주술에 의한 연쇄 살인이라는 비의(秘義)적 모티프 속으로 전이된다.

먼저 정훈과 고 여사의 기형적 관계를 살펴보자. 두 사람의 전도된 관계는 작품에서 근대적 일상에 숨은 또 다른 트라우마를 일그러진 형태로 비추어낸다. 밤마다 붉은 조명이 켜진 침실에서 동일 무늬 격자의 연쇄로 구성된 거울 속에 자신을 비추며 정훈의 육체를 탐하는 고여사의 모습은 남성의 주체성을 거세하고 완전한 소유물로 삼는 바기나덴타타의 괴물 이미지를 닮았다. 고 여사의 능동적이며 마성적인 섹슈얼리티는 끝을 알 수 없는 근대성의 심연에 사로잡혀 생명을 착취당하는 도회 남성의 불안감을 거세 공포의 형식으로 구현해낸다.

이 능동적인 여성 섹슈얼리티가 근대성의 표징일 수 있는 것은 영화 속에 등장하는 다른 여성의 주체화된 면모 속에서도 확인된다. 〈묘녀〉에서 주체적이고 능동적인 여성은 고 여사 한 사람에 머무르지 않는다. 탁월한 미남자로 묘사되는 정훈의 주변에는 여성들이 넘쳐난다. 면도사 아가씨, 회사 창립일에 만난 살롱 아가씨, 다방의 미스 리, 잡지사 기자를 겸한 여대생 미스 오에 이르기까지 정훈의 주변에 있는 여성은 성적으로 개방적이며 놀랄 만큼 적극적으로 정훈에게 애정 공세를 펼쳐 나간다. 관계를 주도하고 육체를 개방하는 적극적인 공세의 주체라는 점에서 이들 여성은 사실상 고 여사의 능동성을 복사하고 있다. 여성들의 이러한 능동성은 공장 노동과 서비스직 등으로 여성의 경제활동이 늘어났던 1970년대 한국의 새로운 문화적 풍경을 의식하게 하며, 자본주의적 문화와 생산 활동에서 위축되고 있었던 남성성의 위기를 부각한다. 여성의 능동성과 에로틱한 성은 사회 구조의 변화를 표현하는 효과적 표징이 되는 것이다. 여성의 참여와 발랄한 활동성, 성적 능동성이 근대화의 결과라면, 그에 비례하여 위축된 것으로 표현되는 남성성은 그와 같은 근대화의 대오에서 낙오되거나 도태될 수 있다는 위기감과 비교우위를 빼앗길 수 있다는 불안감을 반영한다.

작품은 젊고 능동적인 직업 여성의 주체적인 행위를 죽음과 연동함으로써 거세 공포에 빠진 근대(남성) 주체의 적개심을 노출한다. 고 여사의 증묘 행위는 이 같은 적개심을 이성과 합리를 넘어선 초현실적 감각으로 구체화한 매개물이다. 능동적 섹슈얼리티의 주체라는 점에서 젊은 여성과 정체성을 부분적으로 공유하는 고 여사는 집 안에 머물러 사는 전근대적 생활 방식의 소유자라는 점에서는 젊은 여성과 다른데, 이는 정훈에 대한 독점욕 외에도 고 여사가 그녀들을 저주하는 또 하나의 이유가 된다. 정훈을 유혹할 때는 몸매가 드러나는 검정 드레스를 입지만 그 외의 시간에는 소복을 즐겨 입는 고 여사의 복장은 그녀의 이중적 정체성을 시각화한 미장센이다. 그녀는 정훈의 비정상적 영혼과 그가 헤어나지 못하고 있는 트라우마 속의 과거를 동시에 표상한다.

그리하여 정훈에게 구애하는 발랄한 여성을 하나하나 살해해 나가는 고 여사의 증묘 주술에서, 정훈과 과거로부터 온 여자인 고 여사는 표면상의 대립 관계(정훈은 고 여사의 증묘 행위를 의심하고 두려워한다)에도 불구하고 사실상 공모자가 된다. 정훈에게 접근한다는 것을 빌미로 고 여사는 근대의 거리를 살아가는 주체적인 여성들을 하나씩 살해해 나가며, 살인의 빌미를 제공하는 정훈 자신 또한 표면적 의지와 무관하게 이 죄악의 연쇄에서 자유롭지 않기 때문이다. 이들이 행사하는 증묘 행위는 과거(전근대)로부터 현재(근대)로의 변화를 온전히 수용하지도 올바르게 상징화하지도 못한 이들의 불구적인 정신세계의 표징이다. 증묘는 근대에 가하는 전근대의 복수인 것이다. 내적인 필요와 자발적인 이해에 근거하지 않은 생활 패러다임의 파격적인 이행이라는 시간 경험은 이처럼 기형적이고 파행적인 관계의 형상으로 묘사된다. 증묘의 공포와 주술적인 힘이 지닌 피할 수 없는 매혹은 당대의 대중 관객이 공유했던 도시화의 상처와 뿌리 잃은 삶의 상흔에서 비롯되는 것이다.

산업화의 불안과
자기 파괴로의
탈주

'증묘'의 주술 행위가 상징화에 실패한 사회 변화의 파행성에서 오는 근대성에 대한 위기의 감각을 시각화한다면, 과잉으로 치닫는 에로티시즘은 이 영화에서 근대 주체의 불안정한 내적 환부를 드러내는 또 하나의 감각적 제재에 해당한다.

〈묘녀〉는 당시로서는 매우 대담했던 에로티시즘적 충동을 어린 남성을 소유물로 삼아 지배하는 여성 캐릭터를 통해 감각적으로 구체화했다. 영화에서 고 여사는 정훈을 완전히 사로잡은 음란한 괴물로 묘사된다. 정훈을 장악한 고 여사의 지배력은 목욕탕, 이발관 등 정훈이 육체를 배분하는 공간을 금지하고 낮 12시면 전화로 점심에 먹을 음식을 지정하는 등 철저한 감시와 통제의 형태로 구현된다. 그들의 잠자리는 여성 상위로 진행되고, 대부분의 장면에서 고 여사의 손길은 애완동물을 어루만지듯 정훈을 다룬다. 이는 1970년대의 성적 위계와 성 역할 감각에서는 충격적인 전복성을 지닌다.

김종갑에 따르면 인간의 실재를 보고야 말겠다는 근대 주체의 충동을 겨냥한 문화적 상품이 포르노다. 에로티시즘은 불안정한 인간의 본질, 즉 실재를 향한 욕망을 충동하며, 실재를 되찾고자 하는 욕망에서 포르노는 생산된다. 현대인의 삶의 위기가 '잃어버렸다고 생각되는' 가상의 '진정한 인간'을 상정하게 만들고 성이 그에 대한 노스텔지어를 촉진하는 대상으로 기능할 때 포르노에 대한 욕망은 작동한다. 허위와 위선으로 가득한 사회에서 살아가는 현대인은 의지할 지푸라기 하나라도 움켜잡기 위해서 더욱더 실재에 강박적으로 집착하게 된다. 그리고 성을 통해 '실재'를 확인하고자 하는 집착은 대상, 즉 성(혹은 여성)의 핵이 무엇인지를 파고드는 데 집중하게 만든다.[12]

〈묘녀〉는 남성을 사육하는 여성의 마성을 통해 실재에 대한 현대인의 이 같은 포르노적 충동과 여성 섹슈얼리티의 심연에 대한 호기심을 공포의 감각과 함께 일깨운다. 자기만의 성곽 내에서 미남자를 사육하는 섹슈얼리티의 화신 고 여사는 불안정한 인간 존재의 한 본질을 여성의 성을 캐냄으로써 정복하려는 대중적 욕망이 구체화한 캐릭터에 다름 아니다. 그녀의 증묘 행위는 이 같은 캐릭터의 마성적 공포를 강화함으로써 포르노가 추구하는 '실재'의 불가능성을 은닉하는 가림가림막이 된다.

고 여사의 에로티시즘은 근대성의 구도 위에 올바르게 상징화되는 데 실패한 토속적 삶의 기억과 인간의 본질을 설명하는 실재에 대한 욕망이 서로 겹쳐지는 접점에 위치한다. 욕망하고 유혹하는 여성 섹슈얼리티의 핵심을 전근대적 주술성과 결합하여 파고들려 했던 영화적 상상력은 가짜와 가상으로 둘러싸인 세계를 살아가는 근대의 주체에게 가장 은밀하고 원초적인 면에서 진정한 세계의 진실은 무엇인가를 추적하고자 하는 내밀한 의지를 반영하고 있다.

물론 이 의지는 선정적 형식을 통해 전개된다. 작품에서 표면적으로 공포의 대상으로 부각되는 것은 고 여사의 성적 집착과 증묘라는 주술 행위지만, 그 이면에서 진짜 공포를 생성하는 것은 변화하는 근대 사회에서 진정한 주체가 되지 못한 남성 자아의 현실에 있다. 정훈이 '여자 같은 남자'라는 핀잔을 듣는 것도 이와 무관하지 않다. 과묵하고 무거운 정훈의 처세는 온전한 남자, 즉 온전한 근대 주체가 되지 못하는 자기 현실에 대한 압박감의 산물이다. 거세된 인형으로서 도시의 기계화된 삶을 살아가는 남성 주체의 상실감과 좌절은 1970년대의 산업화사회를 살아가는 관객을 겨냥하여 제작된 이 영화의 공포감이 은폐하는 진실이다. 거세된 남성 주체의 무력감은 능동적으로 육박해오는 여성과 또렷한 대조를 이루면서 성욕으로 점철된 여성괴물에게 사육당하는 홍안의 청년 모습을 통해 효과적으로 구현된다.

그러나 이 같은 일면성과 선정성에도 역사적이고 사회적인 의미 자질을 은폐한 채 표면적으로 에로티시즘과 주술을 강조했던 서사는 그 자체로 시대적이고 문화적인 저항성을 은밀히 함축했다. 영화의 에로티시즘은 리얼한 현실 묘사의 제한을 벗어나는 방법의 하나였고, 체제가 강제하는 성도덕의 금기를 거역하는 일은 그 자체로 반체제적이며, 급진적인 성격을 포함했다.

기실 정훈과 고 여사의 에로틱한 관계에 초점을 맞추었던 〈묘녀〉
는 개인적이고 내밀한 성에 대한 묘사가 그 자체로 문화적 저항성을
지닐 수도 있었던 시대적 상황 속에서 탄생한 작품이었다. 1970년대
영화에서 에로티시즘은 불황에 휩싸였던 영화계에 틈입했던 돌파구
의 하나였다. 이영일에 따르면 1960년대 말부터 한국 영화는 에로티
시즘을 표방하며 관객 유인의 기치를 올렸다.[13] 1973년에 이르면 영화
법에 성 묘사 기준이 도입되고 영화 광고 사전심의가 이루어질 정도로
성 묘사의 풍토는 심화됐다.[14] 독재 정권의 전체주의적 강압은 에로티
시즘과 같이 사적 자의식의 세계를 파고드는 영화적 묘사가 은밀하고
비순응적인 문화적 성찰의 계기로 작동하게 만드는 독특한 사회문화
적 맥락을 조성했다. 강화된 외적 체제의 강제가 개인의 내적 자아에
집중하는 것 자체를 저항적으로 독해할 수 있는 독특한 사회적 맥락을
형성했던 것이다. 대부분의 공포영화가 재래의 선악 구도를 중심으로
하는 서사 전개 속에 여귀의 원한을 표현하는 부분적이고 소극적인 모
티프로 성을 활용했던 것과 달리, 에로티시즘을 전면화했던 〈묘녀〉의
새로운 상상력은 이와 같은 시대적 배경 속에서 가능했다.
  주술과 성을 결합한 〈묘녀〉의 공포는 전근대라는 시대적 배경과
섹슈얼리티가 제각기 도구적으로 활용되고 있었던 기존 공포영화와
달리, 근대 속에 숨은 전근대적 불안을 실재에 대한 욕망과 결합하여
섹슈얼한 마녀라는 하나의 이미지로 집약해냈다. 이 마녀의 이미지를
통해 에로티시즘이라는 자기 파괴적 탈주에 탐닉했던 작품의 실험은
건전과 명랑, 정신주의를 강제하는 정치적 동원 체제의 압력을 뚜렷

이 거역했고, 주술과 결합한 근대인의 내적 상처를 들추어내는 서사는 기형적인 문화가 내장한 증상의 하나로서 체제의 불완전성을 들추어냈다.

위수령, 유신, 긴급조치로 점철되는 경색된 정국에서 국가적 권위주의의 압박을 뚫고 사적이고 개인적인 인간의 이면을 당시에 가능했던 상상력의 한 극한으로 몰아갔던 작품의 데카당스(퇴폐적)한 성격은, 개인의 사적 세계 안에 숨은 상처와 상징화되지 않은 근대화의 트라우마를 적극적으로 끌어냄으로써 집단성의 강제에 역행했다. 그러나 이 같은 역행의 저항성 속에서도 여성이 지속적으로 타자화되고 있었음은 기억해둘 부분이다. 퇴폐로의 자기 파괴적인 탈주를 감행하는 불안정한 근대 주체의 데카당스는 여성과 함께하기보다는 여성을 소비하면서 표현되고 있었다.

멜랑콜리로 녹여낸
계몽적 오컬트의 아이러니,
이장호의 〈너 또한 별이 되어〉

〈너 또한 별이 되어〉는 이장호 감독이 데뷔작 〈별들의 고향〉과 후속작 〈어제 내린 비〉의 흥행 성공에 힘입어 야심 차게 도전한 새로운 유형의 공포물이었다. 두 편의 대대적인 히트작을 내고 제작자의 전폭적 지원 하에 자신이 원하는 작품을 만들 수 있는 여건을 갖추었던 흥행 감독 이장호가 선택했던 차기작이 공포물이었던 것은 당시 심령과학의 유행과 관련이 깊다. 앞서 언급한 대로 미국에서 〈엑소시스트〉가 크게 성공한 이후, 1970년대 전반 한국에서도 심령과학과 오컬트에 대한 관심이 상당했다. 사주, 운세, 무속인 등에 대한 기사가 신문과 잡지에 본격적으로 오르고, 〈엑소시스트〉, 〈오멘〉 등 영화의 원전 소설이 번역, 출판됐으며, 해외에서 화제가 된 영화의 수입 여부가 사회적 이슈가 되는 등 오컬트는 당시 한국 문화계에서도 주요한 화젯거리였다.

기존 공포물과 달리 청순하고 발랄한 여귀를 등장시켰던 영화 〈너 또한 별이 되어〉는
〈엑소시스트〉의 모티프를 차용하여 어린아이의 몸에 빙의한 여귀의 이야기를 전개한다.

감독의 회고에 따르면 이 작품의 시나리오는 영화감독 하길종이
소설로 번역, 출판했던 《엑소시스트》와 당시 유행했던 심령과학 서적
을 참고하여 작가 임충과 이장호 감독 자신이 공동으로 집필한 순수
창작물이었다. 작품의 스토리와 이미지 스펙터클에 소설 《엑소시스
트》를 읽었던 감독의 상상력이 적극적으로 투영됐다는 점에서,[15] 〈너
또한 별이 되어〉는 오컬티즘의 한국적 이해와 수용의 양상을 단적으로
드러내는 작품이라 할 수 있다.

한상윤에 따르면 1970년대 한국의 오컬트 장르는 반근대, 반문명
적 성격을 지녔던 서구의 그것과 달리, 새로운 과학의 하나로서 받아

들여겨졌다. '심령과학'의 이름을 빌려 오컬트는 한국 사회에서 무당·미신과 달리, 영적 세계의 존재를 과학적으로 인준하는 시스템으로 작동했다.[16] 〈너 또한 별이 되어〉에서도 심령과학은 귀신 들린 아이를 치료하는 합리적인 방법의 하나처럼 기능한다. 심령과학을 전공한 한 박사와 무당을 포함한 심령회 회원들의 강심회 풍경, 한 박사가 초청한 영국인 클리프 박사와 일본인 영매의 협력을 통해 이루어진 여귀의 퇴치 과정 등을 통해 영화는 심령학을 의학이 접근하지 못하는 영혼의 문제를 해결하는 방법처럼 보이게 만들었다. 빙의된 영매의 입에서 흘러나온 고체를 녹음기에 감아 목소리를 냄으로써 영혼과의 대화를 물질화한 스펙터클, 물질 의학의 한계를 넘어서는 능력 있는 과학자로 등장하는 한 박사의 캐릭터, 영국을 필두로 한 세계적인 학술 네트워크 등은 심령학의 비의적 세계를 물질적이고 과학적인 합리성의 세계와 연계해 시각화하려 했던 노력의 결과였다. 악마와 비의를 통해 기독교와 근대적 합리성에 대한 서구인의 누적된 저항의식을 투영했던 서구 오컬트와는 상당히 다른 접근법이다.

과학에 맞서기보다는 과학과 이접했던 한국적 오컬트는 지배 이데올로기에 저항하기보다는 오히려 그와 부분적으로 결속하는 독특한 계몽적 성격을 창출했다. 영혼을 불러내어 사후 세계의 경험을 경청하는 한 박사의 심령회에서도 여귀를 설득하는 클리프 박사의 언술에서도 한결같이 강조되는 것은 죽음의 세계란 따뜻하고 평화롭다는 주장이다. 현세의 응어리를 풀고 온전히 죽음을 받아들이며 영혼의 안식을 취하도록 안내하고 설득하는 것이 작품이 역설하는 오컬티즘의 귀결인 셈이다. 지배 이데올로기와 반목하기보다는 오히려 접속하는 이 같은 계몽성은 서구에서 오컬트가 지녔던 반문명적 저항성과 구분되는 오컬트의 한국적 변주를 확인해준다.

그러나 다수의 공포영화가 그러하듯, 표면적인 주제의식과 달리 작품을 타고 흐르는 초현실적 제재와 공포 요소는 당대 사회의 모순과 불안을 은연중에 폭로했다. 〈너 또한 별이 되어〉는 〈엑소시스트〉나 〈오멘〉에서 활용된 악마나 불특정 다수의 악령 대신 개인적 원한을 지닌 여귀라는 관습적 모티프를 심령과학적 요소와 결합한 작품이다. 여귀가 된 미우(이영옥 분)의 개인적 사연은 이 영화에서 당대의 청년문화와 연동되면서, 영화는 경제적 풍요에 대한 기대와 도태에 대한 불안이 혼융되어 있던 제4공화국 초반의 대중 감성을 낭만적 상처의 형식으로 그려낸다.

영화는 복권에 당첨되어 교외의 넓고 세련된 양옥으로 이사한 상규(신성일 분) 가족의 상기된 행복의 순간에서 시작한다. 계몽운동의 로고송과 같은 경쾌한 음악과 더불어 상규 가족의 새로운 일상을 통해 경제개발의 성과가 가시화되고 2차 소비산업에 갓 눈을 뜬 한국 사회의 풍요한 삶에 대한 부푼 기대를 활기차게 담아낸다. 그러나 이 기대는 자살을 시도하는 낯선 여성의 목소리와 혼선되는 상규의 전화 통화를 계기로 곧바로 일그러지기 시작한다. 이때부터 영화는 상규의 딸 윤정이 드러내는 귀신 들린 행위와 윤정을 구해내기 위한 온갖 의학적 검사, 현대 의학(과학)의 실패와 심령과학에 의한 여귀 축출의 순으로 전개된다.

그러나 악령에 사로잡힌 어린아이의 끔찍한 이상 증세와 그 치료 과정이라는 표면적 서사의 배후에서, 여귀가 실질적으로 그 존재를 드러내고 욕망을 발설하는 시간은 윤정이 아니라 상규와의 만남 속에서 마련된다. 그렇기 때문에 영화는 〈엑소시스트〉에서와 같이 귀신 들린 아이가 이상 증상을 보이고 온갖 병원 검사가 진행되는 서사의 한편에서, 여귀 미우가 아이의 아버지 상규와 기묘한 만남을 지속하는 이중적 플롯을 통해 전개된다.

아이 윤정의 서사에서는 여귀가 오컬트의 공포를 촉발하는 소재 차원에서만 활용되는 것과 달리, 아버지 상규의 서사에서 여귀 미우는 당대 청년문화의 낭만적 판타지를 체현하는 존재가 된다. 미우는 영화가 중반에 이를 때까지 여귀라는 사실이 관객에게 명확히 감지되지 않을 만큼 발랄하고 자연스러운 캐릭터로 등장한다. 청바지에 모자를 쓰고 기타를 둘러멘 미우의 모습은 당시 미디어의 지면에서 흔히 등장했던 낭만적 청춘의 세련된 이미지를 적절히 모사하고 있다. 어려서부터 춤과 노래를 좋아했고 음악의 힘으로 가난과 슬픔을 잊으며 가수의 꿈을 키워갔던 미우의 과거는 그녀가 어깨에 멘 기타가 상징하는 포크 음악의 세계처럼 물욕과 성욕에 오염되지 않은 낭만적 판타지를 토대로 한다.

오래전에 아버진 이 집에서 돌아가셨어요. 바로 이 자리예요. 제가 아주 어렸을 때죠. 아버지의 죽음은 엄마와 나를 정든 집에서 떠나게 했어요. 그리고 가난 때문에 우리는 괴로움을 겪었죠. 그러나 곧 그것들을 잊을 수 있었어요. 좋은 남자애를 알게 됐죠. 그 우정은 모든 슬픔을 잊게 해주었어요. 우리들의 꿈은 음악이었어요. 우리는 그늘진 빌딩의 한구석에서 젊음을 노래했어요. 풋내기 가슴에 부딪혀 와 닿는 진실을 노래했어요. 열심히 아주 열심히 노래를 부르며 우리들의 꿈을 키웠어요.

　　　－〈너 또한 별이 되어〉(이장호 감독, 1975)

　　삶의 현실적 신고(辛苦)에 대한 자각이 결여되어 있는 미우의 꿈은 1970년대 청년문화가 지녔던 특유의 추상적이고 낭만적인 성격을 그대로 내비친다. 전후(戰後) 미국식 민주주의를 기초로 한 학교 교육을 바탕으로 서구 근대 사회와 문화를 사고의 준거로 성장했던 청년 베이비부머의 낭만적 문화는[7] 부모 세대와 거리를 두고 자신들만의 공감대를 추구하면서 만들어진 독특한 사회현상의 하나였다. 자본주의 소비사회로 진입하던 시기, 성장신화의 꿈이자 부산물이었던 이 청년문화의 낭만적 판타지는 당대의 격렬한 비판과 논쟁에서 드러나듯, 서구 소비문화의 추종이면서 동시에 저항성을 내포하는 양면적 성격을 지니고 있었다. 도달할 수 없는 순수성의 유토피아를 노래하는 판타지는 현실 연관성이 약하다는 점에서 피상성을 피할 수 없었지만, 적어도 부정적 현실에 동참하기를 거부하는 반역의 의지를 아울러 내포하고 있었기 때문이다.

　　여귀가 된 미우의 발랄하고 낭만적인 꿈이 평범한 샐러리맨의 생활에 갇힌 상규의 소망과 접속하는 것은 이 때문이다. 거대한 빌딩 속에서 책상 하나를 차지하고 월급쟁이로 살아가는 상규의 일상은 자동

귀신 들린 아이의 아버지와 낭만적인 만남을 갖는 〈너 또한 별이 되어〉의 여귀 미우는
당대 청년문화의 깨끗하고 발랄한 이미지를 가진 독특한 여귀였다.

차가 질주하는 도로와 바삐 길을 걷는 사람들, 먼저 가려는 다툼과 경쟁, 2500원어치만(월급만큼만) 일하라는 친구의 충고 등을 통해 단적으로 표현된다. 경쟁과 충돌의 일상을 한숨과 피로에 절어 살아가야 하는 세계에서 미우는 상규가 잃어버린 꿈, 거세된 욕망을 상기시키는 향수 어린 존재다. 그 때문에 미우의 불확실한 정체성에도 상규는 처음 만나는 순간부터 그녀에게 친근함을 느끼고 쉽게 사랑에 빠진다.

그러나 미우와 상규가 나누는 공명은 어디까지나 비현실적인 꿈에 지나지 않는다. 미우가 표상했던 일상으로부터의 탈주와 아름다운 소망, 낭만적 사랑은 현실의 인간에게는 결코 도달할 수 없는 유토피아적 판타지에 지나지 않기 때문이다. 미우를 통해 상규가 빠져드는 순수와 낭만의 세계는 환상으로만 존재할 뿐, 이 환상의 곁에는 언제나 엄준한 현실이 도사리고 있다. 통행금지 시간에 임박하여 거리를 걷다가 마주치게 된 두 캐릭터의 첫 만남처럼, 현실의 삶은 군사정권의 비정한 통제와 물질 만능주의에 압박되어 있다.

이처럼 통제되고 물질주의적인 세계 너머에 대한 향수는 달콤하지만 현실을 타개할 수 있는 실천적 힘이 약할 수밖에 없다. 비정한 현실을 넘어선 낭만적 판타지를 표상하는 미우가 도태되고 희생될 수밖에 없는 것은 이 때문이다. 영화는 미우에게 근대 도시의 뒷골목에서 가능할 수 있는 가장 가혹한 삶의 역정을 투영한다. 가수의 꿈을 키웠으나 음흉한 프로듀서에게 농락당하고 사랑했던 친구에게마저 버림받으며, 클럽의 댄서로 전락하여 악덕 업주에게 착취당하다가 심지어 부랑한 청년들에게 집단 강간을 당하는 미우의 전력은 근대화된 도시

서울의 어두운 이면을 집약적으로 보여준다. 근대 도시의 화려한 네온 뒤에 존재하는 버려지고 짓밟히며 도태되는 이들의 사연을 미우의 삶은 단적으로 함축하고 있는 것이다.

따라서 여귀가 된 미우는 경쟁과 다툼에 내몰리고 풍요를 뒤쫓는 근대 도시 서울을 살아가는 샐러리맨 상규의 유약한 내면을 비추는 거울 같은 존재라고 할 수 있다. 경쟁과 피로에 휩싸여 살아야 하는 근대 주체가 꿈꾸었던 오염되지 않은 순수 세계를 표상했던 미우는 결국 엄준한 현실의 장벽 앞에 도태되고 희생될 수밖에 없는 존재이며, 역으로 그와 같은 실패와 도태에 대한 두려움을 표상하는 대중적 불안과 동요의 실체인 것이다.

미우의 죽음이 근대적 성장에 수반되는 도태의 불안과 고통을 지시할 때, 어린아이의 신체를 점령한 여귀(미우)의 축출 과정을 그린 '윤정의 서사'는 폭력 위에 구축된 성장의 현실을 유지하기 위해 희생자의 재귀를 막는 엑소시즘의 제의가 된다. 윤정을 구하기 위해 한 박사를 필두로 한 심령과학자들이 내린 영적 처방은 미우의 상처를 달래고 설득하는 일이다. 여귀 미우를 설득하고 그녀의 죽음을 신성화함으로써 희생자의 목소리를 틀어막고 정상성을 회복하는 것이 심령학자가 치르는 제의의 목적인 것이다. 그 과정에서 한국화된 오컬트는 죽음의 세계를 미화하고, 고통에 빠진 영혼으로 하여금 현실을 수용하고 받아들이도록 설득하는 언술을 지속한다. 사회의 억압성과 가해의 폭력성을 은닉하고 희생자의 신체에 각인된 사회적 죄악의 흔적을 지워버림으로써 희생자를 한 마리 가녀린 나비와 같이 아름답게 미화하는 것이다. 희생자의 죽음을 숭고화하는 이 같은 가장을 통해 현실의 질서는 다시금 승인된다. 하지만 〈너 또한 별이 되어〉에서 이 승인은 지배담론의 산물이라기보다는 그에 역행하는 무균적 '순수'에 대한 지향에 근거한다. 미우의 죽음을 숭고화하는 희생제의의 진짜 성격은 희생제의 이후의 결말에서 보다 분명하게 드러난다.

여귀의 분노를 잠재우는 희생제의는 1970년대 청년문화의 아련하고 우울한 멜랑콜리를 그대로 내장한 채 막을 내리지만, 영화는 말미에서 반복적으로 삽입되는 〈슬픈 노래는 싫어요〉라는 주제곡을 통해 애틋한 슬픔의 감성을 강력하게 표출하며 진한 여운을 남긴다. 현실에 대한 좌절감과 안정에 대한 욕망을 동시에 내포하는 이 노래는 미우의 죽음이 드러내는 근대화의 상처와 고통에 대한 표면적인 봉합에도 완전히 지워지지 않는 불안과 동요를 센티멘털하게 드러낸다. 단절되지 않는 여운을 남기는 이 센티멘털한 감성은 여귀 퇴치라는 공포의 문법이 조성하는 표면적인 화해에도 살아남은 자의 무력감과 현실의 불완전성을 여전히 노출한다.

낭만적이고 유약한 감수성의 청년문화가 그랬던 것처럼, 여귀의 희생을 직접적으로 위로함으로써 현실의 평안을 유지하는 한국적 오컬트의 제의는 이처럼 여귀가 표상했던 순수와 낭만의 세계를 결코 잊지 않는 멜랑콜리의 여운을 강력하게 유지했다. 이 멜랑콜리는 막연하고 추상적이며 도피적인 유토피아 의식 속에 권위주의적 압제에 대한 저항감이 살아 있을 수 있는 유력한 거점으로 기능했다. 현실의 폭력성을 잊지 않는 이 슬픔의 감성은 제의를 통해 여귀의 희생을 수용해버리는 한국적 오컬티즘의 체제 순응적인 일면 속에서도 이 영화가 지배 질서의 바깥으로 이탈하는 욕망을 포획하고 전시하는 저항성을 유지하는 거점이 되는 것이다. 청년문화의 센티멘털한 멜랑콜리는 여귀의 희생을 숭고화하는 한국적 오컬트의 계몽적 언술과 공포영화의 메타포적 가장(假裝)을 압도하면서 비순응적인 탈주의 욕망을 촉진하는 문화적 저항과 슬픔의 정서를 직접적으로 표현하고 있었다.

슬픔/패배의 정서가 숨긴
역설적 저항성

공포영화는 근본적으로 비주류적이고 주변화된 양식에 속하지만, 1970년대 중반 주류 영화계에서 주목받았던 젊은 감독들이 이처럼 공포물을 통해 서로 다른 실험을 보여준 것은 흥미로운 부분이다. 영화계 전반이 위축되고 있는 상황에서 주목받는 감독들이 공포영화를 실험한 것은 정치적 압박과 검열이 강화되는 시대에 제한된 조건에서나마 창의적 표현의 가능성을 탐색하고자 했던 의지를 반영한다. 하길종의 트랜스내셔널한 상상력, 홍파의 에로티시즘, 이장호의 낭만적 청년 문화의 전유는 모두 급박해져가는 정치적 상황에 대한 긴밀한 문화적 반응을 함축한 것이었다.

서로 다른 상상력을 통해 전개된 문화적 응전의 실험은 기존 공포영화의 여귀 모티프를 계승하면서도 변형했다. 〈수절〉의 여귀가 거시적이고 보편적인 인간사의 측면으로 시야를 개방하는 트랜스내셔널한 이질성을 지녔다면, 〈묘녀〉의 여성괴물은 여성 섹슈얼리티의 심연을 표상하는 에로티시즘의 극한을 주술과 결합함으로써 근대 상징질서의 맹점을 노출했다. 〈너 또한 별이 되어〉의 여귀 또한 가부장적 근대화의 단순한 희생양에 그치지 않는다. 당대 청년문화가 지향했던 순수의 이미지를 배후로 한 이 영화의 여귀는 낭만적 청년문화의 판타지를 표상하며 도시 청년의 우울과 좌절을 대변했다는 점에서 기존의 여귀상과 또렷이 변별되는 독자성을 지니고 있었다.

탈민족주의, 에로티시즘, 낭만적 순수주의의 필터는 괴물이 된 여성의 목소리가 지배 문화의 클리셰에 포획되지 않고 다른 방식의 발화 거점을 마련할 수 있는 틈새를 제공했다. 세 영화는 기존의 공포영화가 천착했던 가부장제의 문제를 넘어 여성의 존재가 한국적 근대화의 모순과 결부되는 다른 지점들을 실험한 것이다. 〈수절〉이 보여준 집단적 이념에 대한 거부, 〈묘녀〉의 자기 파괴적 탈주, 파괴된 순수성을 애도하는 〈너 또한 별이 되어〉의 센티멘털리즘, 어느 쪽이든 이 실험을 지배한 것은 슬픔과 패배의 정서다.

슬픔과 패배의 감성이 지배적인 공포영화의 구조는 정당성을 결여한 국가가 강제하는 압박에 대한 대중문화의 정직한 반응의 하나였다고 할 수 있다. 내적 불안을 조장하는 반공주의 이념 위에 구축된 독재체제, 정신주의를 강요하는 감정의 규율, 사상의 자유를 통제하는 각종 검열과 제재는 자기 파괴적인 데카당스나 패배주의적인 센티멘털리즘과 공포영화가 접속하게 된 배후를 이룬다. 공포영화가 파괴와 분노보다 슬픔과 패배의 정서를 앞세우게 된 것은 폐쇄된 정치 환경과 긴밀히 연동되는 것이다.

　민족주의에 대한 저항감, 자기 파괴적인 데카당스, 센티멘털한 낭만주의 등 세 영화를 추동했던 무의식의 저변에서 공통으로 흐르는 것은 집단주의를 강요하는 경직된 사고에 대한 저항적 감각이다. 가부장제의 모순을 문제화하는 관습화된 공포물의 시선에 포획되지 않는 여귀 이야기의 저변에는 집단적이고 전체주의적인 문화의 경직성에 대한 대결 의식이 흐르고 있는 것이다. 이 대결 의식은 개인적이고 사사로운 것에 가치를 부여하는 새로운 정서의 맹아를 함축했다. 여귀/여성괴물이 표현하는 타자화된 삶이 분노와 복수 이전에 슬픔·패배와 먼저 접속하면서 새로운 의미를 지닐 수 있었던 것은 개인적인 삶을 가치화하는 무의식적 정서와 욕망에 의해 가능했다. 사사로운 세계에 집중하는 센티멘털하고 자기 파괴적인 욕망은 집단적 이데올로기만을 강요해왔던 시대에 대결하는 역설적이고 전복적인 에너지를 품고 있었다.

사극공포영화로 본 1980년대 공포 문법의 변형

9:

전설에서 판타지로, 사극공포영화의 변모

원죄로서의 과거와 찌꺼기들의 반란

연루된 자의 공모감과 세계의 완전성에 대한 의구심

전설에서 판타지로,
사극공포영화의 변모

1970년대 전반까지 성행했던 공포영화는 1970년대 후반 급격한 위축을 겪는다. 공포영화의 침체는 정책의 규제와 텔레비전의 보급, 레저산업의 확대 등의 영향으로 영화계 전반에 일어난 침체에 따른 결과였지만, B급이라 하더라도 분장과 특수효과 등이 기본적으로 동원되어야 하는 공포영화 제작비의 문제도[1] 작용했던 것으로 보인다. 제5공화국이 문을 연 1980년대에는 성애영화로 돌파구를 찾았던 영화산업의 흐름과 맥을 같이하여, 공포영화 역시 기존의 성애적 요소를 더욱 강화하면서 다시금 제작 편수가 늘었다. 《한국영화연감》에 따르면 1980년부터 1985년까지 총 31편의 공포영화가 제작됐다.[2] 장르 혼성작이나 누락된 작품까지 고려하면 실제 제작 작품 수는 그보다 많았을 것으로 보인다.

   1980년대 공포영화는 과거보다 스펙트럼이 더 다양해졌다. 서구

의 드라큘라를 문자 그대로 한국으로 옮겨온 〈관 속의 드라큘라〉(이형
표 감독, 1981), 에스파냐의 좀비 영화를 그대로 본뜬 〈괴시〉(강범구 감독,
1981)와 같이 서양 공포영화를 한국적 상황에 녹인 예외적 작품이 등
장했고, 〈깊은 밤 갑자기〉(고영범 감독, 1981), 〈안개는 여자처럼 속삭인
다〉(정지영 감독, 1982)와 같은 심리 미스터리나 추리물로 발전한 예가
나타나기도 했다. 한국과 중국 합작으로 제작된 〈몽녀한〉(강범구 감독,
1983)과 같은 괴물영화나 식민지 기억을 사악한 의술과 접합한 〈한녀〉
(이유섭 감독, 1981)와 같은 이색작도 개봉된다.

그러나 B급 영화라는 위상은 계속됐다. 공포영화는 쿼터 제도에
맞추어 외화를 수입하기 위해 저예산으로 쉽게 찍어내는 수준 낮은 오
락물에서 벗어나지 못했다. 〈귀화산장〉(이두용 감독, 1980), 〈망령의 웨
딩드레스〉(박윤교 감독, 1981), 〈천년백랑〉(박윤교 감독, 1983), 〈목 없는 여
살인마〉(김영한 감독, 1985), 〈월하의 사미인곡〉(박윤교 감독, 1985)과 같이
1960~1970년대의 영화 시나리오를 그대로 재탕하거나 변형해서 새
로 찍은 영화가 끊이지 않았던 것은 쿼터 제도를 준수하기 위한 영화
계의 궁색한 방책이었던 것으로 보인다.

현대를 배경으로 한 작품이 증가했지만 공포영화의 중심은 여전
히 사극이었다. 1980년대 사극과 공포의 결합 관계는 TV 드라마 〈전
설의 고향〉에 의해 더욱 강고해졌다.

1977년에 첫 회가 제작되고 1989년까지 방영됐던 KBS 방송국
의 〈전설의 고향〉은 공포와 전설을 연동 짓는 사고의 클리셰를 만들어
낸 인기 있는 드라마 시리즈였다. 〈전설의 고향〉은 공포물을 전문으로

1970~1980년대 한국 공포물의 대명사가 되었던 KBS TV 시리즈 〈전설의 고향〉.
여름에 기획한 〈전설의 고향〉 납량특집은 항상 전국적인 화제를 이루었다.

다루는 코너가 아니었지만, 특히 여름에 집중적으로 방영됐던 납량특집 공포물이 전국적 관심을 모으면서 10여 년 동안 명실 공히 한국 공포물의 대명사로 자리 잡았다. 이 시리즈에서 소개된 사람으로 둔갑한 꼬리 아홉의 여우(〈구미호〉), 무덤에서 쫓아오는 귀신(〈덕대골〉), 고갯길에 출몰하는 원혼들(〈느티고개〉), 죽음을 예고하는 저승사자(〈저승화〉), 불명예스러운 죽음을 바로잡으려는 처녀귀(〈나비의 한〉) 등은 오랫동안 한국인이 기억하는 공포물로 자리 잡는다. 〈전설의 고향〉 납량특집은 평소 드라마를 보지 않던 사람까지도 텔레비전 앞으로 이끌며 며칠 동안 귀신/요괴 이야기를 인구에 회자시키는 강력한 흡입력을 발휘했다. 여름밤 온 가족이 텔레비전 앞에 앉아 이불을 뒤집어쓰고 옛이야기를 즐길 수 있는 시간을 제공한 것이 〈전설의 고향〉 납량특집이었다.

그러나 〈전설의 고향〉은 어디까지나 전국 방방곡곡 다양한 연령의 사람들이 함께 시청하는 공영 방송 드라마였다. "전설을 통해 한국적 정서를 되살리기 위해 사실성을 근거로 한 지역이나 인물의 신기한 이야기를 아름다운 영상에"[3] 담는다는 기획 의도는 이 시리즈가 민족주의에 바탕을 둔 지배 이념과 탄탄하게 결속하고 있었음을 확인해준다. 전래 이야기를 통해 민족의 결속력을 강화하고 윤리 의식을 고양한다는 공공성과 교훈성은 공포물에서도 예외가 아니었다. 무서운 귀신이나 이물을 다룬 서사는 어디까지나 계몽적인 의도 속에서 전개됐고, 이야기 말미에 삽입되는 내레이션은 작품의 계몽적 의도를 확고하게 고정했다. 〈전설의 고향〉 시리즈의 작가 임충이 드라마 극본을 옮겨 출간했던 동명의 출판물 《전설의 고향》 4권에서 시리즈 최고의 인기물이었던 구미호 이야기의 의미는 다음과 같은 내레이션으로 마무리된다.

등치고 간을 빼어먹는 괴물이 어찌 구미호뿐이리오.
이 사바세계에는 나 혼자만이 잘 살고자 친구를 등치고, 약한 자를, 착한 자를, 정직한 자를 감언이설로 속이고 언약을 저버리는 자들이 많으니 그런 자들이야말로 인두겁을 썼다 뿐 등치고 간을 빼어먹는 진짜 구미호가 아니리오.

그러고 보면 우리네 전설 속에 살아 있는 구미호라는 천년 묵은 여우는 인간의 사악함이 빚은 상상의 동물일시 분명하며 사람의 마음속에 사악함이 스러지지 않는 한, 구미호에 대한 전설도 오래도록 남아 있을 것이다.

– 임충, 《전설의 고향 4》, 1980

〈전설의 고향〉에서 처음 소개된 〈구미호〉는 병든 어머니를 위해 깊은 숲으로 산딸기를 따러 갔던 청년이 인간의 간을 빼 먹는 구미호와 맞닥뜨려 죽음의 위기에 처하지만 절대 구미호를 만났다는 발언을 하지 않겠다는 약속을 하고 풀려난 뒤, 둔갑한 구미호와 혼인하여 아이를 낳고 살게 되는 이야기다. 이 작품에서 가장 충격적이었던 것은 10년 동안 가장 친밀한 존재로 살았던 아내가 구미호를 보았다는 남편의 비밀을 듣자마자 간을 빼 먹으려 덤벼드는 괴물로 변모하는 순간의 스펙터클이다. 산 채로 간을 빼앗긴다는 끔찍하고 두려운 상상이 가장 가까운 존재에 의해 실현되는 일촉즉발의 순간은 숨이 멎는 충격과 공포를 선사했다. 그러나 내러티브는 공포 자체를 강조하기보다는 이 같은 공포의 순간을 야기하는 것이 실은 인간의 나약하고 사악한 본성에 있음을 강조했다.

남편의 생계를 돕기 위해 구슬을 내어준 구미호 아내의 선의를 주인공 청년은 남용하고 학대한다. 일확천금의 허황된 꿈으로 구슬 판 돈을 투전에 써버린 청년은 구미호를 학대하고 괴롭히며 더 많은 구슬을 얻으려고 모략과 거짓말을 서슴지 않는다. 그리하여 작품은 "약한

자, 정직한 자, 착한 자"로 살고자 했던 구미호의 정성과 충정을 배신하는 인간의 비윤리적 태도를 꾸짖고 경계하는 데 초점을 맞춘다. 구미호의 마력과 공포는 유실되는 인간의 도덕심을 회복하기 위한 수단으로 작용하는 것이다.

그러나 유교적 이념에 직설적으로 복무하는 고전적인 교훈의 감각은 〈전설의 고향〉 시리즈가 1980년대에 마무리될 수밖에 없었던 이유가 되기도 했다. 긴장과 흥미의 상당 부분을 의외성에 기대는 공포양식의 본원적 성격이 고정되고 진부해지는 교훈적인 의도와는 잘 맞아떨어지지 않았던 것이다. 〈전설의 고향〉 공포물의 인기는 점차 분장과 특수효과가 야기하는 공포 효과에 의존해야만 했다. 고지식하게 윤리적 의도를 전달했던 같은 시리즈의 비공포물이 차츰 진부하다고 여겨지게 됐던 것처럼, 방영 때마다 화제를 모았던 공포물도 소재 고갈과 진부한 의미화로 점차 대중의 외면을 받을 수밖에 없게 된다.

〈전설의 고향〉이 만들어낸 시대물과 공포의 익숙한 결합 관계에 편승하여 더 자극적인 연출과 스토리로 공포영화의 고전적 줄기를 이어간 것은 사극공포영화였다.

1980년대에도 사극 공포물은 여전히 변두리 극장가를 누비며 B급 공포 감성의 주요한 줄기를 이어갔다. 〈전설의 고향〉의 인기는 전설과 공포의 친연성을 확대했지만, 사극공포영화는 역으로 〈전설의 고향〉과 경쟁하며 활로를 모색해야 했다.

1980년대 사극공포영화가 찾은 활로는 TV에서는 걸러질 수밖에 없었던 잔혹하고 충격적인 이미지의 스펙터클과 농도 깊은 섹슈얼리티였다. 그리하여 공포영화는 주로 조선 사회를 배경으로 했던 〈전설의 고향〉과 차별화하여, 홍콩 합작 영화에서 자주 등장했던 고려시대를 즐겨 무대화했으며, 중국 사극물의 의상과 분장을 적극적으로 활용하여 무협적 성격을 강화했다. 또 성애 장면과 섹슈얼한 노출을 강화하고, 귀신과 검객의 대결 장면을 활성화하여 볼거리의 다양화를 추구했다. 무엇보다도 적극적으로 개발된 것은 귀신의 충격적인 외양과 기괴하고 잔인한 복수의 방법을 시각화하는 일이었다.

닭 피를 빨고 나서 피 묻은 입술로 산발을 한 채 눈을 치뜨고 있는 여귀의 얼굴을 상향 조명으로 음양을 극대화하여 보여주었던 〈여곡성〉(1986)의 충격적인 귀신 형상은 더욱 깊고 진한 공포감을 조장하려 했던 당시 공포영화계의 노력을 압축하고 있다.

서사의 논리를 떠나 오랜 기간 관객의 뇌리에 잊히지 않는 깊은 인상을 각인하는 무서운 장면을 만들어내는 것이야말로 이 시기 사극 공포영화가 무엇보다 열중했던 부분이었다. 여귀가 목을 물고 피를 빠는 모습은 일상화됐으며, 입에 뱀을 물고 달려들거나 장수의 칼을 입으로 받아내는 모습, 물 위로 뻗어나간 머리털이 인간의 목을 휘감아 죄거나, 병풍과 벽에서 피가 치솟고, 관이 날아다니며, 술잔에서 해골이나 귀신이 튀어나오는 등 공포영화 감독은 공포감을 고양하는 다양한 스펙터클을 연출하는 데 열을 올렸다. 펄펄 끓는 가마솥에서 나타난 여귀가 가마솥을 들여다보던 여종의 머리를 낚아채 솥 안으로 끌어들인다거나(〈원한의 공동묘지〉, 1983), 첫날밤을 맞아 한창 초야를 치르며 누운 신부의 머리채를 마룻바닥에서부터 잡아당겨 목 졸라 죽이

〈원한의 공동묘지〉와 〈춘색호곡〉의 여귀들.
1980년대에 이르면 사극공포영화가 무협영화와 결합하면서 여귀와 무인의
대결이 펼쳐지는 장면이 자주 등장하고, 재주를 넘는 여귀의 모습은 일반화된다.

는 여귀의 모습(《월녀의 한》, 1980)과 같은 엽기적 장면은 이 같은 고심의 산물이다.

이러한 작품에서 역사적 과거의 시공은 이제 더 이상 한국적 정서와 향수를 내장하는 고유의 공간으로 기능하지 않는다. 이야기의 배경인 '과거'는 이제 역사가 아니라 특수한 분장과 의상을 바탕으로 한 장르의 관습과 현재적 상상력이 서로 길항하며 익숙하면서도 차이 나는 쾌감을 창출하는 판타지의 시공으로 변화한다.

원죄로서의 과거와
찌꺼기들의 반란

판타지 시공으로 변화한 역사 공간의 지반 위에서, 공포감을 주는 장면에 대한 천착은 서사 전개 방식에도 뚜렷한 변화를 일으켰다. 1960~1970년대 공포영화에서 서사는 시간 순서로 전개되거나 원한 맺힌 여귀의 사망 경위가 자세히 묘사된 후 그 원인을 해소하는 데 초점이 맞춰졌다. 원한의 사연과 그 해소가 서사의 중심을 이루고, 이 해소 과정에서 제도에 호소하거나 원귀의 직접 응징이라는 방법이 동원되며,[4] 해원이 이루어진 후에는 원귀가 스스로 사라지거나 안정된 죽음(소멸)을 맞는다.

이와 달리 1980년대 공포영화에서는 시간 순서가 대체로 거꾸로 구성된다. 여귀의 한 맺힌 분노가 초현실적 힘을 통해 인간을 공격하는 무섭고 폭력적인 순간을 지속적으로 시각화하는 데 중점을 두기 때문이다. 몇 가지 예를 살펴보자.

〈흡혈귀 야녀〉(김인수 감독, 1981)

고려 중엽, 마을의 세도가인 원사용의 아들 법원의 침방에 여귀 설리가 나타나 법원의 아내 유화를 죽인다. 원사용이 기다리던 색시를 태운 가마에도 설리가 나타나 사람들이 공포에 떤다. 설리는 과거, 숲속에서 남편을 죽이고 자신을 겁탈하려 한 원사용을 피해 혀를 물고 자결했던 여인이었다. 설리는 마을에 나타난 도둑들을 죽게 만들고, 원사용을 돕는 술사의 이불 속에 뱀을 풀며, 원사용의 딸 서화도 잔인하게 해친다. 원사용의 아들인 법원은 개골산의 고승을 찾아 설리를 막을 방도를 배우고, 마침내 고승과 법원의 협력으로 설리는 무덤에 갇히지만, 원사용의 참회에도 불구하고 마지막 순간 설리는 부활한다.

〈원한의 공동묘지〉(김인수 감독, 1983)

고려 중엽 한 공동묘지에서 소야의 시체가 일어나 고양이와 하나가 된다. 이날은 조 부자의 아들 충의 신혼일이다. 잠들었던 충의 신부 영랑이 고양이와 교감하고 묘지로 걸어 나와 소야의 영을 받아들인다. 영랑은 조부자의 하수인이었던 천가와 마달에게 나타나 이들을 죽인다. 마을에는 고양이가 들끓고 조 부자의 심복 노단은 사건을 조사하던 중 영랑이 조부자의 또 다른 하수인 황포를 흡혈하여 죽이는 것을 목격한다. 조 부자가 마을의 고양이를 모두 죽이자 고양이가 죽을 때마다 영랑은 신음한다. 소야는 과거에 자신을 탐하여 남편을 살해한 조 부자에 대항하여 은장도로 자결하며 고양이에게 피를 먹여 복수를 부탁했던 여인이다. 마을의 무녀가 영랑을 의심하자 조 부자가 굿을 벌이지만, 영랑은 오히려 무녀와

집사를 물어 죽이고, 도망가는 조 부자를 쫓는다. 문중의 요청을 받은 고승이 나타나 퇴치 방법을 알려주고, 그의 비법을 전해들은 충이 결국 영랑을 죽이지만, 영랑을 묘에 묻는 순간 뻗어 나온 팔에 의해 충은 무덤으로 끌려들어간다.

〈여곡성〉(이혁수 감독, 1986)

사대부 경진의 집에서 혼례가 진행된다. 그동안 경진의 아들들은 혼인 초야에 의문의 죽음을 맞았고 막내 명규를 지키기 위해 안주인 신씨는 머슴 떡쇠의 혼사를 가장하여 옥분을 신부로 맞는 중이다. 그러나 의기 있는 명규의 주장으로 혼례는 명규 자신에 의해 치러지고 첫날밤 명규도 그만 죽고 만다. 신씨는 옥분을 돌려보내려 하지만 옥분은 이미 임신을 했고, 신실하게 가정을 지키고자 한다. 아들을 위해 무덤 앞에서 기도하던 신씨에게 월아의 귀신이 빙의하고, 그 뒤부터 신씨는 닭 피를 마시고 예산 댁을 죽이는 등 기행을 일삼는다. 명규의 시신을 노출해 옥분을 놀라게 하여 아이가 떨어질 뻔한 일이 일어나고, 집안의 가장 경진이 명규의 장례에 나서면서 월아와의 과거가 상기된다. 월아는 경진의 아이를 가진 채 경진에게 속아 그의 칼에 비명횡사했던 원한 지닌 여인이었다. 명규의 장례를 방해하고 옥분을 해하려던 신씨는 자신의 정체를 눈치챈 첫째 며느리를 흡혈하여 죽이고, 경진에게 월아의 환상을 보게 만들어 둘째 며느리를 죽이도록 유도한다. 마침내 월아의 혼에 빙의되어 살인을 일삼은 것이 신씨였음을 알게 된 경진이 신씨를 죽이려다 살해된다. 신씨는 옥분의 배 속에 있는 아이를 죽이려 덤벼들지만 옥분의 가슴에 새겨진 신비한 만

(卍) 자가 마침내 월아와 신씨의 혼령을 태워 없앤다.

이야기는 대부분 여귀의 충격적인 등장으로 시작하고,[5] 여귀의 초현실적이고 신출귀몰한 해악에 의한 인물의 공포가 초점화된다. 원한의 원인은 대체로 이야기의 중후반에 이르러야 짧은 회상을 통해 밝혀지고, 마침내 고승의 조언을 받은 협객과 여귀의 마지막 대결에 의해 귀신 퇴치와 재봉묘가 이루어지면서 서사는 잠정적인 결말로 나아간다.

이 과정에서 선정적인 노출과 섹슈얼리티의 기능은 표 나게 강화된다. 강화된 성적 요소는 작품 안에 삽입되는 성 묘사의 횟수가 많아지고 성 표현의 수위가 높아지는 데서도 드러나지만, 원한의 원인이 겁탈과 같은 부도덕한 성적 욕망으로 일반화된다는 점에서도 뚜렷해진다. 원색적인 죽음과 파괴적인 여귀의 힘을 촉발한 것은 정치적이거나 사회적인 범죄가 아니라 무고한 여성에게 가해진 남성 가부장의 성폭력으로 설정된다.

〈원한의 공동묘지〉(1983)의 원귀 소야는 남편을 죽이고 자신을 겁간하려던 조 부자의 야욕을 피해 은장도로 자결했고, 〈흡혈귀 야녀〉(1981)의 설리는 신행길에 숲속에서 비를 피하다가 쫓아온 원사용에게 남편이 죽임을 당하고 자신도 겁탈의 위기에서 혀를 물고 자결한 원한을 지녔다. 〈여곡성〉(1986)의 월아가 원귀가 된 이유도 사대부 대감 경진의 아이를 가진 채 노잣돈을 받아 떠나려던 중 경진의 비열한 칼을 맞고 비명횡사한 과거에 있다. 시집가던 길에 남편을 납치 살해한 자

女哭聲

深夜의 哭聲이 울리면 生命의 등불이 꺼진다!

여곡성
監督 / 李赫洙
색인수 / 김윤희 홍영진 이계인

상향 조명을 이용하여 묘사했던
소름 끼치는 여귀의 얼굴로
유명했던 영화 〈여곡성〉은 에로
영화 전성시대였던 1980년대의
영화답게 공포뿐만 아니라
여성의 에로틱한 섹슈얼리티
묘사에도 매우 적극적이었다.
한국영상자료원 소장

에게 겁간당할 위기에서 자결한 〈삼국여한〉(1982)의 옥녀나, 세도가의 방해로 연인과 헤어지고 떠나던 중 아버지가 살해되고 자신 또한 겁탈당한 채 죽음을 맞았던 〈월녀의 한〉(1980)의 월녀 또한 권력을 지닌 남성의 일탈적 욕망이나 횡포에 희생됐다는 점에서는 다르지 않다.[6]

여귀와 섹슈얼리티의 결합은 한국 공포영화의 출발 지점에서부터 등장했던 요소로 새삼스러운 것이 아니다. 그러나 작품에서 섹슈얼리티가 작동하는 방식이 변화했다는 점은 주목할 만하다. 1980년대 사극공포영화에서 섹슈얼리티는 더 이상 개인적 원한의 요소로만 기능하거나 관객의 억압된 욕망을 관음증적으로 충족시키는 도구적 성격에 머무르지 않는다. 이 시기 공포영화에서 성은 문화 전반을 위협하는 도전적 성격이 강화된다. 성은 개인적인 차원을 넘어 사회 구조적 불만의 의미를 동시에 표상했고, 양자는 서로 넘나들며 긴밀하게 작동했다. 섹슈얼리티가 표상하는 이 같은 성격의 변화는 원한을 품은 희생자인 여귀보다 원한의 빌미를 제공한 가해자와 그에 연루되어 여귀의 저주의 대상이 되는 자의 성격에서 더 분명하게 드러난다.

남성 가부장의 일탈적 욕망에서 촉발된 여귀의 위해는 가해자 개인에게만 그치지 않고 그의 가계 전체와 그의 측근 그리고 무작위적인 일반인에게까지 미친다. 가해자는 한결같이 부와 권력을 거머쥔 세도가이며, 청년 자녀에게 강력한 영향력을 미치는 아버지 세대로 묘사된다. 이 아버지 세대의 가부장은 과거에 저질렀던 파렴치한 죄악과 달리 풍채 좋고 당당한 모습으로 권력의 정점에 서 있다.[7] 그에게는 무고하고 결백하며, 심지어 사리 분별에 바르고 윤리적인 판단으로 인생을

385

주술적 상상력과 무협을 결합했던 1980년대 사극공포영화의 대표작 〈월녀의 한〉.
여귀가 된 월녀가 신혼 첫날 밤 신부의 머리채를 마루 밑에서부터 잡아당겨 목을 졸라
죽이는 것과 같은 장면은 에로티시즘과 공포를 폭력적으로 결합하려 했던 장르의 시대적
특성을 잘 드러낸다. 한국영상자료원 소장

개척하고자 하는 다음 세대의 청년 자녀가 존재한다.

그러나 아버지 세대의 원죄는 이 청년 자녀에게까지 해악을 끼친다. 여귀의 복수는 원죄의 주체인 가부장 자신에게로 바로 향하지 않고 오히려 그의 동조자와 자녀를 하나씩 해치는 데서부터 차근차근 이루어진다. 안정적인 정상성의 체제를 유지하는 한 가족 전체를 구성원의 개인적 윤리성과 무관하게 완전히 몰살하는 여귀는 이제 개인적 욕망뿐만 아니라 체제 전체를 향해 복수의 칼날을 돌린다. 그리하여 과거와 달리 아버지의 죄와 무관한 무고한 자녀가 이제 아버지의 은폐된 죄의 대가를 물려받게 되는 것이다.

그리고 여귀의 증오는 심지어 퇴치 이후에도 완전히 종식되지 않는다. 영화의 결말부는 종종 마침내 무덤 속에 봉인된 여귀가 부활을 예고하는 장면으로 끝나곤 했다.

〈원한의 공동묘지〉에서 남편을 살해하고 자신을 겁간하려 했던 원사용의 며느리에게 빙의하여 원사용의 수하와 이웃을 하나하나 죽여나간 소야의 원귀는 고승의 비법을 전수받은 원사용의 아들 충과의 대결 끝에 끝내 죽음을 맞고 무덤에 묻히는 순간에도 다시 나타난다. 고승의 지침에 따라 소야를 정중히 장례 지내고 아버지를 대신하여 명복을 빌던 충이 갑자기 무덤에서 뻗어 나온 소야의 팔에 이끌려 묘 속으로 끌려들어가 버리는 것이다. 마찬가지로 조 부자의 딸과 심복의 피를 하나씩 흡혈하고 가족을 말살해 나가던 〈흡혈귀 야녀〉의 설리 역시 고승의 가르침을 받은 용맹한 법원(조 부자의 아들)과의 대결에 지고 마침내 무덤에 묻히는 순간 다시 손을 뻗어 법원을 삼켜버린다. 그리고

시각적 공포 효과를 최대화하고자 했던 1980년대의 공포영화들.
왼쪽부터 김인수 감독의 〈흡혈귀 야녀〉와 〈원한의 공동묘지〉. 한국영상자료원 소장

영화의 엔딩은 원귀의 원한이 사라지지 않았음을 자막을 통해 또렷이 경고한다.

> 악령은 죽는 것이 아니다. 언제나 당신 마음에 있는 것인지 모른다.
> – 〈흡혈귀 야녀〉(김인수 감독, 1981)

> 망령은 죽지 않는다. 영원히 우리 곁에 맴돌고 있으리라.
> – 〈원한의 공동묘지〉(김인수 감독, 1983)

이 같은 결말 구조는 영화 속의 공포를 판타지 공간 내에 제한하지 않고 보편화한다. '불신의 정지'를 요구하는 서사적 환상을 깨고 '당신'과 '우리'로 관객을 직접 지칭하는 자막에 의해, 내러티브에 의한 공포는 이제 관객 자신의 삶에 전이되며 공포 효과를 극대화한다. 그리하여 여귀의 저주는 특정한 개인의 부도덕성만을 공격하는 것이 아니라 그의 동조자와 가족, 영화를 관람하는 관객 자신에게까지 나아간다. 달리 말하면 공포영화가 자극하는 불안은 이제 개인적 도덕성의 문제가 아니라 인간 일반과 인간이 만들어낸 재생산 시스템을 포함하여 사회 전체를 겨냥한 보편적인 그것으로 확장되는 것이다.

연루된 자의 공모감과
세계의 완전성에 대한
의구심

이때 공포가 자극하는 불안의 출처가 여성 섹슈얼리티에서 출발한다는 것은 다시 한 번 주목을 요한다. 기실 여귀가 된 여인은 성공한 가계를 일구는 가장의 일탈을 유발하는 매혹적인 존재다. 그녀들의 마성적인 섹슈얼리티는 표준적인 질서의 체계 내에 안전하게 안착한 자의 시선을 사로잡고 그들을 매료하여 위험한 일탈을 촉발한다. '집 밖'에 존재하는 이 같은 유혹적 존재는 근대화 프로젝트가 규제하는 정상성의 외부에서, 정상성의 범주에 포함되지 않는 시스템의 잔여와 찌꺼기가 여전히 상존하며 사회를 위협하고 있음을 상기시킨다. 완벽한 가족과 같은 안전하고 이상적인 관계가 존재하기 위해 발생할 수밖에 없는 이 사회적 잔여는 끝끝내 정상성의 이데올로기 내부로 포섭되거나 체제 내적으로 확정되기를 거부하는 잉여라는 점에서 위협적이다. '정상성' 의 거름망 바깥으로 누락되고 새어나가는 찌꺼기란 '정상'이 작동하기 위해 있을 수밖에 없는 기회비용이며, 그런 만큼 명확히 잡히지도 정체화되지도 않는 유동하는 잉여라는 점에서 더욱 그러하다.

그렇기 때문에 이 유동하는 사회적 잔여를 표상하는 여귀는 더 이상 과거와 같이 개인적 도덕성이나 제도적 모순의 희생양으로서 윤리와 질서를 바로잡고자 하는 초자아적 기능을 수행하지 않는다. 여귀는 인간과 삶 자체를 저주하고, 사회를 그 뿌리에서부터 뒤흔들고 저주하는 불안감을 야기한다. 그리고 이 저주는 아버지 세대에서부터 물려받은 치유할 수 없는 원죄와 같은 것으로 각인된다. 의기에 찬 새 세대가 새로운 출발을 예단할 수 없을 만큼 원귀의 원한은 깊고 진하다. 개개인의 도덕성과 무관하게 원죄를 지은 자 주변의 인물 누구나 공격을 받고 불안에 떨어야 할 만큼 이 원한의 출처는 뿌리 깊고 보편적이며 해소되기 어려운 자리에 놓인다.

이처럼 영화가 야기하는 공포와 불안의 좌표가 확장된 것은 1980년대가 문화의 최하방을 살아가는 이들에게 출구를 찾을 수 없을 만큼 암흑기였다는 사실과 무관하지 않다. 1980년대는 정치적으로 억압되고 빈부격차가 심화됐으며 민중적 대항 담론에서조차 집합적 이상에 의해 개인의 욕망은 부차적인 것으로 간주됐던 시기였다.

정치경제적인 측면은 물론 문화적 차원에서도 어둡고 음습한 곳으로 밀려나야 했던 소외된 감성이 횡단하는 공간에서, B급 영화의 제작자는 세계가 근본적으로 잘못됐다는 느낌을 해결 불가능한 원죄의 감각으로 형상화했다. 신군부 정권의 기만적인 억압과 그에 대항하는 민중주의 거대 담론의 또 다른 압박 속에서, 상업주의적 영화를 생산하고 즐기려 했던 이들에게 개인적 욕망의 언어란 그 자체로 불편하고 불안한 것이었으며, 역으로 자신이 그 일부를 이루는 거대 시스템의 불편과 불안을 의식하게 하는 것이었는지도 모른다.

그리하여 죄지은 자 주변의 섹슈얼한 여성 누구에게나 빙의하여 무차별한 공격을 가하는 여귀의 섹슈얼리티는 관객으로 하여금 스스로의 내면에 잠재하는 억압된 것의 귀환과 만나게 했다. 악령이 당신의 마음속에 상존한다고 외치면서, 영화는 관객 자신이 그 일부가 되어 움직이는 강고한 세계의 약한 고리를 건드리며 내면의 불안과 마주하도록 유도했던 것이다.

여귀가 표상하는 섹슈얼리티는 이처럼 거대 담론과 불화하는 개인적 욕망의 언어를 응축한 기폭제와 같이 기능했다. 연루된 자의 공모감과 죄의식을 자극하면서, 여귀의 섹슈얼리티는 인간의 욕망을 압박하는 세계의 완전성에 대한 근본적인 의구심과 불안감을 촉발했다.

그러나 다른 한편에서 공포영화는 세계에 대한 이 같은 불편함을 제한 없이 풀어놓는 배설의 쾌락을 주는 장이기도 했다. 어둡고 초현실적인 여귀의 힘은 개개인의 덕성이나 윤리적 실천의 차원을 넘어서서 세계에 대한 분노를 표현하는 것 자체에 주어지고 있었고, 시스템을 파괴하는 주술적 폭력의 위력은 사회에 대한 은폐된 저항감을 숨김없이 들춰내고 방전하는 위안과 도피의 쾌감을 선사하기도 했다.

흡혈여귀의 공격은 그런 점에서 멸망의 신호이자 가장 어둡고 부정적인 방식으로 세계에 대한 불안감을 방전하는 상상적 처방전이었다고 할 수 있다. 성과 폭력이 난무하는 어둡고 끔찍한 세계를 향유하는 주변인의 판타지는 그처럼 일탈적인 상상력의 해방을 통해 세계에 대한 억눌린 복수심을 해소하고 현재의 남루함을 수용 가능하게 조정하는 감성적 해소의 장치로 기능했던 것이다.

　그리하여 전설 속의 여귀는 개인적 해원이나 복수를 넘어 상징질서가 은폐하고 망각한 것 자체를 폭로하고 공격하는 기호로 서서히 변화한다. 이때 전설적 판타지의 시공은 존재하지만 불가지의 영역으로 남아 있는 제도 밖 잉여의 욕망을 주술화하고 시간화하는 원죄의 공간으로 작동했다. 전설의 시공은 거대 담론이 망각게 하는 개인적 욕망의 어둡고 은폐된 세계를 폭로하고 그에 대한 공포와 두려움을 집단적 오락의 형식으로 방전함으로써 욕망에 대한 공포감과 경각심을 일깨우는 장으로 기능하는 것이다. 그런 점에서 흡혈여귀의 무서운 섹슈얼리티가 횡단하는 전설의 시공은 거대 담론으로부터 소외된 주변인의 쾌락 욕망과 자발적인 금지의 필요를 한꺼번에 해소하는 효과적인 장치였다고 할 수 있다.

괴기,
   근대를 성찰하는
또 하나의 방식

10:———

지금까지 이 책은 한국에서 무서운 이야기를 즐기는 취향이 형성되고, 괴기한 이야기가 대중문화 속에서 전개되어온 과정을 살펴보았다. 괴담이라는 양식이 성립하고 분화하며 공포를 조장하는 이야기 관습이 만들어지고 변화하는 과정 속에는 한국 대중사회를 횡단하는 다양한 집단적 감각과 의식이 교차하고 있었다.

무서운 이야기를 즐기는 양식이 만들어지는 과정에서 죽음과 영혼에 대한 감각과 느낌은 어떻게 바뀌고 재배치되는가? 공포 소재를 찾아내고 불러내는 작업 속에서 식민지 민족의 과거와 미래에 대한 감각은 어떻게 작동하는가? 한국 괴기의 단골 소재인 여성괴물을 재현하는 공포물에서 자본주의가 강요하는 노동에 기초한 삶의 조직과 젠더에 대한 감각은 어떻게 접속하는가? 식민지를 경험한 민족이 상상했던 과학의 세계에서 소망스러운 미래에 대한 기대와 존재론적 불안은 어떻게 맞물리는가? 자본주의적 근대화의 성과가 가시화되고 국가적 권위주의의 강제 또한 강고해지던 시기, 대중문화에 부과된 압박은 어떠한 반발을 불러왔는가?

한국 괴기 서사의 역사를 추적하는 가운데, 이 책은 이와 같은 질문을 만들어내고 그에 대한 해답을 찾아보는 일련의 탐구 작업을 진행했다.

공포를 쾌락화하는 양식이 성립하기까지 괴기 서사에 대한 이해를 둘러싼 갈등의 핵심은 주술적 감각과 계몽적 이성의 갈등이었다. 괴기가 대중적 서사 양식의 하나로 성립한 이후에는 서구적인 근대화의 압력과 식민지 사회라는 굴절된 경험, 낙오하고 도태된 자를 산출하는 자본주의적 경쟁 사회로의 진입 문제가 서사의 배후에서 작동하는 공통된 불안 요소로 기능했다. 대중문화의 토대를 구성하는 집단적 삶의 구조적인 변동은 다시 리터러시의 헤게모니 소유 여부를 둘러싼 지식인 엘리트와 기층 민중의 위계, 그리고 프레임을 바꿔가며 오랜 기간 대중의 삶을 규율해온 가부장적 규범과 성차의 문제 등과 접합하며 다층적인 서사의 자질을 형성했다.

무서운 이야기가 이러한 자질과 접속하고 굴절되며 의미를 만들고 은폐하는 방식을 살펴보기 위해, 이 책의 본문은 시대별 단위로 논의를 구성했다. 본문에서 전개한 시대별 전개 방식을 떠나 몇 가지 주요 주제를 정리하면 다음과 같다.

계몽의 불안과 공포의 영토화

'괴담'이라는 공포 양식의 탄생은 근대적 이성의 그물을 뚫고 균열 내는 인간의 불합리한 감각을 포획하고 영토화하는 새로운 감성의 배치를 알리는 사건이었다. 일제강점기 중반 등장했던, 오락적 공포에 대한 관심은 에로-그로-넌센스라는 모던한 취미 문화의 유입에 의거했지만, 낯설고 이국적인 취미 문화는 당시 조선인의 현실 생활 감각과는 맞지 않았다. 공포의 출처를 귀신과 도깨비라는 모티프에 의존하게 되면서, 공포를 쾌락화하는 모던 취미 문화는 초현실적 존재에 대한 언술과 계몽주의의 합리성 사이에서 발생하는 갈등을 해결해야 했다. 계몽의 이념에 균열을 일으키는 미혹의 감각과 심리적 동요를 가감 없이 노출했던 《매일신보》의 괴담은 1930년대 《조선일보》, 《중앙》, 《조광》을 거치면서 점차 과거성에 의존하여 비현실적 존재를 가시화하는 언술 양식으로 확립되어갔다. 초현실적 이물의 비현실성과 현존성이 공존할 수 있는 논리의 토대를 역사적 과거라는 시간성의 역전에 의존한 것이다.

여기에 대중매체가 마련하는 공동 향유의 구조와 유형화된 서사 관습은 고립된 공포감에 매몰되지 않고 공포를 오락화할 수 있는 유효한 조건을 조성했다. 미디어가 제공하는 공동 향유의 구조는 글을 읽을 것으로 상정되는 다른 독자의 객관성을 견인해냄으로써 미혹에 빠져드는 고립된 인간 심리의 매몰을 제어했고, 유형화된 서사 관습은 이야기의 익숙함이 마련하는 기지의 공포를 강화함으로써 미지의 공포를 덜어내는 역설을 가능하게 했다.

그리하여 공포를 쾌락화하는 서사 양식은 초현실적 존재에 대한 감각과 이를 부정하는 이성의 갈등을 논리적 협상 대신 이성의 논리와 다른 방식으로 작동하는 집단적 쾌락의 감성 속에 녹여냄으로써 해소하고 방전하는 메커니즘을 생산했다. 귀신과 이물이 공포스러운 대상으로 못 박히고 공포를 조장하는 장치가 개발될수록 그에 대한 진짜 두려움은 오히려 덜어지고 잊힐 수 있는 역설이 가능해진 것이다. 이는 유가적 합리주의와 같은 절충안을 마련할 수 없었던 계몽의 이율배반에 대한 근대 대중문화의 반응이자 선택이었다고 할 수 있다.

삶의 확실성에 의문을 제기하고 존재의 안정성에 균열을 일으키는 섬뜩한 불안과 동요를 집적하는 언술이 흥미의 대상으로 양식화된 것은 근대적 이성이 완전히 제어하지 못하는 인간 내부의 불합리한 감각을 포획하여 조정 가능한 대상으로 순치하고 영토화하는 새로운 감성의 배치가 시작되었음을 알려주는 일이었다. 괴담이라는 서사 양식의 탄생은 불완전한 이성의 기반 위에 구축된 근대 세계에서 귀신이 사는 새로운 방식의 탄생을 알리는 사건이었던 셈이다.

전근대적 상상력의 매개를 통해 노출되는
근대화의 불안전성

괴담이 전근대의 시간성과 밀착한 것은 논리적이고 이상적인 것은 현재의 것으로 전유하고 불합리하고 부조리한 것은 과거의 것으로 투사하는 근대 지의 자기 합리화 작용을 확인해준다.

물리적으로 실재하지 않는 존재를 신화시대라는 과거성에 의존하여 가시화하는 언술 양식으로 확립되면서, 괴담이 호명하는 소재와 타자화된 시간성은 괴담이라는 양식 자체가 타자화, 비주류화되는 결과를 빚었다. 괴담은 낮은 수준의 수용자를 대상으로 하여 교훈적이고 하향적인 언술로 진행되는 최저심급의 서사물로 자리 잡아갔다. 감각의 미혹과 불합리성은 그 자체가 옛것과 동질화되면서 근대의 진보적 시간대 위에 안전하게 안착했지만, 그 결과는 이야기의 진부함과 양식/향유층의 열등화였다.

그러나 무서운 이야기에 대한 문화적 요구가 초현실적 소재와 강고히 결합하고 기층 민중의 생활감각과 결부되면서 괴기한 이야기는 예기치 않은 효과를 자아냈다. 미신과 같은 풍문과 속설이 다시금 의미화되는 변화가 일어난 것이다. 괴담은 민속에 깊이 스며들어 있었음에도 배척되어왔던 불합리한 전래의 속설과 미신을 공공화하고 그 안에 숨어 있는 민간의 감각과 정서를 되살려냈다.

가난과 굶주림에 대한 민간의 공감대, 서구 문물의 침투로 인해 훼손된 민속의 가치, 종법적 가족제도가 빚어낸 여성 삶의 질곡 등을 들추어내면서 괴담은 체제의 전환에도 불구하고 연속되는 기층민의 신고와 박탈된 처지를 적나라하게 드러냈다.

근대적 삶의 불안과 불만을 전근대적 상상력의 매개를 통해 노출하고 치유하는 문화 영역으로서, 괴기한 이야기의 줄기는 1960년대 이후 사극공포영화에서도 이어졌다. 삶의 지반을 변형해버린 근대에 대한 식민지 기층 민중의 적대감은 산업 역군이자 근대화의 주체로 호명되고 있었지만 실제로는 구조적 소외를 겪을 수밖에 없었던 사회 계층의 정념 속에서 되살아났다. 통속잡지의 괴기소설과 B급 공포영화는 사회적 약자, 열외자, 소외된 자, 법과 규율에 근거한 사회조직에서 어떤 이유로든 비교 우위에 서지 못한 자, 성공하지 못한 자, 천대받고 열등한 위치에 있는 자 등이 발화하는 공간을 마련했다. 사무치는 원한과 억울한 죽음의 이야기는 근대라는 시간성의 끝자락에서 지적, 물질적, 시간적 차원에서 다층적으로 소외된 지층을 살아야 했던 이들의 현재적 욕망이 펼쳐지는 시공을 마련했다.

이처럼 근대 국가 건설기 한국 괴기 서사는 정치사회적 전망에 대한 불신, 노동과 삶의 조건에 대한 불안, 합리적이고 충족된 답변을 제공할 수 없는 계급사회와 가부장적 윤리의 맹점을 예각화하고 세계의 불완전성을 들추어내는 장으로 기능했다. 그런 점에서 무서운 이야기는 압축적 성장의 그늘에서 근대의 모순을 표상하는 외부 속의 내부였다고 할 수 있다.

식민지형 엘리트와 SF공포물

귀신, 도깨비 이야기를 과거라는 시간성에 기반한 기층 민중의 취향으로 몰아갔던 근대 지(知)의 움직임은 지식인의 자문화에 대한 부정 의식과 무관하지 않다. 근대 지라는 렌즈를 거쳐 조선의 민속과 독자성을 파악하려 했던 지식인은 귀신, 도깨비에 미혹되는 자문화의 공간을 타자화하고 이국화함으로써 근대라는 시간성의 우월함을 확인했다. 괴담이 문식력이 부족한 기층 민중을 대상으로 한 최저심급의 읽을거리로 양식화됐을 때, 모던에 대한 식자층의 갈망을 충족하는 쾌락적 공포의 욕망은 인간의 내면에서 공포의 근원을 발견하는 새로운 공포의 서사를 창출했다. 비현실적이고 초현실적인 존재에 대한 갖가지 풍문과 관습, 미신적 감각 등을 종횡하며 근대 합리성과 갈등을 겪던 끝에 쾌락적 공포에 대한 식민지 문화의 탐색은 마침내 인간 내부의 은폐된 욕망과 심리의 불안정성에서 공포의 원천을 찾은 것이다.

과거라는 시간성과 결합하며 정체화해간 괴담과 달리, 첨단 문화를 선도하는 모던한 읽을거리로 등장했던 괴기소설은 미래적 시간성에 대한 열망과 접속했다. 식민지 괴기소설은 무한한 가능성의 시간으로 상정된 근대라는 절대적 총체성의 이념에 바탕을 둔 식민 청년의 도전 의식을 배후로 전개된다. 생명의 비밀을 정복하거나 자아의 절대성을 바탕으로 사랑의 자유를 극한까지 추구하는 인물을 설정함으로써 식민지 괴기소설은 첨단 모던을 정복한 조선이라는 판타지적 미래상을 충족하는 순간에서 이야기를 시작했다. 그러나 불합리한 생명의 잔인성, 절대화된 자아의 끔찍한 귀결 등 식민지 지식 청년이 갈망했던 미래상에 숨겨져 있던 무의식적 두려움과 혼란이 노출됐다. 모던 조선에 대한 이미지 속에서 무서운 공포를 이끌어내는 상상력은 근대에 대한 갈망과 갈망하는 근대에 대한 불안감을 동시에 노출했다. 근대성을 지향하는 존재 내부에 숨어 있는 해결 불가능한 결여와 이 결여의 충족 불가능성을 은폐하는 서사 구조는 근대의 주변인일 수밖에 없었던 식민지 지식인의 초조감과 존재의 불안을 반영했다. 이는 스스로의 뿌리를 타자화하고 외적 권위에 의존하여 미래적 시간성을 선취하려 했던 식민지 지식인의 욕망과 불안의 결과였다.

모던한 조국에 대한 상상력과 결합한 인텔리적 괴기는 1960~1970년대 SF괴기소설, SF괴기영화에서도 이어졌다. 통속잡지의 SF괴기소설과 고딕SF영화가 상상한 미래는 어둡고 기괴하고 끔찍했다. 생명의 재생, 영혼 추출, 감각 전이, 쾌락의 물질화 등등 과학적 상상력은 무엇이든 가능한 미래를 기획했지만, 그 끝은 괴물을 생산하고 창조자가 파멸하는 잔혹한 결과로 이어졌다. 그리고 이 파멸의 과정에는 성공가도를 달리는 과학자의 추악한 뒷모습과 과학 발전의 도정에서 내쳐진 여성/소외자의 희생과 원한이 스며든다. 괴물을 생산하는 과학 발전과 과학적 성과의 에너지를 파멸의 방식으로 소비하는 괴물의 복수는 후발 근대 국가에 살던 대중의 성장에 대한 저항감을 노출했다. 과학으로 표상되는 최첨단 근대에 대한 괴기 서사의 반응은 언제나 충족에 의한 좌절, 성취에 의한 절망의 형식으로 묘사됐다. 과학-욕망-파멸로 연동되는 서사의 연쇄 고리는 후발 근대화 주자가 소망했던 근대 내부의 결여된 자리를 가리키며 성장에 저항하는 무의식을 드러냈다. 식민지 괴기소설의 인텔리 청년이 지녔던 초조감과 우울증은 SF괴기의 과학자와 괴물의 형상으로 옮겨 앉으며, 근대성을 지향하는 존재 내부에 숨어 있는 해결 불가능한 결여와 이 결여의 충족 불가능성을 동시에 노출했다.

어디서나 '을'이었던
여성들의 위장된 반란

한국 공포물이 여귀 이야기를 중점적으로 다루게 된 것은 1960년대 후반부터다. 일제강점기 괴담이나 괴기소설에서 여귀는 공포영화 시대의 그것과 같이 특화된 소재가 아니었다. 귀신의 성별은 귀신이 나타나는 공간보다 중요하지 않았고, 귀신의 위력도 대체로 윤리적이고 교훈적인 법도의 자장 안에서 움직였다.

한국 괴기 서사에서 여귀가 독보적 위치를 점유하게 된 것은 공포영화가 부상한 시대적 상황과 연관된다. 여귀물이 공포영화의 주류가 되기 시작했던 1960년대 말은 근대화의 달콤한 기대가 일정한 성과를 거두면서 이면의 모순과 갈등이 서서히 분출되고 자각되기 시작한 시대였다. 특히 서구화, 산업화의 부작용을 전통 윤리의 호명을 통해 극복하려 했던 개발 내셔널리즘의 이데올로기에 의해 이 시기 성역할의 규범은 그 어느 때보다도 강고해졌다. 가부장적 규범은 사적 공간을 외적 성장의 보조 단위로 압박하고 규율하기 위한 중요한 국가적 동원 수단이었다.

여귀를 소재로 한 공포영화는 권위주의적 개발 체제가 강제하는 보수적인 규범과 새로운 대타자로 압박해오는 서구 근대의 거대한 압력 사이에서 불합리하게 분할되는 성역할의 모순과 여성 자아상의 혼란을 적극적으로 서사화했다. 망자의 세계에서 귀환한 여귀의 복수와 호소는 질주하는 산업 개발의 이면에서 억눌리고 비체화된 여성의 현

실을 반영하며 성장과 발전의 신화가 지배하는 사회를 낯설게 들여다
보고 차이를 드러내게 하는 데 일정 부분 성공했다.

특히 귀신이 되고 괴물화된 여성의 섹슈얼리티는 낡은 규범과 변
화된 현실의 간극을 극명하게 드러내면서, 서구 문물에 대한 두려움과
불균등한 근대화에 대한 저항감을 복합적으로 표현하는 공포영화의
단골 소재로 작용했다. 남성의 권력을 위협하고 타락시키는 여성괴물
의 섹슈얼한 유혹은 근대라는 물신에 대한 두려움과 가부장제 이념을
정당화하는 낭만적 신화의 위선을 효과적으로 노출하는 접점이었다.
가정 밖에서 뻗어오는 여성괴물의 섹슈얼한 유혹은 근대라는 환상의
안전성을 와해하는 불온의 징후인 동시에, 완전한 가족의 신화가 지닌
유약한 허울을 벗겨내는 치명적인 현존의 다른 얼굴이었다.

그러나 이처럼 현존의 모순을 노출하는 불온한 모티프가 의식적
인 저항의 목소리로 진화하거나 변화를 추동하는 감성을 촉발한 것은
아니었다. 여귀의 분노와 복수 속에 스며있는 삶의 모순과 저항의 목
소리는 익숙한 선악의 이분법에 맞추어 과장되고 극단화된 인물의 대
립 구도 속에 녹아들고 감추어졌다. 다수의 여귀영화가 잘못된 죽음을
둘러싼 슬픈 사연에 초점을 맞추면서도 슬퍼하는 행위를 통해 주체의
변화를 이끌어내려고는 하지 않았다. 잘못된 죽음을 슬퍼하면서도 그
와 같은 죽음을 초래했던 모순된 체제의 외부에 대한 상상이 배제되었
던 여귀영화는 동질적으로 정형화된 주체성의 회로 속에 갇힐 수밖에
없었다. 부당하게 죽음을 맞은 여귀가 회귀하여 복수에 성공하고 온당
한 죽음을 회복하는 애도의 서사는 가부장적 윤리와 변화하는 세태의

간극에서 발생하는 상실의 구멍을 온전하게 수용하고 그와 함께 자신의 전환을 받아들이는 온전한 애도에 실패함으로써 신파적 공포라는 독특한 우울증의 세계를 창출했다.

'타자', 자아 내부에서 발생하여
자아 너머에 존재하는

다종한 흐름이 접속하고 분기하는 전개 과정 속에서도 괴기 서사의 중심부에서는 '남성 중심적-가부장적-국가주의적-근대 우월적' 사고와 의식이 꾸준히 이어졌다. 하지만 이 같은 사고와 의식이 장악하는 표면적 선악 구조의 이면에서 타자화된 괴물의 목소리는 파편적, 간헐적으로 그 같은 의식의 모순과 맹점을 들추어낸다. 합리성을 배반하는 이물감의 경험을 토로하는 지식인, 이데올로기가 강제하는 윤리를 전복하는 경험적 진실에 눈물짓는 여귀, 근대성의 첨단에 서려 함으로써 오히려 근대성에 대한 두려움을 노출하는 기형적인 모더니티의 추종자, 섹슈얼리티를 통해 근대의 마력을 모방하고 자기화하는 여성 흡혈귀, 질주하는 과학 발전의 정점에서 탄생하여 창조주를 죽음으로 이끄는 실험실의 괴물 등 타자의 목소리는 갈라지고 찢어지는 파괴와 고통 속에서 파편화되고 은폐된 채 공포의 서사를 통해 흘러나온다.

　이 같은 서사적 모험과 역정 속에서 한국의 괴기 이야기는 개발과 근대화의 노정에서 내쳐지고 희생되거나 억압되고 묻혔던 것이 무엇이었는지를 들추어냈다. 식민지 생활의 굴절된 기억이 여성의 억눌린 삶과 접속하고, 단순하고 초현실적인 전설의 세계가 하위 계층의 발화되지 못한 욕망과 맞물리며, 첨단 미래에 대한 기대가 파멸과 몰락의 상상력과 결부되는 것은 개발과 근대화를 목표로 구축되어온 한국적 '정상성'의 이면에 숨어 있는 불안과 동요의 감각이 부딪히는 접점들을 확인해준다. 드라마 〈전설의 고향〉의 인기, 여귀영화의 관습화, 미치광이 박사와 희생된 여성괴물의 이야기 등은 이와 같은 접점에서 한국적 괴기의 역사적 풍경이 만들어낸 결과물이다.

우리 문화가 타자화해온 대상에게 얼굴을 입히고 목소리를 부여하는 무서운 이야기는 우리가 생각하는 정상성의 구성 요소가 필연적 가치에 의해 구축된 것이 아니었음을 알려준다. 괴기 이야기는 우리가 가치화하는 세계의 민낯을 그 뿌리에서부터 되짚어볼 수 있는 기회를 제공하는 셈이다. 논리적이고 합리적인 당위의 세계를 침범하고 흔들어대는 무서운 이야기는 인간의 이성이 설명할 수 없는 것을 설명하고 이해할 수 없는 것을 이해하려는 노력의 산물이기도 하다. 괴기한 타자의 모습을 시각화하고 그들의 이야기를 만들어본다는 것은 당위의 세계가 감춘 것을 되짚어봄으로써 동일성의 도그마에서 헤쳐 나오는 일이 될 수 있는 것이다.

그러나 타자에 대한 맹목적인 몰입도 위험한 것은 물론이다. 모든 이야기가 가치 있는 것은 아니며, 모든 타자가 긍정적 미래를 기약하기 위해 소환되는 것도 아니다. 타자를 생성하는 것은 개인의 자아나 사회의 내부지만, 그럼에도 타자가 존재하는 자리는 우리 너머에 있으며, 대중 서사는 그러한 타자의 존재 양상을 거미줄처럼 증식하고 번

식시킨다.

2020년을 전후로 무서운 이야기는 다시 한 번 유행하고 있다. 〈부산행〉, 〈서울역〉, 〈킹덤〉, 〈지금 우리 학교는〉과 같은 좀비물, 〈스위트홈〉, 〈지옥〉과 같은 현실 감각에 기반을 둔 한국 괴기 판타지의 인기는 이미 세계적이다. 여귀와 드라큘라, 프랑켄슈타인이 있었던 자리를 이제는 좀비가, 사이비 종교가, 바이러스가 대신하고 있다. 그리고 영상 매체가 구현해내는 시각적 효과는 그 어느 때보다도 잔혹하고 끔찍하다. 오늘날의 공포물은 이제 여귀를 중심으로 한 귀신 스토리와 판연히 거리가 있는 새로운 집단적 감각과 감성의 움직임을 보여준다. 이들과의 대화를 통해 새로운 타자의 얼굴을 읽어내고 우리가 다시금 구축하고 있는 자아의 경계를 되짚어보는 것은 '지금-우리'의 몫이다.

다수의 대중이 즐기고, 또 많은 이의 공감을 이끌어내는 대중 서사의 흡입력은 어느 개인이 가진 독창성의 결과가 아니다. 수용자 대중이 지닌 공통의 감각과 욕망을 자극하여 함께 느낄 수 있는 공감력의 확장은 대중 서사가 가지는 특유의 힘이라고 할 것이다.

이 공감과 쾌락의 표면에서 괴기 서사를 즐기는 대중 감성의 중심점은 흔히 소박하고 관습적인 덕성이 보답받는 삶의 안정성에 대한 소망으로 귀결되어왔다. 대중이 가볍게 즐기는 오락물로서 무서운 이야기는 사회적 불안 요소를 폭력적 공포의 감각과 결합하여 제시함으로써 이성의 경각심을 일깨우고 공포의 경험을 현실에 대한 순응으로 연동시킨다. 괴기 서사를 통해 타자의 목소리를 듣기 위해서는 사회적 불안 요소를 예외적인 일탈의 경험으로 정체화하여 현실에 순응토록 유도하는 대중 서사의 메커니즘 이면을 들여다볼 필요가 있다. 오직 그러한 노력을 적극적으로 경주할 때에만 괴기한 타자들은 우리가 잊고 살아가는 세계의 또 다른 진실을 들추어내는 성찰의 매개가 될 수 있다. 비정상적이어서 추하고 비현실적이라서 신비하고 괴상한 타자들의 무서운 형상 이면에 숨겨진 슬픔의 목소리를 들을 수 있을 때, 나 혹은 내가 살아가는 세계의 구조를 다시 한 번 돌아보는 시각의 개방성도 확장될 수 있을 것이다.

주

1 한국적 괴기 이야기의 문화론적 접근

1   리처드 커니 지음, 이지영 옮김,《이방인, 신, 괴물》, 개마고원, 2004 참조.

2   리처드 커니 지음, 이지영 옮김,《이방인, 신, 괴물》, 개마고원, 2004, 15쪽.

3   르네 지라르 지음, 김진식·박무호 옮김,《폭력과 성스러움》, 민음사, 2000 참조.

4   Robin Wood, "An Introduction To The American Horror Film," ed by Bill Nichols, *Movies and Methos* Ⅱ, University of California Press, 1985 참조.

5   Noel Carroll, *The Philosophy of Horror: Paradoxes of the heart*, Routledge, 1990.

6   캐스린 홈에 따르면 "등치적 리얼리티의 위반"을 의미하는 환상은 미메시스와 쌍벽을 이루는 "문학적 창조의 배후에 있는 근원적 충동"의 하나다. 캐스린 홈 지음, 한창엽 옮김,《환상과 미메시스》, 푸른나무, 2000, 62쪽.

7   로즈메리 잭슨 지음, 서강여성문학연구회 옮김,《환상성: 전복의 문학》, 문학동네, 2001, 12~13쪽.

8   최기숙,《환상》, 연세대학교출판부, 2003, 124~125쪽.

9   〈공포의 변증법〉, 프랑코 모레티 지음, 조형준 옮김,《공포의 변증법》, 새물결, 2014.

10 프랑코 모레티에 따르면, 공포 서사는 성찰을 통해 윤리적으로 숭고한 결론으로 나아
가는 효과를 가지는 유형과 성찰을 거부하고 공포 그 자체로 나아가는 유형이 있다.
고전적 공포 서사가 대체로 전자에 속한다면, 최근의 공포 서사에서는 후자의 유형이
증가하고 있다. 한국 근대 공포 서사의 역사적 형성과 전개 과정을 다루는 이 책의 논
의는 대체로 전자의 범주 안에서 진행된다. 후자의 성격을 강하게 띠며 진화하고 있
는 1990년대 이후 공포물에 대해서는 별도의 논의가 필요할 것으로 보인다.

11 프랑코 모레티 지음, 조형준 옮김, 《공포의 변증법》, 새물결, 2014, 62쪽.

12 김지영, 〈'기괴'에서 '괴기'로, 식민지 대중문화와 환멸의 모더니티〉, 《개념과 소통》 5,
2010.

13 일제강점기 중반, 외래어나 유행어를 안내하는 미디어의 조각 지면에나 모던어 사전
에 '그로테스크'가 등장한 사례는 발견된다. 이 경우 그로테스크는 다수의 지면에서
괴기하다는 뜻으로 설명됐다.

14 이희승 편, 《국어대사전》, 민중서림, 1961.

2 한국 귀신 이야기의 근대적 전환

1 윤주필, 〈귀신론과 귀신담〉, 신이와 이단의 문화사 팀, 《귀신·요괴·이물의 비교문화
론》, 소명출판, 2014, 161쪽.

2 "且至治之世, 至人之分, 無這個物事", 김시습, 〈鬼神第八〉, 《매월당집》 권17, 한국
문집총간 13, 355쪽.

3 정환국, 〈17세기 이후 귀신이야기의 변모와 '저승'의 이미지: 단편 서사류를 중심으
로〉, 《고전문학연구》 31, 2007, 103~104쪽에서 재인용.

4 조선 유학자들의 귀신관에 대해서는 다음 논문을 참조했다. 윤주필, 앞의 논문; 정환
국, 앞의 논문; 강상순, 〈조선시대 필기 야담류에 나타난 귀신의 세 유형과 그 역사적
변모〉, 신이와 이단의 문화사팀, 앞의 책, 118~180쪽; 김열규, 〈도깨비와 귀신: 한국
의 남과 여〉, 《한국학논집》 30, 2003.

5 〈검암시필부해원(檢岩屍匹婦解冤)〉, 《청구야담》 하권, 아세아문화사, 1985, 499~

502쪽.

6   《용재총화》와《어우야담》에 실린 귀신 모습에 대해서는 다음을 참고했다. 김정숙,
    〈조선시대 필기 야담집 속 귀신·요괴담의 변화 양상: 귀신·요괴 형상의 변화와 관심
    축의 이동을 중심으로〉,《한자한문교육》21, 2008.

7   도깨비와 귀신의 형상에 관해서는 다음의 논문을 참조했다. 김정숙,〈조선시대 필기,
    야담집 속 귀신, 요괴담의 변화 양상: 귀신, 요괴 형상의 변화와 관심축의 이동을 중심
    으로〉,《한자한문교육》21, 2008; 김정숙,〈조선시대 비일상적 상상력: 요괴 및 지옥
    형상의 내원과 변모〉,《한문학논집》35, 2012.

3 괴기 취미의 형성과 근대 지(知)의 갈등

1   일본의 괴담 문화에 대해서는 다음을 참조하면 된다. 나카무라 시즈요(中村靜代),
    《植民地朝鮮における怪談の研究》, 고려대학교 박사학위논문, 2016.

2   마루야마 오쿄의 유령화는 나카무라 시즈요의 앞의 논문에서 참조함.

3   이주라는 다음 논문에서 ① ②, ③과 같은 유형화에 대해 먼저 언급한 바 있다. 이주
    라,〈일제강점기 괴담의 특징과 한국 공포물의 장르적 관습:《매일신보》소재 괴담을
    중심으로〉,《우리문학연구》45, 2015, 341~374쪽; 이주라,〈식민지 시기 괴담의 출현
    과 쾌락으로서의 공포〉,《한국문학이론과 비평》61, 2013, 293~321쪽.

4   〈모던-복덕방〉,《별건곤》34, 1930, 150쪽.

5   무명거사,〈조선 신문계 종횡담〉,《동광》28, 1931, 80쪽.

6   一記者,〈거인 김부귀를 료리했소〉,《별건곤》32, 1930, 125쪽.

7   일제강점기 엽기적 사건과 풍속을 일종의 오락으로 변화시킨 새로운 취향의 탄생에
    대해서는 다음 논문을 참조하면 된다. 김지영,〈'기괴'에서 '괴기'로, 식민지 대중문화
    와 환멸의 모더니티〉,《개념과 소통》5, 2010.

8   숨길,〈전율탑〉,《학생계》6, 1921, 35쪽.

9   양유신,〈배암 먹는 살인마〉,《월간매신》1934년 4월, 36쪽.

10 최류범,〈약혼녀의 악마성〉,《별건곤》69, 1934, 49쪽.

11 낙천생, 〈원귀 (一)〉, 《매일신보》 1927년 8월 16일.

12 우정생, 〈흉가 (二)〉, 《매일신보》 1927년 8월 11일.

13 최성현, 〈장로집에 사탄 (三)〉, 《매일신보》 1930년 12월 22일.

14 오국주, 〈처가의 비밀 (一)〉, 《매일신보》 1930년 12월 4일.

15 김황, 〈유령탐방〉, 《매일신보》 1930년 12월 11일.

16 김정숙, 〈조선시대 비일상적 상상력: 요괴 및 지옥 형상의 내원과 변모〉, 《한문학논집》 35, 2012, 96쪽.

17 윤주필, 〈귀신론과 귀신담〉, 신이와 이단의 문화사 팀, 《귀신·요괴·이물의 비교문화론》, 소명출판, 2014, 161쪽.

18 강상순, 〈조선시대 필기·야담류에 나타난 귀신의 세 유형과 그 역사적 변모〉, 신이와 이단의 문화사 팀, 《귀신·요괴·이물의 비교문화론》, 소명출판, 2014, 120쪽 참조.

19 강상순, 〈조선시대 필기·야담류에 나타난 귀신의 세 유형과 그 역사적 변모〉, 신이와 이단의 문화사 팀, 《귀신·요괴·이물의 비교문화론》, 소명출판, 2014; 김정숙, 〈조선시대 필기, 야담집 속 귀신, 요괴담의 변화 양상: 귀신, 요괴 형상의 변화와 관심축의 이동을 중심으로〉, 《한자한문교육》 21, 2008 참조.

20 강상순, 〈조선시대 필기·야담류에 나타난 귀신의 세 유형과 그 역사적 변모〉, 신이와 이단의 문화사 팀, 《귀신·요괴·이물의 비교문화론》, 소명출판, 2014; 김열규, 〈도깨비와 귀신: 한국의 남과 여〉, 《한국학논집》 30, 2003 참조.

21 이철호, 〈영혼의 순례: 19~20세기 한국 지식인들의 '영혼' 인식과 재전유의 궤적〉, 《동방학지》 152, 2010, 205~243쪽 참조.

22 〈문화의 분석〉, 레이먼드 윌리엄스 지음, 성은애 옮김, 《기나긴 혁명》, 문학동네, 2007, 83~126쪽.

23 이명호, 〈문화연구의 감정론적 전환을 위하여: 느낌의 구조와 정동경제론 검토〉, 《비평과이론》 36, 2015 참조.

24 Raymond Williams, "The Long Revolution," *Politics and Letters: Interviews with New Left Review*, London: NLB, 1979, pp.133~174.

25 고범생, 〈괴담〉, 《매일신보》 1927년 8월 9일.

26 《매일신보》의 괴담이 구체적인 장소를 지명함으로써 사실성을 확보하려는 서사 관습을 지님은 이주라, 〈일제강점기 괴담의 특징과 한국 공포물의 장르적 관습:《매일신보》소재 괴담을 중심으로〉,《우리문학연구》45, 2015 참조.

27 아도르노의 부정변증법은 헤겔의 전통 변증법이 정과 반의 합을 통해 어떤 긍정적인 것을 도출하고 객관에 가하는 폭력을 비판했다. 그에 따르면 부정의 부정은 여전히 부정이며, 이성은 새로운 부정을 극복하기 위해 끊임없이 노력해야 한다. 이를 통해 아도르노는 개별자 혹은 비개념적인 것에 주목하고 동일성의 운동에서 해방되고자 했다. 테오도르 아도르노 지음, 홍승용 옮김,《부정변증법》, 한길사, 1999.

28 총 20편의 일화 중 14편이 '나'의 경험담으로 진행된다.

29 고범생, 〈괴담〉,《매일신보》1927년 8월 9일.

30 한수춘, 〈독갑이불〉,《매일신보》1927년 8월 13일.

31 정택수, 〈새쌜간 그 눈쌀〉,《매일신보》1930년 11월 15일.

32 김영재, 〈선왕당 소나무 (一)〉,《매일신보》1930년 11월 19일.

33 김정숙, 〈조선시대 필기, 야담집 속 귀신, 요괴담의 변화 양상: 귀신, 요괴 형상의 변화와 관심축의 이동을 중심으로〉,《한자한문교육》21, 2008 참조.

4 괴담/괴기소설의 분화와 식민지 괴기 서사의 전개

1 1929년부터 1933년까지《별건곤》은 〈天下怪談 相思뱀 이야이〉(1929년 1월), 〈世界奇談, 醫學的 怪談〉(1929년 8월), 〈泰西怪談, 空中을 나는 幽靈船〉(1932년 9월)이라는 세 편의 괴담과 〈大怪奇實話 處女鬼! 處女鬼!〉(1931년 5월), 〈怪奇實話 피무든 手帖〉(1933년 3~5월), 〈怪奇實話, 麻雀殺人〉(1933년 11월)이라는 세 편의 괴기실화를 게재했다.

2 김소영,《근대성의 유령들》, 씨앗을뿌리는사람, 2000, 20쪽.

3 안재홍, 〈조선 연구의 기운에 제하야 (二)〉,《동아일보》1934년 9월 12일.

4 같은 인물의 민중성, 영웅성과 저주가 맥락 없이 연속되거나(〈인왕산록 인하천 내력〉), 예지몽의 여인이 현명한 자질을 발휘하다가 방자라는 비극을 맥락 없이 초래하는 등

(《계동 홍수랫골 유래》)의 예가 그것이다.

5   이와 같은 신정언의 정의는 이성적이고 합리적으로 설명 가능한 것의 세계와 그런 영역에서 벗어나는 사건이 속하는 초자연적 세계의 경계가 문화 내에 확고하게 설정되어야만 환상 장르가 가능하다는 서구 환상 장르의 정의를 흥미롭게도 충족시킨다. 폴 윌먼에 따르면 "장르로서의 판타지 영화가 존재하려면, 검증 가능한 과정에 의해 작동하는 '실재 세계와 이성 및 합리적으로 설명 가능한 것들의 영역을 벗어나는 사건들이 속하는 초자연적 세계 사이의 경계가 문화 전체 내에 확고하게 설정되고 수용되어야" 한다. 김소영,《근대성의 유령들》, 씨앗을뿌리는사람, 2000, 19쪽.

6   이는《조선일보》의〈연속괴담〉이나《조광》의 '괴담', 〈야담〉,《월간야담》에 '괴담'의 타이틀을 달고 실린 작품에서 뚜렷이 드러나는 특징이다.

7   신정언,〈설상포의 미인〉,《조선일보》1939년 8월 19일.

8   정혜영,〈1930년대 종합대중잡지와 '대중적 공유성'의 의미: 잡지《조광》을 중심으로〉,《현대소설연구》35, 2007.

9   〈창간을 제하야〉,《조광》1, 1935, 33쪽.

10 최수일,〈잡지《조광》의 목차, 독법, 세계관〉,《상허학보》40, 2014.

11 김내성,〈추리문학소론〉(1939년 방송 강연 원고),《비밀의 문》, 명지사, 1994, 343~345쪽.

12 실제로 1938년〈괴기 체험기〉를 집필한 작가들은 괴기한 체험을 요구한 편집진의 주문에 부응하기 어려움을 공공연히 표방하면서 기사를 시작하곤 했다. 안회남, 김동인, 방인근 등의 글에서 이러한 사정이 뚜렷이 드러난다. 괴기 서사는 이처럼 미디어의 '기획'에 의해 만들어진 성격이 강했다. 괴기를 요구하는 편집진의 요구에 응하는 고충은《중앙》,《별건곤》과 같은 다른 미디어에 수록된 괴기 체험이나 기사의 서두에서도 발견된다.

13 차상찬 외,〈괴기 좌담회〉,《조광 》3-8, 1937

14 〈광상시인〉의 '나'와 추암이 예술이라는 첨단의 문화 감각을 공유한다면, 〈낙랑〉의 주인공인 신문기자 승직은 사회 변화를 누구보다도 빠르게 감지하고 조사하고 탐사하는 선진적인 감각의 소유자였다.

15 헤겔은 유한자와 무한자, 이념과 형태가 완전한 일치에 이르지 못하여 온갖 과도한
형상을 창출하던 고대의 상징적 예술 형식이 의미와 형태의 상징적 대립에서 벗어나
내면적 통일성으로 나아가는 전환점이 자유로운 주체성의 발견이라고 보았다. 그에
따르면 의미와 형상, 신적인 것과 감각적인 것이 대립, 분열, 긴장 속에 있었던 상징적
예술 형식은 인간이라는 매개를 발견함으로써 이 분열을 극복한다. 인간의 영혼으로
생동하는 육체 속에서 자연과 정신, 영혼과 육체가 매개된 동일성을 찾게 되어 안정
된 미적 통일성과 균형을 찾아낸 것이 고대 그리스의 고전적 예술 형식인 것이다. 그
러므로 헤겔에 따르면 유한한 형상 속에서 무한자를 표현하기 위해 온갖 기형이태의
무분별한 양상으로 뻗어나갔던 고대의 상징적 예술 형식이 안정된 고전적 예술 형식
으로 전환될 수 있었던 것은 영혼과 육체를 중개하여 동일성을 확보하는 자유로운 주
체성, 즉 인간이라는 매개를 발견하면서였다. 쾌락적 공포라는 해결하기 어려웠던 문
화의 요구 앞에서 갖가지 서사적 파탄과 실험의 과정을 거쳐 마침내 인간 내면의 불
합리한 충동과 모순을 발견한 식민지 공포 서사의 역정도 이와 유사했다. 헤겔 미학
에 대해서는 다음을 참조하면 된다. 토마스 메춰·페터 스쫀디 지음, 여균동·윤미애
옮김,《헤겔미학입문》, 종로서적, 1983, 135~150쪽; G.W.F. 헤겔 지음, 두행숙 옮김,
《헤겔 미학 Ⅱ》, 나남, 1996, 109~199쪽.

16 숭고는 태생적으로 공포와 매우 밀접한 감성이다. 칸트에 따르면 어마어마한 대상에
압도되는 감성(공포감) 속에서 이 감성을 넘어서는 저항력과 의지가 작동할 때 숭고
의 느낌은 발생한다. 너무나 어마어마한 대상 앞에서 인간은 놀라움, 두려움, 공포감
등 감성적으로 대상을 감당하게 되지만, 그런 상태는 무한한 크기 혹은 절대적 총체
성이라는 이념을 일깨우고, 이런 지각이 그 대상을 처음 직면했을 때 느끼게 되는 두
려움과 공포(불쾌감)를 쾌감으로 전환해준다. 칸트는 이럴 때 인식자가 대상을 숭고
하다고 언명한다고 보았다. 숭고한 것을 마주할 때 인간의 감정은 대상에게 끌려갈
뿐만 아니라 부단히 대상으로부터 반발되기도 하는 저항성을 지니며, 이 저항 능력은
대상에 대한 도전 의지를 일으킨다. 이마누엘 칸트 지음, 김상현 옮김,《판단력 비판》,
책세상, 2019, 171~179쪽; 토마스 메춰·페터 스쫀디 지음, 여균동·윤미애 옮김,《헤
겔미학입문》, 종로서적, 1983, 155~157쪽.

17 두 모티프는 한편으로는 알 수 없는 근대, 도달하지 못한 근대에 대한 공포를, 다른 한 편으로는 근대성이 자체 안에 함축하고 있는 내부의 결핍을 동시에 지시한다.

5 작가 김내성과 조선 괴기소설의 딜레마

1 김내성, 〈추리문학소론〉(1939년 방송 강연 원고), 《비밀의 문》, 명지사, 1994, 344쪽.

2 김내성, 〈추리문학소론〉(1939년 방송 강연 원고), 《비밀의 문》, 명지사, 1994, 344쪽.

3 〈저자 후기〉, 에도가와 란포 지음, 김소영 옮김, 《에도가와 란포 전 단편집》1, 두드림, 2008, 566쪽.

4 김내성, 〈추리문학소론〉(1939년 방송 강연 원고), 《비밀의 문》, 명지사, 1994, 346쪽.

5 김내성, 〈탐정소설론 1회〉, 《새벽》3-2, 1956, 127쪽.

6 〈대경성, 에로 그로 테로 추로 총출〉, 《별건곤》42, 1931, 11쪽.

7 〈넌센스 본위-무제목 좌담회〉, 《별건곤》36, 1931, 136~137쪽.

8 일제강점기 괴담의 부상에 대해서는 이주라, 〈식민지 시기 괴담의 출현과 쾌락으로 서의 공포〉, 《한국문학이론과 비평》61, 2013 참조.

9 〈모던어점고〉, 《신동아》15, 1933, 111쪽.

10 이 글과 다른 관점에 있지만, 인간 심리를 예술성의 요소로 보고 변격소설의 특성을 심리 묘사 여하에 둔 작가의 시각에 대해서는 최애순이 〈이론과 창작의 조응. 탐정소 설가 김내성의 갈등〉(《대중서사연구》21, 2009)에서 먼저 언급됐다.

11 김기진, 〈支配階級敎化 被支配階級敎化〉, 《개벽》43, 1924, 20쪽.

12 김내성, 〈광상시인〉, 《조광》3-9, 1937.

13 김내성, 〈이단자의 사랑〉, 《농업조선》, 1939

14 그러나 천사와 악마의 두 극단을 결합한 전도된 예술에 대한 욕망이, 그 자체로 현실 에 대한 거부라는 점은 유의할 필요가 있다. 천사든 악마든 이 극단의 존재들이 지닌 공통점은 그것이 현실을 넘어서고 부정한다는 것이며, 그런 점에서 현실과 화합하지 못하는 식민지 예술가의 균열적 내면을 담는다.

6 1960년대 통속 괴기소설의 사회적 무의식

1   백문임,《월하의 여곡성》, 책세상, 2008, 98~99쪽.

2   백문임,《월하의 여곡성》, 책세상, 2008, 139~140쪽.

3   프랑코 모레티는 공포물의 대립물들은 분리되어 갈등을 일으키는 대신 상대방과 동시에 기능하며 서로 강화시킨다고 말한다. 프랑켄슈타인과 괴물, 루시와 드라큘라의 관계가 그러하고 독자와 공포문학이 갖는 관계도 그러하다. 그에 따르면 공포 문학은 작품이 무서울수록 그만큼 교화적이고, 굴욕을 강요할수록 그만큼 고상함을 가장하며, 더 많이 은폐할수록 그대로 드러낸다는 환상을 더 많이 불러일으킨다. 프랑코 모레티 지음, 조형준 옮김,《공포의 변증법》, 새물결, 2014, 62쪽 참조.

4   천세욱,〈얼굴〉,《명랑》1967년 7월, 148쪽.

5   1960년대 가족 이데올로기의 강화에 대해서는 여원연구모임,《여원연구》, 국학자료원, 2008 참조.

6   서용서,〈정과 욕의 공화국〉 2,《명랑》1970년 12월, 206쪽.

7   한국 정부가 과학기술처를 설립하고 과학기술진흥법을 제정한 것은 1966년이었고, 과학기술개발 장기종합계획이 처음 마련된 것도 1967년에 이르러서였다.

8   서용운,〈금성은 암흑가다〉 6,《명랑》1966년 12월, 205쪽.

7 1960~1970년대 고전공포영화와 억압된 것의 귀환

1   1장에서 밝힌 것과 같이, 이해의 편의를 위해 1960~1980년대 당대의 장르명이었던 '괴기영화'는 오늘날의 장르명인 '공포영화'로 표기한다. 단, 당대의 기호를 살려야 할 경우에는 당시의 표기명인 '괴기영화'를 그대로 쓰기로 한다.

2   〈영화 속의 괴기〉,《명랑》1966년 9월, 138~139쪽.

3   〈영화 속의 괴기〉,《명랑》1966년 9월, 138~139쪽.

4   김소영,《근대성의 유령들》, 씨앗을뿌리는사람, 2000, 48쪽.

5   프로이트는 이렇게 애도를 정의하면서, 실패한 애도가 우울증을 만든다고 보았다.

지그문트 프로이트 지음, 윤희기·박찬부 옮김, 《정신분석학의 근본 개념》, 열린책들, 1997.

6 주디스 버틀러는 상실에 의한 변화를 받아들일 때 일어나는 것으로 프로이트의 애도 개념을 수용하면서, 애도가 가진 정치적 성격의 조건으로 가시성, 책임 소재의 확정, 제도적 변화의 요청이라는 세 가지를 들었다. 주디스 버틀러 지음, 양효실 옮김, 《불확실한 삶》, 경성대학교출판부, 2008, 47쪽; 임옥희, 《주디스 버틀러 읽기》, 여이연, 2006, 233~258쪽 참조.

7 백문임은 이 작품에서 변사의 등장이 '신파'의 관객을 소구하고 연민과 감정이입을 이끌어낸다고 설명했다. 백문임, 《월하의 여곡성》, 책세상, 2008, 124·244쪽. 이와 달리 안진수는 〈월하의 공동묘지〉의 이 같은 오프닝 시퀀스가 20세기 초 영화 문화를 구식으로 폄하하는 고유의 역사주의적 태도를 반영한다고 보았다. 안진수, 〈회상의 딜레마: 한국 공포영화의 식민과거의 재현〉, 《대중서사연구》 26, 2011.

8 백문임은 앞의 책에서 이 같은 작품의 결구가 '한수의 변절'을 초점화하고 있으며 가족적 참극을 민족적 비극으로 확대하는 역할을 했음을 강조했다(백문임, 《월하의 여곡성》, 책세상, 2008, 81쪽). 선행 연구와 관점을 달리하여, 이 책에서는 작품에서 여성이라는 자리가 차지하는 위치에 초점을 맞추었으며, 작품이 구사하는 애도의 구조 안에 상실을 수용하고 새롭게 변신하는 여성 주체의 자리가 존재하지 않음에 주목했다.

9 히스테리는 타자가 '상실한' 대상과의 관계 속에 자기 자신을 구성하는 주체의 증상이다. 히스테리적 주체는 타자가 욕망하는 것이 되고자 하며, 그래서 주체가 욕망하는 것이 단일하게 수렴하지 않고 때로는 모순된 것들 사이에서 양가적으로 찢어진다. 브루스 핑크 지음, 맹정현 옮김, 《라캉과 정신의학》, 민음사, 2002, 294~238쪽 참조.

10 규범적 여성성의 주체였던 애자가 요부상을 욕망하고 순종적인 양처와 요부 사이에 명확한 자아상을 확정하지 못한다는 점에서 작품은 히스테리적 구조를 띤다고 볼 수 있다.

11 진성여왕과 천년호는 표면적으로 여화를 위협하고 괴롭히는 존재다. 그러나 여성을 겁간하고 아들을 빼앗으며 아내의 자리를 쉽게 교환해버리는 가부장적 세계에 대한 여성의 원한은 천년호의 마력과 쉽게 동화하고, 천년호가 신이한 역능을 통해 침범하

고자 하는 것은 진성여왕의 궁궐이자 여왕의 혈통, 곧 왕의 자리다. 그런 점에서 보면 진성여왕은 천년호가 완성하려는 지옥세계의 과도기적 존재이자, 천년호와 동일한 전복성을 지닌 미완의 캐릭터라고 할 수 있다.

12 〈천년호〉는 여우의 퇴치로 귀결되지만, 여화의 억울하고 비극적인 죽음과 마지막까지도 사랑을 애원하는 진성여왕의 가련한 모습 속에서 재래의 권선징악적 인과성의 논리는 현저히 후퇴해 있으며, 단일 주제를 구현하는 내적 일관성을 유지하지 않는다.

13 송효정, 〈실험실의 미친 과학자와 제국주의적 향수: 1960년대 한국 고딕SF영화 연구〉, 《대중서사연구》 33, 2014, 275쪽.

14 프랑코 모레티는 드라큘라와 프랑켄슈타인을 각각 신흥자본가와 프롤레타리아의 메타포로 간주하면서 두 작품이 자본주의적 생산 과정의 특성을 위와 같이 함축한다고 보았다. 〈공포의 변증법〉, 프랑코 모레티 지음, 조형준 옮김, 《공포의 변증법》, 새물결, 2014 참조.

15 송효정은 미치광이 과학자의 기억을 통해 소구되는 과거사가 제국주의에 대한 향수라는 전도된 세계관을 드러낸다고 지적했으나, 이 책의 관점에서 미치광이 과학자의 비윤리적 과거사는 자본-지식-부-권력을 점유한 특권층의 연속성, 상호 연계성에 대한 대중적 저항의식의 산물이며, 여성괴물은 이러한 사회적 불의에 대한 저항의 기호에 해당한다.

16 라캉에 따르면, 부권적 기능이 부분적으로 실패하는 도착증 환자에게서 물신적 대상은 결여를 대체할 상징물이 아니라 대체될 수 없는 '그것', 즉 엄마의 남근을 의미한다. 도착이란 불완전한 법을 바로 세우려는 시도에서 일어나는 증상의 하나로, 도착증자에게 물신적 집착은 법을 설정하고자 하는 몸부림이다. 그는 금지된 것을 욕망하는 게 아니라 실은 법이 존재하도록 바라는 것이다. 브루스 핑크 지음, 맹정현 옮김, 《라캉과 정신의학》, 민음사, 2002, 참조.

17 여성성의 신화화에 대해서는 리타 펠스키 지음, 김영찬·심진경 옮김, 《근대성과 페미니즘》, 거름, 1998 참조.

18 그런 점에서 이런 유형의 영화는 이중적으로 도착적이다. 첫째는 근대성의 임계를 표

상하는 여성괴물이 물신화된 괴물성을 통해 근대성에 복수하고자 하는 대중의 욕망을 표현한다는 점에서 도착적이며, 둘째는 괴물화하고 비체화했던 여성성을 다시 신화화하고 이상화한다는 점에서 도착적이다.

8 1970년대 한국 공포영화의 예외적 실험들

1   이순진, 〈한국 괴기영화의 변화과정에 대한 연구〉, 중앙대학교 석사학위논문, 2001.

2   트랜스내셔널이라는 키워드를 통해 영화 〈수절〉을 분석한 선행연구로 박현선의 〈코스모폴리탄 주체의 귀환: 하길종의 〈수절〉(1973)과 '세계'라는 문제〉(《한국극예술연구》 52, 2016)가 있다. 박현선은 이 글에서 해외에서 귀환한 작가의식이 작품의 모티프에 그대로 투영되어 있다고 보고, 이 귀환자의 시선에 비친 현실을 알레고리와 리듬을 통해 변형한 작가의 '기법'에 주목했다. 이 책은 민족주의를 괴물화하며 집단주의를 초월하려는 작품의 내용적 측면에서 트랜스내셔널에 접근한다는 점에서 박현선의 논의와는 다른 논지 위에 있다.

3   하길종, 〈한국 영화의 세계 영화에의 접근〉, 《사회적 영상과 반사회적 영상》, 전예원, 1981, 124쪽.

4   하길종, 《백마 타고 온 또또》, 예조각, 1979, 167쪽.

5   오영숙, 〈하길종 영화의 불온성과 세대의식〉, 한국영상자료원·부산국제영화제 기획, 《하길종전집 2: 사회적 영상과 반사회적 영상》, 한국영상자료원, 2009, 35쪽.

6   하길종, 《백마 타고 온 또또》, 예조각, 1979, 167쪽.

7   〈방화사상 最古代 배경 괴기영화 〈수절〉〉, 《동아일보》 1973년 6월 28일.

8   이연호는 이 모자의 시대 불명성을 언급하면서 한사군이라는 고대사의 설정이 열악한 제작 환경에 따른 감독의 자포자기의 결과라고 보았다. 이연호, 〈승자와 패자, 그 사이의 알리바이: 하길종과 일곱 편의 영화〉, 한국영상자료원·부산국제영화제 기획, 《하길종 전집 3: 자료편》, 한국영상자료원, 2009, 42쪽.

9   유선영, 〈동원체제의 과민족화 프로젝트와 섹스 영화: 데카당스의 정치학〉, 《언론과 사회》 15-2, 2007, 4쪽.

10 〈수절〉과 〈묘녀〉를 함께 고찰한 선행연구로 김효정의 〈공포와 에로티시즘의 만남: 1970년대 군사정권기 영화통제정책과 에로틱공포영화〉(《문학과영상》 19-2, 2018, 205~221쪽)가 있다. 이 연구에서 김효정은 1970년대 공포영화가 에로티시즘과 긴밀히 접속했던 측면들을 포착해내고, 검열의 틈새에서 구현된 여성 섹슈얼리티의 주체성에 초점을 맞추었다. 이 책은 〈수절〉에서 트랜스내셔널한 상상력에 초점을 맞추며, 〈묘녀〉에서는 여성 주체성보다 주술성과 근대적 상징체계의 문제에 천착한다는 점에서 선행연구와 다른 논점 위에 진행된다.

11 김문수, 〈증묘〉, 《만취당기》, 돋을새김, 2004, 150~151쪽.

12 포르노는 "이해 못 할 '무엇(실재)'의 밑바닥까지 가고 싶은 욕망을 구조화시키는 힘이다." 그러나 그 밑바닥은 끊임없이 미끄러질 뿐 결코 손에 잡히지 않는다. 그 때문에 포르노는 끊임없이 "더욱더"의 도그마 속에 빠지는 '과정 속'에 존재할 수밖에 없다. 김종갑, 〈실재를 향한 욕망으로서의 포르노〉, 몸문화연구소 편, 《포르노 이슈》, 그린비, 2013, 94~121쪽 참조.

13 이영일, 〈마비와 혼미의 연대: 진실을 표현하는 작가정신의 확립을〉, 《영화예술》 6, 1970, 36쪽.

14 유선영, 〈동원체제의 과민족화 프로젝트와 섹스 영화: 데카당스의 정치학〉, 《언론과사회》 15-2, 2007, 37~39쪽 참조.

15 송영애, 〈(이장호 구술 채록문) 1970년대 젊은 감독 이장호 2〉, 한국영상자료원, 2017년 6월 22일, 77쪽.

16 오컬트 유행에 대해서는 다음을 참조. 한상윤, 〈한국 공포영화의 오컬트 장르 초기 수용 양상 연구〉, 《한국극예술연구》 58, 2017.

17 이영미, 〈청년문화는 왜 하필 1970년대였을까?〉, 《인물과사상》 214, 2016, 173쪽 참조.

9 사극공포영화로 본 1980년대 공포 문법의 변형

1 이인정, 〈한국 공포영화의 변화 연구: 여귀에서 환영으로〉, 동국대학교 석사학위논문,

2010, 42쪽.

2 영화진흥공사, 〈국산 극영화 내용별 제작 현황〉, 《1986년도판 한국영화연감》, 집문 당, 1986, 104쪽.

3 한국방송공사 엮음, 《KBS 연감》, 1997. 문선영, 〈전설에서 공포로, 한국적 공포물 드라마의 탄생〉, 《우리문학연구》 45, 2015, 239쪽에서 재인용.

4 백문임은 '한풀이'와 '원 갚기'의 차이를 뚜렷이 구분하며 후자로의 이행을 고전 스토리와 변별되는 여귀형 공포영화의 주요한 변화로 설명했다. 백문임, 《월하의 여곡성》, 책세상, 2008, 175~185쪽 참조.

5 〈마계의 딸〉, 〈춘색호곡〉, 〈원한의 공동묘지〉, 〈흡혈귀 야녀〉, 〈미녀 공동묘지〉 등 다수의 공포영화가 여귀의 등장을 스펙터클로 구현하며 서사를 시작했다.

6 음란한 옹주의 성적 욕망이나 재산을 빼앗으려는 첩과 정부의 음모와 같은 악행을 모티프로 한 〈춘색호곡〉, 〈마계의 딸〉 등은 악의 근원인 성 욕망의 주체가 여성 팜파탈로 치환됐다는 점에서 변형태에 속한다.

7 〈여곡성〉의 경진의 경우는 광에 갇힌 광인으로 표현되지만, 그의 가계가 가지는 권위는 경진의 아내 신씨에 의해 그대로 유지되며, 신씨가 여귀에게 빙의됨으로써 가부장의 자리 자체가 이중적으로 기능하는 전복적 공포감을 자아낸다.

참고문헌

1차 자료

• 신문·잡지

《동아일보》《매일신보》《시대일보》《조선일보》

《개벽》《농업조선》《동광》《명랑》《문장》《별건곤》《삼천리》《새벽》《신동아》《신세기》《영화연구》《영화예술》《영화잡지》《조광》《학생계》

• 단행본

김내성,《괴기의 화첩》, 육영사, 1954

김내성,《비밀의 문》, 정운사, 1949

김내성,《사상의 장미 1~2》, 신태양사 출판국, 1955

- 영화

한국영상자료원 소장 1950~1980년대 한국 괴기·공포영화

2차 자료

- 단행본

G.W.F. 헤겔 지음, 두행숙 옮김,《헤겔 미학 Ⅱ》, 나남, 1996

H.P. 러브크래프트 지음, 홍인수 옮김,《공포 문학의 매혹》, 북스피어, 2012

김소영,《근대성의 유령들》, 씨앗을뿌리는사람, 2000

김지영,《매혹의 근대, 일상의 모험》, 돌베개, 2016

대중서사장르연구회,《대중서사장르의 모든 것 5: 환상물》, 이론과실천, 2016

레이먼드 윌리엄스 지음, 성은애 옮김,《기나긴 혁명》, 문학동네, 2007

로즈메리 잭슨 지음, 서강여성문학연구회 옮김,《환상성: 전복의 문학》, 문학동네, 2001

르네 지라르 지음, 김진식·박무호 옮김,《폭력과 성스러움》, 민음사, 2000

리처드 커니 지음, 이지영 옮김,《이방인, 신, 괴물》, 개마고원, 2004

리타 펠스키 지음, 김영찬·심진경 옮김,《근대성과 페미니즘》, 거름, 1998

몸문화연구소,《포르노이슈》, 그린비, 2013

바바라 크리드 지음, 손희정 옮김,《여성괴물, 억압과 위반 사이》, 여이연, 2008

백문임,《월하의 여곡성》, 책세상, 2008

브루스 핑크 지음, 맹정현 옮김,《라캉과 정신의학》, 민음사, 2002

소래섭,《에로 그로 넌센서: 근대적 자극의 탄생》, 살림, 2005

신이와 이단의 문화사 팀,《귀신·요괴·이물의 비교문화론》, 소명출판, 2014

에도가와 란포 지음, 김소영 옮김,《에도가와 란포 전단편집 1》, 두드림, 2008

영화진흥공사,《한국영화연감》. 을지출판사, 1977

이마누엘 칸트 지음, 김상현 옮김,《판단력 비판》, 책세상, 2019

이영미 외,《김내성 연구》, 소명출판, 2011

이영일,《이영일의 한국영화사 강의록》, 소도, 2002

이희승 편,《국어대사전》, 민중서림, 1961

임옥희,《주디스 버틀러 읽기》, 여이연, 2006

조성면 편,《한국 근대대중소설 비평론》, 태학사, 1997

지그문트 프로이트 지음, 윤희기·박찬부 옮김,《정신분석학의 근본 개념》, 열린책들, 1997

최기숙,《환상》, 연세대학교출판부, 2003

츠베탕 토도로프 지음, 최애영 옮김,《환상문학 서설》, 일월서각, 2013

캐스린 흄 지음, 한창엽 옮김,《환상과 미메시스》, 푸른나무, 2000

테오도르 아도르노 지음, 홍승용 옮김,《부정변증법》, 한길사, 1999

토마스 메춰·페터 스쫀디 지음, 여균동·윤미애 옮김,《헤겔미학입문》, 종로서적, 1983

폴 웰스 지음, 손희징 옮김,《호러 영화: 매혹과 저항의 역사》, 커뮤니케이션북스, 2011

프랑코 모레티 지음, 조형준 옮김,《공포의 변증법》, 새물결, 2014

하길종,《백마 타고 온 또또》, 예조각, 1979

하길종.《사회적 영상과 반사회적 영상》, 전예원, 1981

한국영상자료원·부산국제영화제 기획,《하길종전집 2: 사회적 영상과 반사회적 영상》, 한국
영상자료원, 2009

한국영상자료원·부산국제영화제 기획,《하길종전집 3: 자료편》, 한국영상자료원, 2009

Carroll, Noel, *The Philosophy of Horror: Paradoxes of the heart*, Routledge, 1990.

• 논문 외

강성률, 〈비극, 비판, 실험: 하길종 영화를 이해하기 위한 세 코드〉,《영화연구》44, 2010

김내성, 〈추리문학소론〉(1939년 방송 강연 원고),《비밀의 문》, 1994, 명지사

김소영, 〈근대성과 여자 귀신〉,《한국학논집》30, 2003

김수용, 〈한국영화 50년사〉,《영화잡지》120, 1973

김시무, 〈하길종 감독의 〈수절〉의 영화적 해석의 문제: 수절(守節)에 담긴 정치적 함의〉,《공연과 리뷰》16, 1998

김양지, 〈한국 공포영화 관습의 반복과 변화: 1960-80년대와 1990년대 비교분석〉, 이화여자대학교 석사학위논문, 2000

김열규〈도깨비와 귀신: 한국의 남과 여〉,《한국학논집》30, 2003

김영진, 〈미성숙한 작가의식: 한국영화걸작선 수절: 1월의 영화〉, 한국영상자료원,《리뷰: 한국영화걸작선》, 2021

김원, 〈하길종이란 '역사적 사건': 1970년대 하길종 텍스트에 재현된 대중〉,《현대문학의 연구》50, 2013

김정숙, 〈조선시대 비일상적 상상력: 요괴 및 지옥 형상의 내원과 변모〉,《한문학논집》35, 2012

김정숙, 〈조선시대 필기, 야담집 속 귀신, 요괴담의 변화 양상: 귀신, 요괴 형상의 변화와 관심축의 이동을 중심으로〉,《한자한문교육》21, 2008

김지영, 〈'기괴'에서 '괴기'로, 식민지 대중문화와 환멸의 모더니티〉,《개념과소통》5, 2010

김지영, 〈'탐정', '기괴' 개념을 통해 본 한국 탐정소설의 형성과정〉,《현대문학이론연구》41, 2010

김지영, 〈가부장적 개발 내셔널리즘과 낭만적 위선의 균열:1960년대《여원》의 연애 담론 연구〉,《여성문학연구》40, 2017

김지영, 〈경계 밖의 '성'과 지식 권력의 확장: 1960년대 황색 저널의 섹슈얼리티 담론 연구〉,《여성문학연구》45, 2018

김효정, 〈공포와 에로티시즘의 만남: 1970년대 군사정권기 영화통제정책과 에로틱공포영화〉,《문학과 영상》19-2, 2018

나카무라 시즈요(中村靜代),《植民地朝鮮における怪談の研究》고려대학교 박사학위논문, 2016

문선영, 〈전설에서 공포로, 한국적 공포물 드라마의 탄생〉, 《우리문학연구》 45, 2015

박숙자, 〈괴기에서 넌센스까지: 1920년대 취미독물에 나타난 여성인물의 재현 양상: 《별건곤》을 중심으로〉, 《여성문학연구》 14, 2005

박현선, 〈코스모폴리탄 주체의 귀환: 하길종의 〈수절〉(1973)과 '세계'라는 문제〉, 《한국극예술연구》 52, 2016

백문임, 《한국 공포영화 연구: 여귀의 서사 기반을 중심으로》, 연세대학교 박사학위논문, 2002

송아름, 〈해명 가능한 괴기성을 만드는 법: 검열이 구축한 1960년대 괴기영화의 장르성〉, 《한국극예술연구》 72, 2021

송영애, 〈(이장호 구술채록문) 1970년대 젊은 감독 이장호 2〉, 한국영상자료원, 2017

송효정, 〈실험실의 미친 과학자와 제국주의적 향수: 1960년대 한국 고딕SF영화 연구〉, 《대중서사연구》 33, 2014

안진수, 〈회상의 딜레마: 한국 공포영화의 식민 과거의 재현〉, 《대중서사연구》 26, 2011

염원희, 〈일제강점기 괴담의 특징과 현대 도시전설의 형성에 관한 시고: 《매일신보》 연재 괴담을 중심으로〉, 《한국민족문화》 69, 2018

오현화, 《한국 영화의 여성괴물 재현 양상 연구》, 고려대학교 박사학위논문, 2007

오혜진, 〈김내성의 해방 후 작품에 관한 서지학적 정리 및 작가 생애 고찰〉, 《어문논집》 47, 2011

유선영. 〈동원체제의 과민족화 프로젝트와 섹스영화: 데카당스의 정치학〉, 《언론과사회》 15-2, 2007

이명호, 〈문화연구의 감정론적 전환을 위하여: 느낌의 구조와 정동경제론 검토〉, 《비평과이론》 36, 2015

이소윤, 〈한국 공포영화 장르 관습의 혼합과 변화〉, 이화여자대학교 석사학위논문, 2005

이순진, 〈한국 괴기영화의 변화 과정에 대한 연구〉, 중앙대학교 석사학위논문, 2001

이영미, 〈청년문화는 왜 하필 1970년대였을까?〉, 《인물과사상》 214, 2016

이영미, 〈청년문화와 정치적 진보성은 어떤 관계였는가?〉, 《인물과사상》 215, 2016

이영미, 〈추리와 연애, 과학과 윤리: 장편소설로 본 김내성의 작품세계〉,《대중서사연구》21, 2009

이영일, 〈마비와 혼미의 연대: 진실을 표현하는 작가정신의 확립을(한국영화'70)〉,《영화예술》6, 1970

이인정, 〈한국 공포영화의 변화 연구: 여귀에서 환영으로〉, 동국대학교 석사학위논문, 2010

이정아, 〈홍파 1942: 월남전의 경험과 시나리오 작업, 감독 데뷔부터 90년대 집필활동까지〉, 한국영상자료원, 구술 채록 자료, 2019

이주라, 〈근·현대 상사뱀 모티프의 변화와 한국 공포물의 특징: 1930년대와 1960년대의 비교를 중심으로〉,《비교한국학》24-1, 2016

이주라, 〈식민지 시기 괴담의 출현과 쾌락으로서의 공포〉,《한국문학이론과 비평》61, 2013

이주라, 〈일제강점기 괴담의 특징과 한국 공포물의 장르적 관습:《매일신보》소재 괴담을 중심으로〉,《우리문학연구》45, 2015

이철호, 〈영혼의 순례: 19~20세기 한국 지식인들의 '영혼' 인식과 재전유의 궤적〉,《동방학지》152, 2010

정민아, 〈민족과 여성 수난 서사를 헤집는 여귀의 한판 복수극: 〈월하의 공동묘지〉, 〈기생월향지묘〉(1967)〉,《영화평론》31, 2019

정혜영, 〈1930년대 종합대중잡지와 '대중적 공유성'의 의미: 잡지《조광》을 중심으로〉,《현대소설연구》35, 2007

정혜영, 〈김내성과 탐정문학: 일제시대 창작 작품에 대한 서지학적 연구를 중심으로〉,《한국현대문학연구》20, 2006

정환국, 〈17세기 이후 귀신이야기의 변모와 '저승'의 이미지: 단편 서사류를 중심으로〉,《고전문학연구》31, 2007

조성면, 〈탐정소설과 근대성: 김내성의《비밀의 문》을 중심으로〉,《민족문학사연구》13, 1998

조영복, 〈1930년대 신문 학예면과 문인기자 집단〉,《한국현대문학연구》12, 2002

채석진, 〈제국의 감각: '에로 그로 넌센스'〉,《페미니즘 연구》5, 2005

최수일, 〈잡지《조광》의 목차, 독법, 세계관〉,《상허학보》40, 2014

최애순, 〈이론과 창작의 조응, 탐정소설가 김내성의 갈등: 본격 장편 탐정소설《마인》이 형성
　　되기까지〉,《대중서사연구》21, 2009

한동균, 〈한국공포영화의 시대별 괴물캐릭터의 특성 및 의미 분석〉,《문화와 융합》41-3,
　　2019

한상윤, 〈이용민 감독의 공포영화 연구〉,《한국극예술연구》52, 한국극예술학회, 2016.

한상윤, 〈한국 공포영화의 오컬트 장르 초기 수용 양상 연구〉,《한국극예술연구》52, 2017

홍찬이, 〈한국 공포영화의 즐거움의 변화에 관한 연구〉, 서강대학교 석사학위논문, 1999

황혜진,《1970년대 유신체제기의 한국영화 연구》, 동국대학교 박사학위논문, 2004

Williams, Raymond, "The Long Revolution," *Politics and Letters: Interviews with
　　New Left Review*, London: NLB, 1979

Wood, Robin, "An Introduction To The American Horror Film," ed by Bill Nichols,
　　Movies and Methos Ⅱ, University of California Press, 1985

• 관련 연구 발표 지면

김지영, 〈식민지 예술가의 주변적 정체성과 모던 감성 개발 프로젝트: 김내성의 변격탐정소
　　설 연구〉,《민족문화연구》77, 2017

김지영, 〈계몽의 불안과 공포의 영토화: 일제강점기《매일신보》괴담의 감성 구조와 서사 관
　　습〉,《어문논집》87, 2019

김지영, 〈괴기, 불균등한 근대에의 저항과 공포의 변증법: 1960년대 잡지《명랑》의 괴기 서
　　사연구〉,《우리문학연구》64, 2019

김지영, 〈미결정의 공포에서 숭고한 공포로: 식민지 조선 공포 서사의 분화과정 연구〉,《민족
　　문화연구》89, 2020

김지영, 〈1970~1980년대 한국 사극 공포영화의 서사관습과 의미구조〉,《한국문예비평연

구》72, 2021

김지영, 〈실패한 애도와 도착적 긍정: 1960년대 후반~1970년대 전반 한국 공포영화의 여성 괴물 서사 연구〉, 《우리문학연구》72, 2021

김지영, 〈1970년대 한국 공포영화의 대항문화적 상상력: 〈수절〉(1973), 〈묘녀〉(1974), 〈너 또 한 별이 되어〉(1975)를 중심으로〉, 《한국문학이론과 비평》94, 2022